rororo

rororo

Julia Greve, Jahrgang 1975, lebt mit ihrer Familie (zwei Kinder) in Bonn. Sie arbeitet mit ganzem Herzen bei einer kleinen NGO, die sich mit dem Thema nachhaltige Textilproduktion beschäftigt. In ihrem ersten Roman «Herzkur» hat sie ihre eigenen Erfahrungen aus zwei Mutter-Kind-Kuren verarbeitet. In ihrem zweiten Roman nimmt sie humorvoll und scharfsinnig die Dynamik langjähriger Beziehungen aufs Korn.

Julia Greve

Kann mein Herz nicht mal die Klappe halten?

Roman

Rowohlt Taschenbuch Verlag

Originalausgabe
Veröffentlicht im Rowohlt Taschenbuch Verlag,
Hamburg, März 2020

Redaktion Heike Brillmann-Ede
Covergestaltung FAVORITBUERO, München
Coverabbildung Alice Mollon / Getty Images
Satz aus der ITC Legacy Serif
bei Dörlemann Satz, Lemförde
Druck und Bindung CPI books GmbH,
Leck, Germany
ISBN 978-3-499-29175-3

«90 % aller Frauen, die wir befragt haben,
würden ihre Männer nicht ihrer besten
Freundin empfehlen.»

Prolog

Es gibt Augenblicke im Leben, in denen man sich unausweichlich fragt: Bin ICH das?

Dies ist so ein Augenblick.

Gut, es kommt nicht so unerwartet, wie man vielleicht denken könnte. Irgendwie hat sich die Lage in den letzten Wochen zugespitzt, und deshalb sitze ich nun hier und betrachte das Ergebnis dieser Zuspitzung in einer Mischung aus Faszination, Verwunderung und ... Ablehnung. Ja, genau, Ablehnung. Und das gibt mir gerade mächtig zu denken. Bin ich vielleicht doch die, die ich seit einundvierzig Jahren zu kennen glaube?

Das ist immerhin etwas.

Genau genommen sitze ich auf der vorderen Kante eines weiß bezogenen Doppelbettes in einem Landhotel im Bergischen. Die Fenster sind geschlossen, die Vorhänge zugezogen, die Klimaanlage brummt. Kein Geräusch dringt in diesen seltsamen Kosmos.

Und ich habe geplant, Sex zu haben.

Nicht mit meinem Mann.

Aber auch nicht ohne dessen Zustimmung.

Vor mir steht Michael, achtunddreißig Jahre alt, Baumchirurg, ordnungsgemäß gestählt. Da gibt es nichts zu meckern. Er ist Vater eines Sohnes, und in seiner Freizeit spielt er Squash und wandert. Er hat einen ausgeglichenen Charakter. Zweifelsohne ist er gut gebaut und – wie ich gerade feststelle – mehr als gut bestückt. Und willens.

Aber ich will nicht.

Das weiß ich jetzt. Nur, wie komme ich aus der Nummer wieder raus?

Hilfe!

1

Bedürfnisse
drei Wochen zuvor

«Nina, kommst du mal bitte?»

«Mama!»

«Mama, ich habe Hunger. Wann gibt es was zu essen?»

Ich sitze auf dem Sofa und habe genau eine Zeile meines Krimis gelesen. Seufzend klappe ich ihn zu. Das wird wohl nichts. Die Familie hat Bedürfnisse.

Es ist Freitag, früher Abend. Die Familie ist zu Hause, der Kühlschrank gefüllt, das Haus gesaugt, die Bäder blitzen und blinken. Der obligatorische Streit, der uns nahezu wöchentlich heimsucht, liegt hinter uns.

Warum wir zu Beginn des Wochenendes mehr streiten als an anderen Tagen, liegt auf der Hand. Der Alltag mit seinen Verpflichtungen endet, die Kernfamilie trifft für zweieinhalb Tage unkontrolliert aufeinander, und daran müssen sich alle gewöhnen.

Mein Mann Steffen gewöhnt sich beispielsweise jede Woche wieder daran, dass er am Wochenende genauso für den Haushalt verantwortlich ist wie ich. Natürlich immer wieder völlig überrascht. Bäder putzen? Treppe saugen? Nie gehört, nun gut, aber wenn die Frau darauf besteht ...

Unsere Töchter hingegen haben es an diesen Tagen in geballter Form mit der Schwester zu tun. Und die funktioniert anders als die Freundinnen. Ist im Zweifel lästiger, herrischer und kennt die Schwachpunkte viel besser. Und dann wären da noch diese lästigen Familienerlebnisse, auf die wir Eltern bestehen und die nicht aus Fernsehen und Schokolade bestehen.

Aber wie gesagt, freitagabends ist diese Hürde geschafft, und meistens können wir uns dann auch wieder leiden.

Ich friemle mich also aus meiner blauen Lieblingswolldecke, hieve mich aus dem Sofa, lege mein Buch auf den Couchtisch und suche nach den Gründen des Begehrtwerdens.

Carlotta, achtjähriges Nesthäkchen, braune Kulleraugen, emphatisch bis in die Haarspitzen und dickköpfig gleichermaßen, sitzt auf dem Klo und benötigt Klopapier. Ich eile in den Keller, schnappe mir drei Rollen und werfe sie schwungvoll in den ersten Stock, wo sie direkt vor Carlottas Füßen landen. Jahrelange Übung macht es möglich.

Milla, elf Jahre alt, Pubertistin in der Ausbildung, seit neuestem Entdeckerin ausgiebiger Körperhygiene, blitzgescheit und ebenso bequem, hat unerträglichen Hunger. Ich vertröste sie auf das Abendessen.

Steffen sucht im Keller verzweifelt das Panzerband, und ich verrate ihm, wo es liegt, seitdem wir hier eingezogen sind.

Problem erkannt, Problem gebannt. Was täte die Familie nur ohne mich? Wenn ich es positiv sehen will, ist das irgendwie auch eine Form der Bestätigung.

Ich decke den Tisch mit unserem Abendgeschirr, schnipple Rohkost, schneide Brot, hole Getränke aus dem Keller, stelle eine Schale mit sauren Gurken auf den Tisch und ermahne die bereits sitzende Milla, sie zu lassen, wo sie sind, bis alle da sind. Anschließend rufe ich zum Essen. Nachdem alle satt sind, verhandeln wir das Wochenendprogramm.

«Sonntag wandern wir», verkündet Steffen mit einer Stimme, die, so hofft er, keinen Widerspruch duldet.

«Wandern, immer nur wandern. Das ist so langweilig. Ich muss mich doch erholen», mault Milla planmäßig.

«Du kannst dich morgen erholen. Morgen ist Schlafanzugtag. Sonntags unternehmen wir was. Wie jede Woche», kläre ich sie mantraartig auf. Der Schlafanzugtag ist ihr heilig. Meistens bleibt sie, wie der Name es sagt, im Schlafanzug. Es ist der Tag in der Woche, an dem die Kinder keine Verpflichtungen haben, außer dreimal am Tag am Essenstisch zu erscheinen.

«Genau», sagt Steffen heftig nickend. «Da hat Mama völlig recht!»

Ich nicke ihm dankbar zu.

«Gut, aber nur eine halbe Stunde», lenkt Milla großmütig ein.

«Das ist dann aber keine Wanderung, sondern ein Spaziergang», stelle ich klar.

Es entbrennt eine Diskussion darüber, ab wann eine Wanderung als Wanderung gilt und wie lange ein Spaziergang dauern darf. Da sind wir uns nämlich so gar nicht einig. Ich finde, eine Wanderung sollte mindestens einen halben Tag dauern, um als solche zu gelten, und bis zu drei Stunden ist es ein Spaziergang. Wobei ich nicht auf die Minute pochen will. Die Kinder finden das ziemlich kleinlich, und Steffen fragt, in welchem Lexikon das stünde. Er spricht nämlich schon von Wandern, wenn wir eine Stunde lang durch den hiesigen Buchenwald trotten.

«Jetzt stellt euch nicht so an», versuche ich, die Wogen zu glätten, «meistens macht es euch doch Spaß, wenn wir einmal unterwegs sind.»

«Also, ich will wandern», verkündet Carlotta, die gerne das Gegenteil von dem will, was Milla möchte. Schon alleine, um sie zu ärgern.

Ich schlage einen Kompromiss vor. «Dann machen wir eben einen langen Spaziergang und gehen anschließend ein Eis essen. Wärt ihr damit einverstanden?»

Die Familie nickt einmütig, und wir können das Thema wechseln.

«Wann kommt eigentlich der Babysitter?», fragt Steffen.

Nadine und Manuel, Freunde aus der Studienzeit, feiern heute ihren Vierzigsten. Schon seit längerem schleppen wir uns von einem runden Geburtstag zum nächsten. Uns hat es ebenfalls schon erwischt. Die Feiern zum Vierzigsten haben mittlerweile die Hochzeiten und Kinderbegrüßungspartys abgelöst, die uns in den ersten Jahren unserer Dreißiger begleitet haben. Ein Lebensabschnitt folgt unaufhaltsam dem nächsten. Enden wird es in Beerdigungsfeiern, die den Freundes- und Verwandtenkreis zwangsläufig ausdünnen.

Das dauert natürlich noch ein Weilchen, und doch ist im Großen und Ganzen der Zeitpunkt gekommen, an dem man das erste Mal Bilanz zieht: Habe ich erreicht, was ich erreichen wollte? Bin ich glücklich damit? Und: Geht da noch was? Von Midlife-Crisis zu sprechen finde ich übertrieben, es ist eher eine Art Midlife-Nachdenken. Was erwarte ich noch von dieser zweiten Lebenshälfte? Auch wenn ich mich nicht wirklich so fühle, als wäre ich genau dort angekommen. ICH bin doch nicht alt! Ich tanze, feiere Partys und mache schlechte Witze. Innerlich hat sich nicht viel geändert. Die Erfahrung klopft an, und der Körper lässt an Jugendlichkeit vermissen. Aber sonst? Noch gehört das Leben mir.

Die Kinder nutzen den Themenwechsel und entschwinden in Millas Zimmer. Sie spielen viel und gerne miteinander. Zumindest wenn sie nicht gerade streiten, was öfter vorkommt, seitdem bei Milla die Pubertät anklopft und erste hormonelle Schübe den Frieden zwischen den Schwestern stören.

Wir räumen unterdessen den Tisch ab. Steffen verstaut akribisch Löffel für Löffel in der Besteckschublade, ich wische den Tisch ab und geselle mich anschließend zu ihm, um die guten Gläser mit der Hand zu spülen. Dabei schaue ich aus dem Fenster. Das Haus gegenüber bekommt ein neues Dach. Dachziegel für Dachziegel legen die hemdsärmeligen Dachdecker die Dachsparren frei und geben, wie ich fasziniert feststelle, ein eindrucksvolles Bild ab. Schöne Männer sind das auf dem Dach, kraftvoll und männlich. Ich ertappe mich bei dem für mich eher untypischen Gedanken, es könnte sich lohnen, in der nächsten Zeit mehr Gemüse zu schnippeln als sonst. Echtes Fernsehen sozusagen.

«Und? Betrinkst du dich heute?», fragt Steffen, stupst mich neckisch in die Seite und reißt mich aus meinen Überlegungen zu den reizvollen Dachdeckern.

«Wieso soll ich mich betrinken?», frage ich geistesabwesend.

«Weil du danach immer so schön willig bist und dir die Ausreden ausgehen», antwortet er lapidar und grinst mich unverblümt an, «und weil ich finde, wir könnten mal wieder Sex haben, oder was meinst du?» Sorgfältig stapelt er nun die benutzten Teller und Tassen in die Maschine.

«Sehr romantisch.» Ich verdrehe die Augen amüsiert, ärgere mich aber gleichzeitig ein bisschen.

Ich weiß nicht, wann genau es angefangen hat, aber seit einiger Zeit begnügt sich Steffen damit, seinen «Bedarf» offiziell anzukündigen und auf prompte Erledigung zu hoffen. Warum ich darauf meistens (eher immer) mit Widerwillen reagiere, versteht er nicht. Anregungen meinerseits, in denen Wörter wie Romantik, Stimmung und Spontanität vorkommen, entkräftet er regelmäßig mit dem Argument, ich hätte sowieso nie Lust und wenn er auf mich warten würde, gäbe es gar keinen Sex mehr.

Leider liegt er mit seiner Einschätzung nicht völlig daneben. Seit der Geburt der Kinder ist mein Verlangen nach Sex auf ein Minimum zusammengeschrumpft. Anfangs konnte ich es gut auf die Kinder und meinen geschundenen Körper schieben, doch mittlerweile funktioniert diese Ausrede nicht einmal mehr vor mir selbst. Aber was soll ich denn machen, wenn mir nicht danach ist? So etwas kann man schließlich nicht erzwingen, oder? Immer wieder denke ich darüber nach, aber eine Antwort oder gar eine Lösung habe nicht.

Mittlerweile habe ich zwei Vorgehensweisen etabliert, um auf diese «Sexanträge» zu reagieren. Nachgeben (dann bin ich unzufrieden) oder diskutieren und ablehnen (dann ist Steffen unzufrieden). Letzteres in dem Wissen, dass die Stimmung danach eher ... nicht so gut ist. Ganz offensichtlich haben wir uns in Sachen Sex in eine Art Sackgasse manövriert.

Dabei sind wir im Großen und Ganzen ein gutes Paar. Denke ich. Seit achtzehn Jahren sind wir zusammen. Wir haben uns auf einer Studentenparty an der Uni kennengelernt. Sein Kumpel war der Kurzzeitfreund einer meiner Kurzzeitfreundinnen. Steffen war ein gut aussehender Charmeur, der mich an nur einem Abend um den Finger wickelte und mir das Gefühl gab, eine wirklich begehrenswerte Frau zu sein. In den Jahren zuvor waren gleich drei längere Beziehungen in die Brüche gegangen, weil ich abserviert wurde. So etwas nagt am Selbstbewusstsein. Steffen reparierte das wieder, wir hatten tolle Jahre, reisten, feierten und bauten uns ein gemeinsames Leben auf. Mit den Kindern änderte sich unsere Beziehung. Die Rollen wurden klassisch verteilt, sein Charme ging ein bisschen verloren, aber grundsätzlich sind wir ein gutes Team, und die Dinge, an denen es im Alltag hakt, hat wohl jede Beziehung nach so langer Zeit zu bewältigen. Außerdem sind wir eine tolle Familie. Wir reden, wir lachen, wir unternehmen viel. Deshalb sehe ich zuversichtlich in die Zukunft. Also meistens. Nur das mit dem Sex, das könnte wirklich besser sein.

«Wir werden sehen», sage ich schließlich und schenke Steffen ein aufmunterndes Lächeln, das er mit einem zufriedenen Grinsen und einem leichten Klaps auf meinen Po quittiert. Vielleicht betrinke ich mich wirklich. Dann hat mein Verstand nicht mehr allzu viel zu sagen.

Dass dies eine mehr schlechte als rechte Lösung ist, weiß ich selbst.

Es ist schön kühl hier draußen. Während die Luft in der Wohnung, angefüllt durch die Gerüche zahlreicher Menschen, schwerfällig durch die Räume wabert, betört uns auf der Terrasse ein frühsommerliches Lüftchen. Bierbänke mit bunten Windlichtern und der in der Schnelle abgedeckte Grill stehen verloren im Garten. Nadine und Manuel wollten draußen feiern, doch ein feister Sommerregen hat ihnen einen Strich durch die Rechnung gemacht.

Ich sitze zusammen mit Nadine auf der kleinen überdachten Terrasse. Während wir angeregt und schon leicht angeschickert durch die Themen hoppeln, beglückt uns Steffen regelmäßig mit seiner Anwesenheit und kontrolliert den

Pegel meines Rotweinglases. Seine Chance auf Sex lässt er sich wohl nicht entgehen.

«Man könnte auf die Idee kommen, du willst deine Frau abfüllen», stellt Nadine fest, als Steffen mir den dritten Wein innerhalb einer Stunde kredenzt.

«Da liegst du mit deiner Einschätzung völlig richtig», entgegnet er lapidar.

«Was? Du willst deine Frau abfüllen?», tönt Manuel, der hinter Steffen aus der Terrassentür tritt und ihm anerkennend auf den Rücken klopft. «Das machst du genau richtig, Kollege. Soll ich den Sambuca aus dem Schrank holen? Dann geht es schneller!»

«Au ja.» Ich kichere. Ich liebe Sambuca, er ist besser als jede Süßigkeit.

«Dein Wunsch sei mir Befehl», erwidert Manuel, deutet eine galante Verbeugung an und entschwindet.

«Steffen, wenn ich in diesem Tempo weitertrinke, schnarche ich dir höchstens noch was vor. Wenn du mich willig willst, musst du das Tempo drosseln.» Unschuldig klimpere ich meinen Ehemann an. Es ist die kleine Rache für seinen uncharmanten Sexantrag.

Nadine lupft amüsiert ihre Augenbrauen nach oben. Zu viel Information, definitiv. Aber ich kann nicht anders.

Steffen verzieht sich schneller, als wir gucken können. Klar, jetzt könnte es unangenehm für ihn werden.

«Irgendwie muss man ja das Prickeln in der Ehe aufrechterhalten», sinniere ich in die Röte des Weins, den ich andächtig im Glas kreisen lassen. «Und manchmal muss man eben nachhelfen. Obwohl das eigentlich schade ist.»

«Ja», entgegnet Nadine nachdenklich, «da könnte was dran sein. Irgendwann ist wohl jede Beziehung an dem Punkt angelangt, an dem der spannende Teil der Vergangenheit angehört.»

«Das ist bestimmt wieder so eine Sache, an der die Kinder schuld sind. Die versauen einem nicht nur den Schlaf, sondern auch den Beischlaf.»

Nadine gluckst. «Die Schuldigen sind identifiziert. Wenn man immer mit einem Ohr im Kinderzimmer hängt, ist es mit der erotischen Stimmung schwierig. Man muss einfach lernen, sich kleine Inseln zu schaffen.»

«Hm, vermutlich hast du recht. Wie schafft ihr euch diese Inseln?»

«Gar nicht», antwortet Nadine giggelnd, «wir etablieren generös das Thema eheliche Enthaltsamkeit mit der Aussicht auf Besserung, wenn die Kinder das Abitur in der Tasche haben.»

«Wie gut, dass das recht bald der Fall ist», erwidere ich ernsthaft. Ihre Kinder sind drei und sechs Jahre alt. «Kinder sind echte Sexkiller. Allein die Vorstellung, sie stünden plötzlich in der Schlafzimmertür ...»

«Das ist eine absolut gruselige Vorstellung.» Nadine schüttelt sich.

«Und wie steht Manuel dazu?», frage ich.

Nadine grinst schief. «Möglicherweise wäre er empfänglicher, wenn ich öfter gewisse Knöpfe drücken würde, aber ich habe den leisen Verdacht, es wäre ihm viel zu anstrengend. Er strotzt nicht gerade vor Eifer.»

Ich seufze. «Jetzt weiß ich gar nicht, ob ich dich bedauern oder beglückwünschen soll. Steffen ist jedenfalls nicht wirklich glücklich. Und er glaubt ernsthaft, wir sind die Einzigen, bei denen es nicht rundläuft. Doch egal, mit wem ich darüber spreche, irgendwie geht es allen ähnlich. Ich meine, wir kennen uns so lange, wo soll das Prickeln denn noch herkommen? Aber wenn ich ihm das erkläre, behauptet er, ich würde nur diejenigen fragen, bei denen ich die Antworten bekomme, die ich hören will.»

Nadine stimmt mir heftig nickend zu. «Männer sollten wirklich darüber reden, aber das tun sie ja nicht. Und dann gehen sie stillschweigend davon aus, dass alle anderen vieeel besseren Sex haben.»

«Haben sie vielleicht auch, nur ihre Frauen nicht.»

Nadine kichert. «Auch eine Möglichkeit. Trotzdem, Männer sind untereinander erschreckend verklemmt, was DIESE Themen angeht, oder sie reden in aller Ausführlichkeit darüber und halten es mit der Wahrheit nicht so genau.»

«Der Mann ist und bleibt eben ein Rätsel. Aber haben wir jetzt eine Lösung für das Problem?», frage ich und hoffe auf eine furchtbar weise und geistreiche Antwort.

«Nö!» Sie leert ihr Glas in einem Zug und hievt sich umständlich aus dem klapprigen Gartenstuhl. «Wir reden uns einfach ein, es sei kein Problem, sondern das normale Leben. Mist, ich muss aufs Klo, bin gleich wieder da.» Ein letztes Mal späht sie um die Ecke. «Auf jeden Fall hast DU heute noch einen Termin. Ich übernehme jetzt mal für Steffen deine Druckbetankung und hole den Sambuca, den Manuel uns versprochen hat, damit dein Mann nachher auf seine Kosten kommt.»

«Er wird dir auf ewig dankbar sein», nuschle ich ihr hinterher.

Während sie weg ist, sinniere ich weiter. Mit diesem «Problem» nicht alleine zu sein, ist beruhigend, doch gibt es wirklich keine Lösung? Irgendwo muss es sie doch geben, diese Paare, die auch nach langer Zeit noch richtig guten Sex haben. Wo sind sie, und *wie* machen sie das? Meine Überlegungen führen ins Leere, und als Nadine mit dem Sambuca zurückkehrt, widmen wir uns anderen Themen.

Gemütlich fahren wir nach Hause.

Ich liebe es, nachts durch die stillen Straßen zu radeln. Richtig geradeaus möchte mein Fahrrad allerdings nicht fahren. Komischerweise ist der ein oder andere Schlenker dabei, und auch meine beruhigenden Worte veranlassen den geliebten Drahtesel nicht, diese Mätzchen einzustellen. Betrunken Fahrrad zu fahren, ist definitiv unvernünftig, das brauche ich gar nicht schönzureden, aber wenn das alles ist, was an Unvernunft geblieben ist, so lebe ich gut damit.

Zu Hause angekommen, schließen wir sorgfältig die Räder ab, entlohnen die Babysitterin, und sobald sie in die laue Nacht entschwunden ist, schäle ich mich aus den Klamotten, wohl wissend, eine Pflicht noch erfüllen zu müssen ...

Anders als erwartet, geht es meinem Kopf prima, als ich am nächsten Morgen aufwache.

Leicht verwundert, weil uns noch kein Kind aus den Laken gescheucht hat, kontrolliere ich mit zusammengekniffenen Augen den Wecker. Acht Uhr. Die Kinder müssten längst wach sein. Richtig. Ich spitze die Ohren und höre von unten leise den Fernseher. Das haben sich die Mädels fein ausgedacht. Weil sie genau wissen, dass wir ihnen nach einer Party wohlgesonnen sind, haben sie sich eine zusätzliche Stunde Fernsehen erschlichen. Ich gönne es ihnen, weil wir schließlich alle etwas davon haben, und lasse mich zurück in die Kissen fallen.

Steffen liegt selig schnarchend neben mir und frönt den Segnungen des Tiefschlafes nach durchzechter Nacht. Mit einem für ihn gelungenen Abschluss. Ich bin eben ein pflichtbewusster Mensch.

Einige Zeit später will ich mich aufraffen und die Kinder vom Fernseher befreien, als mich ein starker Arm ins Löffelchen zieht.

«War schön gestern», nuschelt mir Steffen mit alkohol- und schlafgeschwängertem Atem ins Ohr, «warum können wir das nicht öfter machen?»

Ich seufze und erspare mir jeden Kommentar, denn dann muss ich nicht wieder diskutieren und uns damit vielleicht den Morgen versauen. Gott sei Dank belässt Steffen es dabei, und ich gönne ihm einige Minuten Zweisamkeit, ehe ich endgültig aus dem Bett flüchte.

«Welches Sonderbrötchen darf ich dir mitbringen?», frage ich, während ich eine frische Jeans aus dem Schrank ziehe, an meinem T-Shirt von gestern schnüffle und beschließe, es noch einmal tragen zu können, weil es mein bequemstes ist.

«Laugenstange», erwidert er und reckt sich genüsslich.

Ich lasse ihn liegen, tapse nach unten, knuddle die Kinder, die es stoisch über sich ergehen lassen, und frage auch sie nach den Brötchenwünschen. Es folgt die allwöchentliche Diskussion über die Wahl des Bäckers.

«Ich will eine Laugenstange, aber ohne Salz», fordert Milla.

«Ich will ein Käsebrötchen, aber nicht von deeem Bäcker, da sind die voll eklig», mäkelt Carlotta.

Ich seufze, weil ich genau weiß, was nun kommt. Wir haben in der direkten Umgebung drei Bäcker, allesamt schnell und gut erreichbar. Aber egal, zu wem ich gehe, es gibt immer einen in der Familie, dem die Brötchen nicht schmecken. Bei Bäcker A sind die Brötchen zu hart und geradezu ungenießbar (Milla). Bei Bäcker B gibt es keine Laugenstangen mit

Käse, «und wenn es die nicht gibt, brauchst du mir überhaupt kein Brötchen mitzubringen» (Carlotta). Bäcker C wiederum backt sowieso inakzeptable Brötchen (Steffen).

Und da ich mich standhaft weigere, alle drei Bäcker abzuklappern, ist mindestens ein Familienmitglied am sonntäglichen Frühstückstisch muffelig. Ich überlege, welche schlechte Laune ich heute am besten ertragen kann, und entscheide mich für Steffen. Der soll das Maulen schön bleibenlassen, schließlich war ich eine brave Ehefrau.

Und das tut er auch. Ein harmonisches Frühstück eröffnet den Samstag.

Nach dem Frühstück überlassen wir die Kinder mit diversen Ermahnungen im Gepäck und einer aufmerksamen Nachbarin als Back-up ihrem Schlafanzugtag und fahren mit dem Auto in einen großen Baumarkt an die Bonner Stadtgrenze. Wir wollen den Vorgarten umgestalten und sind auf der Suche nach den passenden Materialien. Er ist DAS große Projekt dieses Jahres und zum großen Teil auf meinem Mist gewachsen. Bisher bietet er einen eher traurigen Anblick: Waschbetonplatten aus den Fünfzigern, Unkraut, dazwischen ein paar traurige Pflanzen. Ich möchte daraus etwas Praktisches und Schönes gleichzeitig machen. Mir schweben Natursteine, eine bienenfreundliche Bepflanzung, eine kleine Sitzecke und ein Fahrradstellplatz vor. Das alles auf knapp dreißig Quadratmetern. Ich bin hoch motiviert und habe Steffen mit Engelszungen davon überzeugt, dass wir alles selbst machen können und sich die Kosten so in Grenzen halten. Seit seiner Zustimmung sind YouTube-Tutorials zum Thema Pflastern, Trockenmauerbau oder dem Einbetonieren von Fahrradständern meine tägliche Selfmade-Droge. Die

Planung steht komplett, mental vorbereitet bin ich sowieso. Jetzt soll es an die Umsetzung gehen.

Wir sind schweigsam auf der Fahrt, denn uns beiden steckt die Party noch in den Knochen. Wir sind eben keine zwanzig mehr. Bescheuerter Satz! Ich äffe mich in Gedanken nach. So ein blöder Alte-Leute-Gedanke! Ja nun, sagt die Realistin in mir, finde dich damit ab, du näherst dich ebendieser Grenze. Da helfen weder Verdrängung noch das Einreden konservierter Jugendlichkeit. Nach den Maßstäben des Mittelalters wären wir so gut wie tot und können deshalb froh sein, bisher mit ein paar vernachlässigbaren Schwächen davongekommen zu sein. Ich will der blöden Realistin die Argumentationsgrundlage entziehen und erkläre, man könne das Mittelalter wohl kaum als Referenz heranziehen, da könne man ja gleich Äpfel mit Birnen vergleichen.

Der Besuch im Baumarkt selbst ist ernüchternd. Die Materialien, die uns vorschweben, gibt es nicht, und den Rest haben wir schon über das Internet rausgefunden. So richtig bei der Sache sind wir auch nicht.

«Irgendwie hatte ich mir das fruchtbarer vorgestellt», maule ich, als ich stirnrunzelnd die Auswahl an Natursteinen betrachte. Es gibt genau eine Sorte.

«Dafür war doch wenigstens der gestrige Abend fruchtbar», unkt Steffen, aber ich gehe nicht darauf ein. Vielleicht weil es gestern mehr Pflichterfüllung als alles andere war, auch wenn Steffen etwas anderes denkt.

«Komm, wir packen wenigstens noch ein paar Blumen ein», schlage ich stattdessen vor. Wir fahren ernüchtert wieder nach Hause, ich beschäftige mich im Garten, pflanze die Sommerblumen und diskutiere nach getaner Arbeit mit meiner Mutter via Skype die Vorteile von Natursteinmauern. In Sachen Garten ist sie meine Lehrmeisterin. Leider lebt sie seit zehn Jahren in Nordschweden. Nach den Jahre währenden Seitensprüngen meines Vaters, mit dem ich heute nur noch sporadisch Kontakt habe, weil er über seine Affären auch seine Kinder vergessen hatte, hatte sie irgendwann endlich die Nase voll und schickte ihn zu seiner aktuellen Geliebten. Drei Jahre lebte sie geschieden und fröhlich vor sich hin und lernte schließlich in einem Selbstfindungskurs den wortkargen und herzensguten Peter kennen. Keine zwei Jahre später wanderte sie mit ihm aus. Mein Bruder Dirk und ich haben die Hände über dem Kopf zusammengeschlagen. Heute müssen wir zugeben, dass es die beste Entscheidung war, die meine Mutter je getroffen hat. Außer uns in die Welt zu setzen, natürlich. Einzig, dass sie ihre Enkel so selten sieht, stimmt uns manchmal traurig. Aber wir verbringen wenigstens alle zwei Jahre unseren Urlaub dort, dieses Jahr waren es die Osterferien. Ostern in einer verschneiten Landschaft hat was.

Abends grillen wir spontan mit den Nachbarn, und dann ist der Tag auch schon wieder vorbei, und wir schlafen uns in den sonntäglichen Wandertag.

2

Verhandlungen

Milla und Carlotta trödeln plaudernd vor uns den Waldweg entlang. Es ist ein schöner Tag. Der Mai zeigt sich von seiner schönsten Seite. Nicht schwül und dennoch warm. Die Sonne schickt ihre Strahlen durch das dichte Blätterdach, die Vögel zwitschern.

Steffen und ich wechseln zwischendurch ein paar Sätze, die meiste Zeit jedoch schweigen wir einmütig und genießen das schnöde DA-Sein. Etwas ohne Ziel und Verpflichtung zu tun, ist der Luxus des Wochenendes.

Ich sinniere über die Umsetzung meines Großprojekts und bin so in Gedanken versunken, dass Steffens Worte ungehört im Wald verhallen. «Hä? Hast du was gesagt?»

«Jaaa», antwortet er gedehnt. «Ich hab dich gefragt, warum wir eigentlich so selten Sex haben, es hat dir doch auch Spaß gemacht.»

Och, Mensch. Warum kommt er denn mit DEM Thema wieder um die Ecke? Wenigstens die Tage danach könnte er sich zurückhalten, oder nicht? Auf der anderen Seite scheint es ihn wirklich zu beschäftigen. Und mich beschäftigt es ja auch, wenn ich ehrlich bin. Doch ich habe keine Lust, mir die sonntägliche Wohlfühlstimmung verderben zu lassen, und gebe meinen Unmut leider ungefiltert an ihn weiter. Manchmal wünschte ich mir eindeutig mehr Fingerspitzengefühl.

«Warum machst du immer denselben Fehler? Jetzt nervst du mich wieder so lange, bis ich entweder dichtmache oder nachgebe. Beides ist nicht besonders aufregend.» Ich stopfe meine Hände in die Hosentaschen und beschleunige den Schritt. Nicht dass Steffen deswegen lockerlassen würde.

«Immer wenn ich dich darauf anspreche, wirst du abweisend. Aber was soll ich denn machen, wenn ich dich begehre? Ich hab eben Bedürfnisse.»

«Aha. Und was ist mit meinen Bedürfnissen?», frage ich schärfer als beabsichtigt.

«Du meinst wohl die eher nicht vorhandenen», zieht er mich auf.

Ich verdrehe affektiert die Augen und knurre unwirsch, denn diese Diskussion führt erfahrungsgemäß nicht weit. Doch weil mich meine Reaktion schon selbst nervt, beschließe ich in Erinnerung an das Gespräch mit Nadine, ihm einen Brocken hinzuwerfen und ihm wenigstens ein bisschen entgegenzukommen. «Es nervt mich eben, wenn du lediglich ankündigst, was DU willst. Das ist nämlich weder erotisch noch romantisch. Nicht reden, MACHEN.»

Wie üblich hinterlässt ihn diese Aufforderung ratlos. «Dann sag mir doch einfach mal, *was* ich tun soll. Ich würd es ja gerne versuchen. Ehrlich. Ich möchte doch, dass du auch wieder Spaß daran hast.»

«Genau das ist es doch. Ich kann dir nicht sagen, was du tun sollst. Das wäre ja so, als würde ich dir diktieren, WIE du einen Heiratsantrag machen sollst.»

«Ich durfte dir gar keinen Heiratsantrag machen», grummelt er, «das hast du mir doch verboten.»

«Oh Mann, das war nur ein Beispiel!» Genervt blase ich die Backen auf, dabei weiß ich genau, wie er ist: nicht phantasievoll. Er braucht konkrete Handlungsanweisungen. Ich könnte das ja akzeptieren, aber mein eigener Stolz steht mir im Weg.

Ein altes, sehr altes Ehepaar stöckert an uns vorbei und wirft uns seltsame Blicke zu. Waren wir zu laut? Vermutlich. Das sind wir fast immer, wenn wir diskutieren. Ich versuche, Steffen zu verstehen. Zu verstehen, dass es wirklich Bedürfnisse sind, die er hat, es nichts ist, was er sich ausdenkt, um mich zu ärgern. Ich habe einmal gelesen, dass die Krux beim Sex im Grunde die folgende ist: Männer brauchen Sex, um zu entspannen, Frauen müssen entspannt sein, um Sex zu haben. Demnach wäre es nicht böse oder egoistisch, was Steffen sich wünscht. Oder? Was wäre also, wenn ich ihm entgegenkäme? Die Hauptschuld liegt schließlich bei mir. Ob Steffen nun romantisch ist oder nicht, er sich Mühe gibt oder auch nicht – allein mein fehlendes Bedürfnis steht uns im Weg. Vielleicht sollte ich mein stures Ich endlich verbannen und mit ihm an einem Strang ziehen. Das wär mal eine Neuerung.

Ich bleibe abrupt stehen, drehe mich zu ihm um und fixiere ihn. «Gut, ich habe keine Lust, mitten im Wald Sexdiskussionen für die Allgemeinheit zu veranstalten. Ich verstehe deine Unzufriedenheit. Wirklich. Aber lass uns heute Abend darüber reden. In Ruhe!»

«Was meinst du mit *in Ruhe*?» Steffen beäugt mich verdutzt. Damit hat er jetzt nicht gerechnet. Und dann habe ich plötzlich diese Idee. Sie ist so typisch Nina, aber egal, einen Versuch ist es wert.

«Wenn die Kinder schlafen, setzen wir uns zusammen und schreiben unsere Wünsche und Sehnsüchte auf Zettel. Ganz ehrlich. Wir versprechen, uns nicht zu verurteilen, und schauen, ob es Gemeinsamkeiten gibt. Danach entscheiden wir, wie es weitergeht, und versuchen so, wieder ein bisschen Schwung in unser Sexleben zu bringen.»

«Hm.» Steffen kratzt sich seinen angegrauten Wochenendbart. «*Ehrlich?* So richtig *ehrlich*?»

«Ja», antworte ich und blicke ihn offen an. Leise Zweifel verdränge ich. Das Bild der berühmten Büchse der Pandora wabert vorbei, aber wie dramatisch kann es schon werden?

Schließlich nickt er und grinst. «Wenn du meinst, es hilft, bin ich dabei.»

Milla und Carlotta wetzen heran, als wüssten sie genau, dass die brenzlige Situation vorüber ist. Wir mögen sie bitte schnellstens zur Eisdiele lotsen, denn ein Eis, das wäre von unabdingbarer Dringlichkeit. Wir stellen ihnen das Eis für die nächste halbe Stunde in Aussicht, und sie flitzen noch einmal motiviert davon.

Die Mädchen sind im Bett, wir sitzen uns am Esstisch gegenüber und starren einander ratlos an. Ich fühle mich, als säße ich mitten in einer heiklen Pokerrunde – die Colts griffbereit auf den Schenkeln, die Mienen unbewegt. Eine verbissene Ernsthaftigkeit flackert durch die Luft. «Spiel mir das Lied vom Tod» wäre jetzt eine fulminante musikalische Untermalung.

Zettel und Stifte liegen bereit, daneben steht für jeden ein Glas Rotwein. Keiner weiß, welches Blatt der andere hat oder wie dieser Abend enden wird. Alles ist offen und kann uns überallhin führen.

Ein Anwalt wäre nicht schlecht. Für beide Seiten. Schließlich sind wir gerade im Begriff, neue Sexkonditionen für unsere Ehe auszuhandeln. Ich glaube, wir kommen uns beide blöd vor, aber abgemacht ist abgemacht, und wer weiß, vielleicht kommt am Ende etwas Gutes dabei heraus.

Ich nehme mein Glas und leere es in einem Zug. Scheiß drauf, ich brauche harten Stoff. «Soll ich den Sambuca aus dem Keller holen? Nüchtern überstehe ich das nicht, diese Ernsthaftigkeit macht mich völlig kirre.»

Steffen belohnt mich mit einem dankbaren Grinsen. «Auf jeden Fall», erwidert er. Er hat meine Vorbereitungen für diesen Abend verwundert beobachtet, sich aber jeden Kommentar erspart. Er kennt mich, ich neige dann und wann zu Überorganisation.

Froh um den kleinen Aufschub, trotte ich in den Keller, nehme die Flasche Sambuca aus dem Regal und trödele Stufe für Stufe wieder nach oben. Was mache ich eigentlich, wenn Steffen Vorstellungen hat, die ich nicht erfüllen kann? Oder will? Und was soll ich nur auf diese Zettel schreiben? Ich kann mir wohl kaum keinen Sex wünschen. Irgendwas wird mir schon einfallen. Irgendwie muss sich der Spaß am Sex doch reaktivieren lassen. Dennoch sollten wir dringend ein paar Regeln festlegen. Und ehrlich gesagt, fände ich die Idee einer dritten Person gar nicht schlecht. Sie könnte vorsortieren, uns jeweils nur die Dinge mitteilen, bei denen wir beide gleichauf liegen, und den Rest unauffällig vernichten. Aber wen fragt man in so einer Lage? Liebe/r Sowieso, könntest du bitte die neutrale Person bei unseren Sexverhandlungen spielen? Oh danke, fein, das wäre nett von dir.

Ich knalle die Schnapsflasche schwungvoll auf den Tisch, hole aus dem Küchenschrank zwei Gläser, knalle sie hinterher, und Steffen füllt sie bis zum Anschlag. Wir prosten uns gegenseitig zu.

«Du und deine Ideen», sagt er schmunzelnd, «meinst du, es gibt Paare, die so etwas schon einmal gemacht haben?»

«Sieh's mal so. Wir sparen vielleicht viel Geld für eine Eheberatung», unke ich und erkläre ihm dann das von mir erdachte Prozedere. «Für jeden Wunsch, den wir aufschreiben, trinken wir einen Schnaps. Außerdem schlage ich vor, wir beginnen mit ein paar harmlosen Vorschlägen. Zum Aufwärmen. Einverstanden?»

Steffen guckt verdutzt und prustet los. Er hat ja recht. Wir machen es uns unnötig schwer. Erleichtert falle ich in sein Lachen ein, der Sambuca und der Rotwein entfalten ihre Wirkung, und der Gedanke, die ganze Angelegenheit könnte sogar spaßig werden, ist gar nicht mehr so abwegig.

«Und was ist, wenn Dinge auf den Zetteln stehen, die dem anderen total gegen den Strich gehen?», fragt Steffen mit einem etwas verunsicherten Blick.

Ein mulmiges Gefühl kriecht meine Speiseröhre hinauf. Ich schlucke und schicke das mulmige Gefühl schnell wieder hinunter. «Wir sind erwachsen, wir kennen uns seit fast zwanzig Jahren, wenn in dir ein Perverser schlummert, hätte ich es hoffentlich bemerkt. Wir sind nicht prüde, und es sind alles nur Möglichkeiten, zu denen jeder von uns auch nein sagen darf. Wenn's richtig schlimm wird, schießen wir uns ab, damit wir uns morgen nicht mehr daran erinnern können», lautet mein hochvernünftiger Vorschlag, ohne mir weiter Gedanken über seinen unsicheren Blick zu machen.

«Hört sich nach einem Plan an», antwortet Steffen.

Erneut huscht ein leiser Zweifel über sein Gesicht. Das Gesicht, das ich nun schon so lange kenne. Werde ich heute Dinge erfahren, die neu sind oder fremd? Und wenn die Antwort ja lautet, wie werde ich damit umgehen? Nun, für diese Überlegungen ist es zu spät.

«Also, auf Los geht's los. Topp, die Wette gilt», verkünde ich launig. Ob eine Sanduhr übertrieben wäre?

Ich zücke meinen Stift, den ersten Zettel und denke nach. Mein Kopf ist ganz schön leer. Unauffällig schiele ich über den Tisch und sehe, wie sich Steffen gedankenverloren an der Wange kratzt. Kurz streifen sich unsere Blicke, beide schauen wir schnell wieder weg. Also, welche Wünsche habe ich? Was fehlt mir in Sachen Sex, wenn ich die Tatsache beiseiteschiebe, dass er mir im Grunde genommen überhaupt nicht fehlt?

Steffen sieht mich an, als würde er gerne in meine Gehirnwindungen kriechen, um herauszufinden, was ich denke.

«Jetzt glotz nicht so», herrsche ich ihn gemimt humorig an, «schreib verdammt nochmal was Harmloses auf deinen Zettel.»

Er nickt, schreibt ein einziges Wort, faltet seinen Zettel akribisch zusammen und schiebt ihn wortlos über den Tisch. Mein Herz klopft. Ich bin aufgeregt, es wird konkret. Ich schreibe ebenfalls was auf, falte den Zettel übertrieben sorgfältig und schiebe ihn bedeutungsschwanger über den Tisch.

Ohne mich aus den Augen zu lassen, faltet Steffen das Stück Papier auseinander, wirft einen Blick darauf und stöhnt.

«So brauchst du gar nicht erst anzufangen», murre ich. «Wir haben gesagt, wir tasten uns langsam voran.»

«Das ist aber kein Wunsch, das hätten wir vorher klären können.»

«Nein», widerspreche ich vehement, «es ist sehr wohl ein Wunsch, denn nur so kann ich meine anderen Wünsche formulieren. Ich will nicht mehr in die Loserecke gedrängt werden.» *Keine Vorwürfe mehr*, steht auf dem Zettel.

«Okay, du hast ja recht. Es soll also wirklich ein Neuanfang in Sachen Sex sein?»

«Ja, das wäre schön.»

Er mustert mich sekundenlang und sagt schließlich: «Gut, versuchen wir's. Jetzt du.»

Ich nehme seinen Zettel und hoffe inbrünstig, ihm geben zu können, was darauf steht. *Öfter*. Puh, im Geiste wische ich mir den Angstschweiß von der Stirn, auch Steffen fängt mit ein paar Aufwärmübungen an. «Wie oft ist öfter?»

«Na ja, öfter eben. Das wär schön. Seltener geht ja fast nicht mehr.»

«Wo du recht hast, hast du recht», sage ich seufzend und schiebe nach: «Wie sollen wir eigentlich mit unseren Wünschen umgehen? Sollen wir sie direkt besprechen, oder sammeln wir erst mal?»

«Wir sammeln und machen hinterher eine Auswertung», schlägt Steffen vor.

Ich erspare ihm und mir eine Antwort und werfe lieber den Weinkorken nach ihm. «Depp.»

«Du kannst natürlich auch sofort anfangen, die guten Vorsätze in die Tat umzusetzen», schlägt er feixend vor.

Mir liegt eine Erwiderung auf der Zunge, aber ich schlucke sie herunter. Und lobe mich, weil ich mich so prima im Griff habe. «Ich leg's auf Wiedervorlage», sage ich stattdessen großmütig. «Nächste Runde, diesmal mache ich mit. Versprochen.»

«Dann bin ich aber jetzt echt gespannt.»

Ich strecke ihm die Zunge raus und genehmige mir einen weiteren Schluck Wein. *Mehr Romantik, aber nicht von der kitschigen Sorte*, schreibe ich diesmal. Mal sehen, was er dazu sagt. Dann falte ich seinen zweiten Zettel auseinander, lese ihn und lehne mich beruhigt zurück. Das ist machbar.

«Okay», sage ich, «aber nur, wenn die Kinder nicht da sind.»

«Sehe ich ein», erwidert er.

Woanders als im Bett, hatte er geschrieben.

Jetzt ist er wieder dran. Mein Romantikwunsch dürfte eine größere Herausforderung für ihn sein. «Ich kann mir Mühe geben, Nina, aber du musst mir helfen und sagen, was du darunter verstehst. Woher soll ich sonst wissen, was kitschig ist und was nicht.»

«Du bist, wie du bist, das weiß ich doch, aber wir müssen endlich von dieser routinemäßigen Ebene runter. Eine Anleitung gibt es dafür leider nicht. Vielleicht googelst du einfach mal und sortierst alles, was Kai Pflaume empfiehlt, aus. DAS wäre nämlich kitschig.»

«Schade, der wäre mir als Erstes in den Sinn gekommen. So ein Meer aus roten Rosen, hundert Teelichter und ein Nümmerchen auf dem Eisbärenfell vor dem Kamin, das hätte ich hingekriegt.»

«Was für ein Glück, dass wir keinen Kamin haben», bemerke ich trocken.

Wir fangen beide an zu lachen, und es ist, als wäre ein Damm gebrochen. Wir sind schließlich keine Gegner, sondern Partner. In nunmehr beschwingter Stimmung machen wir weiter. Die nächsten Vorschläge bewegen sich im Rahmen des Machbaren. Schritt für Schritt tasten wir uns voran und erobern zurück, was vor den Kindern selbstverständlich war und in dem ganzen Familienwahnsinn irgendwie unter die Räder gekommen ist.

Back to the roots lautet unser gemeinsames Motto.

Der Alkohol entfaltet zusätzlich seine positive Wirkung, und die Ernsthaftigkeit ist einer lässigen Heiterkeit gewichen. Wir kichern und albern wie zwei Teenager, und ich klopfe mir für diese Idee im Minutentakt auf die Schulter.

Dennoch wissen wir, dass wir das sichere Terrain bald verlassen müssen, um am Eingemachten zu rühren, denn das ist das Ziel. Wir wollen unsere heimlichen Wünsche kennenlernen und nicht nur wiederbeleben, was wir verloren haben.

«So, jetzt schreiben wir auf, was wir uns noch nie getraut haben zu sagen. Egal, wie peinlich es wird.» Ups, war das wirklich mein Vorschlag?

Vor Schreck kippt sich Steffen den Schnaps, den er gerade trinken wollte, übers Kinn. Mit dem Ärmel wischt er darüber und betrachtet mich in einer Mischung aus Neugier und Argwohn. «Du willst also wirklich wissen, was ich mir wünsche?»

«Jawoll, kann ja nach fast zwanzig Jahren nicht verkehrt sein», sage ich und bin mir der Brisanz des Augenblicks nur teilweise bewusst. Für mehr ist eindeutig schon zu viel Alkohol geflossen.

Ich krame nun tief in meiner Seele, irgendwo müssen die frivolen Träume doch rumliegen. Ich suche. Wäre ich ein Computer, würde nun das Ladezeichen im Kreis laufen. Wieder und wieder und wieder. Natürlich habe ich Phantasien, aber ehrlich gesagt, findet der Sex dabei eher am Rande statt. Ich träume lieber Geschichten und lasse dem Geschehen davor viel mehr Raum als dem Akt selbst. Vielleicht ist genau das mein Problem. Denn das Davor kann ich mit Steffen nicht zurückholen. Unser Davor ist längst vorbei und der Sex für mich nur noch eine Nachwehe längst vergangenen Prickelns. Ist der Zeitpunkt gekommen, an dem unsere Vorstellungen diametral auseinanderdriften? Kommen nun die Wünsche, die mich überfordern werden?

Ich verdränge alle unheilschwangeren Gedanken und notiere: *Spielzeug*. Nicht weil ich wirklich scharf darauf bin, sondern weil etwas Neues hermuss und es vielleicht sogar spannend ist. Hoffentlich ist es «geheimer Wunsch» genug.

Gespannt schiebe ich meinen Zettel über den Tisch und beobachte Steffen, der immer noch nichts geschrieben hat. Er presst seine Lippen zusammen, der Stift liegt schreibbereit in seiner Hand. Worüber, zum Teufel, grübelt er so lange nach? Ich meine, Unsicherheit in seinem Blick zu erkennen. Ob er etwas im Sinn hat, von dem er glaubt, es könne mich vor den Kopf stoßen? Gefühlte Stunden später schiebt er mir endlich den Zettel vorsichtig über den Tisch.

«Bevor du das liest: Ich sollte ehrlich sein. Es ändert nichts an meinen Gefühlen, und du musst nicht darauf eingehen. Aber wir sind gerade so offen zueinander. Ich finde, du solltest es wissen. Dass ich davon träume. Ich erkläre es dir auch. Verurteile mich nicht direkt. Ja?»

Ach du meine Güte, was kommt denn jetzt? Meine gute Laune weicht urplötzlich dem Gefühl, danach könnte alles anders sein. Kann ich bitte zurückspulen, anhalten, löschen oder fliehen?

«Dann lies du zuerst», bitte ich, lasse seinen Zettel durch meine Hände wandern und verschaffe mir eine Galgenfrist, die nur etwa eine Minute dauert, denn meinen Wunsch gewährt mir Steffen mit kurzem Nicken. Was wohl heißen soll: Kein Problem, wir werden in Bälde ein kleines Päckchen bestellen.

Ich schlucke, obwohl es nichts zu schlucken gibt, so trocken ist mein Mund. Vorsichtig falte ich auseinander, was er geschrieben hat, lese – und die Zeit bleibt stehen.

Es ist nur ein Wort, doch es zieht mir den Boden unter den Füßen weg.

Partnertausch.

«Bist du schockiert?», fragt Steffen vorsichtig.

Ich sage nichts, bewege mich nicht, atme vielleicht nicht einmal. Er mustert mich, sucht nach einem Hinweis, dass ich in Gedanken nicht bereits auf gepackten Koffern sitze. Er ist nervös, streicht sich wieder und wieder durch sein kurzes Haar. Klar, er hat sich gerade komplett entblößt. Ich selbst habe ihm nicht mal ansatzweise einen solchen Einblick in die geheimen Ecken meiner Seele gewährt. Wie soll ich reagieren? Nichts hat mich auf SO einen Wunsch vorbereitet, wirklich nichts!

Der hat sie doch nicht mehr alle!

Will der mich verarschen?

O Gott, mein Mann ist pervers!

Er will 'ne andere vögeln, er will wirklich eine andere vögeln!

Unsere Ehe ist im Eimer!

Erste Gedanken, die mich spontan überrennen. Doch ich schweige, versuche, die Panik zu verbannen und klar zu denken, es nüchtern zu betrachten. Es muss für ihn die Hölle sein, auf meine Antwort zu warten. Ich muss ihn – uns – erlösen, sollte ihm zumindest mitteilen, was ich denke. Es wäre ein Anfang.

«Ich habe jetzt fertig geflucht. Also innerlich», setze ich an, und gefühlt atmet auch Steffen das erste Mal seit mindestens zwei Minuten. Der ist ganz schön angespannt. Recht so! «Natürlich bin ich schockiert. Ist doch klar. Mit so was habe ich nicht gerechnet. Aber, also, ich kann mir schon vorstellen, dass jemand solche Wünsche hat, und vielleicht auch, dass du sie hast. Was mich aber wirklich überfordert, ist die Tatsache, dass *ich* mir nun Gedanken darüber machen muss. Ob *ich* mir so was vorstellen kann. Oder ob *ich* dir die Flasche Wein über den Schädel ziehe und dich frage, ob du noch alle Tassen im Schrank hast.»

Steffen geht augenblicklich in die Defensive. «Na ja, du wolltest es wissen, du kannst mir jetzt nicht vorwerfen ...»

«Ich werfe dir nichts vor», unterbreche ich ihn, «ehrlich. Ich muss das nur verarbeiten, okay?» Ich will nicht streiten, nichts zerstören. Deshalb überspiele ich meine Erschütterung und reiße einen Witz: «Gut, lass uns eine Liste anlegen, und dein Vorschlag kommt in die Mittelfristplanung. Okay?»

Steffen sieht mich an, als hätte ich ein Kaninchen mit Hörnern aus dem Hut gezaubert, dann schmunzelt er erleichtert. «Interessanter Ansatz, aber jetzt ernsthaft. Möchtest du gar nicht wissen, warum ich das geschrieben habe?»

«Ja, hm, schon. Oder lieber nicht? Ach, ich weiß nicht. So viele Gründe kann es nicht geben, oder? Gib mir bitte Zeit.»

Steffen greift über den Tisch nach meinen Händen und hält sie fest. «Nur eins noch: Ich will und wollte dich nie betrügen, habe es nie getan und werde es auch in Zukunft nicht tun. Ich liebe dich, und das wird auch so bleiben.»

Ich nicke und schlucke das Tränchen hinunter, das sich den Weg in meine Augenwinkel kämpfen möchte. «Das war ja fast schon romantisch», stelle ich fest, um den rührigen Augenblick wegzuwischen, «also der hintere Teil.»

Er lächelt schief, wir schweigen, ich trinke meinen letzten Schnaps. Einvernehmlich beschließen wir, ins Bett zu gehen. Es gibt nichts mehr zu sagen, das spüren wir beide. Zum Glück ist morgen Pfingstmontag, an einem normalen Sonntagabend hätten wir uns eine solche Alkoholsause nicht leisten können.

Ich sehe noch kurz nach den Kindern. Sie liegen so harmlos in ihren Betten. Carlotta hat ihre Decke weggestrampelt. Liebevoll decke ich sie wieder zu, woraufhin sie sich kurz rührt und im Schlaf vor sich hin nuschelt. Ich drücke ihr einen Kuss auf die Stirn und sauge die Harmlosigkeit dieses Augenblicks in mich auf, ehe ich zu meinem Ehemann ins Bett schlüpfe und auf unruhigen Wogen in den Schlaf gleite.

Der Morgen danach. Mein Schädel schmerzt, als würde ein Zahnarzt darin herumbohren. Als nach und nach die Ereignisse unseres Tuns in mein Bewusstsein tröpfeln, wird mir schlecht. Was war das nur? Haben wir diese dämliche Büchse wirklich geöffnet? Und war das, was heraussprang, schon alles?

Ich schlurfe ins Bad, im Wohnzimmer läuft leise der Fernseher. Die Kinder haben die Gunst der Stunde erneut genutzt. Ich verüble es ihnen nicht und würde mir eher Sorgen machen, wenn sie es nicht täten. Denn dafür ist die Kindheit da, oder nicht?

Ich nehme eine Kopfschmerztablette und lege mich wieder ins Bett, um auf die Wirkung zu warten. So lange muss es Zeit haben, das Nachdenken darüber, ob wir an einem Punkt angelangt sind, an dem unsere Ehe neue Wege gehen wird.

In welcher Form auch immer.

Meine Güte, wie soll ich nur auf Steffens Vorschlag reagieren, und was soll ich davon halten? Warum möchte er mit einer anderen Frau schlafen? Und warum möchte er, dass ich dasselbe mit einem anderen Mann tue? Es klingt absurd. Träumt Steffen davon, weil ein Partnertausch der besondere Kick ist? Oder will er schon länger eine andere Frau in seinem Bett, und dies ist der Weg, es zu legitimieren? Ist es so profan und billig? Indem er mir dasselbe erlaubt, wird sein Wunsch real?

Nun, er hat mir angeboten, seine Gründe darzulegen. Ich sollte sie mir anhören, auch wenn sich im Moment alles in mir sträubt. Doch zunächst muss ich klären, ob das Ganze für mich überhaupt in Frage kommt.

Nein, schreit alles in mir, *auf keinen Fall!*

Warum nicht?, fragt eine andere Stimme.

Weil es sich nicht gehört, weil es nur zerstören kann und weil ich das nicht bin.

Wirklich? Ich denke an die Dachdecker und meine abendlichen Kuschelphantasien, in denen durchaus andere Männer vorkommen. Aber das ist fiktiv, und der Sex ist immer eingebettet in romantische Verwicklungen. Es geht um das Kennenlernen und die Schmetterlinge im Bauch. Bis ins Kleinste male ich mir solche Geschichten aus, und meist bin ich eingeschlafen, bevor es zu den handfesten Seiten dieser Abenteuer kommt. (Obwohl ich mir jedes Mal vornehme, ordentlich zu Ende zu träumen.) Also geht es dabei gar nicht um Sex. Im Prinzip sind es Teenagerträume, die mir den Alltag einer langjährigen Beziehung versüßen. Meine Phantasien sind so harmlos wie ein Toastbrot. *Ich* bin so harmlos wie ein Toastbrot.

Bei Steffen geht es um Sex, und zwar ausschließlich. Denke ich. Ich habe keine Ahnung, wie er sich so einen Partnertausch vorstellt, aber es müsste wohl ein Paar sein, mit dem wir uns einig sind, und dann geht jeder mit dem jeweils anderen ... Himmel, ich kann das nicht mal zu Ende denken. Ich soll mit einem fremden Mann ... Was? Und wo und wie? Ich? Und Steffen dann mit irgendeiner Suse? Und jeder mit dem anderen getrennt? Oder zusammen, so richtig orgienmäßig?

Es schüttelt mich. NEIN, das geht alles gar nicht, Kopfschmerzen hin oder her. Was bildet der sich ein, mir so was vor den Latz zu knallen? Legitimiertes Fremdvögeln, zügelloses Quartettbumsen! Der hat sie doch nicht mehr alle! Ja, das könnte schon meine Antwort sein, es ist schließlich mein gutes Recht, nein zu rufen und das Ganze schnellstmöglich ins Reich der Eheanekdoten zu verbannen.

Er kann das von mir nicht erwarten.

Und das werde ich ihm genau so sagen.

Zufrieden mit meinen höchst moralischen Überlegungen hake ich das Thema ab. Viel lieber denke ich darüber nach, wie wir den heutigen Tag verbringen. Ein geschenkter Feiertag bei durchwachsenem Wetter, das ruft nach Gemütlichkeit vor dem Fernseher oder kleinen Streitereien bei Gesellschaftsspielen. Vielleicht gönnen wir uns nachmittags ein schönes Stück Kuchen oder gehen ins Freibad, falls der Regen aufhört.

Und dann holen mich meine Gedanken doch wieder ein. Steffens Wunsch wird von nun an zwischen uns stehen, und ich bin dem Wissen ausgeliefert, dass er gern mit einer anderen Frau schlafen würde. Eine frustrierende Aussicht. Jetzt gibt es also nur noch ein Davor und ein Danach, und ich kann sehen, wie ich damit klarkomme. Es ist, wie mir schlagartig bewusstwird, eine riesengroße Scheiße, in die wir uns da manövriert haben.

Leider war es meine Idee.

Missmutig, aber immerhin kopfwehfrei schäle ich mich aus dem Bett und gehe nach unten, das Frühstück vorbereiten. Wir sollten versuchen, den Tag so normal wie möglich zu gestalten. Zum Glück ist das kein Thema, das wir im Beisein der Kinder weiterdiskutieren werden.

Steffen lässt mich beim Frühstück in Ruhe. Ein fragender Blick zu Anfang, mehr nicht. Auch danach, als wir die Spülmaschine ausräumen und die Kinder längst in ihren Zimmern verschwunden sind, akzeptiert er mein Schweigen. Das ist gänzlich untypisch für jemanden, der sonst immer alles wissen will und so lange bohrt, bis ich nachgebe. Einzig die Unsicherheit, die er verströmt, nehme ich wahr und damit die Macht, die ich in dieser Situation über ihn besitze, weil er auf eine Reaktion von mir angewiesen ist. Er soll ruhig ein bisschen schmoren, denn schließlich hat *er* mich direkt in die Gefühlshölle katapultiert.

Lange geht das natürlich nicht gut.

«Hast du über gestern nachgedacht?» Unsicher steht er vor mir.

Ich hocke gemütlich in meinem abgewetzten Lesesessel, balanciere mein weißes Notebook auf dem Schoß und recherchiere wieder einmal inbrünstig zum Thema Vorgarten. Materialien und Preise müssen ausführlich verglichen werden, bevor wir endgültige Entscheidungen treffen können. Vielleicht finde ich im Netz ja noch die eine oder andere Anregung, die wir kostengünstig in die Planung mitaufnehmen können. Außerdem möchte ich endlich den Container für den Erdaushub bestellen und rechne wie eine Wilde, um herauszufinden, wie viel Erde wir wohl wegschaufeln müssen.

Das alles hält mich natürlich hervorragend vom Nachdenken ab.

«Jein», antworte ich, ohne aufzublicken.

«Und was heißt das?», fragt er ungeduldig. «Kannst du mir nicht eine einfache Antwort auf eine einfache Frage geben?»

Jetzt schaue ich ihn doch an. «Erstens war das alles andere als eine einfache Frage, und zweitens gibt es keine einfache Antwort. Das sollte dir klar sein.» Ich bin so schnippisch, es nervt mich schon fast selbst. Der gestrige Abend, der so gut begonnen hat, wurde im Grunde mit einem einzigen Wort zunichtegemacht. Das wird mir gerade klar.

Und ihm vielleicht auch, denn er geht augenblicklich in die Defensive und hebt abwehrend die Hände. «Ist ja gut, ich wollte nur fragen. Ich sollte wissen, dass du mir darauf nicht sofort eine Antwort geben kannst. Tut mir leid. Ich hätte es nicht auf diesen dummen Zettel schreiben sollen.»

«Nein, ich wollte es ja so. Ich musste damit rechnen, dass etwas kommt, was mich überfordert. Ich habe eben noch nie über so was nachgedacht, und das kann ich auch nicht einfach nebenbei. Da hängt viel zu viel dran. Lass mir ein paar Tage Zeit. Es würde mir übrigens sehr helfen, wenn ich wüsste, wie du reagieren wirst, sollte ich deinen Vorschlag ablehnen.»

Damit habe ich ihn eiskalt erwischt. Es dauert eine Weile, ehe er antwortet.

«Wenn du nicht willst, dann muss und werde ich das akzeptieren», sagt er nachdrücklich.

«Und dein Wunsch löst sich in Luft auf?»

«Hm.» Er kratzt sich den Nacken. «Willst du einen Tee?»

Wie sagt meine Mutter immer so schön: Keine Antwort ist auch eine Antwort. Und diese hier ist irgendwie ziemlich eindeutig. Schon allein deshalb reagiere ich mit Sarkasmus. «Ja, ich nehme einen Tee, und du solltest vielleicht dringend darüber nachdenken, was passieren wird, wenn ich ablehne. Im Zweifel suchst du dir eben alleine eine Frau», schiebe ich hinterher, gespannt, ob er in die Falle tappt.

«Das könnte dir so passen, in *die* Falle tappe ich nicht», antwortet er postwendend und grinst verhalten. «Ich hab dir doch gesagt, dass ich nicht fremdgehen will und es auch nicht werde.»

Ich lächle vorsichtig zurück und ermahne mich selbst. Mit solchen Bemerkungen mache ich das Ganze nur größer, als es ist.

Ein Orkan poltert die Treppe hinunter, und Sekunden später jagen die Kinder zur Tür hinein. Carlotta kommt als Erste hereingeweht, mit entrüstetem Blick und aufgeblähten Backen, Milla mit gefletschten Zähnen hinterher. Sie müssen nicht erwähnen, dass ein Brand gelöscht werden muss.

«Milla bestimmt immer alles! Nie spielen wir, was ich will», entrüstet sich Carlotta, den Tränen nah. «Und deshalb habe ich zwei Männchen umgeworfen, und jetzt sagt Milla, sie spielt nie, nie wieder mit mir.» Nun fließen die Tränen ungehemmt.

«Die ist aber auch so dumm! Nie versteht sie, was ich von ihr will, und dann stößt sie meine Sachen um und wundert sich, wenn ich sauer bin», verteidigt sich Milla, die sichtlich um Fassung ringt.

«Das ist vielleicht der Haken an der Sache», versuche ich, geduldig zu vermitteln. «Wenn du immer alles bestimmst, findet Carlotta das selbstverständlich doof. Und die Ungeheuerlichkeit von zwei umgeworfenen Männchen wirst du verkraften.»

«Natürlich bist du gleich auf Carlottas Seite, das bist du ja immer», wendet sich Millas Frust gegen mich.

Ehe ich etwas entgegnen kann, stürzt sich Carlotta auf Milla, kneift sie in beide Wangen und schreit sie an, sie würde jetzt nach oben gehen und alles, alles aus dem Fenster werfen. Milla ihrerseits dreht Carlotta den Arm nach hinten, woraufhin diese mit den Füßen Milla aus dem Gleichgewicht bringt. Binnen Sekunden liegen sie kreischend auf dem Boden und ringen, als ginge es um Lebenswichtiges.

Ich seufze und sage zu Steffen: «Komm, wir machen Mittagessen.» Damit lassen wir die Mädchen allein, denn im Laufe der Zeit haben wir festgestellt, dass es eher schlimmer als besser wird, wenn wir uns einmischen.

Wann haben diese Prügeleien angefangen? Früher hatten sie das nicht nötig. Ich glaube, es fing an, als Carlotta nicht mehr in der Lage war, sich mit Worten zu wehren, und Milla begriff, wie effektiv sie Carlotta mit einem gezielt platzierten Satz auf die Palme bringen kann. Dabei verletzen sie sich nicht wirklich, es ist eher ein sportliches Ringen. Denn Carlotta, obwohl einen Kopf kleiner, ist fast so stark wie Milla. Wenn sie keine Lust mehr haben, stehen sie auf, klopfen sich den Staub von den Klamotten und spielen weiter. Vielleicht sollten Steffen und ich unsere Konflikte auch auf die Matte bringen. Es geht einem bestimmt besser, wenn man sich körperlich ausgetobt hat.

Mit den Nudeln steigt die Stimmung. Anschließend gehen wir trotz des mäßigen Wetters in die Eisdiele, spielen, schauen fern und faulenzen.

Am Ende dieses langen, denkwürdigen Wochenendes bereiten wir uns auf die neue Woche vor. Die Sachen für morgen werden gepackt, die Brotdosen bereitgestellt.

Die neue Woche kann kommen und mit ihr ein Wust an Dingen, über die ich nachdenken muss.

3

Wendepunkt

Dienstags habe ich frei. Die Kinder haben zwar noch Ferien, aber wir haben sie auf eigenen Wunsch in einer Ferienbetreuung angemeldet, in der sie mit zwei Freundinnen und zehn anderen Kindern vier Tage lang durch den heimischen Wald streifen. Ich kann also in aller Ruhe ins Freibad gehen, das seit dem Pfingstwochenende offen hat. Es gibt kaum etwas, das ich mehr genieße. Gegen neun sind die Frühschwimmer weg, und die schwimmenden Omis kommen erst in einer Stunde. Auch die Gelegenheitsschwimmer fallen heute aus, da der Morgen die magische 20-Grad-Marke nicht geknackt hat und der bedeckte Himmel sein Übriges tut. Beste Bedingungen also, um gediegen durch die Bahnen zu dümpeln und in aller Ruhe die Optionen durchzugehen. Vierzig Bahnen, an deren Ende ich vielleicht eine Antwort finde. Ich habe mir fest vorgenommen, Ordnung in mein Gedankenwirrwarr zu bringen.

In aller Seelenruhe schlüpfe ich in meinen Badeanzug, gönne mir eine warme Dusche und bringe es kurz und schmerzlos hinter mich: den Einstieg ins kalte Wasser. Nach zwei Bahnen munteren Einfrierens ist es traumhaft. Mit nur zwei anderen Schwimmern teile ich mir das Becken, höre das leise Plätschern des Wassers und die Vögel. Der Alltag gerät kurzzeitig in Vergessenheit.

Gut, was haben wir? Bahn für Bahn trage ich die Fakten zusammen. Was genau bedeutet Steffens Vorschlag? Ist unsere Ehe an einem Wendepunkt angelangt? Habe ich einen Ehemann am Rande der berühmten Midlife-Crisis? Wie finde ich das heraus? Und was würde passieren, wenn ich nicht auf seinen Vorschlag eingehe? Und was will ich eigentlich?

Diese Fragen rotieren in unzähligen Schleifen durch meinen Kopf, ohne Ergebnis. Ziemlich frustriert fahre ich nach Hause. Zwei Stunden habe ich noch, ehe die Kinder nach Hause kommen.

Da ich also im Dialog mit mir selbst nicht weiterkomme, befrage ich das Internet. Ich sitze mit meinem Laptop auf dem Sofa, der Kater liegt eingekuschelt neben mir, meine Finger schweben tippbereit über der Tastatur. Was soll ich eingeben? Ich will schließlich nicht auf den einschlägigen Seiten landen.

Ich glaube, ich koche mir erst mal einen grünen Tee. Kann ja nicht schaden. Ich warte am Küchenfenster, bis das Wasser sprudelt, und gieße den Tee auf. Zwei Minuten braucht er, bis er fertig ist, derweil werkeln drüben die Dachdecker eifrig vor sich hin, helfen mir aber auch nicht weiter. Oder vielleicht ein bisschen. Es muss doch einen Grund haben, dass ich seit neuestem schönen Männern so gerne bei der Arbeit zusehe. Wirklich lecker, diese Dachdecker, besonders der eine, der mit den Muskeln und dem jungenhaften Gesicht. Der ist mir beim letzten Mal schon aufgefallen. Hm, was sagt das jetzt über mich aus?

Der Tee ist fertig, ich reiße mich von dem Anblick los, hole das Siebchen aus der Tasse und kehre zurück ins Wohnzimmer. Ach Mensch, die Wäsche dürfte gerade durch sein, die sollte ich lieber gleich aufhängen. Ich lasse Tee und Computer alleine und dackle in den Keller. Es ist viel Wäsche und dauert länger als erwartet, vielleicht deshalb, weil ich mir besonders viel Mühe beim Aufschütteln geben. Ach du liebes bisschen, es ist ja schon fast eins, und die Kinder stehen gleich vor der Tür, das Mittagessen will gekocht werden, ich muss dringend meine Mutter anrufen und überhaupt und sowieso ...

Es dauert bis zum späten Nachmittag, ehe mir endgültig die Ausreden ausgehen und ich mich todesmutig ins Netz stürze. Die Kinder sind draußen unterwegs, niemand stört mich.

Das meiste, was ich zu der Materie finde, ist ... bäh. Ehrlich, so dermaßen Porno, mir wird ganz schummrig. Flach, billig, indiskutabel. Ich muss unbedingt daran denken, anschließend den Verlauf zu löschen. Nicht auszudenken, was passiert, wenn die Kinder aus Versehen auf einer dieser Seiten landen.

Allgemein stelle ich fest, wie unbedarft ich bin. Mein Wissen stammt vor allem aus den späten Neunzigern, als eine Welle von Erotikmagazinen das Land überschwemmte und Lilo Wanders und Verona Feldbusch zur besten Sendezeit das Sexualleben der Deutschen beleuchteten. Wie viele andere haben wir damals mit einer Mischung aus Faszination und Abscheu zugeguckt. Nie hätte ich damit gerechnet, einmal auf ihren Spuren zu wandeln.

Ich probiere einen anderen Ansatz und wühle mich durch die Liebesforen einschlägiger Frauenzeitschriften. Tatsächlich finde ich Einträge und Erfahrungsberichte, die meinem Empfinden wesentlich mehr entsprechen. Wirklich weiter hilft mir das jedoch nicht. Lediglich die Erkenntnis, nicht alleine zu sein, beruhigt mich. Es scheint tatsächlich ganz normale Frauen zu geben, die sich solcherlei Dingen hingeben. Leider finde ich nirgends die Geschichte einer Frau, die das alles mitmacht, weil sie von ihrem Partner dazu aufgefordert wurde.

Nur *so* eine Geschichte würde mir wirklich helfen.

Nach einer Stunde klappe ich frustriert den Rechner zu. Mir schwirrt der Kopf vor erotischer Überinformation. In meinem Leben gibt es doch genügend andere Themen, über die sich nachzugrübeln lohnt. Warum binde ich mir Steffens seltsame Bedürfnisse zusätzlich ans Bein?

Einen einzigen mageren Link habe ich aus meiner Recherche mitgenommen. Es soll sich um eine seriöse und eher gehobene Adresse für derlei Geschichten handeln. Die Startseite wirkt dezent und edel, leider muss man sich anmelden, um an weitere Informationen zu gelangen. Das sollte ich vielleicht doch lieber mit Steffen besprechen. Uff, bin ich wirklich schon so weit?

Ich will nicht weiter darüber nachdenken. Viel lieber bestelle ich endlich den Container für den Erdaushub. Sieben Kubikmeter sollten reichen.

Der nächste Tag beginnt erfrischend normal. Kaum sind die Kinder aus dem Haus, schwinge ich mich aufs Rad und fahre zur Arbeit. In Bonn geht das einfach am schnellsten, mit dem Auto stünde man sowieso nur im Stau. Viermal in der Woche verbringe ich meine Vormittage im Vertriebsinnendienst eines großen Konzerns. Gemeinsam mit einem latent verrückten, aber umgänglichen Außendienstler betreue ich die Großkunden. Ich schreibe Angebote, bearbeite Ausschreibungen und gieße das in Form, was der Außendienstler dem jeweiligen Kunden versprochen hat. Die Arbeit ist weder kreativ noch aufregend, manchmal einfach nur öde, aber ich habe nette Kollegen und gehe deshalb gerne dorthin. Meistens jedenfalls.

Steffen ist Einkäufer bei einem mittelgroßen Lebensmittelhersteller. Er kauft die Verpackungen. Deshalb ist er oft auf Geschäftsreise, mal einzelne Tage, häufig auch über Nacht. Anfangs fielen mir seine vielen Abwesenheiten schwer, besonders als die Kinder noch klein waren, doch mittlerweile habe ich mich daran gewöhnt und gelernt, die Zeit ohne ihn zu genießen. Ich hatte dabei nie Probleme, ihm zu vertrauen, doch wie wird das zukünftig sein? Das erste Mal schleicht sich dieser Gedanke in meinen Kopf. Werde ich, wenn ich seinen Vorschlag ablehne, Angst haben müssen, dass er doch fremdgeht? Schnell verbanne ich den Gedanken wieder und erhöhe das Tempo, um mich abzulenken. Zehn Minuten später parke ich das Rad in der Tiefgarage und stapfe ins Büro.

Ich teile mir das Büro mit zwei Kollegen, und wir verstehen uns auf eine oberflächliche Art und Weise gut. Unser Mann an Bord ist ein hagerer, lustiger Kölner kurz vor der Rente mit einem Hang zu trockenen Witzen; meine Kollegin ist ein paar Jahre älter als ich und genauso fachfremd wie ich. Eigentlich habe ich Geschichte studiert, aber schon während des Studiums in der Firma angefangen zu jobben und nach dem Magister das Vollzeitangebot angenommen. Mit Geschichte sah es eh nicht rosig aus, und als Wissenschaftlerin habe ich mich nie gesehen. Zudem waren Steffen und ich uns einig, dass wir Kinder haben wollten. Eine unbefristete Stelle war eine gute Grundlage für eine bequeme Elternzeit und anschließende Teilzeitbeschäftigung.

Ich habe die Entscheidung nie bereut, auch wenn der Job

nicht das ist, was ich mir mit Anfang zwanzig vorgestellt habe.

Heute ist ein mauer Tag, Zeit für Gespräche und gepflegte Albereien zwischen Kollegen. Nebenbei schaffe ich es sogar, ein paar private Dinge zu regeln und gemeinsam mit meiner Kollegin Laura ein gefühltes Kilo Schokolade zu vertilgen. Sie hat Unmengen davon in ihrem Rollcontainer bevorratet und ernährt sich augenscheinlich von nichts anderem. Dabei ist sie bemerkenswert schlank. Leider hat sie die Angewohnheit, nicht alleine sündigen zu können. Bestimmt ist nur sie schuld daran, dass meine Waage Jahr für Jahr mehr zu bewältigen hat.

Da! Jetzt wirft sie mir wieder ein Schokoladenbonbon über den Tisch, und es landet mitten auf dem Telefon. Ich greife es mir, stecke es in den Mund und lasse es genüsslich auf der Zunge zergehen.

«Hallo?», tönt es plötzlich aus dem Apparat.

Stille. Fassungslos starren wir auf das Gerät. Warum spricht es? Dann dämmert es uns. Schokolade. Kurzwahltaste. Wir brechen augenblicklich zusammen vor Lachen.

«Hallo?», tönt es ein zweites Mal, und ich erlöse den armen Mann von der Buchhaltung.

«Klaus? Hier ist Nina.» Eifriges Kichern. «Tut mir leid, aber Laura hat Schokolade auf die Kurzwahltaste geworfen, und nun bist du dran. Willst du auch welche?»

Der arme Klaus weiß gar nicht, wie ihm geschieht, und es dauert ein paar Sekunden, bis ich ihm kicherfrei erklären kann, warum er plötzlich in unserem heiteren Ründchen gelandet ist. Findet er nur bedingt lustig, während wir uns noch Minuten später beömmeln.

Um 12.30 Uhr ruft der zweite Teil des Tages. Ich koche,

wir essen gemeinsam zu Mittag. Den Nachmittag verbringe ich mit «dem bisschen Haushalt». Zwischendurch schneide ich ein paar Äpfel, richte einen Teller Kekse – und treffe eine Entscheidung. Ich werde mich auf dieser Seite anmelden. Warum auch nicht? Es ist schließlich nicht bindend und verschafft mir einen Informationsvorsprung. Steffen sage ich nichts davon, er könnte sonst denken, ich hätte wirklich Interesse an seiner Idee. Und wenn es so wäre? Ich nehme Äpfel und Kekse, stelle sie auf den Esstisch und rufe die Kinder. Komm her, du schöner harmloser Alltag.

Mit einem auf die Schnelle geschmierten Brot steht Steffen neben mir in der Küche, während ich Rohkost für mich und die Kinder schneide.

«Wir trinken hinterher noch ein Bier, ich bin also erst gegen zehn oder elf zu Hause.»

Mittwochabends spielt Steffen Fußball in einer Altherrenmannschaft und kommt daher früher als gewohnt nach Hause. Es ist ein guter Ausgleich zu seinem stressigen Job. Er kann leider nicht gut abschalten und ist nach langen Tagen oft gereizt und genervt. Leider bin ich dann wiederum gereizt und genervt, wenn er den Druck aus seinem Job an uns auslässt. Doch mittwochs ist alles anders. Das unbedarfte Zusammensein mit den Jungs, wie er sie nennt, das gedankenlose Herumfrotzeln entspannen ihn. Die Stimmung ist also gut.

«Hm, ja.» Gedankenverloren schaue ich aus dem Fenster. Dachdecker. Schon wieder. Oder immer noch. Es nervt, aber ich kann nicht anders.

«Hast du das jetzt mitgekriegt?»

«Hm, ja.» Der schönste aller Dachdecker hat irgendwann

im Laufe des Nachmittags sein T-Shirt ausgezogen. Schöne Muskeln. Schöner Mann.

«Sag mal, starrst du die Dachdecker an?»

Steffen stellt sich hinter mich und versucht zu ergründen, wohin mein Blick weist, ich konzentriere mich verbissen auf die Möhren. «Ja, warum nicht, ist doch interessant, wie die das Dach decken.» Und so männlich.

«Interessant», wiederholt Steffen, und als hätte er den einzigen Rettungsring in den Weiten des Atlantiks gesichtet, greift er umgehend danach. «Hast du über meinen Vorschlag nachgedacht?»

«Bitte nicht jetzt, die Kinder können jeden Augenblick reinkommen.»

«Hast du oder hast du nicht?»

«Vielleicht.» Mist. Am liebsten würde ich dieses kleine, ungehorsame und viel zu aussagekräftige Wort sofort zurück in meinen Kopf stopfen.

«Was heißt vielleicht?»

«Du nervst. Ich hab dir doch gesagt, ich gebe dir eine Antwort, wenn ich eine habe.»

«Du wirst gerade rot.» Steffen fängt an zu grinsen.

«Werd ich nicht.»

«Oh doch.» Er klapst mir provokant auf den Po. «Wenn ich wiederkomme, bekomme ich meine Antwort. Wenigstens eine Tendenz.»

«Du bist doof.»

«Und ich hab dich erwischt.»

Ich knurre unwirsch. Er kriegt doch sonst nichts mit, will ich mich jedoch einmal darauf verlassen, ist er aufmerksam wie ein Kater auf Mäusejagd. In gewisser Weise ist er das ja auch. «Bilde dir jetzt nichts ein und geh endlich zum Sport.»

Er gluckst, piesackt meinen Po ein zweites Mal und schultert seine Sporttasche. Ich atme erleichtert auf. Er will eine Antwort? Ist es da nicht egal, ob er sie heute, morgen oder in zwei Wochen bekommt? Dann tue ich es eben. Dieser Abend schreit förmlich nach einer geheimen Mission.

4

Versuchskaninchen

Die Kinder schlafen, das ist meine Chance, meinen wie nebenbei gefassten Entschluss in die Tat umzusetzen. Vielleicht weil ich dann besser darüber nachdenken kann. Und natürlich, um Steffen zu ärgern. Denn das erwartet er definitiv nicht.

Gespannt öffne ich die Website. Die Registrierungsseite ploppt auf. Zunächst brauche ich einen Benutzernamen.

Mein Blick schweift im Wohnzimmer umher und sucht nach etwas, das für einen ansprechenden Namen herhalten könnte. «Sofapaar?» Oder: «Neugieriges Paar?» Ach komm, das geht besser. Mein Blick fällt auf die fein ziselierte orientalische Tischlampe aus Messing. Kommt da jetzt bitte eine Inspiration? Nein, irgendwie nicht. Ich seufze genervt. Das kann doch jetzt nicht an einem blöden Benutzernamen scheitern. Mein Blick schweift über das Bücherregal. «Versuchskaninchen», «Wankelmut», «Zwei, die auszogen, das Fürchten zu lernen»? Es wird nicht besser.

Ich krame mich aus der Wolldecke, tapse zum Wasserkocher. Grüner Tee hilft immer. Während ich dastehe und auf das Wasser warte, fahnde ich nach etwas Schlichtem, Edlem, Aussagekräftigem. Und lande wieder bei den Versuchskaninchen. Wär doch lustig, oder nicht? Als ich mit meinem Tee wieder auf dem Sofa hocke, suche ich online nach einer

Eingebung. Wieder eine Sackgasse. Zum Schluss bleibe ich wieder an der Lampe hängen. Orient. Lampe. Aladin. Der hat eine Lampe gefunden und Erleuchtung. «Aladins Duett». Nun, damit kann ich leben. Wer darauf antwortet, erkennt vielleicht den Sinn dahinter.

Froh, diese Hürde genommen zu haben, tippe ich den Namen ein, wähle eine meiner Standardpasswortkombinationen und habe endlich Zugang. Nun wird es richtig spannend, denn das Profil will ausgefüllt werden. Was die alles wissen wollen. Zum Glück ist vieles optional, ich halte mich also an das Notwendigste und gebe so wenig preis wie möglich. Größe, Gewicht, Interessen, sexuelle Vorlieben – normal, normal, normal. Bloß nicht die Perversen anlocken. Ist doch gar nicht so schwer. Als Bild wähle ich eines, auf dem man uns nur von hinten sieht. Wir halten uns im Arm und bewundern den Blick ins Ahrtal. Man sieht das Tal, den Fluss und Weinreben, ein Paar, das nicht zusammen dreihundert Kilo wiegt und unaufgeregt gekleidet ist. Jetzt fehlt nur noch der Text. Nur nicht nachdenken, lautet die Devise, sonst komme ich noch auf die Idee zu hinterfragen, was ich hier tue. Ich gebe ein, was mir gerade in den Sinn kommt. Am Ende ist es kein besonders aufregender Text, aber wir sind auch kein besonders aufregendes Paar. Ich lese kurz durch, was ich fabriziert habe, und lasse keine Zeit für Zweifel. Ohne weiter nachzudenken, klicke ich auf «Senden».

Alles kann, nichts muss, kichere ich in mich hinein. Seltsam beschwingt, klappe ich den Laptop zu. Jetzt kann mein Ehemann nach Hause kommen und stolz auf sein proaktives Frauchen sein. Der wird Augen machen.

«Du hast was?» Steffen kratzt sich mit dem Mittelfinger an der Stirn. Sein Mund steht offen.

«Ich habe uns auf einer seriösen Seite angemeldet, auf der man Pärchen finden kann», wiederhole ich langsam und deutlich und weide mich an seinem Gesichtsausdruck.

«Aha.»

«Überfordert dich das?»

«Öhm, nein», sagt er so schnell, dass man es ihm gar nicht glauben KANN. «Aber ich dachte, wir reden erst mal drüber.»

«Und ich dachte, wir handeln erst und reden dann. Es ist vielleicht leichter, wenn wir wissen, worüber wir reden. Und wenn nur komische Leute dabei sind, erledigt sich das Thema sowieso von selbst.»

«Okay», sagt Steffen einsilbig und kratzt sich wieder. Ehrlich, ich schäme mich schon, wie sehr ich diese Szene genieße.

«Du bist ganz schön wortkarg», kommentiere ich seine Antwort scherzhaft.

«Ich habe, ehrlich gesagt, nicht damit gerechnet, dass du überhaupt zustimmst, und jetzt wirst du plötzlich aktiv. Das verwirrt mich.»

«Ich habe auch nicht zugestimmt, sondern mich nur informationshalber auf dieser Seite angemeldet. Damit ich weiß, womit ich es zu tun habe.»

«Du willst also erst mal nur gucken und die Entscheidung dann hinterher treffen?»

«Genau.»

Wir sehen uns an. Steffen steht mitten im Raum, in der Hand hält er seine Sporttasche. Er ist frisch geduscht, und ich bin mit der Neuigkeit rausgeplatzt, sobald die Tür ins Schloss gefallen ist. Seine Laune war prima, es scheinen ein paar Bierchen geflossen zu sein, und die Kalauerquote war erfahrungsgemäß sicher hoch. Optimale Voraussetzungen also, um ihn ein bisschen zu schockieren.

«Nun komm schon», sage ich und klopfe neben mich auf die Couch, «mach den Mund zu, setz dich, und dann schauen wir, ob jemand geschrieben hat. Ich bin neugierig, wollte aber auf dich warten.»

«Meinst du denn, da kommt so schnell was?»

Täusche ich mich, oder geht meinem Mann plötzlich alles zu schnell? Ein bisschen mehr Begeisterung hatte ich schon erwartet.

«Gucken kostet nix. Oder kriegst du jetzt plötzlich kalte Füße?»

Ich wundere mich auch über meinen Aktionismus, auf der anderen Seite wiederum passt es zu mir. Während Steffen plant, überlegt und Dinge auch gerne vor sich herschiebt, neige ich dazu, meine Ideen umgehend in die Tat umzusetzen. Es kann also durchaus vorkommen, dass ich samstags um 18.00 Uhr beschließe, eine Wand zu streichen, zum Baumarkt fahre, Farbe und Pinsel kaufe und die Wand um 22.00 Uhr fertig gestrichen ist. Das ist einer der Gründe, warum es mit der Aufgabenteilung im Haushalt bei uns nicht ganz so toll klappt. Ich habe die Dinge gerne erledigt, während Steffen darauf wartet, dass der richtige Zeitpunkt dafür kommt. Oft habe ich das Gefühl, dass er sich genau darauf verlässt und die Dinge aussitzt, in dem Wissen, dass ich dann tätig werde. Im Grunde bin ich also selbst schuld.

«Da hast du auch wieder recht», sagt Steffen und lässt sich neben mich auf die Couch plumpsen. «Dann zeig mal her.»

Ich präsentiere ihm die Startseite, erzähle ihm kurz, wie ich darauf gestoßen bin, und tippe den Benutzernamen in die Anmeldemaske.

«Aladins Duett?»

«Hast du einen besseren Vorschlag? Ich hatte auch an ‹Versuchskaninchen› gedacht, aber das erschien mir zu platt.»

Steffen lacht. «Nein, ist schon in Ordnung.»

«Das will ich meinen.»

Siebzehn Nachrichten blinken im Posteingang. Ach du liebe Güte! Mit einem Mal ist meine Lockerheit dahin. Verpufft, einfach so. Schnell klicke ich die Seite weg und wische feuchtnasse Hände an meiner Jeans ab. Steffen starrt mich von der Seite an.

«Ich bin nervös. Hast du ein Problem damit?», blaffe ich ihn an.

«Wir müssen das nicht tun», sagt er vorsichtig. «Ich finde die Situation gerade auch ein wenig komisch.»

«Ich weiß, danke, aber … hmpf … wir gucken einfach nur. Okay?»

«Okay.»

«Alles kann, nichts muss.»

Steffen bricht in schallendes Gelächter aus, und mit einer kurzen Verzögerung stimme ich ein. Es befreit ungemein.

«Ich weiß, wir haben vor zwanzig Jahren zu oft diesen Scheiß geguckt.»

«Kam halt immer hinter *Akte X*.»

«Siehst du, das haben wir jetzt von unserem ausufernden Fernsehkonsum. Wir hätten doch schneller studieren sollen.»

Vielsagend und vertraut grinsen wir uns an, nutzen den Moment der Leichtigkeit und gehen peu à peu die zahlreichen Mails durch. Schnell haben wir von den siebzehn Anfragen vierzehn abgelehnt – es ist schlichtweg Schund, den wir wegklicken. Unsympathisch, pervers, langweilig, nichtssagend oder kommt aufgrund der räumlichen Entfernung nicht in Frage.

Doch was machen wir mit den Paaren, die übrig geblieben sind?

Paar Nummer eins nennt sich: «Wir wagen es». Auch sie haben nur ein vages Foto eingestellt, beteuern aber, «recht ansehnlich zu sein». Sie sind in unserem Alter, schreiben souverän und hören sich sympathisch an. Und wie wir haben sie keinen blassen Schimmer, wie so ein Partnertausch funktioniert. «Aber es gibt für alles ein erstes Mal, und wir würden gerne ein zweites erleben.» Im Gegensatz zu den meisten anderen, haben sie es geschafft, eine Nachricht ohne jegliche sexuelle Anspielung zu verfassen. Das gibt mindestens drei Pluspunkte. Den Rest müssten wir uns anschauen: eine Fleischbeschau der anderen Art.

Paar Nummer zwei ist zwar offensiver, trifft aber einen lustigen Ton. «Wir sind die, auf die ihr nicht gewartet habt, aber das wollen wir gerne ändern.» Sie haben ein Foto eingestellt, an dem es auf den ersten Blick nichts zu meckern gibt. Gut, das Weiblein ist blond, aber Steffen wollte schließlich Abwechslung, oder? Natürlich gibt keiner von uns offen zu, dass sie uns gefallen. Aber Steffens Augen leuchten aussagekräftig, und mich erinnert der Herr verdächtig an einen gewissen Dachdecker ... Da würde ich mir heimliche Träume direkt ins Haus holen. Nicht die schlimmste Vorstellung.

Sie haben Erfahrung in Sachen Partnertausch. «Keine übertriebene», wie sie schreiben. Was auch immer man sich darunter vorstellen soll.

Das dritte Pärchen fällt bei näherer Betrachtung raus. Sie sind zwischen den Zeilen ziemlich schleimig und scheinen auf Sachen zu stehen, die unserer Harmlosigkeit nicht gerecht werden. Oder wie sonst soll man den Satz «wir sind für alles offen» deuten? Schnell sind wir uns einig: weg damit.

Übrig bleiben also die beiden Paare «erfahren» und «unerfahren».

«Unerfahren sind wir selbst, vielleicht ist es besser, wenn uns jemand an die Hand nimmt? Also nur, wenn überhaupt und so. Du weißt schon.»

Ich sehe Steffen fragend an, nehme sein Nicken in Empfang und schicke das Paar «unerfahren» ins digitale Nirwana. Und stelle fest: Wir haben ein Paar ausgewählt. Birte und Michael, Physiotherapeutin und Baumchirurg. Was ist ein Baumchirurg? Weil das auch Steffen nicht beantworten kann, googeln wir. Baumchirurgen sind Menschen, die in hohe Bäume klettern und sich dort um die Pflege derselben kümmern. Aha.

Und jetzt? Tun wir das alles gerade wirklich?

Steffen geht es anscheinend genauso, denn er guckt mich immer wieder von der Seite an, so als hätten wir mit einem Mal drei Kinder und wüssten nicht genau, wo das dritte herkommt.

Wieder bin ich es, die die Sache vorantreibt. «Wir könnten zurückschreiben. Ganz unverbindlich natürlich. Mal so auf Verdacht.» Erneut sichere ich mich ab, damit mein Ehemann nicht auf dumme Gedanken kommt.

«Aber nur, wenn du möchtest», erwidert Steffen, «ich möchte dich wirklich zu nichts drängen.»

«Danke», erwidere ich, «außerdem sagen die Bilder und

eine Nachricht noch nichts darüber aus, wie sie wirklich sind. Sie könnten doppelt so alt, doppelt so dick und völlig unsympathisch sein, und wir stellen das erst fest, wenn sie vor uns stehen. Was machen wir dann?»

Steffen betrachtet mich ratlos, scheinbar immer noch völlig überfordert ob meines rätselhaften Aktionismus.

«Lass uns darüber nachdenken, wenn es so weit ist», schlägt er pragmatisch vor.»

«Du hast recht. Aber wir brauchen dann auf jeden Fall ein Codewort, mit dem wir uns signalisieren, wenn einer von uns genug hat», sinniere ich dennoch weiter.

«Gute Idee», findet mein Mann.

Kurzerhand formuliere ich eine kurze, aber prägnante Antwortmail, zögere ein letztes Mal und klicke dann beherzt auf «Senden».

«Hast du das wirklich gerade getan?» In einer Mischung aus vorsichtiger Begeisterung und unverhohlenem Zweifel betrachtet mich Steffen, nachdem er zuvor den Text abgenickt hatte.

«Hab ich», sage ich nachdrücklich und bin ein bisschen stolz, dass ich es auch nach achtzehn Jahren noch schaffe, ihn aus der Fassung zu bringen.

Als hätte jemand jedes meiner Körperteile einzeln und in aller Ruhe mit dem Fleischklopfer bearbeitet. So fühle ich mich, als ich am nächsten Morgen aus dem Bett steige. Dementsprechend bin ich alles andere als gut gelaunt und wenig tolerant den Launen meiner Kinder gegenüber. Steffen hat Glück. Dank eines Geschäftstermins im Ruhrgebiet hat er im Morgengrauen das Haus verlassen.

Milla ist wie jeden Morgen eine Getriebene. Erst kommt

sie nicht aus dem Bett, und hat sie es endlich geschafft, folgt eine Phase des phlegmatischen Nichtstuns. Minutenlang verharrt sie bewegungslos auf dem Klo, sitzt anschließend mit unbeweglicher Miene vor dem Kleiderschrank und ist nicht in der Lage, auch nur ein Kleidungsstück auszuwählen.

«Milla, du hast noch fünfzehn Minuten, bis du aus dem Haus musst», informiere ich sie missmutig.

Plötzlich kommt Leben in das Kind. «Ahhh, Mama, das ist VIEL ZU SPÄT. Das schaff ich nie. Du bist schuld.»

An meinen guten Tagen verlasse ich achselzuckend ihr Zimmer, heute pupe ich zurück. «Der Wecker klingelt jeden Morgen zur selben Zeit. Gewöhne dich endlich dran, ich bin nicht dein persönlicher Popanz.»

DAS sieht Milla natürlich ganz anders, aber immerhin bewegt sie jetzt ihren kleinen Hintern, stresst durch ihr Müsli, verzweifelt an ihren Haaren und schrubbt sich in Windeseile und unter großem Getöse die Zähne. Derweil erkläre ich Carlotta, was ein persönlicher Popanz ist.

«Das ist ein Mensch, der alles mit sich machen lässt.»

«Popanz, Popanz», tiriliert Carlotta, die grundsätzlich gut gelaunt ist, wenn Milla nicht funktioniert. Wenige Minuten später verlässt unsere Älteste geräuschvoll das Haus. Die Tür fällt zu, die plötzliche Ruhe lässt mich erleichtert aufseufzen, und ich setze mich zu Carlotta an den Tisch, die in aller Seelenruhe ihr Müsli mümmelt.

«So, jetzt können wir in Ruhe frühstücken.» Carlotta grinst, ich atme tief durch und greife nach meinem inzwischen nur noch lauwarmen Tee. Zum Glück arbeite ich heute außerplanmäßig im Home-Office – eine IT-Umstellung macht es möglich. Ich kann den Vormittag also ruhig angehen lassen.

Bei sommerlichen fünfundzwanzig Grad sitze ich im Schatten auf der Terrasse, neben mir steht die obligatorische Tasse Grüntee. «Traum der Götter», erfrischend, aromatisch und gesund. Das Notebook mit der geöffneten Tabelle, die ich dringlichst bearbeiten müsste, schiebe ich mit schlechtem Gewissen beiseite. Die Arbeit nervt, die Zahlen tanzen Polka und ergeben keinen Sinn. Stattdessen wabert die Pärchengeschichte durch meinen Kopf. Wieso habe ich gestern so mir nichts, dir nichts Nägel mit Köpfen gemacht? So richtig erschließt sich mir mein Verhalten nicht. In gewisser Weise bin ich den einfachsten Weg gegangen, ohne wirklich an die Konsequenzen zu denken. Ich könnte es auf mein Unterbewusstsein schieben. Das will vielleicht mehr als mein gesunder Menschenverstand. Oder ich schiebe es auf Steffen. Das wäre leichter ... Doch dann schließe ich lieber die Augen und lausche dem Leben. Dem Geträller der Vögel, dem Schönwetterflieger über mir, der Spülmaschine im Haus und der Straßenbahn auf der Hauptstraße. Es ist ein Konzert zum Wegdösen, und ehe ich mich versehe, trägt es mich in die Zwischenwelt zwischen Schlafen und Wachen.

Plötzlich mauzt unser Kater Ernie neben mir. Eindringlich. Ich öffne die Augen eher widerwillig und sehe einen aufgeregten Kater mit dickem Schwanz und angelegten Ohren.

«Was ist denn mit dir los?», frage ich und erkenne sogleich die Ursache seiner Aufregung. Der Monsterkater ist wieder da. Ein riesiges, muskulöses Tier, das die Katzen der gesamten Nachbarschaft tyrannisiert und in schöner Regelmäßigkeit unsere Tierarztkosten nach oben treibt. Das schwarze Prügelmonster steht in etwa zehn Metern Entfernung und demonstriert eindringlich seine Machtansprüche.

Seufzend öffne ich unserem Kater die wegen der Fliegen geschlossene Terrassentür, und er flüchtet bereitwillig ins Haus.

«Du bist echt eine Memme», stelle ich fest und trotte ihm hinterher, weil Entspannung nun keine Option mehr ist. Ich muss etwas tun, um der Gedankenschwurbelei zu entgehen, und was eignet sich besser als laute Musik und aggressives Saugen, bei dem das Geräusch des aufgesaugten Schmutzes im Staubsaugerrohr befriedigend verkündet: Der Dreck ist weg! Der Dreck ist weg! Ich habe gelesen, ganze Staubsaugerentwicklungsabteilungen beschäftigen sich genau damit: Wie muss es sich anhören, damit das Saugen ein befriedigendes Erlebnis für die gemeine Hausfrau ist? Die Firma unseres Staubsaugers hat alles richtig gemacht, befinde ich, und mache dem Schmutz im Haus den Garaus, wo es doch schon mit dem Schmutz in meinem Kopf nicht klappen will.

Steffen hat seine Tasche in die Ecke gepfeffert, die Jacke über die Garderobe geworfen, die Schuhe von den Füßen gestreift, lässt sich effektvoll neben mich auf das Sofa plumpsen und drückt mir einen schnellen Kuss auf die Wange.

«Boah. Ich bin so fertig. Der Termin war echt anstrengend. Es gab keine Kekse, und sie sind mir mit den Preisen kein bisschen entgegengekommen.»

«Oje», entgegne ich mitleidig, «da ist dein legendäres Verhandlungsgeschick wohl an seine Grenzen gestoßen.»

«Das kannst du laut sagen. Mein Chef wird nicht erfreut sein. Wo sind eigentlich die Kinder?»

«Die sind hier irgendwo unterwegs und suchen einen Baum für Millas Baumtagebuch.»

«Baumtagebuch?»

«Muss sie für Bio machen. Eigentlich schon seit September, weshalb der Baum jetzt im Schnelldurchlauf beschrieben werden muss, und Carlotta hilft ihr dabei.»

«Immer diese Aufschieberei. Aber ist ja nur Bio. Aber jetzt sag doch mal, haben sie zurückgeschrieben?» Er ist ganz zappelig vor Neugier.

«Du kannst es nicht erwarten, hm?» Ich beäuge ihn kritisch, weiß nicht, ob ich den vorfreudigen Ausdruck in seinen Augen wirklich sehen will.

«Bin nur neugierig.»

«Aber es ist nichts entschieden, das ist dir klar?»

«Wie jetzt? Ich dachte, das hätten wir geklärt.»

Ich schaue ihn entgeistert an. «Wann haben wir was geklärt? Wir haben uns auf einer Seite angemeldet. Mehr nicht. Das haben wir doch gestern besprochen.»

«Warum wirst du denn jetzt so zickig? Du hast sie schließlich angeschrieben! Ist doch klar, dass ich mir jetzt Hoffnungen mache.»

Sein Ton ist NICHT freundlich. Gut, meiner auch nicht. «Wenn du so blöd bist und dich nicht an die Absprache hältst, finde ich schon, dass ich rumzicken darf.»

«Ich habe mich eben darauf gefreut», sagt er einlenkend.

«Wenn du es so eilig hast, weißt du ja, wo sich die entsprechenden Etablissements in Bonn befinden.»

Wir starren einander an. Schlechte Schwingungen sind plötzlich unterwegs. Habe ich ihm zu viele Hoffnungen gemacht? Bin ich zu schnell vorgeprescht?

«Ein Schritt nach dem anderen, okay?» Ich lege ihm beschwichtigend eine Hand aufs Knie. «Ich bin eben noch nicht entschlossen, tut mir leid. Du willst es also wirklich?»

Steffen gerät ins Schwimmen. «Ja, schon. Vielleicht ist mir

das heute auf der Rückfahrt erst so richtig klargeworden. Weißt du, wir könnten das locker sehen. Viele tun es und sind glücklich dabei. Es ist eine Erfahrung. Mach dich einfach locker und lass es auf dich zukommen.»

«Locker?», ich schnaufe belustigt durch die Nase. «Soll ich mir vielleicht eine Selbsthilfegruppe suchen? In Sachen Lockersein bei Sexeskapaden?»

«Du bist blöd.»

«Du auch.»

Ich könnte ihn abblitzen lassen. Könnte ich. Hätte ich aber vielleicht früher machen sollen, denn jetzt hat er Hoffnungen. Zurecht, wie ich nach meiner gestrigen Aktion zugeben muss. Und noch ein Punkt geht an ihn: Wenn ich mich locker mache und viele kleine Schritte gehe, ist es am Ende vielleicht gar keine allzu große Sache mehr.

«Also gut, lass uns schauen, ob es überhaupt einen Grund gibt, weiter darüber nachzudenken», schlage ich versöhnlich vor und tippe das Passwort ein.

«Unser Paar» hat zurückgeschrieben. Mist aber auch. Gemeinsam überfliegen wir die Mail. Sie freuen sich über unser Interesse und schlagen ein Treffen zum näheren Kennenlernen vor. Dann könne man entscheiden, ob es eine Option ist. Dagegen gibt es irgendwie nichts einzuwenden.

«Ein Treffen also», sage ich leise und mehr zu mir selbst. Ich schaue zu Steffen rüber. Er sagt nichts, aber das Leuchten in seinen Augen ist unübersehbar. Gleichzeitig sehe ich Fragezeichen über seinem Kopf.

«Also gut», seufze ich, stehe auf und hole unseren Familienkalender von der Wand.

«Was meinst du? Sollen wir es wirklich tun?»

«Nur wenn du wirklich willst.»

«Ja», antworte ich mit fester Stimme und ohne irgendwelche kleinen Zweifler in meinem Innern zu Wort kommen zu lassen.

«Dann schlag ihnen doch direkt übernächsten Samstag vor», sagt er mit einem Blick auf den Kalender. Bevor ich darüber nachdenken kann, warum er es so eilig hat, schiebt er hinterher: «Dann musst du dir nicht wochenlang den Kopf darüber zerbrechen. Ich kenn dich doch.»

Wo er recht hat, hat er recht. Ich blocke den Termin im Familienkalender (darf man solche Termine überhaupt in einen Familienkalender schreiben?) und sende «unserem Paar» den Terminvorschlag sowie zwei weitere in den nächsten Wochen. Der nächste Schritt, und es hat gar nicht weh getan.

Und doch. Ich habe plötzlich das dringende Bedürfnis zu flüchten. Ich schiebe Steffen den Computer auf die Knie, stehe auf und ziehe Schuhe und Jacke an. «Ich hole Brötchen fürs Abendessen und sammle auf dem Rückweg die Kinder ein. Kannst du den Tisch decken?»

«Äh, klar, natürlich ... Aber hör mal, war's das jetzt? Willst du gar nicht drüber sprechen?»

Ich seufze. Plötzlich will dieser Kerl ständig reden. Lästig ist das. «Worüber? Ich tu doch alles, was du willst.» Wieder bin ich patzig, die Überforderung geht schließlich nicht einfach weg, nur weil ich eine Mail mit konkreten Angaben geschrieben habe. Steffen ignoriert meinen Ton, steht auch auf, schaut mich lächelnd an und nimmt mich dann fest in den Arm. «Du bist die Beste.»

«Das würde ich auch sagen, wenn mir meine Frau ein Schäferstündchen besorgt», grummle ich in sein T-Shirt und befreie mich so sanft es geht, aus der Umarmung. Ich will gerade nicht von ihm umarmt werden. «Sag nichts, ich krieg mich wieder ein, versprochen.»

Erleichtert ziehe ich die Tür hinter mir zu. Es ist frischer als gedacht, eine Gänsehaut überzieht meine Arme. Ich hätte eine Strickjacke anziehen sollen. Während ich den kurzen Weg zum nächstgelegenen Bäcker an den kleinen Häusern unserer Straße vorbeischlendere und darüber nachdenke, welch seltsamen Weg mein Leben gerade geht, drängt sich ein völlig neuer Gedanke auf. Steffen hat mich noch kein einziges Mal gefragt, was ich mir eigentlich von so einem Arrangement verspreche. Gut, so richtig weiß ich es bei ihm auch nicht, aber das liegt daran, dass ich sein Angebot, es mir zu erklären, bisher ausgeschlagen habe. Ist er so verblendet von der Aussicht auf ein Abenteuer, dass ihm meine Beweggründe schlichtweg egal sind? Und was würde ich ihm erzählen, wenn er mich das fragt? Dass ich es ihm zuliebe tue? Oder sollte ich mir vielleicht eingestehen, dass mir Sex mit einem anderen Mann nach so vielen Jahren womöglich gefallen könnte? Dass ich es nicht nur ihm zuliebe tue? Ich denke an das Prickeln der Anfangszeit, das warme Bauchgefühl, die Aufregung und all das, was dranhängt an diesen ersten Malen mit einem neuen Mann. Vielleicht wäre das gar nicht so schlecht. Ich könnte das Grübeln einstellen, mir eine Geschichte ausdenken und den Sex dazu, nun ja, in der Realität veranstalten. Ich könnte es mir romantisch machen. Ja, vielleicht wäre das eine Möglichkeit.

«Wir haben eine Verabredung», verkündet Steffen mit stolzgeschwellter Brust, als ich mit den auf dem Spielplatz aufgegabelten Kindern im Schlepptau von meinem Einkauf zurückkehre und nachdem er die Kinder begrüßt hat.

«Was für eine Verabredung?», fragt Carlotta prompt, und ich ärgere mich ein bisschen, weil ihr Vater durchaus hätte warten können, bis seine Töchter im Bett sind.

«Arbeitskollegen», sagt Steffen.

«Freunde von früher», sage ich im selben Augenblick.

Carlotta beäugt uns kritisch, und ich winde mich heraus. «Ah, du meinst DIE Verabredung. Da habe ich wohl was vertauscht.»

«Genau, DIE Verabredung.» Jetzt zwinkert er auch noch. Wirklich sehr, sehr unauffällig.

«Wann denn?»

«Nächste Woche Samstag.»

«Oh», sage ich nur, und ein Schauer jagt mir den Rücken hinunter. Da bleibt zum Träumen nicht mehr viel Zeit. «Gut, du kümmerst dich um den Babysitter.»

Es wird konkret. In neun Tagen. Nun, es ist eine Erfahrung. Und das Leben besteht aus Erfahrungen, oder? Auf die blickt man zurück, wenn man alt ist. Man kann darüber lachen, staunen oder sie bereuen. So ist das Leben. Und meinem wird gerade ein Kapitel hinzugefügt. Gar nicht mal so übel, es auf diese Weise zu betrachten. Allein, wie ich es am Ende beurteilen werde, das ist unsicher.

Abendessen. Die Kinder und Steffen sind gut gelaunt, und das springt auf mich über. Diese Geschichte meinen Alltag negativ beeinflussen zu lassen, wäre dumm, deshalb nehme ich es, wie es ist, und genieße die Gegenwart. Die Kinder geben den Takt vor, wir albern und lachen. Ich wünsche mir mehr von diesen Augenblicken.

«Wenn vierundzwanzig Stunden am Tag Fußball käme, würde der Papa vierundzwanzig Stunden am Tag vor dem

Fernseher sitzen. Irgendwann wäre er dann mit seinem Sessel verschmolzen und käme nie wieder da raus.» Milla echauffiert sich königlich, dabei ist sie in der Familie seine dankbarste Gesprächspartnerin und kennt sich besser aus als mancher Junge.

«Das glaubst auch nur du», entgegnet Steffen gespielt entrüstet, «da gibt es Schlimmere. Vielleicht ist damit sogar schon mal jemand ins Guinness-Buch der Rekorde gekommen.»

«Echt?», staunt Milla.

«Ja, es gibt solche Wettbewerbe.» Mit den Fingern setze ich das Wort in Anführungszeichen. «Zum Beispiel den Wettbewerb im Pfahlsitzen. Die Leute klettern auf einen Pfahl und gucken, wer am längsten sitzen bleibt.»

«Und wenn es gewittert?», fragt Carlotta ehrfürchtig und sieht sich vermutlich gerade selbst im schlimmsten Gewitter auf einem Pfahl sitzen.

«Dann gewinnt der, der nicht weggespült oder vom Blitz getroffen wurde.» Ich zwinkere ihr zu, damit sie den Witz versteht. Sie nimmt die Dinge manchmal so furchtbar ernst.

«Nicht zu vergessen dieser Wettbewerb in England, wo zwei Dörfer gegeneinander Fußball spielen. In jedem Dorf gibt es ein Tor, und Hunderte Leute rennen stundenlang zwischen den Dörfern hin und her, bis der Ball früher oder später in einem der Tore landet.»

«War ja klar, dass du wieder ein Fußballthema findest», unke ich und schaue unsere Töchter an. «Frau über die Schulter werfen und schauen, wer am schnellsten im Ziel ist. Auch das ist ein Wettbewerb, den es wirklich gibt.»

Die Mädchen kichern. «Da hätte der Papa mit dir aber keine Chance», unkt Milla.

«Na, hör mal», entrüste ich mich, «dann aber nur, weil der Papa nicht stark genug ist. Wir hatten in unserem Dorf übrigens auch einen großartigen Wettbewerb. Es gab eine Quelle, aus der bitterkaltes Wasser kam, und wer am längsten darin sitzen blieb, hat gewonnen.»

«Und? Hast du gewonnen?» Carlotta macht ganz große Augen. Das kann sie gut.

«Ich war zumindest immer unter den Letzten, die aufgegeben haben», verkünde ich stolz, «aber gewonnen hat immer Alexandra Koller. Immer!» Man merkt mir an, der Stachel sitzt bis heute tief.

«Aber der allerbeste Wettbewerb», kündigt Steffen bedeutungsschwanger an, «ist der zwischen Villariba und Villabajo. Doch auch davon kann euch eure Mutter erzählen.»

Ich fange schallend an zu lachen und erzähle den Kindern von den beiden legendären spanischen Dörfern und ihren schmutzigen Paellapfannen.

5

Tittenmeer

Ich stehe im Badeanzug am Rand eines riesigen Schwimmbeckens. Mir ist kalt, ich reibe mir die Arme, die mit einer Gänsehaut überzogen sind, und versuche krampfhaft, nicht mit den Zähnen zu klappern. Weg kann ich nicht, ich weiß nicht warum, und trotz des Badeanzugs fühle ich mich nackt. Wie gebannt starre ich in das Becken. Dort liegt Steffen mit einem schreiend pinken Cocktail in der Hand auf einer rosa Luftmatratze. Er ist nicht allein, eine vollbusige Schönheit schwimmt nixengrazil um ihn herum, ihre nackten Brüste tanzen auf den leichten Wellen wie die Sahne auf einem Schokopudding.

Die Schönheit verschwindet, nicht so ihre Brüste, sie tanzen weiter, vermehren und vermehren sich, bis Steffen auf seiner rosa Luftmatratze in einem Meer von Brüsten liegt, tiefenentspannt und überglücklich. Das Becken wird derweil größer und größer, bis es kein Becken mehr ist, sondern ein endloses Meer tanzender Brüste.

«Komm rein, Nina», ruft er mir zu, ich kann es kaum hören, so weit entfernt ist er mittlerweile, «sei nicht so verklemmt, es sind wirklich schöne Brüste, ich gebe dir gerne welche ab.» Er wirft seinen Kopf nach hinten und lacht ein schauriges Lachen. Sein Gesicht verwandelt sich in eine fiese Fratze.

«Ich mag keine Brüste», rufe ich verzweifelt.

«Weil du keine hast», geifert Steffen, «aber ich habe etwas viel Besseres für dich.»

Steffen verschwindet, mein Badeanzug löst sich in nichts auf, und das Meer aus Brüsten verwandelt sich in ein Meer aufrechter Penisse in allen Größen, Formen und Farben, und sie wehen wie Fahnen im Wind. Ich stehe da, kann nicht glauben, was ich sehe, möchte einfach nur noch weg, aber ich kann mich keinen Zentimeter bewegen.

Plötzlich steht Steffen hinter mir, lacht und lacht und lacht und schubst mich in das Meer aufrecht wippender Penisse.

Ich wache keuchend und japsend auf. Die Bettwäsche ist schweißgetränkt. Oh mein Gott! Mein Unterbewusstsein läuft Amok! Panisch sehe ich mich um, aber außer unserem Schlafzimmer und einem Ehemann, der sich verdattert die Augen reibt, ist alles normal. Keine Penisse, keine Brüste. Puh. Ich lupfe mein Oberteil. Sie sind noch da, meine Brüste, und so klein sind sie gar nicht. Was hat Steffen sich in meinem Traum nur gedacht?

«Hast du gerade geschrien?», fragt er, und ich zucke müde mit den Achseln.

«War nur ein Traum, alles ist gut.»

Es ist einer dieser Augenblicke, in denen ich froh bin, dass nur ich Zugriff auf meine Gedanken habe. Ich zücke den imaginären Tintenkiller und lösche den Traum von meiner Festplatte.

Natürlich denke ich im Laufe des Tages immer wieder an diesen absurden Traum und an das, was mein Unterbewusstsein mir mitteilen möchte. Dabei ist es doch nur ein nichtssagender und unbedeutender Traum.

Die Tage ziehen an mir vorbei wie dichte Wolken an einem windigen Tag. Ich bade in profanen Alltäglichkeiten, organisiere, erledige und wirble durch die Tage, als wären es normale Tage in einer normalen Woche. Ich weiß nicht wieso, aber ich gehe Steffen aus dem Weg. Das ist nicht schwer. Zwei Nächte ist er auf Geschäftsreise, einen Abend spielt er Fußball. An den anderen Abenden gehe ich früh ins Bett. Er ist zu gut gelaunt diese Woche, kein einziges Mal kommt er genervt von der Arbeit, aber es ist eine schwelende Idylle, die darauf fußt, dass er seinem Traum in großen Schritten näher rückt. Es ist wohl das, was ich diese Woche nicht sehen möchte.

Es ist Samstag! Ich putze das Haus, ich dusche, ich ziehe mich an, steige zu Steffen ins Auto. So als wäre es nicht das große Abenteuer, das mich erwartet. Bloß nichts überbewerten, so lautet mein Mantra dieser Tage. Und dann sitze ich in diesem Restaurant, dem anberaumten Treffpunkt in der Kölner Südstadt, und kann kein Haar in der Suppe finden. Dabei gebe ich mir wirklich Mühe. Doch das Magengrummeln, die Gewissensbisse und die Angst sind im Laufe des Abends einem anderen Gefühl gewichen. Dem erhebenden Gefühl des Begehrtwerdens.

Michael und Birte sind einfach hinreißend, in sich stimmig und unterhaltsam, dazu höflich bis an die Grenze des Erträglichen. Es gab keine Phase der Beklemmung oder des betretenen Schweigens. Sie haben uns mit offenen Armen empfangen, und wir haben uns nur zu gerne eingekuschelt in diese Wolldecke der Behaglichkeit.

Michael gefällt mir auch in natura ausgesprochen gut. Er ist groß und kräftig, ohne dick zu sein. Er hat ein offenes

Gesicht und schöne Augen. Er interessiert sich für mich, stellt die richtigen Fragen, blickt mir wohlwollend in die Augen und macht gute Witze zur richtigen Zeit. Zwischendurch wechselt er Blicke mit Birte, die signalisieren: Hier haben wir ein nettes Pärchen gefunden, mit dem wir uns einen Abend versüßen können.

Steffen und ich, völlig beduselt von dieser Flirtoffensive, sind nicht so unbefangen. Wir wagen es schlichtweg nicht, einander in die Augen zu sehen. Eingelullt vom jeweiligen Gegenüber, müssen wir von außen betrachtet wirken wie zwei hypnotisierte Kaninchen. Der freie Wille ist uns irgendwo zwischen Vor- und Nachspeise verlorengegangen.

Die Themen rauschen an mir vorbei, mal wichtig, mal banal, immer aber liegt etwas in der Luft, dem ich mich in keiner Weise entziehen kann.

Plötzlich schüttelt es mich aus einem unerfindlichen Grund. Ich muss endlich aufwachen und zwischendurch meine Reflexe und meinen Geisteszustand überprüfen. Irgendwas stört mich, ich weiß nur nicht was.

«Nina, was ist los», fragt Birte, eine süße, fast mädchenhafte Frau mit langen blonden Haaren und grünen Kulleraugen. Sie langt mit ihrer zierlichen Hand über den Tisch, um meine zu ergreifen. «Du siehst aus, als würde dich die Situation überfordern. Dabei ist das völlig unnötig, wir wissen doch, wie es beim ersten Mal ist.»

«Nein ... nein ... alles gut», stottere ich, stutze und werfe einen kurzen Seitenblick zu Steffen.

Birte ist derweil aufgestanden, schleicht geschmeidig um den Tisch und nimmt erneut meine Hand. Diesmal, um mich vom Stuhl zu ziehen. «Komm, wir gehen uns das Näschen pudern und besprechen das Emotionale. Die Männer regeln in der Zeit das Geschäftliche.» Sie zwinkert ihrem Mann zu, kichert mädchenhaft und zieht mich Richtung Damenklo.

Zu gerne wüsste ich, was genau zum Geschäftlichen gehört – und stelle plötzlich fest: Meine Unsicherheit ist purer Neugier gewichen. Ich bin gespannt wie ein Flitzebogen, wie es weitergeht.

Die Damentoilette ist gediegen eingerichtet, blitzsauer und lädt zum Verweilen ein. Kaum ist die Tür hinter uns zugefallen, kommt Birte zum Wesentlichen.

«So, wir haben uns beschnuppert. Wir mögen euch, und ihr mögt uns. Ich kann guten Gewissens für Michael sprechen und sagen, dass wir mehr als interessiert sind. Michael ist ganz vernarrt in dich, und ich finde deinen Steffen zum Anbeißen. Es liegt jetzt bei euch. Na, was meinst du?»

Wir stehen nebeneinander vor den Waschbecken und sehen uns nur über den Spiegel in die Augen. Birtes Blick ist so freundlich und offen, wie man es sich nur wünschen kann.

«Warum tut ihr das?», frage ich. «Warum trefft ihr euch mit anderen Pärchen?»

Birte grinst. «Typische Anfängerfrage. Aber ich gebe dir gerne eine Antwort.»

Jetzt bin ich gespannt.

Birte faltet ihre Hände. «Wir tun es, um unserer Beziehung die Leidenschaft zu erhalten. Den Kick, weißt du. Doch dazu brauchen wir eine Grundlage, ein stabiles Fundament, das dafür sorgt, dass es unsere Beziehung nicht gefährdet.»

«Und das wäre?» Inzwischen habe ich mich umgedreht und sehe ihr direkt in die Augen. Sie grinst lausbübisch. Es steht ihr ins Gesicht geschrieben, wie sehr sie die Rolle der Lehrmeisterin genießt.

«Respekt, Liebe und bedingungsloses Vertrauen. Wenn das gewährleistet ist, kann man alles tun. Dann gewinnt die Beziehung.»

Oje. Birtes Blick ruht auf meinem Gesicht, fragend, denn nun will sie natürlich wissen, ob unsere Beziehung diese Grundsätze erfüllt. Liebe ich Steffen? Respektieren wir einander? Vertrauen wir einander bedingungslos? Die Antworten setzen sich nicht so schnell an ihren Platz, wie sie sollten. Natürlich lauten sie «ja», aber sollten sie nicht lauter in meinem Kopf klingen? Dies wäre also definitiv ein wunderbarer Zeitpunkt, den Absprung zu schaffen. Ich könnte Birtes Steilvorlage nutzen, argumentieren, dass die Grundlagen fehlen, und das Ganze als sehr, sehr großen Fehler abtun.

Doch leider ist es manchmal leichter, einen Schritt nach vorne zu gehen als einen zurück. Und so antworte ich mit fester Stimme. «Wir haben offen über alles geredet und glauben, unsere Beziehung kann dadurch gewinnen. Wir müssen nur klare Absprachen treffen, was erlaubt ist und was nicht.»

Habe ich gerade wirklich einem Partnertausch zugestimmt? Anscheinend, denn Birte klatscht begeistert in ihre zarten Hände, die schon bald ... Dinge ... mit meinem Mann ... Nein, den praktischen Teil blende ich lieber aus.

«Das Organisatorische regeln die Männer. Ich bin hier, um dir zu versichern, dass ich nichts tun werde, was du nicht möchtest. Und du kannst mich jederzeit anrufen. Ich beantworte dir jede Frage.»

«Ich bin mir nicht sicher, ob ich wirklich jede Frage beantwortet haben möchte», antworte ich grinsend, schiebe sämtliche Unsicherheit weit von mir und versuche, dem spannenden Teil ganz viel Raum zu geben. «Aber wie geht es nun weiter? Du bist der Profi. Erzähl mir, was jetzt passiert.»

«Och, das ist ganz einfach. Wir machen einen Termin aus, trinken vorher eine Flasche Wein, und dann schauen wir mal, was passiert. Du weißt schon, alles kann ...»

«... nichts muss», ergänze ich und fange an zu kichern wie eine Schülerin in der siebten Klasse beim Aufklärungsunterricht.

Birte legt ihre Hand auf meinen Arm. «Schieb deine Zweifel beiseite, Nina, und genieß es. Glaub mir, am Anfang hatte ich ebensolche Bedenken, aber es ist wirklich eine sehr, sehr schöne Möglichkeit, das Feuer in der Beziehung und auch in dir neu zu entfachen.» Sie nimmt mich in den Arm und drückt mich so fest, dass ich Angst habe, keine Luft mehr zu bekommen.

«Wenn du das sagst, dann glaube ich das einfach mal», ächze ich.

«Okay, dann bezahlen wir jetzt, und du gehst mit Michael ein Runde spazieren, während ich mit Steffen dasselbe tue. Auf diese Weise könnt ihr euch ohne uns beschnuppern, und wenn du ein bisschen rumknutschen möchtest, so als Aufwärmübung, dann fände ich das prima.»

Ich schüttle lachend meinen Kopf, in den das alles nicht so recht reinwill, strecke trotzdem meinen Rücken, atme tief durch, und wir verlassen das Damenklo, in dem ich ein Gespräch geführt habe, das seinesgleichen sucht.

Der Spaziergang durch die laue Sommernacht ist seltsam, aber auf eine gute Art. Michael schafft es, dass auch meine letzten Zweifel auf die Größe eines Elementarteilchens zusammenschrumpfen. Irgendwann bleiben wir in einem verschwiegenen Hauseingang stehen, er sagt viele richtige Dinge, und dann will er mich tatsächlich küssen.

Der Angstschweiß bricht mir nicht gerade aus, aber ein angenehmes Gefühl ist es auch nicht. «Bitte nicht», sage ich, und ein enttäuschtes Flackern huscht über Michaels Gesicht.

«Zu intim?», fragt er vorsichtig.

«Ja», gebe ich zu.

«Also erst mal nur vögeln?»

Kurz stutze ich, dann schütte ich mich aus vor Lachen. Gott, ist das alles absurd. Michael schaut mich einen Augenblick dumm an und grinst dann ein verführerisches Grinsen.

«NUR vögeln klingt gut», antworte ich, ohne auf die Stimmen in meinem Inneren zu hören, und knuffe ihn in die Seite.

«Damit kann ich leben», antwortet er. Dann schlendern wir zu den anderen zurück, unterhalten uns über alles Mögliche und schieben uns am Schluss in die Arme unserer Ehepartner.

Nun denn, es ist ein Schritt, nur ein Schritt.

Als wir wieder im Auto sitzen, informiert mich Steffen, er habe mit Michael für das Treffen den nächsten Samstag vereinbart. Danach herrscht Stille im Wagen. Wir müssen uns wohl beide sammeln, ehe wir bereit sind, das Geschehene in Worte zu fassen.

«Tun wir das Richtige?», frage ich schließlich, als wir uns schon auf der A55 Richtung Bonn befinden.

«Hat es sich denn für dich richtig angefühlt?», fragt Steffen zurück.

«Ich hasse deine blöden Gegenfragen.»

Er ignoriert meine Beschwerde. «Es ist wichtig, dass du dahinterstehst und es nicht nur mir zuliebe tust.»

Falscher Satz, gerade weil er der richtige ist. Allen komischen Gefühlsverwirrungen zum Trotz läuft es im Grunde darauf hinaus: Ich tue es ihm zuliebe. Der Satz holt mich mehr auf den Boden der Tatsachen zurück, als mir lieb ist. «Tue ich nicht», antworte ich knapp, aber falls Steffen es bemerkt, geht er darüber hinweg.

«Wir sollten es nicht größer machen, als es ist», sagt er schließlich. «Viele tun es, und wir nun eben auch.»

«So kann man es natürlich auch sehen. Viele trinken zu viel Alkohol oder fahren Auto, ohne sich anzuschnallen. Deshalb ist es lange noch nicht richtig. Aber vielleicht sollten wir beide den Verstand einfach mal raushalten.»

«Komm her.» Steffen zieht mich zu sich rüber und küsst mich. Nur kurz, und dennoch fühlt es sich seltsam an. Hat er zuvor Birte geküsst? Ich verdränge den Gedanken. Ja, vielleicht ist es richtig, was wir hier tun, und noch habe ich sieben lange Tage Zeit, mich auf den Ernstfall vorzubereiten.

6

Nacktschnecken

Wenn ich in der Innenstadt bin, ist das Tee-Café am Marktplatz mein liebster Platz. Der Tee wird auf die Sekunde genau aufgebrüht und in verschiedenen liebevoll auf Flohmärkten zusammengesuchten Teekannen in feinstem Ambiente serviert. Es ist ein kleines Gefühl von Luxus, hier zu sitzen, und heute ist wahrhaftig ein besonderer Tag. Denn ich nutze meinen freien Vormittag und kleide mich neu ein. Untendrunter, das versteht sich von selbst.

Ich sitze draußen, das Wetter ist wunderbar. Nicht zu warm und nicht zu kalt. Ein Juni, wie ich ihn am liebsten mag. Die Sonne versteckt sich dann und wann hinter buschigen Quellwolken, und eine leichte Brise weht durch die Stadt. Hebt die Tischdecke gerade so viel, als sei sie neugierig zu wissen, was darunter ist, aber eben nicht neugierig genug. Es ist ein Wetter, wie ich es mir für das ganze Jahr wünschen würde, wenn ich nicht ebenso den Wechsel der Jahreszeiten genießen würde mit all seinen Annehmlichkeiten und Unannehmlichkeiten.

Vor mir steht eine Kanne ostfriesischer Sonntagstee, ein Krimi liegt aufgeschlagen daneben, und ich habe vor, diesen perfekt gebrühten Tee in vollen Zügen zu genießen.

Leider habe ich die Rechnung ohne die verschiedenen Persönlichkeiten in meinem Kopf gemacht, die alle schrecklich durcheinanderreden. Jede einzelne scheint genau zu wissen, was richtig für mich ist. Es ist das feinste schizophrene Chaos.

Zu nennen wäre zu allererst diejenige Stimme, die mir einredet, es wäre der größte Schwachsinn aller Zeiten, auf den ich mich einlasse. Die kenne ich schon gut, vermutlich lässt sie sich von einem halbwegs gesunden Menschenverstand die Argumente liefern und hat mit Sicherheit recht. Dann kommt aber die nächste, und die findet, ich solle nicht so schwarzsehen, mich locker machen und die Grübelei einstellen. Eine dritte hebt die Vorzüge des Arrangements hervor, kitzelt aus mir heraus, welches Abenteuer ich erleben könnte. Und dann gibt es da diese klitzekleine Stimme, von der ich glaube, dass sie der Kern meines wahres Ichs sein könnte. Sie möchte einfach nur ihre Ruhe haben, alles zurückspulen und so tun, als wäre nichts passiert.

Um mich von dem Tumult in meinem Kopf abzulenken, betrachte ich die Menschen, die über den Platz hetzen, schlendern oder trotten, und versuche, mir vorzustellen, was in ihren Köpfen vorgeht. Ich kann doch nicht die Einzige sein, deren Kopf überläuft von verqueren Gedanken. Worüber denken diese vielen Menschen nach, die mein Leben für ein paar Sekunden kreuzen, ohne zu ahnen, dass da jemand mit einer Tasse Tee in der Hand sitzt und sich fragt, was in ihnen vorgehen mag?

Ich dichte diesen Menschen die verschiedensten Gedanken und Geschichten an, aber egal, was mir einfällt, es sind immer Klischees. Denn ich sehe nur das Äußere, mehr nicht, und frage mich plötzlich, ob das Leben nicht genau das ist: ein Klischee? Denn wer von uns erlebt schon Geschichten, die so außergewöhnlich sind, dass sie nicht in irgendeine Schublade passen? Meine Lebensgeschichte ist jedenfalls nichts anderes als ein Klischee, das ich munter bediene, indem ich es lebe und erlebe. Vielleicht füge ich hier und da eine kleine Individualität hinzu, die sie von dem Leben anderer marginal unterscheidet. Am Grundgerüst des Lebens ändert das nichts, oder?

Meine Individualität heute: Dessous. Natürlich besitze ich schöne Unterwäsche, doch mir ist nach was Neuem, etwas der Situation Angemessenem, etwas, in dem ich mich wie eine begehrenswerte Frau fühle. Dafür bin ich hier, und mit einem Tschaka im Herzen spüle ich den letzten Schluck Tee hinunter und schultere meine Tasche. Der nächste Schritt in Sachen sexoptimiertes Eheleben ruft.

In einem Anfall von Ich-gönn-mir-das-jetzt lasse ich sämtliche Kaufhäuser und bezahlbaren Modeketten links liegen und begebe mich direkt in eine Boutique mit Fachpersonal, den schlauen Spruch im Kopf, Frauen über dreißig sollten sich nur in edle Unterwäsche wanden – sonst könnten sie's auch gleich lassen. Und da ich erstens die dreißig vor geraumer Zeit hinter mich gebracht habe und zweitens weglassen keine Option ist, stehe ich nun in der Umkleidekabine und betrachte das klassischschwarze Ensemble, das mir die zuvorkommende und vertrauenserweckende Fachfrau empfohlen hat, im Spiegel. Recht wohlwollend schaue ich im Übrigen, was, gelinde gesagt, in Umkleidekabinen ungefähr im Abstand von zwei Sonnenfinsternissen passiert. Der höhere Preis macht sich schon bezahlt, noch bevor meine EC-Karte in Tränen ausbricht. Ein anderes Ensemble liegt bereits auf der Bank und hat sich ebenfalls in mein Herz geschlichen. Es unterscheidet sich in der Farbe (Grün) und hat ein paar Dekospielereien, der Schnitt ist derselbe. Er trägt nicht auf, und, wie die nette Verkäuferin mir durchaus charmant mitteilt, der «hohe Schnitt des Höschens verbirgt die kleine Fettschürze».

Ich war schon alleine deshalb beeindruckt, weil sie es geschafft hat, das Wort «Fettschürze» so auszusprechen, dass es nicht so widerlich klingt, wie ich mich selber in der Regel damit fühle. Vielleicht sollte ich endlich anfangen, das Zuviel als das anzusehen, was es ist – ein charmantes Überbleibsel zweier Schwangerschaften, das außer mir niemand schlimm oder gar auffällig findet. Auch Steffen hat sich darüber noch nie beklagt. Und jetzt, mit der richtigen Wäsche, ist das Zuviel gleich ganz verschwunden. *Voilà, c'est moi.*

Ich werde übermütig, drehe mich vor dem Spiegel, betrachte mich von allen Seiten und werfe mir eine Kusshand zu. Was ich allerdings nicht schaffe, ist, die Person im Spiegel mit Michael in Verbindung zu bringen. Es ist diese Diskrepanz zwischen Theorie und Praxis, die in meinem Gehirn regelmäßig eine Blockade auslöst.

Ob ich die Unterwäsche vorher bei Steffen ausprobieren sollte? Dann könnte ich die Wirkung gleich austesten, schließlich ist es Sinn der Sache, unserem Eheleben neuen Schwung zu verpassen – und das beinhaltet auch neue, sexy Unterwäsche. Ich kann ja ein Set bei dem einen und das andere bei dem anderen testen? Ahhh, wieder so ein absurdes Gedankenspielchen, das mich latent an den Rand des Wahnsinns treibt. Da ziehe ich mich doch lieber an, mache beim Bezahlen fest die Augen zu und fahre nach Hause, Mittagessen für die Kinder kochen.

Wir haben zu tun an diesem Samstagnachmittag, und das ist gut so. Ich kann mir heute nichts Schöneres vorstellen als harte körperliche Arbeit. Gestern wurde nämlich unter großem Getöse der Container geliefert, und nun stehen Steffen und ich in unseren ältesten Klamotten und mit zwei nigelnagelneuen Spaten aus dem Baumarkt bewaffnet vor unserem Haus und buddeln. Bereits gestern habe ich unter großem Protest der Kinder der Hecke mit den Vogelbeeren den Garaus gemacht.

«Was sollen denn nun die armen Vögel essen», heulte Carlotta, und es stand zu befürchten, sie würde sich an der Hecke festketten.

Milla war keinen Deut besser. «Du bist eine fiese, fiese Baummörderin», giftete sie mich an.

Der Ausbruch meiner Töchter sorgte dafür, dass ich bei jedem Zweig, den ich abschnitt, und jeder Wurzel, die ich ausgrub, ein schlechtes Gewissen hatte. Den Vögeln gegenüber.

Beherzt machen wir uns ans Werk, doch bereits nach der dritten Schippe stehen mir die Tränen in den Augen. Die lehmhaltige Erde ist so kompakt, jeder Stich mit dem Spaten gleicht einem Kraftakt.

«Scheiße, ist das anstrengend», keuche ich.

«Soll ich es alleine machen?», fragt Steffen großmütig, aber ich schüttle vehement den Kopf. Ich lasse mir doch nicht meine schöne Ablenkung wegnehmen. Also buddeln wir einmütig nebeneinander, immer wieder von neugierigen Nachbarn unterbrochen, und schwitzen so sehr, dass ich Angst um unsere ... ähm ... abendliche Einsatzbereitschaft habe.

Tut mir leid Michael, aber mein Rücken ... Ich lache laut auf.

«Warum lachst du?»

«Ich hab mich gerade gefragt, ob wir nicht gebrechlich wie zwei Rentner bei unserer Verabredung aufschlagen.»

«Dann liegen wir eben einfach auf dem Rücken und lassen uns verwöhnen», schlägt Steffen humorig vor.

«Lalalala», singe ich laut, «ich will das gar nicht hören, ich will das gar nicht hören.»

Er stupst mir fett grinsend in die Seite, und wir schaufeln weiter.

Am frühen Abend beenden wir die Arbeit und versammeln uns gemeinsam mit den Kindern feierlich im umgewühlten Vorgarten. Der Größe nach geordnet und jeweils mit einem Gänseblümchen und einer Johannisbeere bewaffnet. Milla hält zusätzlich die Blockflöte in der Hand. Zu unseren Füßen befindet sich ein kleines, frisch in die Erde gemeißeltes Loch. Milla ist die Zeremonienmeisterin, und mit einem gediegenen Nicken fordert sie Steffen auf, seines Amtes zu walten. So ernst es ihm möglich ist, tritt er beiseite, nimmt den liebevoll in eine Brötchentüte eingewickelten Vogelleichnam und bettet ihn in seine letzte Ruhestätte.

Tschipi ist heute Morgen von uns gegangen, nachdem wir ihn gestern Abend im Garten aufgelesen haben. Das Zaunkönigjunge, von seinen Eltern verstoßen und von uns liebevoll über Nacht aufgepäppelt, hat es leider nicht geschafft und muss nun beerdigt werden. Mit dem nötigen Respekt natürlich, denn die Mädchen waren wirklich traurig, als Tschipi entkräftet zur Seite kippte. Außerdem sind wir froh, dass uns nicht mehr täglich derlei Beerdigungen ins Haus stehen. Vor einem Jahr gab es nämlich eine Phase, in der Milla und Carlotta einen kleinen Tierfriedhof betrieben und alles beerdigt haben, was der Kater halb im Garten liegen ließ.

Milla hat einen Stein besorgt und liebevoll beschriftet. «Tschipi, gestorben am 8. Juni», steht darauf. Nun liegt da also diese Brötchentüte, und ich schaufle angemessen feierlich Erde darüber. Auf Millas Kommando werfen wir die

Johannisbeeren – ebensolche, die der kleine Zaunkönig nur allzu willig aus meiner Hand fraß – ins Grab, gefolgt von den Blumen. Es folgt die obligatorische Schweigeminute, bevor Milla völlig schief das Trauerlied in die Flöte bläst, die sie seit mindestens zwei Jahren nicht mehr in der Hand hatte. Es dauert genau drei Sekunden, ehe wir gemeinschaftlich zusammenbrechen vor Lachen. So weit zum Thema «angemessen trauriges Begräbnis».

Unter Lachtränen flötet Milla ihr Liedchen zu Ende, und ich würde nur zu gerne einen Blick von weitem auf diese Szenerie werfen. Es sind diese Augenblicke, auf die man auch in vielen Jahren gerne zurückblicken wird.

Die akribische Vorarbeit im Badezimmer, sie rauscht an mir vorbei. Die Ablieferung der Kinder an ihre jeweilige Übernachtungsfreundin, sie rauscht an mir vorbei. Die Fahrt zum Hotel im Bergischen, auch sie rauscht an mir vorbei.

Das Vorgeplänkel in der plüschigen Bar des Hotels nehme ich ebenfalls kaum wahr. Die schwülstigen Blicke, die Sätze, klebrig wie Honig, all das gehört scheinbar dazu, wenn zwei Paare sich treffen, um ungezwungen die Betten zu tauschen.

Ich bin dabei und bin es doch nicht. Etwas stimmt nicht, aber außer mir schwelgen alle in einer nahezu euphorischen Stimmung. Keiner scheint Zweifel zu haben. Ich sitze auf meinem Stuhl in einer dämmerigen Ecke, auf dem Tisch stehen geleerte Gläser, und plötzlich sind Steffen und Birte weg, und ich bin hier alleine mit Michael. Wann sind die beiden gegangen? Und warum? Ach ja, um Sex zu haben.

Michael schenkt mir ein letztes Glas samtigen Rotwein ein. «Ich freue mich schon den ganzen Tag auf dich», raunt er mir zu.

Seine Hand verschwindet unter dem Tisch, umfasst besitzergreifend mein Knie. Bleibt dort liegen wie ein Haufen lästiger dicker Nacktschnecken. Am liebsten würde ich sie angeekelt fortwischen, doch ich reiße mich zusammen. Sollte nicht jetzt der spaßige Teil kommen? Achtung, Achtung, der spaßige Teil möge bitte die kleine Nina aus dem Spieleland abholen! Die Hand wandert weiter, Michael rückt näher, schnuppert an mir wie ein Hund, der Leckerlis in meiner Tasche riecht.

«Hm, du riechst so gut.»

«Äh, danke.»

«Diese Beuge zwischen Hals und Schulter. Sie ist wunderschön. *Du* bist wunderschön.»

Sollten mich die Komplimente nicht umgehend ins Reich der Glückseligkeit katapultieren? Stattdessen fühle ich mich wie mit klebrigem Schleim überzogen, unfähig, einen klaren Gedanken zu fassen. Michael zieht mich vom Stuhl, so unerwartet, fast stoße ich den Tisch um.

«Hoppla, meine Hübsche, komm mit, es wird Zeit, dir zu zeigen, was ich kann.» Er knurrt gierig.

Hä?

Wie in Trance folge ich ihm zum Aufzug und durch die plüschigen Gänge des Hotels. Er öffnet mit der Karte die Tür zu unserem Zimmer, das zweifelsfrei ein schönes Zimmer ist, und platziert mich auf dem Bett. Willenlos. Wie eine Puppe. Eine lebendige Sexpuppe. Genau das bin ich nämlich jetzt.

Und genau in diesem Augenblick wache ich auf.

Aus was genau?

Tiefschlaf? Koma? Hypnose?

Es ist, als würde jemand einen Schleier lüften. Als könnte ich erst jetzt sehen, wer da eigentlich vor mir sitzt. Das hier ist ein Profi, wird mir plötzlich klar. Völlig abgeklärt und mit der festen Absicht, mich hier und heute für seine Zwecke abzurichten. Wie konnte ich nur auf dieses Schauspiel hereinfallen? Wie ein richtig, richtig dummer kleiner Käfer sitze ich handlich verpackt im Spinnennetz, habe mich von den zuckersüßen Worten einwickeln lassen und warte nun darauf, genüsslich und in kleinen Stückchen verspeist zu werden.

Einzelne Szenen blitzen in meiner Erinnerung auf, und die Puzzleteile fallen an ihren Platz. Wie blöd muss man eigentlich sein, um auf so ein aufgesetztes Schmusibusi reinzufallen? Wie geschickt sie uns umgarnt haben. Und beide fallen wir darauf herein, doof, wie wir sind. Vielleicht ist es sogar eine Masche, und sie suchen sich per se jungfräuliche Anfänger, die sie sich gefügig machen. Frischfleisch sozusagen.

Mir geht auf, dass mir gerade ein Licht aufgegangen ist. Doppelt gemoppelt sozusagen, Erleuchtung eins und zwei im kostengünstigen Kombipack. Was wiederum zu Erleuchtung Nummer drei führt. Eine echte Glanzleistung, um direkt mal bei diesem dummen Wortspiel zu bleiben.

Ich will das hier nicht.

Nicht heute und auch nicht irgendwann.

Viel lieber wünsche ich mich an einen Ort, der ganz weit weg ist von diesem sterilen Hotelzimmer. An einen Ort, der anders ist, ein abendlicher Strand beispielsweise, ohne Wind oder nur mit einer leichten Brise. Gerade so, dass die Haare bleiben, wo sie sind, die Haut den erfrischenden Luftzug spürt. Das Meerwasser gluckert träge, in der Ferne schreien die Möwen. Die Abendsonne legt ein bezauberndes Licht über diese grandiose Szenerie.

Ja, genau dort möchte ich jetzt sein.

Und nicht hier.

So gar nicht hier.

Mein Fazit: Ich will hier weg! Gut, wo das geklärt wäre, stellt sich zwangsläufig die nächste Frage: Wie schaffe ich das? Wie bewerkstellige ich die Flucht aus den Fängen von Michael, achtunddreißig, Baumchirurg und routinierter Nebensexgeschäftler? Ich brauche dringend einen Plan. Und vor allem muss ich ihm schonend beibringen, seinen kleinen Freund heute leider in der Hose zu lassen. Aber selbst wenn ich das schaffe, muss ich ja auch noch meinen Ehemann aus dem anderen Hotelzimmer zerren. Nein, daran darf ich gar nicht denken, dass Steffen ein paar Zimmer weiter sitzt und vielleicht gerade ...

Scheiße, scheiße, scheiße!

Jetzt zieht Michael sich auch noch aus.

Hilfe, ich will das nicht!

Aber welche Optionen bleiben mir? Ich bitte mein Gehirn inbrünstig, schneller zu arbeiten, und tatsächlich kommt so etwas wie eine Rückmeldung, während Michael nackter und nackter wird.

Option Nummer eins:

Ich falle jetzt und gleich in Ohnmacht.

Dafür spricht: sofortige Erlösung aus dieser furchtbaren Situation.

Dagegen spricht: schwer umsetzbar, außer ich schaffe es, die nächsten Minuten die Luft anzuhalten.

Option Nummer zwei:

Ich ziehe Michael eins über den Schädel.

Dafür spricht: leider nichts.

Dagegen spricht: die potenzielle Gerichtsverhandlung am Ende dieses Auswegs aus einer ausweglosen Situation.

Ich bitte mein Hirn, ernsthafter an die Sache heranzugehen, die bisherigen Wahlvorschläge fände ich sehr gewöhnungsbedürftig, aber leider kommt da nichts mehr. Und irgendwie kann ich Michael nicht weiter dumm in der Gegend rumstehen lassen, sonst fängt der noch an zu frieren – und das wäre auch nicht nett. So langsam wirkt meine Unentschlossenheit peinlich. Wobei ich ja eigentlich entschlossen bin, allein Michael weiß es nicht.

In meiner schieren Verzweiflung beschließe ich zu improvisieren und patsche mir fester als beabsichtigt mit der linken Hand gegen die Stirn. Die Augen reiße ich dabei sehr, sehr weit auf. Möglicherweise wäre der Besuch eines Schauspielkurses hilfreich gewesen, dennoch erfüllt die Geste ihren Zweck. Michaels Blick verwandelt sich von forsch und fordernd zu unsicher und fragend. Jetzt geht es um alles. Meine Hand wechselt den Platz, von der Stirn zum Mund. Die aufgerissenen Augen behalte ich bei.

«Ach du liebe Güte», keuche ich gepresst.

«Was ist denn los? Du siehst ja völlig schockiert aus.»

Ich beglückwünsche mich zu Gestik und Mimik, tue so, als würde es mir unglaublich schwerfallen zu sprechen, und ringe geradezu um die richtigen Worte. «Ich weiß gar nicht, wie ich es sagen soll, es ist mir wirklich furchtbar unangenehm, und wir hätten das vorher sicher besprechen sollen, aber ...»

«Aber was?»

Ich sehe den leicht panischen Ausdruck in seinen Augen, und seine Stimme ist auch nicht mehr ganz so freundlich.

«Also ...», druckse ich, «Steffen hat vergessen, seine Tabletten zu nehmen, und das ist leider nicht so gut. Gar nicht gut.» Ich seufze theatralisch und hoffe, nicht zu dick aufgetragen zu haben.

«Kannst du bitte Klartext reden? Von was für Tabletten redest du in Gottes Namen?» Michael schreitet energisch durchs Zimmer und bleibt dann vor mir stehen. Sein Ding baumelt und schaukelt munter durch die Gegend. Ich kann gar nicht hingucken. Dann fasst er mich beherzt an den Schultern. Seine mittlerweile schreckgeweiteten Augen veranlassen mich, eine Stufe runterzufahren. Nicht dass der gleich durchdreht. Im Traum hätte ich nicht gedacht, er könne derart geschockt auf mein schlechtes Schauspiel reagieren.

«So schlimm ist es jetzt auch nicht, es sind nur ganz leichte Psychopharmaka, aber wenn er sie ...»

Weiter komme ich nicht, denn während Michael in einer Geschwindigkeit, die ihresgleichen sucht, in die Klamotten springt, giftet er mich mit einem Wust von Worten an, so schnell, ich kann sie kaum voneinander unterscheiden. Aber «Psycho», «blöde» und «hier raus» sind auf jeden Fall dabei und bescheren mir ein leichtes Hochgefühl.

Was für ein Glück, meine Klamotten sind alle noch an Ort und Stelle, so muss ich lediglich meine Tasche schnappen und Michael folgen, der entschieden den Hotelflur entlangstapft. Ein bisschen mulmig wird mir schon bei so viel Aktionismus, gleichzeitig registriere ich mit großer Verwunderung, wie sich mein Problem von ganz alleine in Luft aufzulösen scheint. Der richtige Satz zur richtigen Zeit, und das Sexproblemchen ist Vergangenheit. Ich klopfe mir im Geiste anerkennend auf die Schulter. So etwas dürfte im Leben ruhig öfter passieren.

Ich bin nunmehr lediglich Zuschauerin und darf gespannt sein, was als Nächstes passiert.

Vor Zimmer 313 bleibt er stehen, sammelt sich kurz und scheppert dann mit geschlossener Faust gegen die wenig solide Hotelzimmertür.

Nichts passiert.

Ich stehe in gutem Sicherheitsabstand, ganz geheuer ist mir die Sache nämlich nicht. Michael klopft ein zweites Mal, fester als eben, und ich stelle mir vor, wie er dabei «Aufmachen, Polizei!» tönt. Wäre ja schon irgendwie witzig. Das dazugehörige Kichern bleibt mir allerdings im Halse stecken.

«Birte, zieh dich an. Sofort. Wir gehen!» Der Tonfall ist durchaus unangenehm, keine Spur mehr von erotischem Geflöte ... Und doch, wie der seine Frau anraunzt, ist beeindruckend.

«Warum denn das?», tönt Birte von der anderen Seite, aber Michael gibt keine weitere Erklärung ab.

«Zieh. Dich. An. Wir. Gehen. JETZT.»

Und Birte, sein gut erzogenes Frauchen, bedarf keiner weiteren Begründung. «Ich komme», flötet sie völlig unangemessen, und dann warten wir.

Ich zähle bis zwanzig, ehe die Tür aufschwingt, eine komplett bekleidete Birte mit Sack und Pack, also Handtäschchen, aus dem Zimmer stakst und uns mit einem fragenden Blick durchbohrt. Für eine Antwort bleibt keine Zeit, stattdessen schiebt Michael seine Birte entschlossen den Gang entlang. Ohne mich auch nur eines Blickes zu würdigen. Das war's dann wohl.

Nur langsam löse ich mich aus der Schockstarre, überwinde die wenigen Schritte zur Tür und spähe vorsichtig ins Zimmer, unsicher, weil ich nicht weiß, wie Steffen mich erwartet. Er sitzt ohne Schuhe, aber komplett bekleidet auf der Bettkante. Das Bett sieht aus, als wäre das Zimmermädchen gerade erst da gewesen. Ich bin mehr als erleichtert. Er hatte keinen Sex. Und ich auch nicht. Nichts, wofür man sich schämen muss, ist passiert.

Steffen sieht mich fragend an, doch ich schnappe wie ein Goldfisch an Land nach Luft. Ich würde gerne etwas sagen, es kommt aber nichts.

Mein Mann bricht das Schweigen. «Was war das denn?»

«Ich hab die beiden vergrault», gestehe ich kreuzernst, ohne die Rechnung mit meinen zuckenden Mundwinkeln gemacht zu haben.

«Alter, hast du gesehen, wie der abgegangen ist? Gott, ich bin so froh, dass ich nicht an seiner Alten rumgeschraubt habe! Der ist ja gemeingefährlich.»

Fassungslos starre ich Steffen an. Mit jeder Reaktion hätte ich gerechnet, aber nicht mit dieser. Ich entere endgültig das Zimmer, schließe die Tür und lasse mich japsend aufs Bett fallen, wo Steffen sich umgehend auf mich wirft und in das Lachen und Prusten hinein anfängt, mich auszuziehen. Das Adrenalin, das uns gerade flutet, muss irgendwohin, und was liegt näher, als wirklich Sex zu haben an diesem Abend? Mit MEINEM Mann und nicht mit irgendeinem dahergelaufenen Schnösel. Es geht wild zu und unbeherrscht. Das Adrenalin verbietet es mir, mich zu fragen, ob Steffen wirklich mit MIR schläft oder doch mit einer willigen Blondine, deren Platzhalterin ich bin. Es ist egal, denn es ist vorbei, und das ist gut so.

Der Rest ist Vergessen, Verdrängen und Vergraben.

Kaum sind wir fertig, liegt mein Mann selig schnarchend in den Kissen. Nun, es war ein anstrengender Tag. Erst der Vorgarten, dann der misslungene Pärchentausch. Die Kinder sind die ganze Nacht bei ihren jeweiligen Freundinnen, das

Hotelzimmer ist bezahlt, was also liegt näher, als das Zimmer wirklich zu nutzen? Und so erwartet uns am Morgen ganz unverhofft ein tolles Frühstück.

Ich schneide das noch warme Brötchen auf, nehme erst die eine Hälfte Butter aus dem kleinen Plastikpöttchen und nach kurzem Zögern den Rest, schmiere sie großzügig auf eine Brötchenhälfte. Ich habe Hunger wie ein Bauarbeiter nach einem Vierzehn-Stunden-Tag. Mir gegenüber sitzt Steffen und mümmelt an seinem Croissant. Er ist ausgesprochen wortkarg, von der ausgelassenen Stimmung ist nichts mehr übrig. Den Appetit lasse ich mir davon nicht verderben, er war schon immer ein Morgenmuffel, der vor dem ersten Kaffee keine drei Worte spricht.

Trotzdem ...

Ich schenke mir eine zweite Tasse Schwarztee ein, einen feinen Darjeeling. Das Hotel lässt sich bei der Ausrichtung des Frühstücksbuffets nicht lumpen, aber Steffens Laune weckt in mir ein Missgefühl, das mich umwabert wie früher Nebel einen kargen Baum in einem engen Flusstal.

«Sollen wir darüber reden?», frage ich deshalb.

«Hm», macht Steffen.

«Hab ich dir den Abend versaut?»

«Du hast es doch wiedergutgemacht.» Er schenkt mir ein klitzekleines Grinsen, aber der dunkle Blick dazu verkorkst es leider.

«Und es macht dir nichts aus, wie es gelaufen ist?»

Schweigen.

«Du kannst es mir ruhig sagen.»

Endlich bequemt er sich. «Nein», sagt er und atmet laut aus, «du hast es mir nicht versaut. Es ist alles in Ordnung. Wirklich.»

«Also gut», sage ich, mehr will ich sowieso nicht hören. Oder nein, ich will mich doch noch quälen. «Können wir diese Tauschgeschichte dann zu den Akten legen? Ich habe es nun versucht, aber es ging einfach nicht. Kannst du das verstehen? Und bitte, gib mir eine richtige Antwort. Dein wortkarges Genuschel treibt mich in den Wahnsinn.»

«Ja, können wir.» Steffen greift nach seinem Frühstücksei, doch so leicht gebe ich mich nicht zufrieden. Drei Worte reichen einfach nicht für so eine Geschichte.

«Hättest du es denn mit ihr gemacht, wenn ich nicht dazwischengefunkt hätte?»

Ich will mich wirklich foltern, anders kann ich mir diese Frage nicht erklären. Steffens Antwort besteht aus einem undeutlichen Brummen.

«Das war ein Ja, oder?»

«Oh Mann, Nina, was soll ich denn darauf antworten? Es war ein Ja, okay?»

«Gut.» Ich gebe mich zufrieden, oder vielmehr WILL ich damit zufrieden sein. Für den Augenblick.

Nach dem Frühstück gehen wir zurück ins Hotelzimmer, klauben unsere Sachen zusammen und fahren nach Hause. Dort sammeln wir die Kinder ein und spielen Normalität.

So wie auch am nächsten Tag, am übernächsten und dem danach. Es ist eine Sprachlosigkeit, die ich so von uns nicht kenne. Aber vielleicht müssen wir die Geschehnisse einzeln verdauen, ehe wir in der Lage sind, darüber zu reden.

Es dauert fast eine Woche, ehe wir wirklich über das sprechen, was passiert ist, weil uns das Vorgartenprojekt zwingt, auf engem Raum nebeneinander auszuharren.

Wir heben das Fundament für eine kleine Sitzgelegenheit direkt neben dem Eingang aus. Endlich habe ich es geschafft, den ersten Container abholen zu lassen, nun wartet der zweite darauf, mit Erde befrachtet zu werden. Es hat viel geregnet, aber heute ist es sonnig und sommerlich warm, und irgendwann muss die Arbeit ja getan werden. Irgendwie ist unser schönes Vorgartenprojekt im Zuge unserer nicht vollzogenen Sexeskapaden unter die Räder geraten. Ich habe mich so darauf gefreut, doch nun lässt die Motivation eindeutig zu wünschen übrig.

Es ist Steffen, der die Initiative ergreift, während er einen besonders großen Haufen Lehmerde auf seinen Spaten hievt. «Mir ist schon klar, dass wir noch darüber sprechen sollten.»

Verwundert blicke ich auf, ramme meinen Spaten in die feuchte Erde und stütze mich auf den Griff. «Du warst also doch sauer.»

«Sauer nicht, enttäuscht vielleicht, aber das ist okay. Außerdem hat mir dieser Michael echt Angst gemacht. Vielleicht war es wirklich ein Fehler.»

«Wir brauchen uns gegenseitig nichts vorzuwerfen, es ist nichts passiert, und jetzt ist es vorbei. Das ist es doch, oder?»

«Genau.»

«Dein Wunsch ist also jetzt weg?»

«Sagen wir mal so: Der Wunsch hat einen Datenabgleich mit der Realität vorgenommen und ... ist mir nicht mehr so wichtig.»

«Du meinst diese ganze Partnertauschsache?»

Steffen nickt energisch.

Gut so.

7

Unfug

Die Normalität hält wieder Einzug in unser Leben, der Sexversuch scheint nur noch eine schrullige Erinnerung zu sein.

Einige Wochen nach dem Gespräch im Vorgarten nutzt Steffen die Gelegenheit, mich nach einem besonders geselligen und lustigen Abend im Biergarten mit Nadine und Manuel darauf aufmerksam zu machen, dass an unserem denkwürdigen Abend im Mai noch viele andere Dinge auf den Zetteln standen.

«Du meinst, wir sollten endlich die vernünftigen Dinge abarbeiten? Na ja. Versprochen ist versprochen», unke ich, und gleich am nächsten Abend setzen wir uns an den Laptop und bestellen, weil wir uns einfach nicht entscheiden können, mitten im Juli einen erotischen Adventskalender zum sagenhaften Preis von 79,90 Euro. Vierundzwanzig neckische Kleinigkeiten, die Steffen am Ende lustiger findet als ich. Ich erwische mich bei dem Gedanken, die Dinge viel lieber alleine benutzen zu wollen. Doch nicht nur das Spielzeug hält Einzug, sondern verwegen erobern wir uns das Haus zurück – Waschmaschine, Küchentisch, Dusche. Die Kinder sind bei den Großeltern oder übernachten bei Freunden, es gibt einige Gelegenheiten. Und das Auto. Es ist Steffens Idee, und wir sind gefühlte Stunden unterwegs, bis wir einen kleinen Waldweg in der Eifel finden, an dem ich mich sicher genug fühle, um das erste Mal in meinem Leben Sex im Auto zu haben.

Ich stoße mir den Kopf, wir schwitzen, weil es viel zu warm ist, und versauen den Rücksitz. Davon abgesehen ist es bequemer, als ich dachte. Aber führt das alles letztendlich dazu, dass ich wieder mehr Spaß am Sex habe? Oder ist es mehr Pflichterfüllung als alles andere? Ich traue mich nicht einmal, darüber nachzudenken.

Die Sommerferien brechen an, und wir fahren direkt zu Beginn in einen Ferienpark in die Provence, wo wir zwei Wochen in einem Bungalow wohnen. Wir unternehmen Ausflüge, feiern Carlottas neunten und meinen zweiundvierzigsten Geburtstag und haben eine Menge Spaß im Wasserpark, der mit zum Ferienpark gehört. Die Kinder freunden sich mit unseren Feriennachbarn an – und Steffen und ich genießen die südfranzösische Sonne, das Essen und den Wein. In gewisser Weise finden wir hier in Frankreich unser altes Leben wieder ...

Trotzdem: In meinen dunklen Momenten kommen die Zweifel. Ist es für Steffen wirklich vorbei, so wie er es regelmäßig bekräftigt? Aber er tut dies mit einer Inbrunst, die ich ihm einfach glauben muss. Vor den Ferien habe ich sogar zwei seiner Geschäftsreisen überstanden, ohne vor Eifersucht zu vergehen. Ich bin stolz auf mich, und eine gewisse Leichtigkeit hat Einzug gehalten, weil wir uns immerhin ein halbes Erlebnis teilen. Unser eigentliches Problem hat sich natürlich nicht in Luft aufgelöst.

Vierzehn Tage nach unserer Rückkehr aus Frankreich bin ich auf eine Party eingeladen. Trudi, eine frühere Nachbarin, die dann leider weggezogen ist, lädt zu ihrem fünfzigsten Geburtstag. Trudi ist auf eine nette Art und Weise exzentrisch, stolze Besitzerin eines mit vielen bunten Blumen bemalten VW-Busses, esoterisch angehaucht und meist in wallende bunte Gewänder gehüllt. Sie ist eine rheinisch-fröhliche Matrone mit gleich mehreren Rettungsringen um die Hüfte.

Ich bin alleine hier, weil kein Babysitter Zeit hat, und ich kenne die wenigsten Leute. Die meisten Gäste entspringen der Verwandtschaft oder Trudis esoterischem Dunstkreis. Mit einem Glas Sekt in der Hand streife ich verloren durch die Gästeschar, wechsele hier und da ein paar Worte, habe jedoch niemanden, an den ich mich hängen kann. Ich bin nicht gerne allein unter Fremden, aber der Sekt hilft mir, das Ganze mit heiterer Gelassenheit zu betrachten.

Nach Sektglas Nummer drei und ein paar oberflächlichen Plänkeleien mit drei quirligen Esoterikerinnen über die energetischen Kraftfelder der chilenischen Bergwelt geselle ich mich zu Trudi. Sie steht mit einer dunkelhaarigen, sympathisch wirkenden Frau Ende dreißig zusammen.

«Hallo», sagt sie und schenkt mir einen festen Händedruck, «ich bin Verena.»

«Nina», erwidere ich. «Du bist Trudis berühmte Nachbarin, oder? Sie hat viel von dir erzählt.»

«Oha», erwidert sie amüsiert, «sollte mir das Sorgen machen?»

«Auf keinen Fall», beruhige ich sie augenzwinkernd, «sie erzählt nur Gutes. Aber du hast ein aufregendes Jahr hinter dir, nicht wahr?»

Verena grinst spitzbübisch. «Das kann man wohl sagen. Wer hätte gedacht, dass ich mit fast vierzig mein komplettes Leben auf links ziehe und noch einmal von vorne anfange.»

Verena, das hatte mir Trudi ausführlich berichtet, hatte im letzten Jahr zur Erholung von Beziehungsproblemen eine Mutter-Kind-Kur angetreten und sich Hals über Kopf verliebt. Trudi hatte in höchsten Tönen von dieser Romanze geschwärmt, und ich wollte schon lange wissen, wer hinter dieser Geschichte steckt. Aber sosehr wir den romantischen Teil genossen haben, waren Trudi und ich froh, in solideren Gewässern zu schwimmen und mit unseren Männern ein grundsätzlich glückliches Leben zu führen. Na ja, das war vor dieser unsäglichen Pärchentauschgeschichte.

Ein dunkelblonder Mann, Marke kanadischer Holzfäller, gesellt sich zu uns, vor seinem Bauch schlummert friedlich ein Winzling.

«Gott, wie süß ist das denn», entschlüpft es mir, und ich muss mich zusammenreißen, nicht an dem Baby zu schnuppern. Säuglingsgeruch ist mit das Beste, was es gibt.

«Das hat mir Trudi gar nicht erzählt. Sind sie wirklich so klein am Anfang? Ich kann mich gar nicht erinnern.»

«Sechs Wochen alt und gänzlich unerwartet», seufzt Verena selig, streichelt dem Winzling sanft über den Flaum und schenkt ihrem Jan, denn nur er kann es sein, ein Lächeln, das Gletscher zum Schmelzen bringt.

«Hätte mir jemand prophezeit, ich würde einmal das Oberhaupt einer sechsköpfigen Patchworkfamilie sein, ich wäre schreiend davongelaufen. Nun ja, wenigstens habe ich jetzt männliche Unterstützung. Sonst hätte ich bei vier Frauen im Haus vermutlich innerhalb weniger Wochen weiße Haare», stellt Jan trocken fest und reicht mir ebenfalls die Hand.

Auch er ist mir gleich sympathisch.

«Das mit dem Oberhaupt klären wir aber noch.» Verena schmunzelt und stupst ihn liebevoll in die Seite.

Wir unterhalten uns eine Weile, und nur zu gerne höre ich mir an, dass es auch in anderen Beziehungen diesen Punkt zu geben scheint, an dem eine Ehe verschiedene Wege einschlagen kann. Und sosehr ich den beiden ihren zweiten Frühling gönne, allein wenn ich mir vorstelle, mein gesamtes Leben in die Tonne zu kippen, um neu anzufangen, bin ich froh, dass meine Beziehung trotz allem auf einem soliden Fundament steht. Mal abgesehen vom Sex, aber wir sind schließlich auf dem Weg der Besserung.

Ich hätte doch etwas essen sollen, weil ich prinzipiell schon nach zwei Gläsern Wein latent unzurechnungsfähig bin und die beiden Gläser danach mit Sicherheit unnötig waren. Außerdem hat der doofe Alkohol leider wieder meine schwarzen Gedanken ans Tageslicht befördert. Die eintönige Gedankenschleife macht mich kirre. Immer wenn ich glaube, darüber hinweg zu sein, kriechen die Zweifel aus irgendeiner dunklen Gasse und ärgern mich. Ich brauche dringend eine Pause, sonst fange ich vor lauter Verzweiflung noch an, auf Trudis verschnörkeltem Wohnzimmertisch zu tanzen oder irgendjemanden mit meinen Gedanken zu überschütten. Darauf kann hier keiner scharf sein.

Ich luge aus dem Fenster. Es hat aufgehört zu regnen. Sehr gut. Ich lange nach meiner Strickjacke, die nachlässig über einem von Trudis unechten Barockstühlen hängt, und stehle mich in den Garten.

Die Luft ist sauber und frisch, kein Vergleich zu der drückenden Schwüle, die seit einer gefühlten Ewigkeit über der

Stadt liegt, als hätte jemand Frischhaltefolie darübergestülpt. Das erste Mal seit Tagen habe ich das Gefühl, durchatmen zu können, und langsam wird auch das Rumoren unter meiner Schädeldecke leiser. Ich schiebe den Rest der lästigen Gedanken im Kopf hin und her und schlendere gleichzeitig durch den Garten, der in schummriges Mondlicht getaucht ist. Die Staudenbeete blühen üppig, sind von Trudi sorgsam durchkomponiert und aufgepeppt durch allerlei esoterischen Zierrat. Ich erkenne kleine Buddhastatuen neben Engelfiguren, da nimmt es Trudi nicht so genau. Tagsüber bevölkern Summer und Brummer aller Art diese kleine Chakraoase, nun lädt sie durch ihre Stille ein.

Mein Ziel ist die Bank im hinteren Teil des Gartens, doch weil sie verborgen unter einer alten Trauerweide steht, sehe ich erst im letzten Augenblick, dass sie besetzt ist. Mist.

Die Frau, die mir meinen Platz gestohlen hat und gerade eine Zigarette aus ihrer Packung friemelt, ist mir heute schon mehrfach aufgefallen, weil sie auf eine spezielle Weise unglaublich hübsch ist und darüber hinaus eine Offenherzigkeit ausstrahlt, die den Wunsch weckt, sie unbedingt kennenlernen zu wollen. Und siehe da, hier ist die Gelegenheit.

«Oha, ich bekomme Besuch», verkündet sie launig und strahlt mich offen an.

«Ich will nicht stören. Ich habe nicht gesehen, dass die Bank schon besetzt ist.»

«Kein Problem, die reicht für zwei. Setz dich doch», entgegnet sie gönnerhaft und klopft mit ihrer Hand aufs Holz, als wäre ich ein kleines Hundchen. «Was treibt dich nach draußen? Die schlechte Luft, die lahme Stimmung oder persönliche Probleme?»

Ich giggle leise. Genau so habe ich sie eingeschätzt. «Vermutlich ist es von allem ein bisschen», antworte ich, «aber offiziell ist es nur die Luft. Oder das Wetter. Das kannst du dir aussuchen.»

Sie grinst und reicht mir hochoffiziell ihre feingliedrige Hand. «Miriam. Nichte des Onkels des Schwagers oder so. Meine Mutter hat mich als Vertreterin der Familie geschickt. Und jetzt warte ich darauf, bis die Höflichkeitszeit verstrichen ist, um wieder abhauen zu dürfen. Und du?»

«Nur eine ehemalige Nachbarin, und ich habe nichts dagegen, die Höflichkeitszeit zusammen mit dir unter einer Trauerweide abzusitzen.»

Miriam quittiert das mit einem breiten Grinsen. «Hört sich nach einem Plan an.»

Wir haken die obligatorischen Themen eines Erstgesprächs ab, stellen fest, dass wir im selben Alter sind, beide verheiratet sind und beide Kinder haben. Allerdings hören damit die Gemeinsamkeiten auf, denn wo mein Leben klein, überschaubar und gut sortiert ist, ist bei ihr beinahe alles eine Nummer größer, schillernder und aufregender.

Miriam ist Redaktionsassistentin beim Fernsehen, trifft ständig prominente und verschrobene Menschen, hat diverse ungewöhnliche Hobbys (Bogenschießen, Feng-Shui und Schrottschweißen) und neigt ihrer eigenen Aussage nach bei allem zur Übertreibung. Als auch die Kleinigkeiten und Nebensächlichkeiten abgehakt sind, lehnt sie sich lässig zurück und lässt die Arme über die Lehne baumeln.

«Okay, lassen wir das höfliche Geplänkel. Ich finde dich nett, du findest mich nett. Noch sind wir jung, und die Kinder sind in guter Obhut.»

Ich nicke einfältig, ohne einen Schimmer, worauf sie hinauswill, doch schon fährt sie fort: «Wir haben beide keinen

Bock auf die Chose hier, und wie der Zufall es will, hat mein schwuler Quotenfreund mir gestern eine kleine, aber feine Charge feinsten Grases dagelassen. Mein Mann würde mich killen, wenn er wüsste, dass ich Benny was abgeschwatzt habe, aber manchmal brauche ich echt Urlaub von meinem spießigen Leben.»

Ich verschlucke mich fast an meiner eigenen Spucke und frage mich zwangsläufig, was an ihrem Leben klein und spießig sein soll. «Scheiße, du willst es wirklich wissen. Du kannst doch nicht Trudis Garten für den Konsum illegaler Substanzen missbrauchen. So schlimm ist die Mischpoke da drinnen nun auch nicht.»

«Nicht?», fragt Miriam mit hochgezogener Augenbraue und einem verschmitzten Grinsen auf den Lippen.

«Na ja, vielleicht doch schlimm genug, um einen kleinen Rausch im Staudenwunderland zu verargumentieren?»

Sie sagt nichts, kramt stattdessen in ihrer Tasche, fördert eine Packung Zigaretten mit schlimmem Aufdruck zutage und entnimmt der Schachtel eine perfekt gedrehte Tüte. «Hat mein Freund Benny gestern liebevoll für mich zubereitet, ich kann's nämlich nicht. Du weißt Bescheid?»

«Es war zwar schon im letzten Jahrtausend, aber ja, ich weiß Bescheid», antworte ich und überlege, ob ich darüber nachdenken sollte, ob es überhaupt in Ordnung ist, DAS jetzt zu tun. Nö, befinde ich, muss ich nicht.

«Sehr fein.»

Sie entzündet das illegale Ding, und wir teilen schweigend und hoch konzentriert. Also am Anfang. Nach der Hälfte der Tüte sind wir zwangsläufig nicht mehr ganz so hoch konzentriert. Genüsslich schwelge ich in der Erinnerung an eine längst vergangene Studienzeit. Richtig verwegen komme ich mir vor, während das Gras unerbittlich seine Wirkung entfaltet, auch dank der Rotweingrundlage. Wie problematisch diese Kombi ist, merke ich erst, als ich schon mittendrin bin im fröhlichen Rumposaunen.

«… und dann schlägt der mir doch tatsächlich vor, ein Pärchen zu suchen und lustige Bäumchen-wechsel-dich-Spielchen zu veranstalten. Ich dachte, ich hör nicht richtig. Aber dann hab ich nachgedacht und nachgedacht und mich gefragt, was passiert, wenn ich nicht auf seinen Vorschlag eingehe, und ob Steffen sich dann eine andere sucht. Echt, ich hab auf der Straße nur noch Frauen gesehen, die mein Mann bumsen will, nur weil ich mich nicht auf diese idiotische Idee einlasse.»

Ich mache eine kurze Pause. Eher, weil mir vor Entrüstung die Luft ausgegangen ist als aus strategischen Gründen. Miriam mustert mich in einer Mischung aus Erstaunen und Neugier. Derweil plappere ich munter weiter. Ein Damm ist gebrochen, und die Worte ergießen sich über diese fremde Person, die das Pech hat, zu dieser Stunde genau an diesem Ort zu sein.

«Na gut, habe ich mir gedacht, bevor er's also mit 'ner anderen treibt und ich keine Kontrolle mehr habe, spiele ich eben mit. Ich bin nämlich sozusagen der Inbegriff des pragmatischen Menschen. Und wie für alles andere, wird es ja wohl auch dafür eine vernünftige Lösung geben. *Et voilà*, nach intensiven Recherchen und allerlei Gedöns stand schließlich dieser attraktive und wirklich muskulöse Baumchirurg … hallo, Baumchirurg … vor mir … und ich wollte nur noch weg. Am liebsten per Helikopter oder so. So ist das eben mit der Theorie und der Praxis», beende ich meinen nächtlichen Monolog.

Irgendwie habe ich mich unter dem Einfluss der diversen legalen und illegalen Substanzen munter im Text verheddert.

Ich klappe den Mund zu und kichere haltlos. «Du musst mich für völlig irre halten.»

«Nein, nein, alles gut», antwortet Miriam mit todernstem Blick, «fahr ruhig fort mit deiner Geschichte. Ich amüsiere mich köstlich.» Sie grinst irgendwie diabolisch und wirft den Tütenstummel ins Gebüsch.

«Na ja, viel mehr gibt es gar nicht zu erzählen. Ich habe unter einem miesen Vorwand das Weite gesucht und anschließend meinen Mann aus den Klauen der Blondine befreit.»

«Also für mich hört es sich an, als wäre alleine das schon eine Story wert. Aber was mich viel mehr interessiert: Du hast diese Chose nur veranstaltet, damit dein Mann nicht fremdgeht?»

«Schon, ja ...»

«Nicht ein klitzekleines bisschen auch deswegen, weil *du* Lust auf Abwechslung hattest?»

«Anfangs nicht, dann schon. Aber in der Realität ... Ne, das ging gar nicht. Völlig absurd. Ich kam mir vor wie in einem schlechten Film.»

Miriam legt den Kopf schief und scannt mich mit einem befremdlichen Röntgenblick. «Vielleicht war es einfach das falsche Paar», sagt sie nachdenklich, und ehe ich diesen Satz richtig verdaut habe, springt sie von der Bank und zieht mich mit einem Ruck hoch.

«So, wir verlassen nun Trudis Paradies. Höflichkeitszeit hin oder her. Wir vergessen, dass wir scheißerwachsene und verantwortungsvolle Mütter sind, und machen jetzt Unfug.»

Unter müdem Protest schleift sie mich an Trudis Garage vorbei auf die totenstille Straße.

«Was zur Hölle hast du vor?», frage ich entgeistert, denn, bitte schön, egal, wie daneben ich bin, ich werde mich bestimmt nicht auf ein krummes Ding einlassen. Ist die Frau womöglich durchgeknallt? Leider fällt es mir schwer, auch nur ansatzweise rational zu denken.

Miriam legt den Zeigefinger an die Lippen. «Pst. Ich habe keine Lust, dass Trudi unsere Flucht bemerkt. Und jetzt guck nicht wie ein Eichhörnchen, das eine Nussbank ausrauben soll. Ich habe nicht vor, jemanden zu ermorden.»

«Das beruhigt mich ungemein.»

Miriam zwinkert mir zu und zieht mich die Straße entlang. Hinter der nächsten Kurve steuert sie zielstrebig ein Mehrfamilienhaus an, sieht sich nach allen Seiten um und drückt gleich alle Klingeln.

«Los, renn!», befiehlt sie mir, und zum Glück reagieren meine Beine schneller als mein Kopf. Flink wie in den letzten zwanzig Jahren nicht spurte ich die Straße entlang und kauere mich schließlich atemlos neben Miriam hinter eine dichte Kirschlorbeerhecke.

«Klingelmännchen», keuche ich, «ist das dein Ernst?»

«Man muss ja nicht gleich fremde Ehemänner vögeln, um ein bisschen Schwung ins Leben zu bringen.» Sie grinst mich böse an.

«So kann man es auch sehen. Aber das nächste Haus suche ich aus.»

Gespannt warten wir, ob sich im Haus etwas tut, leider passiert überhaupt nichts.

«Braves Mädchen», lobt mich meine neue bekiffte Freundin, und ich grinse sie so breit an, dass ich Angst haben muss, meine Mundwinkel stoßen am Hinterkopf zusammen.

«Gut, dann nehmen wir den Bunker da drüben.» Ich zeige auf einen dieser einfallslosen modernen Glas-Beton-Bungalows für die obere Mittelschicht, der am Ende der Straße liegt.

«Ooookay», entgegnet Miriam, und gemütlich schlendern wir dem zweiten Zielobjekt entgegen.

Natürlich geht, sobald wir das Grundstück betreten, das Flutlicht an. Und natürlich ist direkt über der Klingel eine hochwertige Kamera installiert. Und ganz, ganz natürlich hält uns das, verstrahlt, wie wir sind, nicht davon ab, die Klingel trotzdem zu drücken – ganz gemeinschaftlich, da sind wir uns, fett grinsend, völlig einig.

«Auf Kommando, vierzig ist das neue Vierzehn», raune ich. Wir drücken, drehen uns kichernd um, nehmen die Beine in die Hand und ... galoppieren in die Arme eines ziemlich großen und furchteinflößend blickenden Mannes. Der nicht mehr ganz so furchteinflößend guckt, als er zwei gestandene Frauen vor sich stehen sieht.

«Darf ich fragen, was das hier werden soll?», tönt er mit dunkler Stimme.

Okay, jetzt bin ich mental wirklich in meinem vierzehnten Lebensjahr angekommen. Mein Herz dröhnt in den Ohren, und ich fühle mich so was von erwischt. Ich wage einen kurzen Seitenblick zu Miriam, die geradezu lässig dasteht mit verschränkten Armen und trotzigem Gesichtsausdruck.

«Guten Abend. Wir kommen von den Zeugen Jehovas, und zu dieser Zeit ist der liebe Herrgott den armen Seelen so nah wie sonst kaum. Wir würden gerne diese Gelegenheit nutzen und mit Ihnen über den besten Weg ins Paradies sprechen.»

Fassungslos höre ich mir den Unfug an, dabei völlig fasziniert von den Emotionen, die wie im Zeitraffer das Gesicht des vor uns stehenden Herrn durchlaufen. Unglauben, Entsetzen, Verwunderung, bis zum Schluss ein süffisantes Grinsen auf seinen Lippen erscheint.

«Sie verarschen mich», stellt er lapidar fest.

«Nein, nicht im mindesten», behauptet Miriam vehement.

«Äh ... ja ... vermutlich schon», stottere ich gleichzeitig und scharre wie ein kleines Mädchen mit dem rechten Fuß im frisch geharkten Kies. Und dann bohrt sich aus meinem tiefsten Inneren ein blödsinniger Kicheranfall an die Oberfläche, der sich auch nüchtern nicht an seinen Platz verweisen ließe. «Es ... es tut uns wirklich leid, aber wir wollten uns einfach mal wieder jung fühlen. Jung und verantwortungslos», schiebe ich hinterher.

Ein angedeutetes Lächeln huscht über sein Gesicht, das nicht unattraktiv ist, ehe er wieder kreuzernst wird. (Was ihm nicht ansatzweise so gut steht.)

«Nun, Sie mögen das für einen Scherz halten. Einen sehr schlechten, wenn ich das anmerken darf. Dürfte ich trotzdem jetzt Ihre Papiere sehen?»

Hä? Papiere? Bevor ich mich zu Ende wundern kann, hat er aus seiner Jackentasche etwas gefischt, was bei näherem Hinsehen bedenklich nach einem Polizeiausweis aussieht. Provokant hält er ihn direkt unter unsere Nasen. Ein kurzer Seitenblick verrät mir, dass endlich auch Miriam die Gesichtszüge entgleiten. Bitte schön, geht doch! Verbissen, aber vergeblich kramen wir in unseren Hosentaschen. Natürlich haben wir für unseren spontanen Ausflug nichts dergleichen eingepackt.

«Ähm, tut uns leid, lieber Herr Polizist, ähm, Kommissar, Unter-, Ober-...?», stammelt Miriam, und wenn es Charme ist, den sie spielen lassen möchte, dann gelingt ihr das nur schlecht. «Wir führen nichts Schlimmes im Schilde. Wir wollten nur Klingelmännchen spielen.»

«Klingelmännchen?», fragt der Staatsdiener entgeistert. «Die Ausweise, wenn ich bitten darf», wiederholt er streng.

«Haben wir irgendwie nicht dabei», murmelt Miriam kleinlaut, während mir gar nichts mehr einfällt. «Die sind bei Trudi.»

«Trudi?»

«Gertrud Engelmann, sie wohnt eine Straße weiter. Wir sind auf ihrer Geburtstagsfeier und haben uns heimlich davongeschlichen», übernehme ich wagemutig.

Der Schutzmann kann seine Strenge nicht länger aufrechterhalten. «Na, jetzt wundert mich nichts mehr. Wer bei Gertrud Engelmann ein und aus geht, muss ja auf die verrücktesten Ideen kommen.»

Aha, Trudis Schrulligkeit ist also siedlungsweit bekannt. Das könnte unsere Rettung sein ...

«Dann sind Sie bestimmt so freundlich und holen Ihre Ausweise bei Frau Engelmann. Sie können ja alles behaupten und doch Einbrecherinnen sein.»

Nichts mit Rettung.

«Also ehrlich, Herr Was-auch-immer-Polizist, Sie können doch nicht, ich meine, wir haben nichts gemacht», entrüstet sich Miriam.

«Wie wäre es mit Hausfriedensbruch?»

«Ach kommen Sie ... Jetzt seien Sie nicht so.»

«Und bitte, Tante Trudi darf davon nichts mitbekommen, wie sollen wir ihr das denn erklären?» Jetzt gehe ich ganz in meiner Rolle als Vierzehnjährige auf und setze noch eins drauf (Scheißalkohol, Scheißdrogen): «Und, bitte, unsere Männer dürfen davon nichts erfahren.»

Der gute Mann seufzt, denn ihm wird klar, dass er sich an uns die Zähne ausbeißt. Wir bemerken die Schwäche umgehend, greifen zu unserem vermeintlich charmantesten Lächeln und bitten ihn ein zweites Mal. Endlich lässt er sich erweichen. Aus seiner Jackentasche zieht er eine Visitenkarte und einen Kugelschreiber.

«Schreiben Sie mir Ihre Namen und Adressen auf, und dann melden Sie sich in den nächsten zwei Tagen bei mir. Verstanden?»

Wir bejahen erleichtert, hinterlassen unsere Daten, stecken seine Visitenkarte ein (Kommissar, tatsächlich, nun wäre auch das geklärt), bedanken uns überschwänglich und nehmen die Beine in die Hand. Erst als das böse Haus nicht mehr zu sehen ist, lässt Miriam sich auf ein kleines Mäuerchen plumpsen und atmet geräuschvoll aus.

«Setz dich! Puh, ehrlich, ich könnte jetzt glatt eine weitere Tüte gebrauchen. Mann, das wäre echt peinlich gewesen, wenn wir mit dem Kommissar im Schlepptau bei Trudi hätten auftauchen müssen.»

«Auf jeden Fall», stimme ich ihr zu, «aber er sah toll aus, findest du nicht?»

Miriam fängt schallend an zu lachen. «DARAN hast du gedacht? Nina, du bist schlimmer, als du denkst.»

«Hm, vielleicht.» Jetzt glühe ich nicht nur vor Aufregung, sondern fühle mich erwischt dazu.

Miriam sieht mich an und macht eine bedeutungsvolle Pause. Dann grinst sie vielsagend. «Nina, Nina, so abgehakt kann die ganze Geschichte gar nicht sein. Aber weißt du, was?»

«Was?»

«Ich hätte da eine Idee, die, je länger ich darüber nachdenke, immer großartiger wird.»

Ich verstehe gar nichts und warte stumm ab.

Miriam wendet sich mir zu, nimmt mich fest in den Arm und flüstert mir ins Ohr: «Versucht es noch einmal. Mit uns!»

8

Verkaufsvorführung

Ich brauche ein paar Sekunden, ehe ich verstehe, was sie da vorschlägt. Spricht sie wirklich von …? Nein, das kann sie unmöglich gemeint haben. Oder doch? Verwirrung brutzelt durch mein langsam arbeitendes Hirn, kreist unsortiert durch die Windungen, und schließlich komme ich zu dem Schluss, mich wohl *nicht* verhört zu haben. Warum habe ich ihr nur davon erzählt, und warum fällt mir das jetzt auf die Füße? Sie erwartet sicher eine Reaktion, aber *wie* soll ich reagieren?

«Nina?»

«Hm.»

«Alles klar?»

«Ja, hm.» Zeitverzögert ist eine gefällige Vokabel für meine Reaktionsschnelle. Falls da Worte aus meinem Mund kommen möchten, sollen sie das bitte jetzt tun. Ich löse mich aus der Schockstarre, mustere Miriam wortlos und bleibe wie paralysiert an ihrem üppigen Vorbau hängen. «Wenn ich Steffen deine Brüste serviere, kommt er hinterher mit meinen gar nicht mehr klar», ist alles, was mir einfällt.

«Ach», erwidert Miriam sichtlich amüsiert, beugt sich nach vorne, zieht an meinem T-Shirt und schielt mir freimütig in den Ausschnitt. «Die sind doch niedlich. Griffig. Glaub mir, so große Dinger können einen Mann mitunter überfordern. Und der Rest ... klein, zierlich, Puppengesicht, dunkle Haare. Könnte meinem Mann durchaus gefallen.»

Seltsamerweise fühle ich mich mit einem Mal bildschön. Trotzdem, komischer kann ein Gespräch kaum sein.

«Wenn das alles ist, was dir zu meinem Vorschlag einfällt, würde ich sagen, wir haben eine Arbeitsgrundlage.» Vielsagend hebt Miriam gleich mehrfach ihre Augenbrauen.

«Meinst du das jetzt wirklich ernst?»

«Sonst hätte ich es wohl kaum vorgeschlagen.»

«Aber wir stehen unter Drogeneinfluss.»

«Eben drum, da sagt man doch die Wahrheit. War's nicht so?»

Ich kichere. «Du machst mich echt fertig.»

«Aber auf eine ziemlich spannende Art und Weise, gib's zu.»

Ich betrachte sie eingehend. Irgendwie hat sie recht. Auch wenn wir einen Schlussstrich gezogen haben, steht der Partnertausch immer im Raum – wie der rosa Elefant, den alle ignorieren und trotzdem drumherumlaufen müssen. Und wenn ich daran denke, wie ich den Polizisten gescannt habe, muss wohl weiterhin der Wunsch nach Abwechslung in mir schlummern. In Steffen schlummert der mit Sicherheit. Egal, was ich mir einrede.

«Du weißt doch gar nicht, wie mein Mann aussieht. Und ich nicht wie deiner. Außerdem, wie kommst du auf diese Idee? Ich meine, das kann unmöglich ein Thema sein, mit dem du dich vorher beschäftigt hast.»

«Nö, so weit habe ich noch nie gedacht. Aber du hast mit deiner Geschichte etwas in mir zum Klingen gebracht. Vielleicht sollte ich dir mehr von mir erzählen. Damit du den Vorschlag einordnen kannst.»

Ich nicke vehement und bleibe erwartungsvoll auf dem schmalen Mäuerchen sitzen.

Miriam hat ihren Mann mit Anfang dreißig kennengelernt. Vorher hat sie ein sehr, sehr wildes Leben geführt, wie sie gleich mehrfach betont. Es gab kaum längere Beziehungen, und sie hat jeden mitgenommen, der nicht bei drei auf dem Baum war. «Ich habe etwas an mir, das Männer unglaublich anziehend finden, und ich habe keine Gelegenheit ausgelassen, mir und ihnen zu beweisen, dass ich unglaublich attraktiv bin.» Sie rollt mit den Augen, als sie das erzählt.

Tim, ihr Mann, war von Anfang an anders. «Viel zu lieb und zu beständig. Stell dir vor, er ist Lehrer für Mathe und Sport. Solider geht es ja wohl kaum. Er war der Erste, der mir das Gefühl gab, dass es nicht nur mein Körper ist, der ihn in einen winselnden Welpen verwandelt. Weißt du, den anderen war es immer egal, wie es in mir aussah, was dazu führte, dass ich Tim fast vom ersten Augenblick an völlig verfallen war. Er hat mich wirklich gesehen!»

Deshalb fiel es ihr leicht, ihre männerfressende Vergangenheit hinter sich zu lassen und sich in eine solide, gemütliche Partnerschaft zu stürzen. «... und dann war es für mich sonnenklar, dass ich mit diesem Mann ein Kind haben möchte. Jonas hat uns perfekt gemacht. Es war gut und richtig und mein altes Leben so weit weg ...»

«Du bist also binnen weniger Wochen vom männermordenden Vamp zur braven Hausfrau mutiert», fasse ich zusammen. «Und das willst du nun wieder ändern? Warum?»

Sie lacht. «Na ja, bis zu deiner Beichte war mir nicht klar, dass das, was sich in letzter Zeit in meine nächtlichen Träume geschlichen hat, vielleicht mehr ist als eine stille und heimliche Sehnsucht. Du musst mir glauben, ich würde Tim niemals betrügen, doch manchmal vermisse ich den Kick und die Bestätigung aus meinem alten Leben. Ehrlich gesagt, gibt es mittlerweile Tage, an denen ich an nichts anderes denke, und das frustriert mich schon ein wenig.»

«Das heißt, du fändest die Vorstellung ansprechend, meinen Mann, den du gar nicht kennst, zu vögeln – und würdest mir im Gegenzug deinen geben?»

«Win-win, oder?»

«Du bist beknackt. Beknackt und bekifft.» Ich schüttle ratlos den Kopf. Dieser Abend macht mich fertig.

«Also, wie findest du meinen Vorschlag?», hakt sie nach. «Totale Ablehnung oder einen weiteren Gedanken wert?»

«Muss ich dazu etwas sagen?»

«Auf jeden Fall. Alles andere würde ich gerade nicht überleben!»

«Ich nehm's in meine Nachdenkliste auf, okay? Jetzt gerade überfordert es mich komplett, aber ich will auch nicht direkt nein sagen. Ich weiß, es wird sowieso die nächsten Tage durch meine Gehirnwindungen mäandern.»

«Braves Mädchen», sagt sie und zieht mich endlich von dem Mäuerchen. «Fühlst du dich fit genug, zurück in Trudis Barockhöhle zu gehen? Dann verabschieden wir uns, wie es sich gehört, und außerdem zeigst du mir ein Foto von deinem Mann und ich dir eins von meinem. Vielleicht bist du mit einer widerlichen Hohlbirne verheiratet, dann können wir uns das Grübeln sparen.»

«Wie du meinst», sage ich lachend, und wir dackeln zurück zum Ursprungsort unserer denkwürdigen Begegnung.

Trudis Party liegt in den letzten Zügen. Wie zwei Teenies schleichen wir uns durch den Garten zurück.

«Ach, die Miriam und die Nina», stellt Trudi fest, als sie uns sieht. «Wo habt ihr euch denn rumgetrieben? Wir haben euch schon vermisst, und das schöne Tiramisu habt ihr auch verpasst.»

«Macht nichts», meint Miriam, «was man nicht isst, kann auch nicht ansetzen. Wir waren spazieren, und es war richtig nett. Nicht wahr, Nina?» Sie stupst mich in die Seite, und ich beiße mir in die Wange, um nicht loszukichern.

«Hattet ihr denn Spaß auf meiner Party?», fragt Trudi, die sich grundsätzlich um alles und jeden sorgt.

«Auf jeden Fall, aber so ein bisschen Reiki hätte ich auch ganz nett gefunden», befindet Miriam todernst.

Trudi merkt gar nicht, wie Miriam sie auf die Schippe nimmt. «Kind, für eine Session Reiki kannst du jederzeit gerne vorbeikommen. Das lässt sich doch in dem Gewusel gar nicht richtig anwenden.»

«Ich komme darauf zurück, liebe Trudi», verspricht Miriam, dreht sich zu mir um und zieht eine Grimasse.

Ich versuche, ihr klarzumachen, dass sie sich auf seeehr dünnem Eis bewegt, denn ihre esoterische Ader nimmt Trudi überaus ernst. Da bleibt die rheinische Fröhlichkeit glatt auf der Strecke. Doch weil die Höflichkeitszeit glücklicherweise längst überschritten ist, bedenke ich Trudi mit ein paar warmen Worten und zerre Miriam Richtung Ausgang, bevor sie es sich richtig verscherzt.

Vor der Tür wartet bereits das Taxi, das ich während unserer kleinen Abschiedszeremonie bestellt habe. Bis zum Bahnhof können wir gemeinsam fahren, danach werden sich unsere Wege trennen.

Immer noch beduselt und überdreht erobern wir den Rücksitz des Taxis und nennen dem Fahrer den Zielort. Inzwischen kramt Miriam umständlich ihr Smartphone aus der Tasche.

«So, jetzt zeig ich dir meinen Mustergatten. Ehrlich, ich kann ihn mir richtig gut mit dir zusammen vorstellen. Du bist eigentlich viel eher sein Typ als ich.»

«Sag mal, findest du es nicht absurd, mir deinen Mann schmackhaft zu machen?»

«Nö, du machst es ja gleich mit deinem auch», sagt sie, als sei es das Normalste der Welt, und zwinkert mir zu. Der Taxifahrer sieht stoisch nach vorne, aber natürlich folgt er dem Gespräch. Würde ich an seiner Stelle auch.

Miriam hält mir also das Smartphone unter die Nase, und ich sehe ... einen ansprechenden Mann in meinem Alter. Ja doch, der schaut schon nett aus. Sehr, sehr nett sogar. Er hat schöne Augen und ein verschmitztes Grinsen auf den Lippen. Dabei wirkt er jungenhaft, so als würde er sich selbst nicht allzu ernst nehmen. Heidewitzka! Aber er ist absolut nicht meine Kragenweite. Ehrlich! Was soll so einer denn mit mir? Ein Seitenblick auf Miriam, und der Versuch, sie objektiv schönheitstechnisch einzuordnen, bestätigt meine Meinung. Neben ihr bin ich so sehr graue Maus, dass es schon fast weh tut.

«Meine Güte, Miriam, dein Tim ist ja ... nett anzusehen. Aber ehrlich, was soll der an mir finden? Also nicht, dass ich jetzt wirklich darüber nachdenke, aber ...»

«Du hast kein großes Selbstbewusstsein, oder? Glaub mir, ich kenne meinen Mann und weiß, was ihm gefällt. Da würde ich mir an deiner Stelle keine Sorgen machen.»

«Was ist das: Selbstbewusstsein? Ich hatte mal eines, aber das ist verlorengegangen, als ich die Kinder bekommen habe.

Aber echt jetzt, ich finde es ziemlich seltsam, wie wir uns hier gegenseitig unsere Männer anpreisen.»

«Eine Verkaufsvorführung der etwas anderen Art, nicht wahr? Doch jetzt zeig mir endlich deinen. Noch hast DU nämlich gar nichts angepriesen. Es sei denn, du willst nicht.»

«Nö, schon in Ordnung.»

Ich krame ebenfalls mein Smartphone aus der Tasche und suche nach einem Bild, auf dem Steffen aussieht, als könne er einer anderen Frau gefallen. Ob es wohl so was wie Tinder für Frauen gibt, die ihre Ehemänner feilbieten? Wäre vielleicht eine lukrative Geschäftsidee. Miriam sitzt hibbelig neben mir. Sie kann es kaum erwarten, einen Blick auf meinen Mann zu werfen. Skurrile Situation? Definitiv.

«Hier, das ist Steffen.» Ich zeige ihr ein Foto, auf dem er in kurzen Hosen und T-Shirt am Strand steht. Nett gebräunt und mit gelöstem Gesichtsausdruck. Ich weiß, dass in diesem Augenblick die Mädchen auf ihn zurennen. Seine Liebe zu ihnen steht ihm ins Gesicht geschrieben.

«Passt», sagt Miriam und strahlt mich an. «Also, ICH könnte mir das alles vorstellen ...»

«Aber du hast ja keine Ahnung, auf was wir uns da einlassen würden. Es ist wie die Büchse der Pandora, weißt du?»

«Ich hatte schon immer einen Sinn für das Gefährliche im Leben», erklärt Miriam genüsslich.

«Ich nicht. Nervenkitzel ist nicht so meins.»

«Und trotzdem hast du dich darauf eingelassen.»

«Sehr erfolgreich, wie du weißt.»

«Aber du *wolltest* es.»

«Aus pragmatischen Gründen.»

«Dir geht es sicher besser, wenn du dir das einredest.»

«Grmpf.»

«Siehst du, ich wusste es. Im Grunde deines Herzens bist du doch ein dreckiges kleines Luder.»

«Ich verweigere die Aussage.»

«Das, meine Liebe, ist die aussagekräftigste Aussageverweigerung, die mir je untergekommen ist.»

«Wie gut, dass kein Anwalt in der Nähe ist. Oder ein Polizist.»

«Der ja so gut aussah.»

«Hör auf.» Ich pruste los und boxe sie gegen die Schulter. «Also gut, ich geb's auf. Hab ja eh keine Chance gegen dich. Wie geht's weiter?»

«Wir denken darüber nach. Tauschen unsere Handynummern aus. Reden in ein paar Tagen miteinander und dann vielleicht mit unseren Männern.»

«Und wenn nicht?»

«Dann möchte ich trotzdem deine Freundin werden.»

Das freut mich wirklich. Miriam ist toll. «Okay», sage ich, «damit kann ich leben. Aber falls, also falls wir alle zu dem Schluss kommen, dass es eine Möglichkeit ist, dann brauchen wir Regeln.»

«Regeln sind gut. Und so spontan.» Sie stupst mich lachend in die Seite. «Mach dich locker. Es ist alles nur eine Option, und dann sind auch Regeln wichtig. Das sehe ich genauso.»

«Kann ich noch mal das Foto von Tim sehen?»

Lachend reicht sie mir ihr Smartphone. «Sieh ihn dir gut an, bau ihn in deine Träume ein, und dann erzähle ich dir vielleicht, dass er wirklich sehr, sehr gut im Bett ist ...»

«Das ist jetzt aber psychologische Kriegsführung.»

«Möglich.»

Ich betrachte das Foto ein weiteres Mal in aller Ruhe. Und

tatsächlich. Irgendwas macht das Lächeln auf dem Bild mit mir. Selbst wenn es nur ein sehr subtiles Gefühl tief in meinen Eingeweiden ist, ignorieren kann ich es nicht und weiß jetzt schon, dass ich aus dieser Nummer so schnell nicht mehr rauskomme.

Die Fahrt ist vorbei. Das Taxi hält und spuckt Miriam auf den Gehsteig.

«Vergiss das Träumen nicht», ist das Letzte, was sie mir mit einem Zwinkern hinterherruft.

Als ich endlich zu Hause bin, falle ich völlig fertig, aber immerhin wieder einigermaßen nüchtern, ins Bett, nicht ohne mir meinen neben mir schlummernden Ehemann in Miriams Armen vorzustellen. Wenn der wüsste.

Doch schlafen geht nicht. Kunststück nach dem Abend. Es rumort tüchtig in mir. Ich fange quasi wieder von vorne an. Pros. Contras. Eventualitäten. Konsequenzen. Dabei hatte ich das doch alles schon hinter mir. Diese ganze Auseinandersetzung mit mir selbst. Ich hatte die Entscheidung getroffen, ein Paar ausgesucht, ein Treffen in die Wege geleitet. War es wirklich das falsche Paar? Dann müsste meine Entscheidung doch nach wie vor gültig sein. Oder nicht? Warum haben wir eigentlich so schnell aufgegeben, und warum hat Steffen das so einfach akzeptiert? Nur mir zuliebe? Was läge also näher, als es erneut zu versuchen. Diesmal mit einem Paar, bei dem die Chemie stimmt. Wenn sie denn stimmt. Noch wissen die Männer ja nichts von alldem.

Aber wie probiert man, ob die Chemie stimmt?

Wir könnten uns treffen, ohne den Männern zu sagen, worum es geht. Testen, ob wir einander nett finden, und sie erst dann einweihen?

Himmel, kann der doofe Schlaf nicht endlich kommen und mich von all meinen Gedanken befreien? Ich drehe mich im Kreis und im Kreis und im Kreis, und dann schlafe ich doch irgendwann ein und träume von … Katzen.

9

Paarbeobachtung

Immer im August, wenn uns das Wetter wohlgesonnen ist, pilgern wir mit Manuel und Nadine zu früher Stunde in die Bonner Rheinauen. Dort verscherbeln wir auf dem Flohmarkt all das, was innerhalb des letzten Jahres überflüssig geworden ist. Ich liebe diese Tage, denn dieser Flohmarkt ist einzigartig. Entlang der Wege mäandert er durch die weitläufige Parkanlage, das Siebengebirge bietet einen idyllischen Hintergrund. Weder Autos noch professionelle Verkäufer sind zugelassen. Familien, die ihren Keller leer geräumt haben, stehen neben Hausfrauen, die selbst genähte Babyhosen feilbieten. Die Kinder sitzen am Stand bei ihren Eltern oder spielen auf der Wiese zwischen den Zelten derjenigen, die bereits am Vorabend angereist sind.

Wir haben unseren Tapeziertisch im Morgengrauen aufgebaut, die besten Stücke liebevoll arrangiert und schon beim Auspacken die ersten Käufer abgefertigt. Milla und Carlotta haben ihre eigene Decke, auf der sie im Frühnebel kauern und überlegen, wie viel Geld sie heute einnehmen. Dank Manuels Plattensammlung, die die Musiknerds anzieht, ist unser Stand immer gut besucht. Denn wo schon Leute stehen, da muss es interessante Dinge geben. Das kommt allen zugute.

Nach dem ersten Ansturm hocke ich neben Nadine im

Campingstuhl, schlürfe Tee aus einem Thermobecher und genieße die Stimmung. Manuel und Steffen bespaßen sich gegenseitig, indem sie sich Aufgaben stellen und dabei übertrumpfen, die besten Preise für die unnützesten Dinge zu erzielen.

Die Wege haben sich gefüllt, und Menschen ziehen wie Studienobjekte an uns vorbei. Es ist wie ein Spotlight auf fremde Leben, eine Momentaufnahme. Dazu die kurzen Gespräche, eine Art Mikro-Kennenlernen vor allem derjenigen, die etwas erzählen möchten, wenn sie unsere nicht mehr benötigten Dinge kaufen.

Ein Pärchen um die sechzig schlendert vorbei, beide mit langen grauen Haaren und im Tropen-Partnerlook. Dahinter folgt eine Jungfamilie auf der Jagd nach Schnäppchen fürs Kinderzimmer, eine Schwangere auf der Suche nach der Babyausstattung, junge Leute mit dem Blick für die Dinge, die sie vielleicht für ihre erste Wohnung brauchen könnten. Meine Aufmerksamkeit gilt besonders den Müttern mit älteren Töchtern, die mir zeigen, wie mein Leben in einigen Jahren aussehen mag.

Sie alle ziehen an uns vorbei: Sympathen und Unsympathen, Schrille und Unauffällige. Mein Augenmerk gilt den Pärchen. Selten sieht man so viele Paare in allen Altersklassen vereint wie an diesen Tagen. Manche scheinen frisch verliebt zu sein, andere wirken routiniert oder haben sich nichts mehr zu sagen. Es gibt sogar Paare, die sich vor den Augen der halben Stadt angiften. Der Flohmarkt bietet den perfekten Raum für eine gepflegte Paarbeobachtung – und ständig versuche ich, mich selbst dabei einzuordnen.

Die Sonne hat ihren Zenit bereits überschritten, und wir denken darüber nach, in der nächsten Stunde das Feld zu räumen. Außerdem überlegen wir, das eingenommene Geld abends zu viert beim Spanier zu verjubeln. Ich will wissen, was wir verdient haben und wie üppig das Abendessen ausfallen darf, schnappe mir deshalb die alte Teedose, die als Kasse dient, krame die Scheine und Münzen hervor und bilde konzentriert säuberliche Münzstapel. Ich rechne gerade das Kleingeld zusammen, als ich angesprochen werde, zusammenzucke und die Münzhäufchen klirrend in sich zusammenfallen.

«Hey, Nina. Oh, habe ich dich erschreckt? Das tut mir leid. Aber cool, dass wir uns hier über den Weg laufen. Bonn ist echt ein Dorf, was?»

Irritiert, weil ich die Stimme nicht direkt zuordnen kann, blicke ich von den Überbleibseln meiner Sortierarbeit auf. Vor mir steht Miriam. Ach du meine Güte.

Zweimal habe ich ihre Anrufe in den letzten beiden Wochen ignoriert. Den Besuch beim Kommissar auf dem Revier habe ich direkt montags hinter mich gebracht. (Nicht ohne festzustellen, dass er auch nüchtern und bei Tageslicht betrachtet eine echte Sahneschnitte ist.)

Als ich nach Trudis Party mit dickem Schädel und pelziger Zunge aufgewacht bin, hatte der Abend einen seltsamen Beigeschmack. Und ich hatte, gelinde gesagt, die Nase voll davon, darüber nachzudenken, ob so ein lustiger Partnertausch nicht doch eine Option ist. Alles wieder von vorne bedenken und durchspielen ... Nein, ich will mein Leben genau so weiterleben, wie es sich gerade wieder sortiert hat. Sonst könnte ich ja gleich ein Pandorabüchsenabo samt elektrischem Dosenöffner ordern. Sämtliche kleine Männchen, die mir missmutig auf der Schulter hockten und Unanständiges ins Ohr grölten, habe ich fest verschnürt, jedem eine Socke ins Maul gestopft und in die Tiefen meines Unterbewusstseins verbannt. Da schmoren sie nun. Ich höre sie manchmal, kann aber zum Glück nicht verstehen, was sie sagen, denn sie haben ja diese schönen, fiesen, stinkigen Socken im Maul.

Ich finde es also nicht so richtig prima, dass statt der kleinen krakeelenden Männchen ein großes Mädchen mit haselnussbraunen Augen vor mir steht und mich daran erinnert, dass da noch was war ...

«Oh, hallo, Miriam. Das ist ja eine Überraschung», verkünde ich möglicherweise einen Tick zu freudig. «Man trifft ja hier wirklich Hinz und Kunz. Bist du fündig geworden?»

«Ah, ich sehe, Sie warten noch darauf, dass der Funke überspringt. Diese wundervolle Vase hier sollte ihre schönen Augen zum Leuchten bringen.» Manuel nutzt die Gelegenheit, sein Fundstück der Stunde - eine superhässliche Ikea-Vase - doch noch an die Frau zu bringen, und nimmt mir das Gespräch ab. Ich bin nicht undankbar.

«Oh, die ist durchaus extravagant», spielt Miriam lachend mit und lässt sich die Vase in die Hand drücken. «Ein Designerstück?»

«Schwedisches Design. Hässlich, aber teuer. Da müssen Sie einfach zugreifen.» Manuel gibt alles und schenkt Miriam sein schönstes Lächeln. Schleimer.

«Lassen Sie mich kurz überlegen. Nein, sie passt leider nicht ganz zu meiner Wohnungseinrichtung. Es fällt mir wirklich schwer, das müssen Sie mir glauben.» Sie reicht die Vase unserem sichtlich enttäuschten Freund über den Tapeziertisch. Ein Mann stellt sich neben Miriam und schaut fragend in die Runde.

Tim.

Ich betrachte ihn eingehend und alles andere als unvoreingenommen. Wie bewertet man einen Mann, der einem als Sexobjekt angepriesen wurde? Nun, er hat was. Definitiv. Die Bilder haben nicht gelogen. Mein Typ. Auch das. Dunkle kurze Haare, nicht ganz ordentlich, lässige Kleidung, eine große und ausdrucksstarke Erscheinung. Tolle Augen. Verwundert stelle ich fest, dass sein Blick prüfend auf mir liegt. So als ob ... Ach du meine Güte, er wird doch nicht Bescheid wissen?

«Nina, das ist mein Mann Tim. Tim, das ist die *berühmte* Nina.» Miriam blickt mich an, zieht vielsagend eine Augenbraue nach oben und schüttelt dabei unmerklich den Kopf. Er weiß nichts, so interpretiere ich die Geste, und bin erleichtert.

Ich reiche ihm die Hand und lächle trotzdem unsicher. Die Situation ist mehr als merkwürdig. Sein Händedruck ist fest und warm, sein Blick freundlich, und er ruht immer noch auf mir.

«Hallo, Nina», sagt er. Mehr nicht.

Steffen riecht das Abenteuer, kommt zu uns und begrüßt die beiden überschwänglich. «Und du bist also die *berühmte* Miriam, die dafür gesorgt hat, dass meine Frau den Abend fast auf der Polizeiwache verbracht hätte. Es ist schön, dich persönlich kennenzulernen.» Ununterbrochen schüttelt er ihre Hand, während Miriam ihn scannt wie ein Produkt im Sonderverkauf. Was sie sieht, gefällt ihr, zumindest deute ich so das breite Grinsen und ihre leuchtenden Augen. Im Gegenzug mustert mein Mann diese quirlige Frau. Einen Augenblick zu lange hängt sein Blick an ihrem Busen, was er selbst wahrscheinlich gar nicht merkt. Himmel, es geht hier zu wie auf einem Basar. Das bleibt auch Miriam nicht verborgen, ihr Grinsen wird noch breiter.

«Ich muss mich wirklich für meine Frau entschuldigen, aber sie kriegt ihre kriminelle Energie einfach nicht in den Griff», schaltet sich Tim mit angenehm tiefer Stimme ein.

Ich reiße mich vom Anblick unserer Ehepartner los und sehe ihm in die Augen. Wirklich schöne Augen sind das, da kann man gar nicht wieder weggucken. Er weicht meinem Blick nicht aus, und ich werde das Gefühl nicht los, dass an unseren Blicken etwas nicht stimmt. Ich bekomme nämlich ganz weiche Knie, aber das liegt bestimmt nur an dieser unsäglichen Vorgeschichte. Er wurde mir schließlich als Sexobjekt vorgestellt. Das muss es sein.

«Dann solltest du über elektronische Fußfesseln nachdenken, um sie im Zaum zu halten», schlage ich vor.

Er quittiert meinen Vorschlag mit einem breiten Grinsen, das ein wenig schief sitzt, irgendwie niedlich. «Der beste Vorschlag, den ich bislang gehört habe. Bis jetzt kam mir immer nur vollständiges Wegsperren in den Sinn.»

«Das wäre auch eine Möglichkeit, dann gehst du gar kein Risiko ein.»

«He, ich stehe neben euch!», bemerkt Miriam gespielt entrüstet und hakt sich bei ihrem Mann unter, der seinen Blick nun ihr zuwendet. «Aber ich sehe schon, ihr versteht euch. Das finde ich sehr, sehr gut.»

Bedeutungsschwangerer geht es nicht mehr, doch glücklicherweise scheint das außer mir niemand zu registrieren. Wir plänkeln eine Weile, die Chemie stimmt. Das lässt sich ohne Zweifel feststellen. Sollte ich tatsächlich ein derartiges Arrangement in Erwägung ziehen, wäre die erste Hürde genommen. Ja, wenn ... ihr blöden Mistviecher, wer hat euch eigentlich die Socken aus den Mäulern gezogen. Lalalalala.

Als könne sie Gedanken lesen, klatscht Miriam freudig in

die Hände. «Fein, das ging ja jetzt schnell mit dem Kennenlernen. Und ich dachte schon, du ignorierst mich. Also, wie wär's? Ich rufe dich die Woche an, und wir machen was aus?»

Ich traue meinen Augen nicht. Zwinkert sie mir wirklich frivol zu?

«Äh ... ja», antworte ich verdutzt und runzle die Stirn. Ein Nein ist keine Option, oder? Es würde Fragen nach sich ziehen. Fragen, die ich nicht beantworten kann. Also MUSS ich zustimmen. «Können wir gerne machen. Steffen?» Ich suche eine letzte Ausflucht. «Was meinst du? Ein Treffen zu viert?»

«Klar, warum nicht», sagt er männlich unkompliziert, zuckt mit den Achseln und wendet sich an Tim. «Magst du Fußball»

Der schüttelt leicht irritiert den Kopf. «Es geht.»

«Na ja, macht nix, wir werden schon Themen finden, was?» Dass er Tim nicht kumpelhaft auf den Rücken klopft, ist alles.

«Aber sicher werden sie das», antwortet Miriam an Tims Stelle und wirft mir ein provokantes Lächeln zu.

Die Eigendynamik ist erstaunlich. Ich habe keinerlei Kontrolle über das, was gerade passiert. Wenigstens ist es jetzt vorbei. Miriam verabschiedet sich wortreich, Tim schweigt wohlwollend, und dann schlendern sie von dannen. Ich schaue ihnen lange hinterher. Diese Frau ist wirklich ein Kuriosum und wirft mich um wie ein Tsunami. Und Tim ...

«Sag mal, kann es sein, dass Miriam ein bisschen durchgeknallt ist?», fragt Steffen, der meinem Blick gefolgt ist.

«Möglich. Und kann es sein, dass dir ihre Brüste ziemlich gut gefallen haben?», frage ich zurück.

«Waren ja groß genug», antwortet er schmunzelnd.

Nadine, die die ganze Zeit über apfelmümmelnd in ihrem

Stühlchen saß, knabbert an den letzten Resten des Strunks. «Das war irgendwie ein seltsames Gespräch, findest du nicht?»

Ich zucke hilflos mit den Achseln. Dem gibt es nichts hinzuzufügen.

Meine Unbeschwertheit für diesen Tag ist dahin. Natürlich könnte ich jetzt vortreten, laut und deutlich sagen, was ich davon halte, und die Geschichte ist gegessen. Ganz einfach. Nur, es reizt mich. Scheiße, aus irgendeinem Grund reizt es mich.

Tim gefällt mir. Dem gibt es nichts hinzuzufügen. Besser als auf den Fotos. Ein geeigneter Kandidat. Mit so einem könnte ich es mir schönreden. Vielleicht bräuchte ich es mir nicht einmal schönzureden.

«Nina?» Nadine schnippt mit den Fingern vor meinem Gesicht herum. «Sag mal, kriegst du noch was mit? Deine Kinder versuchen schon die ganze Zeit, mit dir zu reden.»

Sie hat recht. Zeit wiederaufzutauchen. Ich versorge die Kinder mit Möhren und Äpfeln, verkaufe eine letzte niedlichen Latzhose in Größe 62 an eine Mutter mit einem süßen Mädchen ohne Haare und packe anschließend mit den anderen unseren Stand zusammen. Zwei Dinge hallen dabei in mir nach. Tim und die Tatsache, dass ich ihn mir vorstelle. Zusammen mit mir.

Das sollte ich irgendwie mit Steffen besprechen.

Zunächst jedoch freue ich mich über einen feuchtfröhlichen Abend beim Spanier, der mich vom Grübeln abhält.

«Okay», sagt Steffen langgedehnt, lehnt sich auf dem Sofa nach vorne und stützt die Ellbogen auf die Knie, sein Blick schweift ins Nirgendwo.

Ich sitze auf meinem Lesesessel ihm gegenüber. In der Mitte steht ein Plastikhocker, auf dem stilvoll unsere Getränke stehen. Seit über einem Jahr schaffen wir es nicht, uns für einen Wohnzimmertisch zu entscheiden, und den alten haben wir vor sechs Wochen auf den Sperrmüll gestellt, um uns unter Druck zu setzen. Hat leider nicht geholfen, deshalb der Hocker. Ich zähle im Geiste die Gumminoppen auf der Oberfläche, während ich auf Worte warte.

Es ist Sonntagabend, und nach einem langen Tag voller Abwägungen werde ich wieder einmal aktiv. Ich habe es Steffen nach der «Tagesschau» gebeichtet. Ein Schritt folgt unaufhaltsam dem nächsten, und ich treibe eine Geschichte an, ohne zu wissen, wo sie hinführt. Meinen Mann hat es kalt erwischt. Damit hat der arme Kerl natürlich nicht (mehr?) gerechnet. Demnach muss der männliche Denkapparat zuerst warmlaufen.

«Aber du wolltest es doch nicht mehr.»

«Das waren eben andere Umstände.»

«Was ist denn jetzt anders an den Umständen?»

«Es sind eben nicht irgendwelche Leute aus dem Internet, die wir nicht kennen und die uns nur für diese Tauschgeschichte kennenlernen wollen.»

«Und das ist was anderes?»

«Für mich schon. Außerdem hat Miriam dir gefallen, das habe ich genau gesehen.»

Steffen lehnt sich zurück, verschränkt die Arme und mustert mich mit zusammengekniffenen Augen.

«Du brauchst nicht in meinen Augen nach einer Antwort zu suchen. Egal, was du sagst, es ist okay», beruhige ich ihn.

«Also, sie war schon nett anzuschauen, und sympathisch war sie auch.»

«Und dein Wunsch hat sich in den letzten Wochen auch nicht einfach in Luft aufgelöst.» Eine Feststellung, keine Frage.

«Nein. Hat er nicht.»

Wir starren einander an. Es ist, als würden wir in den folgenden drei Sekunden einen stummen Kampf ausfechten. Ich hatte recht mit meiner Einschätzung. Der Wunsch ist nicht weg. Er hätte sich uns in den Weg gestellt, irgendwann, und dann hätte alles, was darauf folgt, unsere Beziehung zerbröseln lassen. Ich lese es in seinen Augen, und er liest es in meinen - dass ich es ihm nachsehe, es akzeptiere. Dass es okay ist, es ein zweites Mal zu versuchen.

Ich frage es jetzt. Dies ist ein guter Zeitpunkt. Nicht weil ich die Antwort wirklich hören möchte, aber irgendwann muss es einfach sein.

«Du darfst mir nun erklären, warum du diesen Wunsch hast.»

«Hä?», macht Steffen. «Wie meinst du das?»

«Na ja, du wolltest mir doch erzählen, warum du diesen Wunsch hast, und ich wollte es damals nicht hören. Jetzt schon. Und dann können wir weiterreden.»

Wieder eine Pause. Klar. Das muss jetzt erst mal sacken, die Antwort im Geiste formuliert werden. So er denn jemals wirklich eine gehabt hat. Aber er überrascht mich.

«Ganz ehrlich, Nina? Ich bin ein Mann. Wir sind simpel gestrickt. Und wir sind schon so lange zusammen. Der Sex in den letzten Jahren war nicht mehr das, was ich mir unter gutem Sex vorstelle. Das ist nichts Neues, denke ich. Und da habe ich eben angefangen zu träumen. Wie jeder Mann vermutlich. Und vielleicht auch jede Frau. Aber es wäre nie für mich in Frage gekommen fremdzugehen. Aber als du dasaßest und mir vorschlugst, neue Wege zu gehen, nun ja, da dachte ich, das wäre eine Möglichkeit, zwei Fliegen mit einer Klappe zu schlagen.» Er sieht mich erwartungsvoll an.

So einfach ist das? Das ist der erste Gedanke, der mir auf sein Geständnis hin in den Sinn kommt. Aber welche bombastische Erklärung habe ich erwartet?

Ich nicke langsam und signalisiere so, dass ich ihn verstehe. «Gut ... eine ehrliche Erklärung ... danke. Ich würde sagen ...», ich mache eine kurze Pause, überlege, ob ich wirklich jetzt sagen möchte, was ich sage: «Dann kann Miriam ja ihren bombastischen Plan in die Tat umsetzen.»

Ein kurzes Strahlen huscht über Steffens Gesicht, das er schnell wieder unterdrückt, weil er wohl nicht zu begeistert aussehen möchte.

Ich setze gerade an zu einem weiteren auflockernden Spruch, als sich Steffens Gesichtsausdruck verändert.

«Wieso willst *du* es eigentlich tun?»

Natürlich ist diese Frage berechtigt, dennoch überrascht sie mich, und ich gerate ins Schwimmen. Ja. Warum will ich es auf einmal?

«Na ja», beginne ich vorsichtig und versuche, ein paar wirre Gedanken in Worte zu pressen. «Es ist bei mir vielleicht nicht anders als bei dir. Abwechslung. Was Neues. Ein Abenteuer.»

Steffen nickt, ist augenscheinlich zufrieden mit dieser dürftigen Erklärung, hakt dann aber doch nach. «Und es liegt nicht an diesem Tim?»

Ich fühle mich seltsam ertappt. «Nicht direkt», weiche ich aus, «ich finde ihn nett, aber eigentlich ist es eher Miriam, die mir klargemacht hat, dass nichts dabei ist.» In kurzen Worten erzähle ich ihm den Teil der Geschichte, den ich vor ein paar Wochen ausgelassen hatte. Unser Gespräch auf dem Mäuerchen und unsere Männervorführung im Taxi.

«Die ist ja echt cool», meint er anschließend lachend.

«Das ist sie definitiv.»

«Dann fehlt jetzt nur noch Tim?»

Ich nicke. Genau, nun fehlt nur noch Tim. Er wird definitiv der am meisten Überraschte in unserer potenziellen Swingerclique sein. Und plötzlich frage ich mich, wie ich nur auf die bescheuerte Idee komme, er könne mit mir ... Aber Miriam wird ihn schon richtig einschätzen, sie wird ja wohl kaum etwas anbieten, was für ihren Mann überhaupt nicht in Frage kommt. Oder doch?

«Und was ist, wenn Miriams Mann die Idee völlig bescheuert findet?», fragt Steffen passenderweise.

Ich zucke ratlos mit den Achseln und frage mich zum hunderttausendsten Mal: Wird von nun an Steffens Wunsch nach anderem Sex immer zwischen uns stehen? Sind wir möglicherweise doch in eine veritable Ehekrise geschlittert? Kriegen wir das alles nur gelöst, indem wir uns Sexpartner von außen holen?

Wohl wissend, dass die Suppe, die ich mir gerade einbrocke, eine ganze Gulaschkanone füllen könnte, hole ich tief Luft: «Gut. Ich sage Miriam Bescheid, und wir schauen einfach mal, was Tim dazu sagt. Dann sehen wir weiter.»

Hat Steffen das Zittern tief in mir bemerkt? Scheinbar nicht, denn er segnet meinen Vorschlag ab, und wir widmen uns dem heutigen *Tatort*. Meine Gedanken sind jedoch woanders. Mir schwant, ich sollte endlich jemanden bitten, diesen Scheiß mit mir zu sortieren.

10

Realitätscheck

In jedem ordentlichen Frauenroman gibt es die obligatorische beste Freundin oder den schwulen besten Freund. Sie sind IMMER für einen da, sie helfen einem aus JEDER Zwickmühle, und man kann mit ihnen über ALLES reden. Ich bezweifle nicht, dass es diese Freundschaften wirklich gibt, in meiner Realität ist es anders. Ich habe vier wirklich gute Freundinnen. Für jede von ihnen würde ich meine Hand ins Feuer legen, und mit jeder verbinden mich eine einzigartige Geschichte und viele Gemeinsamkeiten. Aber IMMER und ALLES trifft auf keine von ihnen zu. Ist es ein Manko, niemanden zu haben, mit dem man ALLES teilt?

Ich weiß also nicht, warum es gerade Gudrun ist, der ich nun alles, was mich in den letzten Monaten beschäftigt, anvertraue. Vielleicht weil ich genau weiß, dass sie die Höflichkeiten beiseitelässt und mir gnadenlos den Kopf wäscht. Denn in meinem tiefsten Inneren lauert die Erkenntnis, auf einem Grat zu wandeln, der kaum stecknadelbreit ist.

Ich habe mir von den vielen verschiedenen Stühlen den bequemsten ausgesucht. Ihr Esstisch ist riesig. Selbst in nicht ausgezogenem Zustand haben zehn Leute Platz. Natürlich nur, wenn er nicht, wie meistens, überfüllt ist mit kreativen Werken. Gudrun ist einer dieser Menschen, die ständig etwas tun. Ich habe noch nie erlebt, dass sie einfach nur dasitzt. Immer hat sie ein Projekt, muss ihre Kreativität ausleben und hinterher etwas in der Hand haben, was sie sich ansehen kann. Der Kreativitätshype der letzten Jahre scheint von ihr begründet worden zu sein. Sie stellte schon Seife her, buk Torten, designte Betonkunst, nähte und strickte, als der Rest der Welt nicht einmal wusste, dass man Dinge tatsächlich selbst machen kann. Heute ist sie eine von vielen.

Während Gudrun in der Küche kramt, den Tee aufgießt und gleichzeitig selbst gemachte Nudeln in phantasievoll dekorierte Tüten packt, bewundere ich eine Betonvase, den Zuschnitt für einen Kinderschlafanzug und den riesigen Stapel Zeitschriften, in denen bestimmt noch mehr Anleitungen lauern. Nicht zu vergessen das Strickzeug und das Planetenprojekt ihres Sohnes, der bereits ordentlich auf Linie gebracht ist. Ich würde in so einem Haus, in dem das organisierte Chaos über die Familie herrscht, nicht einen Tag überleben. Gudrun braucht es, um den Tag zu überstehen. Ihr Mann ist erfolgreicher Chirurg. Sein kräftezehrender Schichtdienst im Krankenhaus macht aus Gudrun eine alleinerziehende Mutter in Teilzeit. Sie selbst hat eine Ausbildung als Physiotherapeutin in Köln gemacht, arbeitet jedoch nur wenige Stunden, weil die Familie sonst überhaupt nicht funktionieren würde. Ich kenne sie noch aus der Schulzeit aus der sauerländischen Provinz, und wir genießen es beide, jemanden «von früher» in der Nähe zu haben. Mit Steffen ist sie leider nie richtig warmgeworden, weshalb wir uns kaum zu viert treffen. Wenn sie doch mal bei uns auf einer Party eingeladen sind, ignorieren Gudrun und Steffen einander höflich, denn die latente Abneigung beruht auf Gegenseitigkeit. Gudrun ist Steffen zu direkt, und sie wiederum findet ihn zu überheblich. Es gab ein paar Jahre, in denen ich ihre Einschätzung verletzend fand, doch mittlerweile erwischt mich dann und wann das Gefühl, sie könne nicht ganz unrecht haben.

«Welchen Tee willst du?», tönt es aus der Küche in Gudruns unnachahmlicher Stimme, die so tief ist, dass mich schon lange der Verdacht beschleicht, darin enthaltene Niedrigfrequenztöne könnten Häuser zum Einsturz bringen.

Bevor sie anfängt, mir zwanzig verschiedene Mischungen aufzuzählen, ordere ich einen Schwarztee, wohl wissend, dass er mindestens mit einer Zimtstange oder einer Orangenscheibe aufgehübscht wird. Ob sie wohl noch eine dieser Kandisstangen hat? Die waren letztes Mal wirklich lecker.

«Hast du noch von den Kandisstangen?»

«Ne, die sind alle weg, aber morgen mache ich neue, diesmal mit Zimt. Keine Ahnung, ob ich es hinkriege.»

Ich stöhne theatralisch. «Was hast du je *nicht* hingekriegt, liebe Gudrun.»

«Einiges. Du kannst dir im Keller ja mal meine neuesten abgebrochenen oder verhunzten Projekte ansehen.»

Den Keller kenne ich, er sieht aus wie der Rest des Hauses: pralle voll. «Du bist echt unglaublich. Warum bewahrst du denn den ganzen Krempel auf?»

«Na, vielleicht kann man die Sachen noch gebrauchen», erwidert Gudrun verwundert. Sie käme nie auf die Idee, dass ihre Sammelwut nicht normal ist.

Weil Gudrun sich grundsätzlich nicht helfen lässt, warte ich stoisch auf meinen Tee, als die Tür auffliegt und ihr zehnjähriger Sohn Anton mit hochrotem Kopf hereinstürmt. Gefolgt von einem ... Etwas.

«Hallo, Anton, na, alles klar? Äh, wen hast du denn da mitgebracht?»

Anton nickt mir ohne Antwort zu und stürmt in die Küche. Die Schränke klappern, der Wasserhahn läuft, ich höre laute Schluckgeräusche.

«Boah, Anton, mach langsam», ermahnt Gudrun ihren Sohn in gewohnter Matronenart.

«Hab Durst», stößt dieser atemlos hervor, die Schluckgeräusche ertönen ein zweites Mal, und Anton verschwindet so schnell, wie er gekommen ist.

Zwischenzeitlich hat sich dieses Etwas zu mir gesellt. Ist es ein Dackel? Ein Spitz? Wohl irgendwas dazwischen, und es ist so rund, es sieht aus wie eine wandelnde Klorolle auf Streichhölzern. Zudem hat es einen ulkigen nackten Schwanz. Das ganze Tierchen ist mehr als merkwürdig. Aber es scheint freundlich zu sein, denn es schnuffelt an meiner Hose und freut sich königlich über meine Streicheleinheiten. Freudig wedelt das nackte Schwänzlein im Dreivierteltakt.

«Nina, das ist Kasimir. Kasimir, das ist Nina», stellt uns Gudrun einander vor und setzt die grün gepunktete Teekanne auf das vorbereitete Stövchen.

«Und Kasimir ist wer?»

«Kasimir haben wir geerbt. Irgendeine Großtante aus dem erweiterten Familienkreis meiner Mutter ist verstorben. Niemand wollte ihn aufnehmen, und du weißt doch, ich habe ein gutes Herz.»

«Dass den keiner wollte, wundert mich nicht. Was hat diese Tante mit dem armen Kerl veranstaltet? Meine Güte, das Tier kann kaum stehen.»

Gudrun grinst, bückt sich und krault Kasimir liebevoll die Plauze. «Leberwurst intravenös. Und das mit dem Schwanz hatte er schon immer. Irgendeine posttraumatische Störung aus der Welpenzeit. Er rupft ihn sich selbst nackt.»

Ich bin fasziniert. Zum ersten Mal begegne ich einem traumatisierten Hund. «Bei deinem Talent kannst du ihm bestimmt ein schickes Schwanztoupet basteln.»

Gudrun prustet los. «Ich befürchte, das würde er auffressen. Wenn er sich eingelebt hat, setze ich ihn auf Diät, und dann sehen wir weiter. Wär doch gelacht, wenn ich ihn nicht aufgepäppelt kriegte.»

«ABgepäppelt meinst du wohl. Und bis dahin kriegt er weiter seine Leberwurst?»

«Haargenau.»

Endlich hat Gudrun sich gesetzt, und wir nippen einträchtig an unserem Tee. Bevor sie mir wieder entwischt, rücke ich mit meinem Anliegen heraus. «Sag mal, kann ich dich was fragen, und du gibst mir eine ganz, ganz ehrliche Antwort?»

«Klar, wenn du darum bettelst.» Sie grinst, und ich verdrehe die Augen.

«Also, es ist so. Wenn du dabei bist, etwas zu tun, was du eigentlich nicht tun willst, ein furchtbar schlechtes Gefühl deswegen hast, aber es trotzdem nicht lassen kannst. Was würdest du tun?»

Eine gehobene Augenbraue, ein fragender Gesichtsausdruck. «Kannst du das übersetzen?»

«Darf ich in Metaphern sprechen?»

«Öhm, nö.»

«Also gut.» Ich seufze. Gleich wird meine gute Freundin ein wahrhaft anderes Bild von mir haben. «Ich glaube, ich bin dabei, echt Scheiße zu bauen», quieke ich jämmerlich.

Gudruns Aufmerksamkeit ist geweckt. «Mehr.»

«Ich habe mich irgendwie verstrickt, und das nur, weil ich immer so pragmatisch denke.»

«Dein Pragmatismus in allen Ehren. Mir war klar, dass der dir eines Tages auf die Füße fällt. Aber ich hätte es gerne noch ein bisschen genauer.»

Ungeduldig tippelt Gudrun mit dem Fuß gegen das Tischbein. Nachdenklich kaue ich auf meiner Unterlippe. Das mit den genauen Worten ist gar nicht so einfach. Diesen ganzen Mist in wenige Sätze zu verpacken, ist gefühlt unmöglich. Aber ich kann es versuchen, und so erzähle ihr die Geschichte. Angefangen bei Steffens Vorschlag über das Treffen mit Birte und Michael. Davon, wie ich Miriam kennengelernt habe, und davon, dass ich gedenke, den Versuch ein zweites Mal zu wagen.

Gudrun vergisst ihren Tee und sitzt mir bewegungslos gegenüber. Das gab es noch nie. Als ich fertig bin, schweigt sie. Ein weiteres Novum.

«Ach. Du. Liebe. Scheiße», presst sie schließlich hervor und schüttelt ihren Lockenschopf.

«Eigentlich ist Steffen schuld, oder?» Ein magerer Verteidigungsversuch.

«Ne, Süße, damit machst du es dir zu einfach. Da hast du dich schon selbst reingeritten. Was willst du von mir hören?»

«Was ich tun soll ...»

Gudrun schüttelt den Kopf. Wieder oder immer noch? «Es wäre möglicherweise klug gewesen, dir den Rat einer guten Freundin früher einzuholen. Die hätte dir nämlich von Anfang an von dieser Schwachsinnsgeschichte abgeraten.»

«Vielleicht habe ich es genau deshalb gelassen? Und außerdem war ein Schritt immer die logische Konsequenz des Schritts davor. Ich habe das nicht wirklich geplant.»

«So kannst auch nur du argumentieren. Ehrlich, blas es ab.»

«Das kann ich nicht», sage ich kleinlaut.

«Wieso nicht? Noch ist nichts passiert.» Sie sieht mich vielsagend an. «Oder hast du etwa Lust auf diese Partnertauschgeschichte und willst von mir Absolution?»

«Und wenn es so wäre?»

«Boah, Nina, du machst mich echt fertig. IHR macht mich fertig. Ich meine, ihr führt doch ein cooles Leben. Und das willst du aufs Spiel setzen? Außerdem sagst du mir ständig, dich belaste zu viel Kram in deinem Leben, am liebsten würdest du die Hälfte eures Besitzes entsorgen. Schon mal darüber nachgedacht, dass es auch psychischen Kram gibt, den man anhäufen kann?»

Ich betrachte sie nachdenklich. Mit ihren Einwänden ruckelt sie kräftig an meinem akribisch aufgetürmten Argumentationsgebäude. Hat sie recht? Wie oft habe ich das Gefühl, zu viel Zeug belastet mein Wohlbefinden, und ich will so viel wie möglich davon loswerden? *Psychischen Kram?*

«So habe ich es noch nicht betrachtet», sage ich achselzuckend. «Natürlich ist unser Leben nicht schlecht, aber das als belastenden Kram zu bezeichnen – ich weiß nicht.»

«Egal, wie du es siehst oder einordnest, mit dieser Geschichte setzt ihr viel – alles – aufs Spiel. Und das nur wegen ein bisschen Abwechslung beim Sex?»

«Ich versuche nur, Schadensbegrenzung zu betreiben.» Ich sage das sehr flapsig. Gudrun stockt, dann bricht etwas hervor, das Gekicher sein könnte, aber in einem Hustenanfall endet.

«Vögeln als Schadensbegrenzung. Nina, hiermit bist du offiziell die bekloppteste Freundin, die ich habe. Und, ganz ehrlich, du kannst nicht alles auf Steffen schieben. Wenn du es nicht wolltest, würde es nicht passieren. Außerdem bist du diejenige, die die ganze Zeit handelt. Steffen hat es ausgesprochen. Den Rest überlässt er scheinbar dir.»

Jetzt bin ich doch ein bisschen beleidigt. «Ja, weil er mich nicht unter Druck setzen möchte. Außerdem würde vielleicht was anderes passieren, wenn ich nicht mitspiele, etwas, das viel schlimmer wäre.»

«Ach, Süße, echt, ich verstehe deine abstrusen Gedankengänge sogar, trotzdem finde ich, du solltest es lassen. Kauft euch ein paar Spielzeuge und versucht, euer Problem innerhalb eurer vier Wände zu lösen. Was machst du denn, wenn Steffen sich in die Tante verliebt? Du meinst, du behältst die Kontrolle, aber glaub mir, du hast sie längst aus der Hand gegeben.»

«So einfach ist das nicht», sage ich und höre selbst, wie kläglich das klingt. «Und irgendwie habe ich mir mittlerweile eingeredet, es könnte auch mir Spaß machen.» Und ganz, ganz leise füge ich hinzu: «Und er sieht gut aus, dieser Tim. Ich ... ich bin doch auch nur eine Frau.»

Gudrun klopft sich vor Freude auf die Schenkel. «Du bist ganz schön oberflächlich.»

«Auf die inneren Werte kommt es dabei nicht wirklich an, oder?»

«Da hast du auch wieder recht. Aber mal ehrlich», sie wird wieder ernst, «du bist doch in Wirklichkeit nur gekommen, um von mir eine Freigabe zu erwirken. Beratungsresistent, sage ich nur. Es wäre viel einfacher, du würdest die entsprechenden Romane lesen, wie wir anderen frustrierten Hausfrauen.»

«In denen sich der Lustdolch in der feuchten Grotte versenkt?»

«Glaub mir, da gibt es bessere.» Gudrun feixt. «Aber weißt

du, was? Mach den Realitätscheck, und hinterher kommst du her, und ich fege die Scherben deines Herzens zusammen. Das meine ich ehrlich, okay?»

«Danke», sage ich erleichtert und nehme sie fest in den Arm. Vielleicht brauchte ich genau das. Eine Freundin, der ich alles erzählen kann, die mit mir schimpft und für mich da ist, obwohl ich so verrückt bin, diese absurde Idee in die Tat umzusetzen.

Einen Tag später sitzen wir beim Abendessen. Es ist der letzte Tag der Sommerferien. Ab morgen beginnt endlich wieder die Schule. Ich bin mehr als erleichtert, denn meine Mädels haben die mutterfreien Vormittage seit unserem Urlaub und nach einer Woche Ferienbetreuung, in denen unsere Nachbarin nur als Notfallbetreuung nebenan war, für viel zu viel gepflegtes Abhängen vor dem Fernseher genutzt. Plötzlich weckt eine Meldung im Radio unser Interesse.

«Psst», sage ich, und wir lauschen fasziniert. Auf der Autobahn ist ein Tiertransporter mit dreitausend Hühnern umgekippt. Zahlreiche Tierärzte sind vor Ort und kümmern sich um die Tiere.

«Das ist wirklich traurig», stellt Milla fest.

«Was machen die Tierärzte denn mit den Hühnern?», fragt Carlotta.

«Das ist doch klar», erklärt Steffen todernst. «Sie haben viele, viele Krankenwagen mit klitzekleinen Bahren und verarzten die verletzten Hühner.»

«Da gibt es gebrochene Beine und Flügel, Gehirnerschütterungen und Platzwunden», führe ich aus.

«Nicht zu vergessen, die Hühner, die wiederbelebt werden müssen», unkt Steffen. «Herzmassage, Mund-zu-Mund-

Beatmung und so.» Steffen und ich kichern begeistert, die Kinder gucken mittlerweile eher ... böse. Ich kann es mir trotzdem nicht verkneifen. «Und natürlich der Wagen für die Hühnchen, die leider verstorben sind.»

«Ja, der Grillwagen.» Steffen grölt ungebremst und ohne Rücksicht auf zwei Kinderherzen.

«Papa!», entrüsten sich prompt beide Töchter gleichzeitig.

«Ach kommt, Kinder, das ist echt witzig!» Steffen appelliert an ihren Sinn für schwarzen Humor.

«Finde ich nicht», antwortet Tierschützerin Milla grummelig.

Das Telefon klingelt. «Keine Witze ohne mich», sage ich streng, während ich aufstehe und zum Telefon eile, «ich bin sofort wieder da.»

«Hoffmann.»

«Hey, Nina, schön, dass ich dich erwische.»

Ich stutze kurz, dann verstehe ich, und mein Herz fängt an zu wummern.

«Miriam. Schön.» Meine Stimme ist kurz davor, sich zu überschlagen.

«Jaaa», antwortet sie langgedehnt, «ganz genau. Miriam. Ich hätte ja am liebsten direkt am nächsten Tag angerufen, aber ich hab's mir verkniffen. Stör ich?»

«Äh, nein, warte kurz, ich gehe schnell woandershin.»

«Wartet nicht auf mich», informiere ich die Familie und stapfe in den ersten Stock. Ich kann mich kaum zwischen Furcht und Neugierde entscheiden. Im Schlafzimmer angekommen, schließe ich die Tür.

«Okay, schieß los.»

«Also, pass auf, ich habe mir was überlegt. Aber natürlich

nur, wenn es dir passt. Auf dem Flohmarkt hatte ich das Gefühl, dich überrumpelt zu haben. Kann das sein?»

«Ein bisschen vielleicht», erwidere ich, «es kam alles so unvermittelt, und kaum hatte ich mich an euch gewöhnt, wart ihr schon wieder weg.»

«War wirklich ein glücklicher Zufall.» Sie macht eine bedeutungsschwangere Pause. «Und? Wie hat Tim dir gefallen?»

Ich denke an den warmen, festen Händedruck und seinen freundlichen Blick. Und an sein Aussehen. Ich kann definitiv nicht behaupten, er wäre nicht mein Typ. Also sage ich: «Ich finde es zwar seltsam, das zu sagen, aber ich fand deinen Mann recht ... ähm ... ansprechend.»

Miriam gluckst. «Ansprechend ist wunderbar, deiner ist aber auch nicht zu verachten. Echt, mit dem könnte ich es mir richtig gemütlich machen.»

«Oookay», sage ich langgedehnt.

«Habt ihr denn darüber gesprochen?»

Jetzt geht es um was. Egal, was ich antworte, es ist richtungweisend, dann gibt es keinen Weg zurück.

«Haben wir», sage ich knapp und möglichst ausdruckslos, um diesen kleinen Wirbelwind am anderen Ende der Leitung auf die Folter zu spannen.

«Du bist wirklich gemein. Jetzt sag, wollt ihr?»

«Was ist mit Tim, hast du mit ihm gesprochen?» Ich bin stolz auf die Gegenfrage – und die ist, wie ich sogleich bemerke, durchaus angebracht.

«Eine berechtigte Frage. Nein, hab ich noch nicht. Ich muss ... den richtigen Augenblick abwarten ... Du weißt doch, meine Vergangenheit und so. Aber ich glaube, du gefällst ihm und wenn ... also falls ihr wollt ...»

Ich unterbreche ihre Druckserei. «Also selbst wenn ich dir jetzt sage, dass ich mit Steffen darüber gesprochen habe, bedeutet das nichts, weil dein Mann nämlich völlig ahnungslos ist.»

Ich erlebe sie das erste Mal kleinlaut. «So ist es wohl. Aber du weißt doch, wir Frauen haben unsere Tricks, um zu bekommen, was wir wollen, oder?» Sie lacht ein wenig gequält, aber ich stimme mit ein. Auch nicht aus vollem Herzen. Ein Beigeschmack bleibt.

«Also gut. Wir haben darüber gesprochen, und Steffen wäre einverstanden.»

«Das ist absolut großartig! Ich finde dich so cool, weißt du das? Ich wusste direkt, dass unter dem Spießerkostüm eine kleine Wilde steckt.»

«Vielen Dank auch.»

«Gern geschehen. Hier ist mein Vorschlag: Wir feiern am Samstag meinen Geburtstag. Habt ihr Lust vorbeizukommen, ganz zwanglos, und wir lernen uns besser kennen? Danach rede ich mit Tim.»

«Wir müssen schauen, ob wir jemanden für die Kinder finden, prinzipiell spricht nichts dagegen.»

«Supi, echt, gib Bescheid. Und bitte kein Geschenk. Es reicht, wenn du deinen Mann mitbringst und ihm eine Schleife um den Bauch wickelst. Du kommst am besten, wie du bist. Brauchst dich nicht aufzubrezeln, Tim steht eher auf den natürlichen Typ.»

«Äh ... okay. Ich geb dir noch Bescheid.»

«Was meinst du, soll ich für Steffen die Brüste hochschnüren?»

Sie kichert, und mir steht der Mund offen. Wieder einmal. Und sofort mustere ich meine dezenten Wölbungen ... «Ne, deine Brüste reichen auch ohne Schnürung. Wir wollen es ja nicht gleich übertreiben.»

«Sehr schön, sehr schön, ich sehe, wir verstehen uns auch nüchtern.»

Wir verabschieden uns voneinander. Natürlich habe ich dieses Gespräch bei vollem Bewusstsein geführt. Niemand hat mich gezwungen. Und doch habe ich das Gefühl, mich hätte gerade ein Laster überfahren. Ein bunter, lauter Miriamlaster.

Ich trotte nach unten. Drei Köpfe drehen sich zu mir.

«Und?», fragt Steffen.

«Das war Miriam. Wir sind Anfang September zu ihrem Geburtstag eingeladen.»

Steffens Augenbrauen schnellen nach oben, ein Wunder, dass sie nicht aus seiner Stirn katapultiert werden. Dann macht sich ein fettes Grinsen auf seinem Gesicht breit ...

Die Party findet in einer kleinen, gemütlichen Eckkneipe statt. Der Gastraum ist leer geräumt, an der Seite sind Stehtische arrangiert. In der hinteren Ecke hat die Musikanlage ihren Platz, davor liegt eine improvisierte Tanzfläche, aber noch ist es zu früh, als dass sich jemand darauf tummeln würde.

Wir sind gegen neun Uhr eingetrudelt, waren nicht die Ersten und nicht die Letzten. Miriam ist uns bei unserer Ankunft um den Hals gesprungen, was außer uns niemanden zu irritieren schien. Sie ist einfach so.

Mit Sekt und Aperol Spritz überstehe ich die nächste Stunde. Meine Nervosität fällt nach und nach dem Wunder Alkohol zum Opfer. Wir haben uns an einem der Stehtische eingerichtet und plaudern mit einem sympathischen Paar über Urlaub, Männer, Kinder (die Frauen) und Fußball (die Männer). Klischees spiegeln das Leben, daran kann man rütteln, so viel man will. Nebenbei beobachte ich unsere Gastgeber.

Miriam ist eine Biene. Als würde sie von einer Blüte zur nächsten summen, wechselt sie die Tische und Menschen und verströmt überall ihren Charme und ihre Lebensfreude. Wo sie ist, pulsiert das Leben. Tim steht hinter der Bar, stoisch und zufrieden unterhält er sich mit drei Männern, die ihm Gesellschaft leisten. Und hätte Miriam es mir nicht schon erzählt, so würde mir spätestens jetzt der Kontrast zwischen ihnen auffallen. Gegensätzlich. Allein dieses Wort umschreibt, wie die beiden auf mich wirken.

Irgendwann sind auch wir an der Reihe. Strahlend summt die Biene heran, stellt sie sich zwischen uns, hakt sich bei mir unter und schenkt Steffen ihre Aufmerksamkeit. Recht schnell komme ich mir überflüssig vor. Wie schön, dass ich bereits ordentlich beduselt bin, so macht es mir nichts aus. Trotzdem trödle ich zur Toilette und lasse mir dabei viel Zeit. Ausgiebig wasche ich mir die Hände und betrachte mich staunend im Spiegel.

«Was bist du eigentlich für eine?», frage ich die Frau im Spiegel. Die zuckt mit den Achseln.

«Keine Ahnung», sagt sie, «ich mache eben das, was mir das Leben vor die Füße wirft. Ich denke nicht weiter nach, weißt du?»

«Ich denke sehr viel nach und komme trotzdem zum selben Ergebnis. Was sagt das über mich aus?»

«Tja», erwidert die andere, «das ist wohl das Leben. Es kommt, wie es kommt, egal, ob man nun grübelt oder nicht.»

«Du bist weise», sage ich.

«Und du angeschickert», sagt sie.

«Dann nutze ich das jetzt aus, gehe raus zu dem Leben und schaue mir diesen Tim an», sage ich entschlossen, drehe meinem Spiegelbild den Rücken zu und verschwinde.

Tim steht immer noch hinter der Bar und mixt Cocktails. Allein, das Leben hat heute ein gutes Händchen. Bisher haben wir uns nur begrüßt, mehr nicht. Der arme Kerl ist völlig ahnungslos, das darf ich nicht vergessen.

Ich atme tief durch, streiche meinen Rock glatt und setze mich auf einen Hocker. «Was mixt du?»

Er blickt auf und grinst mich freundlich an. «Ah, Nina, nett, dass du mir Gesellschaft leistest. Mojitos. Darf ich dir auch einen machen?»

«Ehrlich gesagt, habe ich mein Soll schon erfüllt. Wenn ich mehr trinke, werde ich peinlich.»

«Ist eine Party nicht dafür da? Um ein bisschen peinlich zu werden?» Es zuckt um seine Mundwinkel.

«Möglich, aber ich mag es nicht, wenn ich am nächsten Tag mit dem Gefühl aufwache, wieder nur Mist erzählt zu haben.»

«Empfindest du so oder die anderen?»

«Nö, die finden mich eigentlich immer ganz niedlich», antworte ich verschämt.

Tim lacht, seine Augen blitzen schelmisch. «Dir ist schon klar, dass du jetzt um den Mojito nicht mehr rumkommst. Rein aus wissenschaftlichen Gründen natürlich, These und Antithese müssen dringend überprüft werden, oder nicht?»

Ich fange schallend an zu lachen. «Miriam sagte schon, dass du Mathelehrer bist. Jetzt hast du den Beweis dafür innerhalb der ersten drei Minuten erbracht.»

«Ups.» Tim grinst schelmisch. «Wer kann schon raus aus seiner Haut? Und mit dem Alter wird das nicht besser.»

«Nein, wird's nicht», erwidere ich und sehe ihm dabei zu, wie er Eiswürfel in den silbernen Becher füllt. Ich hatte schon immer eine Schwäche für Männer, die Cocktails mixen können. Habe ich das jetzt wirklich gedacht?

«Wo hast du das gelernt», frage ich, um mich von meinen eindeutigen Gedanken abzulenken.

«Als Student in einer Bar. Das kann man wenigstens hin und wieder noch gebrauchen.»

«Stimmt. Ich habe Koffer verkauft, in die Verlegenheit komme ich nicht mehr oft.»

«Koffer, auch nicht schlecht.»

«Oh, du glaubst gar nicht, was man da an Fachwissen aufbauen kann.»

«Möchtest du ausholen?»

«Wenn du nichts Besseres zu tun hast?»

«Tja, du hast recht, dann muss ich für heute wohl passen. Aber vielleicht hole ich mir den Koffervortrag ein anderes Mal ab.» Wir strahlen einander an, und er reicht mir das Glas über die Theke.

«Prost», sage ich, und er nickt mir zu. Dann versinke ich in meinem Glas, damit er das debile Grinsen nicht sieht, dass sich auf meinem Gesicht ausbreitet. Ich bin kurz davor, mir einzubilden, das Wort «Wellenlänge» wäre für uns erfunden worden. Wenn nur dieses Ding nicht wäre, dass ich weiß, was er nicht weiß ... Trotzdem, die Sache fängt an, mir Spaß zu machen. Nein. Sie macht mir Spaß.

«Miriam ist wirklich ganz begeistert von dir, ständig schwärmt sie von dir. Erzähl mir von dir, ich muss schließlich überprüfen, ob sie recht hat.»

Ich werde ein wenig rot, zumindest fühlt es sich so an. «Ist das wieder so ein These- und Antitheseding?»

Er neigt seinen Kopf zur Seite und sieht mich an. Ganz offen und ziemlich lang. «Nö, bin nur neugierig.»

Ich winke ab und den irritierenden Moment weg. «Eigentlich bin ich langweilig. Kein spannendes Leben, keine Leichen im Keller, nichts Kultiges.»

«Aber du hast Koffer verkauft!»

«Das stimmt natürlich.»

Wir schweigen ein Sekündchen, während ich verlegen auf meinem Strohhalm herumkaue.

Freunde von Tim finden sich ein. Ich nutze die Gelegenheit, bedanke mich für den Drink und verabschiede mich.

«Wenn der Mojito leer ist, kommst du aber noch mal vorbei. Du weißt schon, wir müssen das Ergebnis der Testreihe festhalten.» Er grinst, ich verdrehe belustigt die Augen und geselle mich wieder zu Steffen, den Miriam inzwischen aus ihren Fängen entlassen hat. Nachdenklich schlürfe ich an meinem Cocktail.

Den Rest des Abends unterhalten wir uns mit Freunden von Miriam und Tim. Es ist humorig, die Männer sind in der Überzahl und das Gespräch unkompliziert und herrlich oberflächlich. Der Mojito bekommt zwei Brüder, die Steffen an der Bar besorgt. Ich beobachte, wie er beide Male mit Tim ein paar Sätze wechselt. Entspannt. Aber das sind Männer ja meistens.

Meine Flachwitzquote erhöht sich irgendwann enorm. Steffen zieht immer wieder die Augenbrauen nach oben und macht mir klar, dass ich auf dem besten Weg bin zu übertreiben. Vielleicht zieht er mich deswegen wenige Minuten später aus dem Verkehr. «Nina, gehst du uns ein Wasser holen? Sonst hast du morgen wieder Kopfschmerzen.»

«Menno», maule ich schwammig, weil mir klar ist, welche Absicht dahintersteckt, mache mich aber brav auf den Weg zur Theke. Ich habe ja sowieso noch diesen Termin. Mit einem lauten «Uffz» lasse ich mich auf den Barhocker plumpsen, Tim spült gerade Gläser.

«Na, willst du noch einen?»

«Ich darf nicht mehr, aber ich hätte gerne zwei Wasser, und wir können mit der Auswertung starten.» Ich beuge mich über die Theke und lege das Kinn auf beide Hände. Ungeniert mustere ich den Kerl, der da vor mir steht. Sämtliche Hemmungen scheinen ausgelöscht, außerdem ist mir gerade danach. Falls Tim was merkt, lässt er sich nichts anmerken.

«Ich bin gespannt. Und? Können wir unsere These verifizieren? Peinlich oder niedlich?»

«Peinlich, auf jeden Fall. Daran ändert keine mathematische Auswertung etwas.»

«Wie lautet der Beweis?» Er fixiert mich wie ein quicklebendiges Studienobjekt. Ich nehme die Steilvorlage an und beginne zu referieren. Weil ich meine Finger zu Hilfe nehme, muss ich aufpassen, nicht vom Hocker zu plumpsen, mein Gleichgewichtssinn ist minimal gestört.

«Erstens habe ich viel zu viele Flachwitze von mir gegeben.»

«Vielleicht waren sie ja gut, dann gilt das nicht», wendet Tim ein.

«Oh, über drei hab nur ich gelacht, und bei den anderen bin ich mir nicht sicher, ob sie über die Witze oder über mich gelacht haben.»

«Ein Fragebogen könnte hier Abhilfe schaffen.»

«Mit einer Bewertungsskala von eins bis sechs?»

Tim grinst. Ich fühle mich pudelwohl als Studienobjekt und referiere weiter. «Okay, zweitens habe ich wieder aus dem Nähkästchen geplaudert, und das ärgert mich. Will ich nämlich gar nicht, aber die Worte fallen einfach so aus mir raus.»

«Darf ich erfahren, was im Nähkästchen drin war?» Tim legt das Trockentuch weg und stützt seinen Kopf interessiert auf seine Hände. Ich habe seine ganze Aufmerksamkeit.

«Weiß nicht mehr, die Geschichten sind auf dem Weg zur Bar verpufft. Du musst schon live dabei sein. Aber ich habe noch ein Argument. Drittens, ich sitze hier und analysiere mit einem Fremden meine Peinlichkeit, was ich nüchtern nie machen würde.»

«Gut, dagegen gibt es nichts einzuwenden.» Tim nickt völlig ernsthaft, aber die Fältchen um seine Augen untergraben die wissenschaftliche Ernsthaftigkeit. «Ich gebe somit deiner These statt. Aber du weißt, eine aussagekräftige Studie benötigt genau genommen viel mehr Datenmaterial.»

«Meinst du, ich soll da rausgehen und mich weiter blamieren?»

«Ich dachte eher an einen längeren Zeitraum.»

«Toll, jetzt kann ich nie wieder schlechte Witze erzählen, ohne an diese blöde Studie zu denken.»

Und an dich.

«Schön, dass ich dich so nachhaltig beeinflussen konnte.»

Ich schneide eine Grimasse, und Tim lacht herzhaft. Dann zieht er sich das Tuch von der Schulter und poliert weiter Gläser.

«Es war wirklich nett, mit dir mein alkoholbeeinflusstes Fehlverhalten zu analysieren, aber ich muss jetzt ins Bett. Ich schnappe mir meinen Ehemann und verschwinde in die Anonymität. Bin echt froh, die meisten Leute nie wiederzusehen.» Täusche ich mich, oder huscht da gerade Enttäuschung über sein Gesicht?

«Das trifft hoffentlich nicht auf mich zu. Ich freue mich nämlich schon darauf, dein alkoholisches Fehlverhalten das nächste Mal persönlich in Augenschein zu nehmen.»

«Ich gehe jetzt. Hab noch einen schönen Abend, Tim.» Ich ächze vom Barhocker hoch und lasse ihn stehen. Sein Lachen verfolgt mich, bis ich bei Steffen bin, ihm das Wasser in die Hand drücke und meines auf ex trinke. Es ist wirklich Zeit zu gehen.

Ich suche Miriam, um mich zu verabschieden.

«Du hast dich mit Tim unterhalten», stellt sie fest. «Worüber?»

«Statistik», antworte ich.

Sie schüttelt lachend den Kopf. «Tim wieder. Habt ihr euch denn verstanden?» Sie kneift erwartungsvoll die Augen zusammen.

«Jo, war okay.» Ich lasse sie bewusst im Vagen, weil ich erst selbst verstehen möchte, was das für ein Gespräch war. Ich fand es nämlich irgendwie ... ziemlich gut. Dann entziehe ich mich ihren angedeuteten Luftküssen und drücke sie fest. Ich mag diese Luftküsserei nicht. Ich drücke, wenn ich jemanden mag. Finde ich ehrlicher.

«Ich spreche mit Tim, dann rufe ich dich an», flüstert mir Miriam noch ins Ohr und entlässt uns in die Nacht.

Wir schlendern wortlos die Straße entlang.

«Bus oder Taxi?», fragt Steffen.

«Taxi.»

Er bestellt eines, und wir warten.

«Und?», fragen wir nach ein paar Augenblicken gleichzeitig, schauen uns verdutzt an und lachen befreit. Mehr muss keiner sagen. Es scheint, als hätten wir die nächste Hürde genommen.

Verdammt.

Zwei Tage später bekomme ich eine WhatsApp.

Wir können starten. Tim weiß Bescheid und ist dabei. Melde mich die Woche noch wegen der Einzelheiten. Freue mich sehr :-)

Ich wundere mich über diese knappe Mitteilung und leite sie ohne Kommentar an Steffen weiter. Irgendwie hatte ich mir das alles schon etwas aufregender und bombastischer vorgestellt. Eher als epochalen Meilenstein mit der nötigen feierlichen Aufmerksamkeit. Auf der anderen Seite sind mittlerweile auch epochale Ereignisse oft nur noch eine Kurznachricht wert, es sollte mich also nicht wundern. Vielleicht wollte Miriam ihre Nachricht dringend loswerden, hatte aber keine Zeit zu telefonieren. Ich sollte dem wirklich keine Bedeutung beimessen.

Steffen ruft mich umgehend aus dem Büro an. Seit der Party haben wir nicht weiter darüber gesprochen. Vermutlich haben wir beide die Befürchtung, Details könnten unangenehme Fragen aufwerfen, die keiner beantworten möchte. Nun will er wissen, wie es weitergeht und ob es für mich wirklich, wirklich in Ordnung ist.

«Um jetzt noch Muffensausen zu kriegen, ist es zu spät, findest du nicht?»

Er gibt mir recht, und wir reden noch kurz über die Kinder, das ist unverfänglicher. Sie haben heute Nachmittag zusammen mit zwei Nachbarskindern eine lokale Umweltschutzorganisation gegründet und ziehen nun mit einem Klemmbrett bewaffnet durch die Nachbarschaft, um Mitglieder zu werben und Spenden zu sammeln. Davon wollen sie Müllbeutel für eine Müllsammelaktion kaufen. Ich bin bereits Mitglied und wollte die Beutel spenden, doch sie waren fast entrüstet. «Wir müssen auf eigenen Füßen stehen, wenn wir als lokale Umweltschutzorganisation ernst genommen werden wollen», referierte Milla, Vorstandsvorsitzende und Pressesprecherin.

Miriam ruft am selben Abend an. «Tut mir leid, dass ich vorhin nur eine profane Nachricht geschrieben habe, aber auf der Arbeit war die Hölle los, und ich musste es unbedingt loswerden.»

«Kein Thema», antworte ich wohlwollend, «obwohl, wenn ich ehrlich bin, habe ich mich schon gewundert. Ist Tim wirklich einverstanden? Was hat er überhaupt gesagt? Das muss ihn doch total überrumpelt haben.»

«Ja, schon», druckst sie herum, «aber wer wäre das nicht? Letzten Endes habe ich die Bereitschaft aus ihm herausgekitzelt. Er ist schließlich ein Mann, und welcher Mann kann so ein Angebot schon ablehnen?»

«Hm ... und dass es sich um mich handelt, findet er okay?»

«Oh ja», sagt sie einen Tacken zu hastig. «Er würde es zwar nie zugeben, aber du bist genau seine Kragenweite.»

«Hm», sage ich noch mal und weiß nicht, wie ich diese Information einordnen soll. «Dann ist es wohl jetzt beschlossen, oder? Findest du das alles nicht trotzdem irgendwie ... seltsam?»

«Es wäre komisch, wenn es nicht seltsam wäre, aber jetzt

lassen wir das einfach auf uns zukommen. Ich finde es auf jeden Fall irre spannend.»

«Spannend. Ja, das ist es.» Wider Erwarten muss ich lachen. «Und jetzt?»

«Gehen wir ins Detail, würde ich sagen.»

Wir kichern uns haltlos durch die Detailplanung. Wann, wo, wie genau. Wir finden einen Termin für Mitte September, Miriam bucht ein Hotel, wir einigen uns darauf, nur normalen Sex zu haben. Es ist ihr Vorschlag. Am Ende überlassen wir uns für die nächsten Tage unserer Vorfreude.

Alles in allem fühlt es sich anders an als beim ersten Mal, diesem denkwürdigen Treffen mit Birte und Michael. Denn ich freue mich auf Tim. Nicht unbedingt darauf, mit ihm zu schlafen. Das ist einfach viel zu weit weg, viel zu irreal, um es mir wirklich vorzustellen. Nein, ich freue mich auf ihn als Mensch, denn er hat was. Etwas, das mich berührt.

Und so sehe ich unserem ersten Treffen mit einer Mischung aus Freude, Zweifel und großer, großer Aufregung entgegen.

11

Ersatzbeschäftigung

Die Ehepartnerübergabe findet auf dem Parkplatz des Hotels statt. So haben Miriam und ich es vereinbart. Nicht stilvoll, aber pragmatisch.

Während der Fahrt haben Steffen und ich uns in Smalltalk geübt. Welche Termine stehen an, was gibt es am Wochenende zu essen, wie sieht es mit der Urlaubsplanung im nächsten Jahr aus? Gewollt seichte Konversation, die unsere Unsicherheit überspielt. Vom eigentlichen Thema halten wir uns fern. Erst kurz bevor Steffen den Blinker setzt und auf die Zufahrtsstraße des Hotels biegt, rutscht es mir dann doch heraus.

«Sollten wir nicht noch irgendwas besprechen?», frage ich.

«Ich weiß nicht», antwortet er. «Hast du denn noch was, über das du sprechen willst? Du weißt, Nina, du kannst noch immer nein sagen.»

«Danke, aber nein. Ich hab's schließlich eingefädelt. Also ziehen wir das jetzt auch durch. – Oder möchtest du einen Rückzieher machen?» Eine letzte Chance für ihn.

«Nein», sagt er nachdrücklich und macht eine kurze Pause. «Aber ich hätte nie gedacht, dass es so groß wird.»

«Stimmt, es ist groß.»

Ich atme tief durch. Tatsächlich verhält sich Steffen mehr als korrekt, überlässt mir die Entscheidung, hat sie mir von Anfang an überlassen. Und wenn ich es recht bedenke, war auch diese Zettelgeschichte alleine meine Idee. Er war nur ehrlich. Von sich aus wäre Steffen vermutlich nie aktiv geworden. Er hat immer nur dann gedrängelt, wenn ich ihm eine Vorlage dazu gegeben habe. Was sagt das eigentlich über mich aus? War mein eigener Wunsch nach Abwechslung größer, als ich es mir eingestehe?

Ich zucke innerlich kurz zusammen, dann sage ich entschieden: «Wir tun es jetzt einfach, aber wir sollten hinterher darüber sprechen, okay? Also nicht über die Einzelheiten, die will ich gar nicht wissen, aber über den emotionalen Teil.»

«Ja, das sollten wir in jedem Fall tun.»

«Danke.»

Just in diesem Moment erreichen wir den Parkplatz. Schwungvoll lenkt Steffen unsere Familienkutsche in die Parkbucht, stellt den Motor aus, drückt meine Hand und nickt mir ermutigend zu.

Miriam und Tim sind bereits da. Sie sitzen in einem silberfarbenen VW-Kombi direkt neben uns. Miriam winkt uns enthusiastisch zu, so, als könne sie es kaum erwarten. Ich gönne mir einen letzten Blick in den Spiegel und atme tief durch. Die Frisur sitzt. Auf in den Kampf. Wir steigen aus.

Miriam ist ebenfalls ausgestiegen und fällt uns überschwänglich in die Arme, verteilt Küsschen links und Küsschen rechts und strahlt, als hätte sie seit Jahren auf diesen Augenblick gewartet. Vielleicht hat sie das ja.

«Ihr Süßen, ihr seid wirklich da!», keckert sie fröhlich wie ein kleiner Papagei. «Ich wollte schon Wetten dagegen abschließen.» Sie kichert über ihren eigenen Witz. «Aber dann hätte ich es mir eben mit meinem Mann schön gemacht.»

«Wäre natürlich nur halb so spannend gewesen», unke ich.

«Da sagst du was. Geht es dir gut?»

Ich nicke. Zum Glück ist Miriam so eine unbeschwerte Plaudertasche, sie macht es uns allen leichter. Apropos, warum sitzt Tim eigentlich noch im Auto?

Als hätte Miriam meine Gedanken erhört, erklärt sie augenzwinkernd: «Tim ist noch ein bisschen schüchtern ... Ich schnappe mir jetzt deinen Mann, und dann könnt ihr euch miteinander anwärmen. Und keine Angst, er beißt nicht.» Mit diesen Worten drückt sie Steffen ihre kleine Reisetasche in die Hand. «Tu nichts, was ich nicht auch tun würde», sagt sie kichernd. Sie hakt sich bei ihm unter, gurrt und gickelt, und die beiden entschwinden Richtung Hotel. Kurz und schmerzlos. Einfältig winkt mir Steffen ein letztes Mal zu, und ebenso einfältig winke ich zurück, gleichzeitig atme ich tief durch.

Das wäre geschafft, nun bin ich dran. Da Tim im Auto geblieben ist, öffne ich nach kurzem Zögern die Beifahrertür und setze mich neben ihn.

«Hallo, Tim.»

«Hallo, Nina.»

«Wollen wir warten, bis die beiden eingecheckt haben?»

«Klar.»

Stille.

Was sagt man in so einer Situation, und warum beschleicht mich das Gefühl, unsere Begrüßung könnte durchaus herzlicher sein? Ich wage es nicht, Tim anzusehen, sondern nestle unsicher an meiner Tasche, in der die wichtigsten Dinge verstaut sind. Zahnbürste, Zahnpasta, Kondome, Wechselunterwäsche. Was nimmt man mit zu einem solchen Treffen? Nach langen Überlegungen habe ich mich für das Minimalprogramm entschieden. Mein Körper ist vorbereitet, mein Geist ... eher nicht.

Als Miriam und Steffen nicht mehr zu sehen sind, wage ich doch einen kurzen Blick und versuche es mit einem Lächeln. Ich bekomme ein schiefes dafür zurück.

«Bringen wir es hinter uns?», frage ich, und es soll witzig klingen. Gelingt leider nur mäßig.

«Meinetwegen», antwortet Tim hölzern.

Warum ist er so seltsam? Wir fanden einander doch nett, oder nicht? Ach was, das ist bestimmt nur die Unsicherheit, rede ich mir ein, und dass ich mich auch nicht besser anstelle. Miriam und Steffen haben das wesentlich entspannter gemeistert. Vielleicht war es einfach eine blöde Idee, ganz ohne Vorlauf zu starten. So ein bisschen Vorglühen in einer Kneipe wäre vielleicht besser gewesen.

Ich steige beherzter aus, als ich mich fühle. Tim tut es mir nach, dann dackeln wir ohne weitere Worte Richtung Eingang. Ich habe mich selten so unsicher in meinem Körper gefühlt. Es ist, als gehörte er gar nicht zu mir, als hätte mich kurzerhand jemand in dieses Ding gestopft und ich müsste damit nun durch die Gegend laufen ... Es wird sich alles finden, rede ich mir ein, ein bisschen Eingewöhnungszeit sei uns ja wohl gegönnt.

Wir checken als Ehepaar Bender ein. Nun bin ich also für ein paar Stunden Miriam, und Miriam ist Nina. Kurios.

Unser Zimmer liegt im vierten Stock. Weiterhin schweigend, bringen wir die Fahrt im Aufzug hinter uns. Ich werfe Tim verstohlene Blicke zu, stelle mir vor, warum wir hier sind, was wir gleich tun werden, und spüre eine glühende Hitze im Gesicht. Na toll, jetzt werde ich auch noch rot. Alles, was ich mir zurechtgelegt habe, ist Makulatur. Ich spüre deutlich, dass Tims Blicke auf mir ruhen, einordnen kann ich sie nicht. Das fügt sich bestimmt gleich. Mantra, Mantra, Mantra.

Das Zimmer ist hochwertig und empfängt uns mit gewollter Harmonie, die eine Auszeit vom Alltag verspricht. Wir lassen uns die Angelegenheit etwas kosten, an einer billigen Unterkunft soll es nicht scheitern.

Sanft drücke ich die Tür hinter mir ins Schloss. Tief durchatmen. Tim steht derweil mit verschränkten Armen am Fenster und dreht mir den Rücken zu. Was soll ich davon halten? Selten in meinem Leben musste ich eine gefühlsmäßig absurdere Situation meistern. Nicht einmal die Geschichte mit dem Baumchirurgen hat mich dermaßen in Alarmbereitschaft versetzt. Mir war nicht klar, dass eine Steigerung überhaupt möglich ist.

In meinem Kopf suche ich nach den richtigen Eingangsworten. Irgendetwas, das geeignet ist, ein erster GUTER Satz zu sein. Aber wie fängt man so etwas GUT an? Und außerdem: Warum muss ICH das eigentlich tun?

Wie also könnte dieser Satz lauten? *Schön, dass du hier bist, lieber Tim. Vielen Dank, dass du dich zum fröhlichen Fremdvögeln eingefunden hast. Sollen wir uns gleich nackig machen oder erst einen Sekt trinken?* Wohl eher nicht. Obwohl, den Sekt, den könnte ich sehr, sehr gut gebrauchen. Vielleicht: *Ich liege am liebsten unten, bin aber für andere Vorschläge offen?* Kommt bestimmt auch nicht so gut. Obwohl ... vielleicht wäre es ja lustig. So ein Witz zum Anfang könnte diese seltsame Stimmung auflockern. Zumal wir doch diese kleine Flachwitzanekdote auf Miriams Geburtstag genossen haben, oder? Aber ne, lieber nicht. Dann vielleicht: *Schön, dass du da bist, das Vertragliche haben wir ja geklärt, kommen wir doch direkt zum praktischen Teil.* Mist, ich denke wieder zu viel nach.

Vor lauter Grübelei habe ich gar nicht bemerkt, dass Tim sich mittlerweile zu mir umgedreht hat und mich prüfend mustert. Das irritiert mich so sehr, dass ich mit dem denkbar blödesten Satz diesen Abend eröffne: «Is was?»

Sein Mundwinkel zuckt, mehr nicht. Sein Blick ruht weiter auf mir. Hallo? Jetzt sag doch mal was!

«Dafür, dass du hier bist, um zwanglosen Sex mit einem anderen Mann zu haben, wirkst du ziemlich verkniffen.» Okay, jetzt hat er was gesagt, aber DAS WAR NICHT NETT!

«Ach ja», erwidere ich entsprechend spitz und mit zusammengekniffenen Augen. «Und wie sollte eine Frau in so einer Situation wirken? Tut mir leid, aber Gebrauchsanweisungen waren leider aus. Außerdem ist deine Körpersprache auch nicht besser.»

«Ich sehe schon, das wird eine richtige Sause heute Abend. Aber, um deine Frage zu beantworten: In der Tat könntest du lockerer auftreten.»

Sehe ich ein kurzes Blitzen in seinen Augen? Egal! Ich schnappe entrüstet nach Luft. Das gibt es ja wohl nicht. Wie benimmt der sich denn? Irgendwie läuft das hier völlig aus dem Ruder. Aber wenn Tim meint, plötzlich sein wahres Gesicht zeigen zu müssen, dann kann ich auch ... ganz anders. Jawohl! Mit mir soll der sich mal schön anlegen. Lockerer! Der hat sie ja wohl nicht mehr alle.

Ich denke an die edle Unterwäsche, die ich trage, straffe meine Schultern, schürze meine Lippen und frage zuckersüß: «Ich möchte deine Frau nur ungern enttäuschen und einen unausgelasteten Mann nach Hause schicken. Wie hättest du es denn gerne? Brav oder verwegen?» Ich gehe in langsamen Schritten auf ihn zu, geschmeidig wie eine Raubkatze (oder zumindest so, wie ich mir eine geschmeidige Raubkatze vorstelle), bleibe direkt vor ihm stehen und umkreise mit dem Finger in der Luft seinen Bauchnabel. Ohne Vorwarnung schnellt seine Hand nach vorne und umfasst mein Handgelenk.

«Aua», quieke ich entrüstet, auch wenn es gar nicht weh tut, aber aus Prinzip.

«Hör auf, mich zu verarschen», sagt er brüsk, und sein Blick ist arktisch.

«Ist ja gut, Kotzbrocken», zische ich, winde mein Handgelenk aus seiner Umklammerung und reibe theatralisch darüber. «Ich hab dir nichts getan, und wenn du das hier nicht willst ... ich kann ebenfalls verzichten.»

Jetzt schaut er fast ein wenig zerknirscht. Recht so! «Tut mir leid, das wollte ich nicht, es ist nur ...» Er bricht ab. Was wollte er sagen? Er setzt neu an, die Unsicherheit ist verschwunden, sein Ton kalt und nüchtern. «Vielleicht ist das gar keine schlechte Idee. Von passender Chemie zwischen uns kann ja wirklich nicht die Rede sein.»

Mit diesen Worten wirft er sich aufs Bett, kickt die Schuhe in die Ecke, schiebt sich das Kissen unter den Nacken, zückt sein Smartphone und ignoriert mich.

Ich schnaube. Was für ein arroganter Arsch. Ich brauche eine Weile (eine sehr lange Weile), ehe ich eine passende Antwort formuliert habe. «Ich bin froh, dass wir einer Meinung sind», erwidere ich schließlich so spitz wie möglich, und aus Ermangelung an Alternativen belege ich die andere Seite des Bettes, krame nach meinem Buch – ich habe IMMER eines dabei –, schlage es auf und fange demonstrativ an zu lesen. Zumindest tue ich so. In Wirklichkeit rege ich mich maßlos über den Kerl neben mir auf. So was Dummes. Schlechter hätte es wirklich nicht laufen können. Dabei wirkte er so nett und freundlich, wir haben uns auf der Party gut verstanden.

Was genau ist schiefgegangen?

Ich versuche mich in einer Art Meditation, verbanne alle Gedanken und mache meine Seele frei. Ommmm. Ist doch alles halb so wild, das mit dem Kein-Sex hatte ich schließlich schon. Leider kann ich die Nummer vom letzten Mal kein zweites Mal bringen, da mach ich mich ja zum Deppen. Ich lese jetzt einfach das Buch, das wirklich spannend ist, und verabschiede mich gedanklich aus diesem Zimmer. Basta!

Allerdings gibt es da eine Sache, die mich immer wieder aus dem Konzept bringt.

Tims Füße.

Er hat keine Socken an. Warum? Hatte er prinzipiell keine an, oder hat er sie ausgezogen? Habe ich gar nicht gesehen. Es interessiert mich wirklich, aber natürlich traue ich mich nicht, zu fragen oder nachzusehen, ob da auf der anderen Seite des Bettes irgendwelche Socken rumliegen. Ich meine, wie bescheuert wäre es, meinen Bettnachbarn jetzt zum Thema Socken zu interviewen? Der lässt mich ja gleich einweisen.

Aber seine Füße treiben mich in den Wahnsinn. Sie liegen nämlich nicht still und unauffällig auf der Bettdecke. Nein, sie tanzen und reiben und bewegen sich in einem fort, und das immer in meinem Blickfeld, sodass ich sie einfach nicht ignorieren kann. Es ist nämlich so: Ich hasse Füße. Ehrlich. Kann ich gar nicht leiden. Die schönen nicht und die hässlichen gleich gar nicht. Ich mag nicht einmal meine eigenen Füße und vermeide es tunlichst, Schuhe zu tragen, in denen sie allzu sichtbar sind. Um sie mir und meinen Mitmenschen zu ersparen. Da, jetzt tanzen sie wieder, Tims Füße, dabei sind seine Füße, wenn ich sie objektiv betrachte, von der schöneren Sorte. Gepflegt und wohlgeformt. Aber es sind und bleiben Füße, und die kann ich in meinem Sichtfeld nicht gebrauchen. Was soll ich tun? Tim zu bitten, etwas drüberzulegen, kommt mir unverfroren vor, aber so geht es auch nicht.

«Kannst du bitte etwas über deine Füße legen? Die tanzen die ganze Zeit in meinem Gesichtsfeld rum, und ich kann mich überhaupt nicht auf mein Buch konzentrieren.» Da, jetzt hab ich's tatsächlich gesagt – und die einzige Reaktion meines Bettnachbarn ist, wen wundert's, gereizte Verständnislosigkeit.

«Dir geht es aber sonst gut, oder?»

«Ja, aber ich mag keine Füße, und wenn die so rumtanzen, muss ich sie die ganze Zeit angucken, und das behagt mir nicht.»

«Nun, wenn es der Dame nicht behagt, lege ich selbstverständlich eine Decke über meine Füße. Ich hoffe aber, du bist nicht so gestört, dass dein Mann beim Sex die Socken anlassen muss.»

«Da sehe ich sie ja nicht, keine Angst, trotzdem danke für die Rücksichtnahme.»

Sein Blick spricht Bände. Super, jetzt hält er mich für völlig durchgeknallt, aber das tut er bestimmt auch so. Wenigstens sind nun die Füße weg, und ich kann mich wieder auf meinen Krimi konzentrieren. Die Kommissarin hat einen entscheidenden Hinweis erhalten und muss die Indizien zusammenpuzzeln. Ich frage mich, was Steffen und Miriam gerade treiben. Mist, auch das gehört so gar nicht zu meinem Serienmörder, ist aber eindeutig interessanter.

Das Kopfkino läuft auf Hochtouren. Leider. Kann jemand diesen Film abschalten? In dem Augenblick, als Steffen in meiner privaten Kopfvorführung Miriams Zehen in Angriff nimmt, entscheide ich, dass das Buch nicht hilft. Seufzend klappe ich es zu und werfe es vorsichtig auf den Boden.

Wir können das nicht so stehenlassen, auch wenn Tim augenscheinlich keinen Redebedarf hat. Irgendwie müssen wir diese Sache besprechen. Was soll ich denn Steffen hinterher erzählen? Und er Miriam? Wie fände Steffen es wohl, wenn ich mich mit meinem Sexdate nur gefetzt hätte, während er ... Brüste, Füße ... Ach, lassen wir das.

Doch wenn ich mich mit Mister Frost nicht abspreche, werde ich genau das erzählen müssen. Mal abgesehen davon: Wie geht es mir eigentlich mit der Vorstellung, Steffen beim fröhlichen außerehelichen Vögeln zu wähnen, während ich lesend auf diesem Bett abhänge?

Die Erkenntnis, die geradewegs auf diesen Gedanken folgt, verblüfft mich. Ich bin einfach nur ... erleichtert. So, als wäre ich in letzter Sekunde vom Schafott gehopst. Wenn ich ehrlich bin, habe ich mir die Angelegenheit sowieso nur schöngeredet. Also ist es wunderbar, wenn nichts läuft. (Zum zweiten Mal und somit der klare Beweis, dass diese Partnertauschsache nichts für mich ist. Ich sollte das akzeptieren.) Bleibt die Tatsache, dass Steffen vermutlich genau das Gegenteil tut. Er setzt es wahrhaftig um. Es sollte mich schockieren, wütend oder traurig machen, ich sollte eifersüchtig sein oder gekränkt. Aber nichts dergleichen. Es bewirkt nichts in mir. Ich kann keine Gefühle dazu finden. Gar keine. So, als wäre mein Gefühlszentrum blockiert.

Zur Vermeidung von Gefühlskonflikten haben wir Ihr persönliches Empfinden geschlossen. Wir freuen uns jedoch, wenn Sie sich zu einem späteren Zeitpunkt melden.

Ich grinse vor mich hin, als ich mir über die Absurdität meiner Situation klarwerde. Völlig einleuchtend, dass mein Gehirn nicht mehr folgen möchte. Doch zurück zum Wesentlichen: Ich muss mit Tim sprechen!

Ich setze mich aufrecht und möglichst würdevoll auf meine Bettkante und drehe mich in Tims Richtung. Nicht sehr bequem, aber es gibt Wichtigeres. «Können wir vielleicht hierüber sprechen?», frage ich in die dickflüssige Stille des Zimmers.

Tim sieht von seinem Smartphone auf und zieht fragend eine Augenbraue nach oben. Mehr nicht. Nur diese Augenbraue. Meine Güte, was stimmt nicht mit diesem Kerl? Ich meine, es hat uns doch niemand in dieses Zimmer geprügelt.

«Was genau ist dein Problem, Tim? Ich kann mich nämlich nicht erinnern, dich genötigt zu haben, mit mir in dieses Zimmer zu gehen. Aber egal, welches Problem du hast, wir werden Steffen und Miriam hinterher irgendwas erzählen müssen.»

«Hm», erwidert er und mustert mich, als wäre ich plötzlich aus dem Nichts in diesem Zimmer aufgetaucht. «Okay, reden wir.»

Pause.

Ich tippe mit dem rechten Fuß nervös auf dem Boden herum. Jetzt ist doch wirklich er an der Reihe. Wieder sieht er mich prüfend an, und ich lasse das mit dem Tippeln. Irgendwo muss die Nervosität aber hin, ich nehme mir also eine Haarsträhne und suche nach Spliss. Oh, wie schön, da ist keiner. Vorsichtshalber untersuche ich noch ein paar andere Strähnen, kann ja nicht schaden. Aber auch dort ist nichts zu finden. Immer noch ist kein weiteres Wort gefallen. Ich schiebe die Haare hinters Ohr und seufze. Der Kerl ist wirklich eine harte Nuss.

«Nun gut, fassen wir das Ganze pragmatisch zusammen.» Ich nehme meine Finger zu Hilfe und zähle auf. «Erstens haben wir uns hier getroffen, um Sex zu haben, während unsere Ehepartner am anderen Ende des Hotelflurs dasselbe tun. Zweitens stellen wir fest, dass wir einander nicht mögen, warum auch immer. In der Konsequenz werden wir die Zeit hier also keusch verbringen, während mein Mann an deiner Frau herumschraubt. Liege ich so weit richtig?»

Er zuckt betont lässig mit den Achseln, ein klitzekleines Grinsen kann er sich jedoch nicht verkneifen. «Das hast du schön zusammengefasst.»

«Und was ist, bitte schön, dein Fazit?» Auf seine Provokation gehe ich nicht ein, sonst rege ich mich nur auf.

«Du hast ein gestörtes Verhältnis zu Füßen und verbreitest so viel Sexappeal wie Tante Berta auf Kaffeefahrt.»

«Sehr witzig, wirklich, ich lache mich kaputt! Nur innerlich natürlich und auch nur, wenn ich den Punkt überwinde, an dem ich nichts lieber möchte, als dich zu erwürgen.»

«Ist ja gut, ehrlich», lenkt er ein, «du hast recht, wir sollten das wie Erwachsene besprechen. Dann können wir uns weiterzanken oder auch nicht.»

«Das ist jetzt wenigstens eine Aussage, mit der ich etwas anfangen kann.»

«Bin eben lernfähig.»

Ich verdrehe die Augen. Wir schaffen es tatsächlich nicht, vernünftig zu kommunizieren. Immer sind wir kurz davor, uns an die Gurgel zu gehen. Mich beschleicht das Gefühl, dass wir uns beide aus anderen Gründen auf dieses Treffen eingelassen haben als der puren Lust auf ein sexuelles Abenteuer. Aber das will ich jetzt nicht tiefenpsychologisch hinterfragen. Bestmöglich lösen, auseinandergehen und nie wiedersehen – das sollte das Ziel sein. Ich rede weiter, von ihm kommt ja nichts.

«Okay, lassen wir die Tatsache beiseite, dass wir uns richtig scheiße finden. Ich würde vorschlagen, wir besprechen die Eckdaten, sitzen die Zeit ab und sehen uns danach nie wieder.»

«Das hört sich nach dem Vernünftigsten an, was du bisher von dir gegeben hast. Außer der Sache mit den Füßen natürlich, die war total logisch und nachvollziehbar.»

Ich vergifte ihn mit meinem Blick, bleibe aber höflich in dem, was ich sage. «Wolltest du es von Anfang an nicht oder erst, nachdem du mich aus der Nähe gesehen hast?»

Tim überlegt, sein Ton klingt überraschend versöhnlich. «Ist das wichtig?»

«Mir schon, bin sonst geneigt, es persönlich zu nehmen.»

«Das brauchst du nicht, ehrlich. Ich kann eben gerade nicht damit umgehen, das ist alles.»

«Es liegt also nicht an mir?»

«Nicht hauptsächlich. Nein.» Er macht eine kurze Pause und seufzt. «Lass gut sein. Es ist mein Problem, okay? Ich hoffe, du bist nicht enttäuscht.»

«Keine Bange, so scharf war ich jetzt auch nicht drauf.»

Er lächelt, das erste Mal richtig und ohne sarkastisches Beiwerk. «Und warum sind wir dann hier, wenn wir beide nicht scharf darauf waren?»

Ich zucke mit den Achseln. «Das weiß ich, ehrlich gesagt, auch nicht so genau. Aber ich habe auch keine Lust mehr, mir darüber Gedanken zu machen, es waren eh schon zu viele. Was heißt das jetzt, sollen wir die anderen aus ihrem Zimmer zerren? Ich habe Übung darin.»

Tim grinst, anscheinend haben wir die Kurve gekriegt. «Ich hörte davon, aber ich denke, das ist keine gute Idee.»

«Dann sitzen wir die Zeit ab, lassen den beiden ihren Spaß und gehen anschließend getrennte Wege?»

«Damit könnte ich leben, und du?»

«Irgendwie schon.»

Pause. Wir beäugen einander, und sein fast anerkennender Blick zeigt mir, dass er mit dieser vernünftigen Reaktion nicht gerechnet hat. Es ist, als würden wir eine Art Waffenstillstand schließen. Sitzt er hier womöglich aus demselben Grund wie ich? Weil er Angst vor etwas Größerem hat? Befürchtet auch er, Miriam könnte ihre Bedürfnisse sonst anderweitig ausleben?

Tim räuspert sich. «Also, was sagen wir den beiden?»

«Lass deiner Phantasie freien Lauf. Ich zumindest habe nicht vor, Steffen zu beichten, dass wir nicht ...»

«... gevögelt haben?»

Ich nicke. «Und du?»

«Nicht wirklich. Zu viele Fragen hinterher.»

«Schön, dann sind wir uns einig. Sollen wir also ein paar ... körperliche Eckdaten zusammentragen?»

Hat eigentlich schon mal jemand so ein Gespräch geführt? Körperliche Eckdaten? Bizarr! Ich kann mir das Grinsen nicht verkneifen.

Tim auch nicht, obwohl er es versucht. «Ich glaube nicht, dass wir ... äh ... körperliche Eckdaten brauchen.»

«Gut, dann pochen wir eben auf unsere Privatsphäre, und gut ist's.»

«Sehe ich auch so. Haben wir jetzt alles geklärt?

«Haben wir.»

Wir besinnen uns auf unsere Sexersatzbeschäftigungen. Ich lese, er surft. Die Zeit vergeht mühsam. Nicht zuletzt, weil Tim es nicht wirklich schafft, seine Füße still zu halten. Außerdem frage ich mich in Dauerschleife, warum der Abend so aus dem Ruder gelaufen ist und ob ich es schaffen werde,

Steffen gehabten Sex vorzugaukeln, damit er kein schlechtes Gewissen haben muss. Das hat er einfach nicht verdient, so offen, wie er mit dem Thema umgeht.

Zwischendurch werfen wir uns verstohlene Blicke zu. Wenn ich ihn mustere, versuche ich, den Tim von heute mit dem von der Party in Einklang zu bringen. Warum er mich zwischendurch immer wieder mustert, darauf kann ich mir keinen Reim machen.

Irgendwann ist die Zeit rum, und wir packen einvernehmlich und ohne große Worte unsere Habseligkeiten zusammen. Und verlassen das Hotel, wie wir es betreten haben, ohne sinnliche oder gar erotische Erfahrung im Gepäck, dafür mit einer Handvoll Ratlosigkeit. Zumindest ich.

Die Nacht empfängt uns mit einer milden Schwüle und dem Zirpen der Grillen im Gras am Rande des Parkplatzes. Es sind die letzten Zuckungen des Sommers; ab nächster Woche soll es herbstlich kühl werden. Ich empfinde Erleichterung, als ich Miriam und Steffen sehe. Steffen sitzt bereits im Auto und tippt auf seinem Smartphone, während Miriam danebensteht und an einer Zigarette zieht. Die Zigarette danach, das muss sie wohl sein, denn schon von weitem glühen uns ihre erhitzten Wangen förmlich entgegen und zeugen von einem Abend, der anders verlaufen ist als der unsrige. Nicht darüber nachdenken, beruhige ich mich mantraartig, denn das würde automatisch in mein wenig geliebtes Kopfkino führen.

Tim wird freudestrahlend und ohne den Anschein eines schlechten Gewissens begrüßt. Unbefangen nimmt Miriam ihren Ehemann in Empfang, drückt ihn, küsst ihn kurz und fest auf den Mund und wendet sich mit einem Strahlen im Gesicht, das seinesgleichen sucht, mir zu.

«Hi, Nina. Ich hoffe, ihr hattet Spaß?»

«Oh ja», antwortet Tim an meiner Stelle, und wahrscheinlich fällt nur mir der sarkastische Unterton auf.

«Das freut mich. Dann los, lasst uns nach Hause fahren, aber ohne Nachbereitung kommst du mir nicht davon.»

Sie zwinkert mir zu und droht mir für die nächsten Tage ein Telefonat an, auf das ich mich schon jetzt freue wie auf eine lang angekündigte Wurzelbehandlung. Ich setze ein hoffentlich überzeugendes Grinsen auf und verabschiede mich mit einer kurzen Umarmung bei beiden. Miriam erwidert sie herzlich, Tim zögerlich.

Mit einem Seufzen lasse ich mich auf den Fahrersitz plumpsen und schenke Steffen ein schnelles Lächeln. «Ich bin müde», sage ich, «bitte fahr mich nach Hause. Und lass mich kurz in Ruhe, danach können wir reden.»

Er akzeptiert meine Bitte und stellt keine Fragen. Ich muss mich einen Augenblick sortieren, die Lügen zurechtlegen und einen dazu passenden Gesichtsausdruck. Wir winken Miriam und Tim zu, und dann sehe ich sie nur noch im Rückspiegel, ehe die Dunkelheit der Landstraße es mir erlaubt, meine Gesichtszüge endlich fallen zu lassen. Uff.

Nach einigen Minuten bin ich bereit, mich Steffens Neugierde – und auch meiner eigenen – zu stellen.

«Sprechen wir darüber?»

Er wirft mir einen kurzen Seitenblick zu. «Ich weiß nicht, willst du denn?»

«Vielleicht. Ein bisschen. Aber bitte keine Einzelheiten.»

«Kann ich verstehen.» Pause. «Also, was willst du wissen?»

«Willst du denn etwas wissen?»

«Ich weiß nicht. Steht es jetzt zwischen uns?»

«Ich glaube nicht. Wir wollten es, oder?»

«Das stimmt.»

Ich finde dieses Herumlavieren anstrengend. Es macht die Sache so groß. Also reiße ich mich zusammen. «Es ist okay für mich, das alles, wirklich. Hat es denn Spaß gemacht?»

Steffen antwortet nicht, dann biegt er spontan in einen kleinen Waldweg, hält, stellt den Wagen aus und mustert mich. Unsicher, denn jetzt muss er vorlegen. Das ist gemein von mir, zumal nur ich weiß, dass er der Einzige ist, der gesündigt hat, sozusagen.

«Ja, hat es», sagt er schließlich.

«Das freut mich für dich.»

«Und dir?»

«Mir auch.»

«Schön.»

Meine Güte, unbeholfener geht es kaum. «Komm, Steffen, lass dir nicht alle Würmer aus der Nase ziehen. Ich will keine komische Stimmung. Wir müssen doch vernünftig darüber reden können.»

«Ich habe Schiss», gibt er unumwunden zu.

«Hab ich auch, aber keiner kann dem anderen was vorwerfen, wir wollten es beide, und nun haben wir es getan. War es denn schön mit ihr? Schöner?»

«Nein, schöner nicht. Anders. Und ich habe an dich gedacht. Daran, dass ich es toll finde, dass wir eine Ehe führen, in der wir über so was reden können. Und so was machen.»

«Danke.» Ich beuge mich zu Steffen und drücke ihm einen Kuss auf die Wange. Gleichzeitig wundere ich mich, wie leicht es mir fällt, dass er gerade eben mit einer anderen Frau geschlafen hat. Müsste mein Gefühl nicht komischer sein angesichts der Tatsache, dass es eine einseitige Sache war? Ich beschließe, es als das zu nehmen, was es ist, nicht wichtig, und versuche daher, die Stimmung in andere Bahnen zu lenken. «Ehrlich, lass es uns mit Humor nehmen. Viele Paare tun es, wir leben in einer modernen Zeit. Es ist wie die Erweiterung von Sexspielzeug. Nur in lebendig.»

«Wenn du es so siehst. *Sexspielzeug*. Ja, irgendwie passt das.»

«Und ich habe dir ein feines Spielzeug ausgesucht.»

Er grinst, ich grinse zurück, und ein wenig Leichtigkeit dringt in die Schwere.

«War *dein* Spielzeug denn in Ordnung?», fragt er, und ich lache. Leider fängt jetzt die Lügerei an. Ich wähle die nächsten Worte mit Bedacht, versuche, jedes einzelne zu speichern, damit die Lüge auch in Zukunft Bestand hat.

«Ja, es war in Ordnung, aber mein Ehespielzeug ist besser.»

«Das freut mich. Wirklich. Du gefällst mir auch immer noch am besten.» Er langt mit der Hand rüber und streicht kurz und fest über meinen Oberschenkel. Dabei schenkt er mir einen liebevollen Blick. Es tut gut.

«Obwohl ich kleinere Brüste habe?» Warum stelle ich diese Frage denn jetzt? Ach ja, ich bin eine Frau, und ich muss mich quälen.

«Na ja, große Brüste müssen auch mehr Schwerkraft ertragen.»

Ich lache schallend, und dieses Lachen fegt die Schwere endgültig weg. Wir werden diese Geschichte überstehen, ohne dass unsere Ehe leidet. Ich glaube in diesem Augenblick fest daran. Denn insgeheim schwang diese Angst mit, egal, was ich mir vorher eingeredet habe.

Ich bin verkatert, als ich am nächsten Morgen erwache, und das, obwohl ich nichts getrunken habe. Vielleicht hätte ich das tun sollen, dann wäre das dumpfe Gefühl in meinem Schädel wenigstens gerechtfertigt.

Was war das gestern? Warum hatten wir keinen Sex? Fast zwangsläufig frage ich mich, ob ich einen Fehler gemacht habe. Hätte ich forscher sein sollen? Aber wie? Ohne Vorgeschichte, ohne Funken, ohne alles. Heißt es nicht, wenn eine Frau einen Mann will und die entsprechenden Knöpfe drückt, bekommt sie, was sie will? Bei Michael war das nicht nötig, der war offensiv genug. Bis heute kriege ich kaum das Bild seines baumelnden Gemächts aus dem Kopf. Ich habe also entweder alles falsch gemacht, oder Tim findet mich schlicht ... unattraktiv. Hm, ich könnte mit beidem leben, auch wenn Letzteres für mein Ego nicht sonderlich förderlich wäre.

Wie mag es bei Steffen und Miriam gelaufen sein? Wie haben sie angefangen? Es wäre interessant, das zu wissen, ohne Details, versteht sich. Diese Neugier muss ich tunlichst unterdrücken, sonst verfolgen mich die Bilder bis in alle Ewigkeit. Aber nach dem Anfang, nach dem könnte ich Miriam fragen.

Ich starre einige Sekunden bewegungslos auf den Wecker. Es ist acht Uhr, und wir haben noch zwei Stunden, ehe wir die Kinder bei ihren Freundinnen abholen müssen. Steffen schläft weiterhin tief und fest. Das kommt mir gelegen. Möglichst leise krieche ich aus dem Bett, schnappe mir ein T-Shirt, frische Unterwäsche und eine meiner besseren Jogginghosen und schleiche leise in Bad. Ich dusche lange und ausgiebig, lasse heißes Wasser über meinen Körper rauschen und versuche, an nichts zu denken. Ich ziehe mich an und radle zum Bäcker. Mit frischen Brötchen im Gepäck kehre ich zurück und stelle erleichtert fest, dass Steffen immer noch schläft.

Er kommt erst, nachdem ich bereits zwei Tassen Tee getrunken habe. Ich sitze am Tisch, mein Buch liegt vor mir. Nicht dass ich auch nur eine Zeile gelesen hätte.

«Na du», sagt er verunsichert.

«Selber na.»

«Alles klar?»

Ich schenke ihm ein kurzes Lächeln. «Klar. Ich habe Hunger, lass uns frühstücken.»

Inbrünstig widmen wir uns den Brötchen, kauen, trinken Tee und umschiffen schweigend das, was gestern war.

«Holst du Milla ab und ich Carlotta?», fragt Steffen schließlich. Ihre Freundinnen wohnen in genau entgegengesetzter Richtung.

«Hm.» Ich nicke. «Und was machen wir heute?»

«Schwimmbad?»

«Hört sich gut an.»

«Bist du wegen gestern so kurz angebunden?»

«Hab nur Kopfweh, aber die Tablette wirkt sicher bald.»

«Okay.»

Unbeschwert ist anders, aber das war zu erwarten. Bei Tageslicht gesehen, fühlt sich eben alles anders an.

Erst als ich neben Milla nach Hause radle, froh, Steffens Blicken für eine Weile zu entkommen, und sie mir von ihrem Abend berichtet, entspanne ich mich. Sie ist so erfrischend normal, kindlich und unschuldig. Genau das, was ich dringender brauche als der Nomade das Wasser in der Wüste.

Zu Hause angekommen, drücke ich meine Carlotta gleich mehrfach, wir packen das Schwimmzeug und fahren ins Freibad. Es ist das letzte Mal, denn ab morgen schließen die Freibäder. Der Herbst darf also kommen. Wir treffen Bekannte, teilen uns einen Schattenplatz unter einem ausladenden

Ahorn und geben uns träge plaudernd dem Ende des Sommers hin.

Stunden später suchen wir einvernehmlich unsere Sachen zusammen, verlassen das Bad und schlendern zur Eisdiele. Traditionell frönt jeder seinem Lieblingseis. Spaghettieis für Milla und Carlotta, Tartufo für Steffen und ein Frühlingsteller mit viel Obst für mich. Die Beschwerde der Kinder, mein Eis sei immer das größte, ist obligatorisch.

«Das ist doch fast nur Obst», verteidige ich stoisch meine Wahl.

«Du hast trotzdem eine Kugel mehr als wir», ätzt Milla.

«Die brauche ich, um mein Gewicht zu halten.»

«Klar, du willst ja nur den Tatsachen nicht ins Auge sehen», erwidert sie altklug.

«Die da wären?»

«Dass du total verfressen bist.»

Ich verpasse ihr einen spielerischen Klaps auf den Hinterkopf. «Freches pubertäres Ding, du.»

Ihr Grinsen verkündet Stolz. Als freche Göre betitelt zu werden, gefällt ihr.

«Was habt ihr eigentlich gestern gemacht?», fragt Carlotta, die bisher schweigend und selig ihr Eis gemümmelt hat. Steffen und ich schauen uns an. Was haben wir ihnen vorher erzählt? Lügen ist wirklich furchtbar anstrengend, und die Mädchen haben ein Gedächtnis wie Elefanten.

«Wir waren mit zwei Studienkollegen von Papa aus, das haben wir euch doch erzählt.» Ich zähle die Sekunden, ehe Carlotta mir ein erleichtertes Nicken schenkt. Test bestanden. Glücklicherweise kommt in diesem Augenblick ein Mann mit einem Rasenmäher um die Ecke und schiebt ihn in aller Seelenruhe an unseren Sitzplätzen vorbei.

«Warum schiebt der einen Rasenmäher durch die Gegend», fragt Carlotta ungläubig.

«Tja», sagt Steffen kreuzernst, «manche Leute machen ihren Sonntagsspaziergang mit dem Kinderwagen, andere mit ihrem Rasenmäher.»

Es ist das erste Mal, dass ich an diesem Tag herzhaft lache, und es ist der Auftakt zu einer unserer beliebten Familienkalauerrunden. Zudem ist es der Augenblick, in dem ich weiß, dass der gestrige Abend verdaut ist. Jetzt muss ich nur noch den richtigen Zeitpunkt erwischen, um Steffen mitzuteilen, dass er eine einmalige Angelegenheit war.

Leider finde ich den richtigen Zeitpunkt nicht. Nicht an diesem Tag, nicht am nächsten, nicht am übernächsten und auch nicht an dem danach. Immer ist irgendwas, die Kinder wuseln ständig um uns herum, und wenn sie abends schlafen, bin ich so müde, dass ich mit ihnen ins Bett falle. Natürlich sind das fadenscheinige Ausreden. Ich bin einfach feige, weiß nicht, wie ich es begründen soll. Und je mehr Zeit vergeht, umso unmöglicher erscheint es mir. Warum sollte mir plötzlich einfallen, dass ich kein weiteres Treffen will? Andererseits war nie die Rede davon, DASS es weitergeht. Aber auch dieses Gespräch will ich nicht führen. An Tag fünf sitzen wir beim Abendessen und streiten. Milla hat ihre Lateinhausaufgaben noch nicht gemacht, und Steffen hält ihr einen Vortrag über die Notwendigkeit regelmäßigen Lernens. Er hält diese Ansprache turnusmäßig und wundert sich jedes Mal wieder, dass Milla seine Ratschläge nicht annimmt. Würde ich auch nicht, sie hatte im letzten Zeugnis eine glatte Eins. Fasziniert folge ich diesem immerwährenden Schlagabtausch und überlege, ob Milla meine Hilfe benötigt. Eher nicht, stelle ich fest, ihre Antworten sind durchaus schlagfertig. In diesem Augenblick klingelt das Telefon. Ich tapere durchs Wohnzimmer und nehme ab.

«Hey, Nina», tönt Miriam in fast ohrenbetäubender Lautstärke aus dem Telefon. «Immer muss ich mich melden. Ich bin fast geneigt, es persönlich zu nehmen.» Sie klingt mehr als fröhlich, meine Hoffnungen, die Dinge könnten sich von selbst erledigen, schrumpfen zusammen auf die Größe eines Sandkorns. Ein Fitzelchen Zuversicht bleibt. Ich will einfach nicht diejenige sein, die es beendet.

«Warte, ich gehe kurz nach oben.»

«Miriam», rufe ich Steffen zu. Er nickt, und ich verziehe mich ins Schlafzimmer.

«Okay, ich bin bereit», sage ich mit klopfendem Herzen und der inständigen Bitte, es möge sich alles ohne mein Zutun fügen.

«Gut, gut.» Miriam macht eine Pause. Erwartet sie, dass ich etwas sage? Nein, sie redet glücklicherweise weiter. «Nina», quiekt sie mir ins Ohr, «ich fand es großartig, toll, einmalig. Echt, endlich mal was anderes als dieses eheliche Einerlei. Und Steffen, meine Güte, also der war echt motiviert ... und ...»

Ich schalte ab, singe in Gedanken laut und schrill «Häschen in der Grube» und versuche auszublenden, was sie mir in ihrem Überschwang mitteilt. Nichts davon will ich hören, und doch sickert es in mein Bewusstsein, eine zähe Soße aus sexuellen Eindeutigkeiten. Mein Lied endet abrupt, als sie von zukünftigen Treffen redet. Oder phantasiert?

«Auf jeden Fall können wir uns das total gut vorstellen. So und jetzt du. Wie war es für dich? Erzähl, ich platze vor Neugier.»

«Ähm … genauso?»

«Wie, mehr gibst du mir nicht? Ach komm, Nina, wir sind doch unter uns. Frauen reden über solche Dinge.»

Ich suche in meinem Schädel nach Fakten. Fakten, die es nicht gibt. Gleichzeitig versuche ich verzweifelt, mir einen Reim darauf zu machen. Was, um Himmels willen, ist in Tim gefahren? Wieso redet er mit Miriam über zukünftige Treffen? Ich kenne die Antwort, wenn ich mir meine eigene Feigheit ins Gedächtnis rufe. Und dann mache ich das, was ich ohnehin die ganze Zeit tue: einen Schritt nach vorne. Es ist so viel einfacher als alles andere.

«Dein Mann ist wirklich ein Überraschungspaket. Du hast nicht zu viel versprochen, damals im Taxi.» Ist nicht mal gelogen, ich bin stolz auf mich.

«Liebevoll verpackt und verschnürt, extra für dich, Süße. Echt, ich glaube, das Ganze könnte uns allen guttun. Einfach mal die Sau rauslassen, ohne Angst vor Konsequenzen.» Sie kichert. «Ich könnte mich wirklich daran gewöhnen. Habt ihr schon darüber geredet?»

«Ne, irgendwie ergab sich die Gelegenheit noch nicht.»

«Das solltet ihr aber dringend tun, Schätzchen! Und dann sagst du mir einfach, wie ihr dazu steht.»

«Werden wir, werden wir. Ich melde mich, ja?» Hoffentlich schluckt sie die Kröte.

«Ich erwarte sehnsüchtig deinen Anruf», flötet sie, und ich kann ihr fettes Grinsen geradezu durch die Leitung hören. Wir plaudern noch ein wenig und legen auf. Ich habe das Gefühl, wie Sisyphus wieder am Fuße des Berges zu stehen, mit einem riesigen Stein, der auf rätselhafte Weise einer Brust ähnelt.

Als ich mit dem Telefon in der Hand wieder nach unten komme, haben die Kinder das Abendessen beendet und spielen im Kinderzimmer, Steffen sitzt am Tisch und mümmelt den Rest seines Käsebrötchens.

«Was hat sie gesagt?»

«Sie fanden es toll und würden sich gerne regelmäßig mit uns treffen.» So, jetzt sieh, was du damit anfängst. Seine Reaktion überrascht mich.

«Gut. Miriam und ich hatten das schon abgemacht. Schön, dass Tim auch dabei ist.»

Mein Mund steht offen. «Wie bitte? Ihr habt das schon *abgemacht*? Und wann, bitte schön, wolltest du mir das erzählen?»

«Das hat Miriam ja jetzt», antwortet er lapidar, so als würden wir das Abendessen abklären und nicht ein festes Arrangement mit einem anderen Ehepaar.

Völlig verdattert lasse ich mich auf den Stuhl plumpsen und schnappe mir ein Brötchen. Dann stehe ich wieder auf und hole das Wochenendnutella aus dem Schrank. Für meine Nerven. Ich fühle mich verarscht. Und das sage ich ihm auch.

Er startet einen mageren Verteidigungsversuch. «Ich dachte, es ist in Ordnung für dich. Nachdem du mir gesagt hast, du hättest Spaß daran gehabt, dachte ich irgendwie, es wäre klar, dass wir das nun öfter machen.»

«Aber wir müssen doch über so was sprechen! Du kannst doch nicht einfach mit Miriam Dinge abmachen, ohne mich vorher zu fragen. Und wann habt ihr das überhaupt besprochen?»

«Am Abend selbst, und hinterher haben wir noch ein paar Nachrichten ausgetauscht.» Er gibt sich zerknirscht. «Es tut mir leid, Nina, ich hab irgendwie den richtigen Zeitpunkt nicht gefunden.»

Ich bin geneigt, es so stehenzulassen, seine Feigheit zu ignorieren, aber ich kann die Wut nicht runterschlucken. «Ich finde es echt mies von dir. Alles geht von mir aus. Du schreibst einmal ein Wort auf einen Zettel, und dann siehst du dabei zu, wie dir die gebratenen Täubchen in den Mund fliegen. Und jetzt hast du sogar noch eine Zweitfrau, der du die unangenehmen Dinge überlassen kannst. Ich finde das echt armselig.»

Steffen starrt mich an und windet sich. «Tut mir leid», sagt er noch mal. «Ja. Ich hätte mit dir darüber sprechen sollen, aber irgendwie ... ich weiß auch nicht. Das ist nicht leicht.»

«Aber mit einer anderen Frau ins Bett steigen schon? Weil ich es für dich arrangiert habe? Das kriegst du hin?»

Ich merke, wie ich mich immer mehr in Rage rede. Ich bin gerade so sauer. In diesem Augenblick kommt Carlotta entrüstet die Treppe runtergestapft. «Warum streitet ihr? Wir können gar nicht in Ruhe spielen.»

Ich fühle mich ertappt. Haben sie etwas gehört? Ich nutze Carlottas Frage als Chance, mich kurz zu sammeln. «Es tut mir leid, Schatz. Es war nichts Schlimmes. Du weißt doch, manchmal sind wir Erwachsenen auch nicht besser als zwei Mädchen, die sich um eine Playmobilfigur streiten.»

«Dann könnt ihr ja wieder damit aufhören», sagt sie brummelig, lässt es über sich ergehen, dass ich sie kurz drücke, und stapft wieder nach oben.

«Mann. Es tut mir wirklich leid», sagt Steffen zerknirscht, als die Kinderzimmertür zu ist. «Ich hatte halt Schiss vor deiner Reaktion.»

«Lass gut sein», seufze ich und versuche gleichzeitig zu ergründen, wie es denn nun weitergehen soll. Wenn ich jetzt nein sage, geht dann nicht alles wieder von vorne los? Es ist, als steckte ich in einer gottverdammten Zeitschleife. So habe ich es unter Kontrolle. Und wer weiß, vielleicht kriegen Tim und ich es ja doch noch irgendwie auf die Reihe? Ich könnte mir ja zumindest mal anhören, *warum* er Miriam weitermachen lassen will. Und wenn nicht? Und was würde Steffen tun, wenn ich ihm dieses Abenteuer wieder wegnehme? So viele Fragen und so wenige Antworten. Ich sehe gerade einfach keine andere Lösung als die des geringsten Widerstandes.

«Gut», sage ich nach meiner Kurzgrübelei langgedehnt, «dann treffen wir uns eben regelmäßig.»

«Wir müssen nicht», setzt er ein weiteres Mal an, aber ich winke ab. «Lass gut sein.»

«Okay», sagt Steffen und versucht ziemlich offensichtlich, nicht allzu zufrieden zu wirken.

Es bleibt also dabei.

Weil ich nicht genügend Chuzpe habe, diese absurde Sache zu beenden.

Und Tim anscheinend genauso wenig.

Ich habe keinen Schimmer, was ich in der Zeit, wenn Steffen an Miriam rumschraubt, mit ihrem Ehemann tun soll, trotzdem scheint es einfach unmöglich, aus dieser Nummer auszusteigen. Es sieht so aus, als wären wir an zig Ausfahrten in Höchstgeschwindigkeit vorbeigerast und nun gäbe es keine mehr.

12

Dilemma

Treffen Nummer zwei findet am Samstag vor den Herbstferien statt.

Die Kinder haben wir heute Vormittag wie jedes Jahr für eine Woche bei Steffens Eltern abgeliefert. Steffen wird arbeiten gehen, und ich habe ein paar geruhsame Nachmittage vor mir.

Verdrängen und schönreden. Das sind die Disziplinen, die ich in den letzten vier Wochen perfektioniert habe. Schon fast routiniert habe ich mit Miriam das nächste Treffen vereinbart, und nun stehe ich erneut in einem Hotelzimmer. Läuft heute wieder *Kein-Sex* im Programm? Ich trage zumindest keine Unterwäsche, die für Sex geeignet wäre. Proaktive Selbsterziehung.

Tim und ich haben uns unter den Augen von Miriam und Steffen überschwänglich begrüßt und seitdem kein Wort mehr gewechselt. Blicke tauschen wir sehr wohl, deuten kann ich seine nicht.

Wieder steht er vor dem Fenster, diesmal mir zugewandt mit unstetem Blick, die Hände lässig in den Hosentaschen. Ich stelle übertrieben sorgfältig meine kleine Tasche neben das Bett, richte mich auf und starre zurück.

«WARUM sind wir hier? Wir haben doch anderes besprochen.»

«Sag du es mir. Du wirst einen Grund haben, hier wieder aufzukreuzen, obwohl wir etwas anderes ausgemacht haben.»

«Ich habe zuerst gefragt.»

«Nun, es hat sich nicht ergeben.»

Ich schnappe nach Luft und habe eine angriffslustige Bemerkung auf den Lippen. Doch ich bremse mich im letzten Augenblick, es hätte schließlich meine Antwort sein können. Stattdessen sage ich deutlich ruhiger, als mir zumute ist: «Es macht dir also nichts aus, wenn die beiden wieder aneinander rumschrauben, während wir uns angiften?»

«Giften wir uns an? Ist mir noch gar nicht aufgefallen.» Er schmunzelt, wenn auch widerwillig, und fährt fort: «Anscheinend macht es mir genauso wenig aus wie dir.»

Dann lässt er sich aufs Bett fallen und zückt sein Smartphone. Das Déjà-vu ist so eindringlich, fast könnte man darüber lachen. Stattdessen haben wir schlechte Laune. Wir sind selbst schuld an der Misere und geben die Schuld dem jeweils anderen. Es ist auf eine seltsame Art und Weise total skurril. Ich spare mir eine Erwiderung, nehme ebenfalls meinen Platz vom letzten Mal ein, zücke mein Buch und fange an zu lesen.

Die nächste halbe Stunde ignorieren wir einander.

Meine Gedanken allerdings brodeln, das Buch ist nicht mehr als ein Feigenblatt. Sie wandern zu Steffen und Miriam, dabei will ich genau das nicht. Mir vorstellen, dass ein paar Zimmer weiter die Post abgeht (schon wieder), während ich keusch mit einem fremden Mann das Bett teile (schon wieder). Das ist so krank, so geht das nicht. Es muss eine Lösung geben, und Tim sollte ein genauso großes Interesse daran haben, sie zu finden, wie ich. Es ärgert mich maßlos, erneut diejenige zu sein, die auf eine Unterhaltung drängt, aber wenn er es nicht für nötig hält ... Es wundert mich nicht, dass Provokation mein Mittel der Wahl ist.

«Sag mal, arbeitest du etwa?»

Tim blickt von seinem Smartphone auf. «Und wenn, was ginge es dich an?»

«Ich kann doch mal fragen.»

«Ich kann doch mal fragen», äfft er mich im quiekenden Ton nach. «Schieß los, Nina, was willst du wirklich? Und solltest du vorhaben, dich mit mir zu unterhalten, dann gehe es geschickter an.»

«Wieso? Zwei Menschen sind eingesperrt auf engem Raum, da wird man ja wohl eine Frage stellen dürfen. Tut mir leid, dass es nicht die richtige für den werten Herrn war.»

«Das war keine Frage, sondern ein Vorwurf.»

«Dann ignoriere mich eben.»

«Das gestaltet sich im Moment schwierig. Du quatschst mich schließlich voll.»

Ich verziehe den Mund und verkneife es mir gerade noch, ihm die Zunge rauszustrecken. Undeutlich grummle ich vor mich hin und halte mir demonstrativ das Buch vor die Nase. Wenn ich ihn nicht sehe, kann ich mich nicht über ihn ärgern. Obwohl ich mich eigentlich nicht über ihn ärgere, sondern über mich, weil ich mich schon wieder in etwas Merkwürdiges manövriert habe und keine Ahnung habe, wie ich da je wieder rauskommen soll.

Plötzlich greift Tim zu mir rüber, nimmt mir mein Buch weg und wirft es lieblos auf den Boden.

Entrüstet schnappe ich nach Luft. «He, was soll das? So geht man nicht mit Büchern um.»

«Ohhh», sagt er mitleidig, «hol es dir doch wieder, aber

ich dachte, dein komischer Ausbruch könnte eine Aufforderung zum Reden sein. Also, ich habe nichts dagegen, reden wir.»

Täusche ich mich, oder klingt er amüsiert? Ich setze mich aufrecht gegen die Kopflehne und schaue ihn so böse an, wie ich kann.

Er legt sein Smartphone weg und beäugt mich misstrauisch. «Weißt du, wir müssen das hier nicht tun. Wir haben uns beide freiwillig dazu entschieden. Warum auch immer du wieder hier bist, ich habe meine Gründe. Ein Wort von dir, und wir blasen dieses hirnrissige Arrangement ein für alle Mal ab.»

Lautet sein Angebot gerade Waffenstillstand oder gar Frieden? Was es auch ist, ich beschließe, es anzunehmen. Alles ist besser, als sich anzugiften oder anzuschweigen. Tim steckt schließlich im gleichen Dilemma. Wir könnten beide davon profitieren.

«Du hast recht, niemand zwingt uns. Und dass wir uns immer nur ankeifen, finde ich schrecklich. So schlimm bin ich jetzt auch nicht. Du hast keinen Grund, mich zu verachten.»

Erstaunt sieht er mich an. «Ich verachte nicht dich, ich verachte die Situation.»

«Okay. Wir schließen also Frieden und benehmen uns wie Erwachsene?»

«Könnten wir, wäre aber nur halb so lustig», erwidert er schmunzelnd, und zum ersten Mal passt das Bild vom Tim hinter der Theke mit dem Tim hier im Zimmer zusammen.

«Du findest unsere Streitereien ... lustig?»

«Irgendwie schon.»

Binnen dreier Sätze hat sich die Stimmung komplett gewandelt. Humor statt Aggressivität. Wir grinsen uns an, vorsichtig. Es scheint, als hätten wir die schlimmste Hürde genommen. Und dann schweigen wir. Schauen uns gefühlte Stunden lang an und schweigen.

«Sollen wir einfach von vorne anfangen? Ich habe nämlich keine Lust, unser seltsames Arrangement zu thematisieren», unterbricht Tim die Stille.

Die Idee ist nicht schlecht. Ich gehe auf das Spiel ein und reiche ihm die Hand. «Schön, dich kennenzulernen. Ich bin Nina.»

Er grinst lausbübisch, nimmt meine Hand, schüttelt sie angenehm fest. «Das freut mich, ich bin Tim.»

«Und was verschlägt dich hierhin, wenn ich fragen darf?»

«Die Langeweile. Meine Frau ist leider aushäusig beschäftigt, und ich habe keine Hobbys, deshalb verbringe ich die Zeit lieber hier, in diesem wunderschönen Biergarten.» Er wedelt mit der Hand einmal quer durchs Zimmer.

Ich fange an zu kichern, geht nicht anders. «Ja, der Biergarten ist wirklich lauschig. Ich komme gerne hierher, und wie es der Zufall will, ist mein Mann auch auf ... ähm ... Geschäftsreise.»

«Soso, Geschäftsreise, was macht dein Mann denn beruflich?»

«Oh, er ist im Dienstleistungsgeschäft tätig.»

«Dienstleistungsgeschäft? Was für ein Zufall, meine Frau auch. Vielleicht sind sie ja Kollegen.»

«Womöglich hatten sie sogar schon miteinander zu tun.»

Ich kann nicht anders, ich pruste los, wenige Augenblicke später ist es auch um Tim geschehen. Unser blöder Start ist wie weggewischt, von jetzt auf gleich fühle ich mich in seiner Gesellschaft pudelwohl. Warum nur waren wir so unfreundlich zueinander? Auf der Party haben wir uns schließlich gut verstanden. Nachdem wir uns einigermaßen beruhigt haben, stelle ich ihm eine naheliegende Frage.

«Was meinst du, wie lange wir dieses Spiel mitspielen müssen? Ich habe nämlich keine Ahnung, wo das hinführen soll.»

Tim zuckt mit den Achseln. «Ich habe keinen blassen Schimmer. Vielleicht sollten wir dazu erst mal klären, warum WIR beide hier sind, obwohl wir uns anscheinend ziemlich ätzend fanden.»

Er benutzt das Imperfekt, ein gutes Zeichen?

«Warum fandest du mich eigentlich ätzend? Unsere erste Begegnung war doch okay.»

«Liegt das nicht auf der Hand?»

Ich schüttle den Kopf. «Keine Ahnung.»

«Weil ich dir die Schuld an allem gegeben habe.»

«Mir? Warum denn das?»

Tim runzelt die Stirn. Meine Antwort scheint ihn zu irritieren. «Weil Miriam nicht auf diese absurde Idee mit dem Partnertausch gekommen wäre, wenn du sie nicht überredet hättest.»

Nun bin ich diejenige mit dem Stirnrunzeln, und mich beschleicht ein ungeheurer Verdacht. «Sag mal, was hat Miriam dir genau erzählt?», frage ich vorsichtig.

«Na, du hast ihr doch in höchsten Tönen davon vorgeschwärmt.»

«DAS hat sie dir gesagt?»

Er nickt, und ich habe plötzlich ein sehr komisches Gefühl im Bauch. Ein Wutknubbel will sich den Weg nach oben bahnen, aber ich schicke ihn umgehend wieder weg. Ich will Miriam nicht vor ihrem Mann denunzieren. «Gut», sage ich stattdessen. «Lassen wir das so stehen. Aber wenn es dir so zuwider ist – ob es jetzt an mir liegt oder an der Situation an sich, sei dahingestellt –, warum hast du dann zugestimmt, und das zweimal hintereinander?»

Ein schiefes Grinsen ziert sein Gesicht. «Es liegt nicht an dir, ehrlich. Ich ... weiß nicht, aber der Vorschlag hat mich ziemlich umgehauen. Ich wusste nicht, dass Miriam ... sich Sex mit einem anderen Mann wünscht. Aber der Wunsch war plötzlich da, und er stand zwischen uns. Ich konnte nicht einfach nein sagen und zum Alltag übergehen. Na ja, ich hab's mir dann schöngeredet. Ich bin schließlich ein Mann.»

Ich kann mir ein belustigtes Schnaufen nicht verkneifen. «Der dann Muffensausen gekriegt hat, als er mit der fremden Frau im Hotelzimmer stand?»

«Eigentlich schon vorher, aber da war ich dann richtig angenervt. – Sorry, war nichts Persönliches. Und du? Warum bist du hier?»

«Outsourcing? Nein, im Ernst, das hätten meine Sätze sein können. Es war ursprünglich Steffens Wunsch.»

«Dann hat Miriam dich falsch verstanden?»

«Wir waren nicht gerade nüchtern», flapse ich und bin erleichtert, alles auf den Alkohol schieben zu können.

«Aber du hast es trotzdem in Erwägung gezogen. Warum?»

«Ich hab's mir auch schöngeredet. Wie du. Aber das eine ist die Theorie, das andere die Praxis.»

«Was ist der Unterschied?»

«Die Phantasie hält der Realität nicht stand. Alles wirkt irgendwie mechanisch. Keine Gefühle, nichts. Ich mag Geschichten, und auch zum Sex gehört eine Geschichte. Eine romantische Geschichte, in der eben auch Sex vorkommt. Und so ein Partnertausch ist das alles *ohne* Geschichte. Wie ein Porno. Ohne Schmetterlinge.»

«Sollte ich mich dann fragen, warum Miriam *ohne* Geschichte klarkommt?»

«Na ja, vielleicht ist sie anders. Kann das trennen. Nur du kannst wissen, ob du das hinterfragen solltest. Jedenfalls tickt deine Frau anders als ich. Was ja per se nichts Schlechtes sein muss.»

«Das stimmt allerdings», sagt er und verdreht wissend die Augen, «aber unabhängig davon glaube ich einfach, wenn ich Miriam halten will, muss ich ihr diese Freiheit gönnen.»

«Dann sind wir uns in unserer Entscheidung ähnlicher, als dir lieb ist.»

«Weil du es deinem Mann aus denselben Gründen erlaubst?»

«So habe ich es unter Kontrolle. Zudem habe ich mir anfangs wirklich eingeredet, es könne auch mir Spaß machen. Aber hier zu sitzen und geistreiche Gespräche zu führen, ist natürlich viel schöner.»

«Und das Streiten gibt dem Ganzen diese spezielle Würze.»

Ich tue so, als schlage ich nach ihm. «Immerhin unterhalten wir uns jetzt, ohne uns gegenseitig an die Gurgel zu gehen.»

Tim reibt geziert seinen Oberarm. «Wir werden sicher wieder eine Gelegenheit finden, uns gepflegt anzugiften», unkt er. «Jetzt wissen wir zwar, warum wir hier sitzen, aber immer noch nicht, wie es weitergeht.»

Ich verziehe müde das Gesicht. «Wenn wir das Experiment abbrechen, bleibt die Angst, die beiden suchen sich den Spaß woanders. Stimmt's?»

Tim legt den Kopf schräg und betrachtet mich ein paar Augenblicke lang. «Dann sollten wir dringend darüber nachdenken, wie wir diese Abende zukünftig verbringen.»

Ich überlege, was er mir da vorschlägt. «Wir lassen den beiden ihren Spaß, und wir tun ... was?»

Wir schauen uns an, unschlüssig, bis sich Tims Blick erhellt. «Spielst du Karten?»

«Ja, manchmal schon. Du willst Karten spielen?»

«Wäre doch 'ne gute Idee. Wir haben eine Beschäftigung, müssen nicht darüber nachdenken, was die anderen veranstalten, und ich schaffe es bestimmt, dich das ein oder andere Mal dabei zu ärgern.»

«Sei dir da nicht so sicher», antworte ich grinsend, und wie aus dem Nichts haben wir einen Pakt geschlossen. Einen Karten-statt-Sex-Pakt.

Die Rückfahrt verläuft einsilbig. Worüber soll ich auch mit Steffen sprechen? Dass Tim und ich es geschafft haben, uns diesmal nicht an die Gurgel zu gehen? Sein debiles Grinsen steht vermutlich in direktem Zusammenhang mit den Freuden seines Abends. Natürlich geht er davon aus, dass es mir genauso geht. Also kaue ich nervös auf den Innenseiten meiner Wangen herum und konzentriere mich darauf, nichts zu sagen und ansprechend zu gucken. Er könnte sonst auf die Idee kommen nachzuhaken, und was, außer einem Haufen Lügen, habe ich schon zu bieten?

Reden möchte ich. Aber nicht mit Steffen. Ich schätze, Gudrun bekommt am Dienstag Besuch.

Es ist wie immer. Beschäftigte Gudrun, voller Tisch. Eines der vielen Dinge, die dort liegen, fasziniert mich besonders. Man könnte tatsächlich auf die Idee kommen, es sei ein Schwanztoupet. In Wirklichkeit handelt es sich um einen Vasenüberzieher aus Kaninchenfell. Der letzte Schrei, wie

Gudrun gleich mehrfach betont. Ich nehme das Ding in die Hand und begutachte es kritisch.

«Wo hast du das Fell her?»

«Kleintierzuchtverein Oberkassel-Nord», kommt die prompte Antwort.

Ich schüttle den Kopf. «Und wie kommst du an den Kleintierzuchtverein Oberkassel-Nord?»

«Der Opa von Antons Fußballkollegen ist Mitglied. Ich sag dir eins, ein fußballspielender Junge ist wie eine Eintrittskarte. Du lernst Leute für alles kennen.»

«Dann hätte ich mir den Umweg über das Datingportal sparen können?»

«Es würde mich zumindest nicht wundern.»

Ich betrachte weiter diesen faszinierenden Kreativerguss. «Ich finde, am Schwanz von Kasimir wäre dieses Vasenkondom besser aufgehoben.»

«Musst du wieder auf dem Schwanz rumhacken?» Gudrun blickt von der Socke auf, an der sie gerade strickt, und zieht die Stirn kraus. «Kasimir ist gut, wie er ist. Wenn du ihm allerdings einredest, er sei dick und hässlich, dann glaubt er es irgendwann.»

«Aber sonst hat er dir das Gehirn nicht vernebelt? Ich glaube, DEIN Bild entspricht nicht so ganz MEINEM Bild. Dieser Hund IST dick und hässlich.»

«Schönheit liegt immer noch im Auge des Betrachters», raspelt meine verblendete Freundin, diese sonst so coole Frau, zuckersüß und betrachtet versonnen die Leberwurst, die völlig fertig unter dem Tisch ratzt und dabei fiepsende Geräusche von sich gibt. «Hauptsache, er macht dich glücklich», versuche ich, Gudrun zu besänftigen, bevor sie richtig beleidigt ist. Schließlich brauche ich sie noch.

«Oh ja», sagt Gudrun und grinst. «Ich bin mit meinem Leben rundum zufrieden, was man ja von einer gewissen anderen Person hier im Raum nicht behaupten kann.»

Ich gebe mich geschlagen. «Du hast recht.»

«Wie immer.»

«Deine Selbstwahrnehmung möchte ich haben.»

«Das kommt mit dem Alter.»

Ich bewerfe sie mit herumliegenden Kaninchenfellresten. Sie ist genauso alt wie ich und jetzt schon so gemein. Was wird sie erst mit mir anstellen, wenn ich von den Treffen erzähle? Innerlich wappne ich mich für einen rhetorischen Tiefschlag.

«Also, sparen wir uns endlich das Vorgeplänkel. Ich warte schon viel zu lange auf Schilderungen aus dem Softpornoland. Und wage es ja nicht, mich zu enttäuschen!»

«Also, es lief folgendermaßen ...»

Meine Freundin hält erstaunlich lange ihren Mund. Lediglich ein «was für 'n Arsch» rutscht ihr heraus, als ich schildere, wie unfreundlich Tim zunächst war, und ein zweites, als ich ihr von Steffens Reaktion nach dem Telefonat mit Miriam erzähle. Ansonsten wartet sie ab, bis sie sich ein vollständiges Bild machen kann. Doch dann reicht es ihr offensichtlich, der Ton gewinnt an Schärfe.

«Und das lasst ihr weiterlaufen? Genau so? Steffen bumst, und du führst gute Gespräche?»

«So könnte man es zusammenfassen.»

«Willst du meine Meinung überhaupt hören?»

Ich rolle mit gespielter Ernsthaftigkeit die Augen. «Als wenn dich interessieren würde, ob ich das möchte oder nicht.»

Für ihr fieses breites und hämisches Grinsen liebe ich sie. So herzerfrischend.

«Ich finde es haarsträubend, ganz ehrlich. Du und dieser Tim. Ihr gönnt euren Ehepartnern einen legitimierten Seitensprung, während ihr euch mit banalen Quatschereien ablenkt? Was ist das? Ein Hort für obdachlose Ehepartner, ein neues Ehekonzept, kontrolliertes Nichtfremdgehen?»

«Es mag sich komisch anhören, aber es scheint im Moment für beide Ehen das Beste zu sein.»

«Bullshit. So was braucht KEINE Ehe.»

«Aber Steffen weiß doch gar nicht, dass wir keinen Sex haben. Und Miriam auch nicht», entgegne ich, mittlerweile deutlich kleinlauter.

«Und das ändert etwas an der Situation?»

«Nein, tut es nicht. Aber wir sehen momentan keine andere Lösung. Und vielleicht wird es ja lustig?»

«Lustig? Aha. Ich glaube ja, es wäre viel lustiger, wenn ihr gar nicht erst angefangen hättet, aber das Kind ist wohl in den Brunnen gefallen. Trotzdem finde ich, du solltest es so schnell wie möglich beenden. Das kann einfach nicht gut ausgehen.»

Ihre Bedenken haben sicher ihre Berechtigung, aber ich lasse sie nicht an mich heran. Ich habe schlichtweg die besseren Argumente. Schließlich habe ich viel mehr nachgedacht als Gudrun. «Es mag ein ungewöhnlicher Weg sein, aber im Moment ist es einfach die beste Lösung.»

Gudrun schnaubt verächtlich. «Es ist einfach absurd, Nina. Aber scheinbar rede ich momentan gegen eine Wand. Habt ihr beide denn jetzt wenigstens besseren Sex als vorher?»

Wumm, sie hat den wunden Punkt gefunden. Ich werde rot und kann ihr nicht in die Augen schauen. «Es hat sich seitdem noch nicht ergeben», nuschle ich.

«Dann bezahlst du für deine Kontrolle einen ziemlich hohen Preis.»

«Na ja», verteidige ich mich verunsichert, «ich hab ja auch was davon.»

«Jaja, richtig gute Gespräche. Ich breche zusammen vor Neid», erwidert Gudrun trocken, und ehe ich mich versehe, versinke ich unter Kaninchenfellresten. Ein großes Stück in Schwarz-Weiß ziert mein Haupt.

«Du solltest über deine Haarfarbe nachdenken, weiß mit schwarzen Flecken steht dir sehr gut und spiegelt das Innere deiner Seele hervorragend wieder.»

Ich schaue sie an, ziemlich dümmlich, dann brechen wir beide zusammen vor Lachen. War irgendwie auch viel zu ernst, das Gespräch, aber so sind wir Frauen eben. Holen uns einen Rat bei der besten Freundin und machen dann eh, was wir wollen. Und wenn das Kind in den Brunnen gefallen ist, kommen wir zum Heulen wieder.

«Ich glaube, ich zieh mir 'nen Burger.»

Mit diesen Worten entschwindet Steffen beschwingt in einem der unzähligen coolen Burgerschuppen, mit denen in den letzten Jahren die Städte zugepflastert wurden. Wir waren im Kino. Schließlich sollen die heiteren Bumsabende nicht das Einzige sein, was wir als Paar unternehmen. Es war meine Idee, und doch könnte meine Laune besser sein. Das, was wunderbar funktioniert, wenn wir als Familie oder mit Freunden unterwegs sind, war heute Abend einfach nur seltsam. Mein Mantra kommt wieder zum Einsatz: Wir müssen uns an das alles gewöhnen, es wird sich alles finden, andere tun es auch, es ist nichts dabei ...

Minuten später kehrt er mit seligem Gesichtsausdruck zurück und mampft genüsslich seinen Klops. «Hast du keinen Hunger?», fragt er mich mit vollem Mund.

«Nö.»

Mit einem Wie-du-meinst-Achselzucken setzen wir unseren Weg fort.

Das letzte Treffen ist drei Wochen her, Verdrängung war mein zweiter Vorname, aber je näher das nächste Treffen rückt, umso deutlicher treten höchst widersprüchliche Gefühle in den Vordergrund. Auf der einen Seite bedrückt mich unser nunmehr festes Arrangement, auf der anderen Seite freue ich mich auf den nächsten Abend. Vermutlich deshalb lasse ich meinen Frust an Steffen aus.

«Wegen deines blöden Burgers verpassen wir die Bahn.»

«Jetzt hab dich nicht so, dann nehmen wir eben die nächste.»

«Das dauert noch zwanzig Minuten.»

«Ich muss aber erst meinen Burger essen. Krieg dich ein.»

«Vielleicht will ich mich gar nicht einkriegen.»

Steffen seufzt genervt und nimmt den nächsten Riesenbissen. «Was habe ich dir eigentlich getan? Die ganze Woche nölst du schon rum. Hast du deine Tage oder was?»

«Ist das die einzige Idee, die euch Männern kommt, wenn wir schlechte Laune haben?», gifte ich ihn an.

«Boah, ist ja gut.» Wütend pfeffert Steffen die Serviette in den nächsten Mülleimer.

Damit ich nicht all das sage, was mir wirklich auf der Zunge liegt, angefangen bei seinen Pornospielchen mit Miriam bis hin zu meiner selbst gewählten Enthaltsamkeit und der unbedeutenden Tatsache, dass wir in stiller Übereinkunft seit dem Tag, an dem wir beschlossen, uns regelmäßig mit Tim und Miriam zu treffen, keinen Sex mehr hatten, beiße ich mir fest in die Wangen.

Das selbst gewählte Schicksal ist selten grausam, sagte Oma Käthe immer. Nie habe ich besser verstanden, was sie damit meinte, als in den letzten Tagen. Im Gegensatz zu mir scheint Steffen völlig mit sich im Reinen zu sein. Er tut das, was er will. Und ich? Ich sollte endlich auch dazu stehen. Und, verdammt nochmal, aufhören zu grübeln.

«Ich bin heute einfach nicht gut drauf, es war nicht so gemeint», sage ich schließlich und warte von da an stoisch auf die nächste Straßenbahn.

13

Fake Date

Zwei Tage vor dem nächsten Treffen sitze ich vor dem Fernseher und fröne einer Liebesschmonzette. Steffen hat einen Verhandlungstermin in München und nächtigt aushäusig, ich bin allein, die Mädchen schlafen bereits selig. Ich mag diese Abende, an denen das Wohnzimmer mir gehört. Besonders im Herbst und Winter, wenn es früh dunkel ist, entzünde ich unzählige Kerzen, kuschle mich in meine Wolldecke und zelebriere meine ganz private Gemütlichkeit.

Schon seit längerem spüre ich das wachsende Bedürfnis, allein zu sein. Nicht ein paar Stunden oder einen halben Tag. Ich hätte nichts dagegen, mich ein Wochenende oder länger alldem, was meinen Alltag ausmacht, zu entziehen. Ich ahne, woher es kommt. Früher, als ich noch bei meinen Eltern lebte, war ich gerne allein. Stundenlang pirschte ich mit dem Hund durch den Wald, las Stunden oder gar Tage ohne Unterbrechung, saß alleine im Café und manchmal sogar im Kino. Nicht weil ich niemanden hatte, ich habe sie einfach genossen, diese Zeit mit mir selbst. Dann lernte ich Steffen kennen, wir verbrachten jede freie Minute miteinander, zogen schließlich zusammen, und die Zeiten des Alleinseins wurden rar. Gestört hat es mich nie. Als schließlich die Kinder kamen, schrumpfte die Zeit alleine zusammen auf die fünf Minuten unter der Dusche oder auf dem Klo. Manchmal gab es nicht einmal die.

Nach dieser langen Phase ohne Zeit für mich kommt es mir manchmal so vor, als habe jemand ein lange verschlossenes Kästchen geöffnet. Ich träume von Wochenenden mit mir in einer Eifler Hütte, von einem Städtetrip nach Amsterdam oder einer Fahrradtour am Bodensee. Ich könnte das tun. Es wäre viel einfacher als der ganze andere Quatsch, der Unordnung in mein Leben gebracht hat. Zack, buchen und weg.

Tu ich aber nicht. Ich weiß genau warum: Am Ende ist mir die Zeit mit den Kindern und der Familie so viel wichtiger. Sie ist kostbar, sie geht vorbei, und danach kann ich immer noch eine Radtour mit mir selbst machen. Wahrscheinlich bis ins hohe Alter, Männer neigen ja schon rein statistisch gesehen dazu, früher abzudanken.

Während ich über meine Einsamkeitsbestrebungen sinniere und kurz bevor sich die beiden Filmhelden nach den üblichen Irrungen und Verwirrungen endlich in die Arme schließen, piepst mein Handy.

Ich stoppe den Film, krame mich seufzend aus der Decke und suche mein Smartphone. Nach drei Nieten werde ich in der Küchenschublade fündig. Ohne dass mich das wundert. Manchmal bin ich wirklich verpeilt und habe schon meine Schlüssel im Kühlschrank wiedergefunden. Unbekannte Nummer. Hm. Ich öffne die Nachricht. Oh. Oh! Es ist Tim.

Tim: Hey, Nina, ich hab mir bei Miriam deine Nummer gemopst. Hast du Zeit?

Was will er? Ich tippe schnell eine Antwort.

Ich: Hab Zeit, Steffen ist nicht da, was gibt's?

Tim: Bin gerade in der strategischen Detailplanung des ersten konspirativen Treffens. Die Karten bringe ich mit. Du vielleicht Knabberzeug und zwei Flaschen Wein?

Ich schüttle grinsend meinen Kopf und kuschle mich mit Handy in meine Decke. Der ist ja lustig.

Ich: Die Frau soll die Frachtwaren einschmuggeln? Warum nicht gleich einen Billardtisch?

Tim: :-) Ich bin Realist UND Mathematiker. Das Raumvolumen deines Damengepäckstücks ist mit Sicherheit höher als das eines Herrn. Besser geeignet für Schmugglerware.

Spinner.

Ich: Alles Vorurteile. Bin berühmt für meine sparsame Gepäckpolitik. Trotzdem keine Einwände gegen korrekte wissenschaftliche Beweisführung. Werde die geforderten Waren liefern und für dich eine Ausnahme machen. Einwand: Zwei Flaschen Wein sind möglicherweise übertrieben. Wir müssen einander nicht schönsaufen. Wir spielen nur KARTEN!

Tim: Gut, dass du mich daran erinnerst. Hätte ich sonst vergessen und doch den Seidenslip eingepackt :-) Müssen uns nicht schönsaufen, aber vielleicht die Situation.

Ich fange schallend an zu lachen.

Ich: Wie soll ich den Seidenslip je wieder aus meinem Kopf kriegen?

Tim: Das schaffst du schon. Wir haben ja jetzt genug Alkohol.

Ich: Wo ist der scheiß Augenverdreh-Smiley? Okay, segne die Detailplanung hiermit ab. Sehen uns Samstag. Over and out.

Tim: :-)))

Weil unser Hotel wegen einer Hochzeit ausgebucht war, vergnügen wir uns heute ein paar Kilometer weiter. Nicht dass es einen Unterschied machen würde, im Grunde sehen Hotels sowieso alle gleich aus.

Nach einer kurzen, von bedeutungsschwangeren Kalauern geprägten Begrüßung haben wir kurzerhand die Karten ausgepackt. Wir sitzen einander gegenüber auf dem Bett, die

Bettdecken stapeln sich lieblos in der Ecke, und auf dem Nachttisch steht eine offene Flasche Montepulciano. Daneben gefüllte Zahnputzbecher aus Plastik. Stil in Reinkultur sozusagen.

Nach einer kurzen Diskussion über das Für und Wider verschiedenster Kartenspiele haben wir uns für Rommé entschieden. Als wäre es das Normalste der Welt, sich zum Kartenspielen in einem Hotelzimmer zu verabreden. Schnell spielen wir uns in Rage. Die ersten Runden gewinne ich deutlich. Sehr zum Unmut meines Gegenübers, der vorher irgendwas von «er sei schon immer der Champion dieses Kartenspiels gewesen» faselte. In dieser Runde habe allerdings ich das schlechte Blatt, und Tims süffisantes Grinsen lässt Böses ahnen. Wie auf Knopfdruck legt er alle Karten auf einmal ab.

«Hand!», triumphiert er, und mein mühevoll ausgebauter Vorsprung hat sich binnen Sekunden in nichts aufgelöst.

«Menno», maule ich gespielt.

«Deiner Selbstgefälligkeit musste unbedingt ein Riegel vorgeschoben werden», entgegnet er trocken.

«Sagt Mister Selbstgefällig himself. In der nächsten Runde hole ich das locker wieder auf.»

«Meinst du.»

«Das meine ich nicht, das weiß ich.» Ich schicke einen kampflustigen Blick übers Bett.

«Möchte die Dame zum Ausgleich lieber eine Runde streiten?»

«Nein, die Dame möchte weiter Karten spielen und gewinnen, wenn's recht ist. Streiten können wir gerne später.»

Tim grinst, lehnt sich lässig zurück und mischt routiniert die Karten.

«Ich finde es irgendwie cool», sagt er.

«Was? Die Streitereien oder unser Karten-Tête-à-Tête?»

«Beides vielleicht?»

«Es hat einen gewissen Unterhaltungswert, das gebe ich zu. Du auch, im Übrigen.» Ich strahle ihn an. Das mit dem Streiten könnte langsam schwierig werden.

«Das Kompliment gebe ich ohne Abstriche zurück.»

«Frau dankt. Sag mal, weiß bei dir eigentlich jemand von dem, was wir hier ... ähm ... nicht treiben?»

«Nö. Aber ich spiele mit dem Gedanken, es einem guten Freund zu erzählen.»

«Was, meinst du, wird er davon halten?»

«Er wird mich zweifelsohne für bekloppt halten. Und du?»

«Meine Freundin weiß davon, und sie hat eine eindeutige Meinung.»

«Die da wäre?»

«Dass ich verrückt bin, mich auf diese Sache einzulassen.»

«Mein Freund wird mich vermutlich eher dafür teeren und federn, dass ich mir die Gelegenheit auf unverbindlichen Sex entgehen lasse», erwidert Tim feixend.

«Vielleicht solltest du lieber einen Freund wählen, der deine Entscheidung versteht?»

«Redest du von Männern?», frotzelt er. «Außerdem scheint es mir nicht so, als würde deine Freundin dich wirklich verstehen.»

Ich schürze nachdenklich die Lippen. Wo er recht hat, hat er recht. «Man kann es drehen und wenden, wie man will. Wir sind schlicht uncool. Ich meine, auf die Idee muss man erst mal kommen. Unsere Partner dürfen sich austoben, und wir spielen Karten ...»

Tim sieht mich überrascht an. «Ehrlich gesagt, sehe ich das anders.»

«Echt? Inwiefern?»

«Ich finde, wir sind die Coolen. Wir brauchen so einen Selbstverwirklichungskäse nicht und gönnen unseren Partnern gleichzeitig das Erlebnis.»

«Hm», sage ich und nehme ihm den Kartenstapel aus der Hand. «Mit dieser Interpretation geht es mir gleich besser. Außerdem gewöhne ich mich langsam an dich. Und ich hatte ewig keinen männlichen nichtsexuellen Freund mehr, *das* ist wirklich cool.»

«Und dafür muss ich nicht mal schwul sein», erwidert Tim verschmitzt. «Und jetzt teil endlich die Karten aus.»

«Das wäre dann das Tüpfelchen auf dem i.»

Wir lachen, ich verteile die Karten, wir spielen weiter, wir reden. Über nahezu alles. Die Kinder, den Job, die Welt und den Sinn und Unsinn von Küchengeräten. Natürlich verliere ich fast den ganzen Abend lang, aber es ist okay. Der Abend ist so viel mehr als Kartenspielen. Beschwingt, lustig, wohltuend. So wie mein Gegenüber.

Als ich mit Steffen anschließend im Auto sitze, lasse ich den Abend noch einmal Revue passieren. Die Stelle mit dem männlichen Freund gefällt mir zweifellos am besten. Ist Tim jetzt ein Freund? Die Aussicht entlockt mir ein im Dunkeln gut verborgenes Lächeln.

«Zeit für eine Bestandsaufnahme», trötet Miriam in mein Ohr. Sie erwischt mich zu einem denkbar ungünstigen Zeitpunkt. Der Tag im Büro war stressig, ich kriege meine Tage, die Kinder waren unleidlich, und Steffen hat seit gestern Schnupfen. Ich weiß gar nicht, was ich davon am schlimmsten finde, tendiere aber stark in Richtung Schnupfen. Ist ja eigentlich ausgereizt, die Sache mit dem Männerschnupfen.

Leider entspricht Steffen dem Klischee so sehr, als hätte er diesen Schnupfen erfunden. Ich kann nicht einmal darüber lachen, so sehr leidet er. Ich habe also denkbar wenig Lust auf eine sogenannte Bestandsaufnahme.

«Okay», murmle ich nur.

«Also, geht es dir gut?»

«Ja, es geht mir gut, bin nur ein wenig gestresst.»

«Aber nicht wegen uns, oder?»

Nein, denn du bist nicht der Mittelpunkt der Erde, liebe Miriam. Das denke ich natürlich nur, wohl wissend, dass selbst das unnötig und gemein ist.

«Nein, natürlich nicht», gebe ich zurück und bemühe mich um einen leichteren Ton. «Da ist alles in Ordnung.»

«Das freut mich. Geht mir genauso und Tim auch. Na ja, zumindest den drei Worten nach zu urteilen, die ich aus ihm rausgekitzelt habe. Aber so ist er halt. Deswegen hoffe ich, dass du mich mit ein paar mehr Infos versorgst.»

Ich wanke. Was kann ich ihr erzählen? Lügengeschichten. Ich überlege kurz, was ich ihr wohl erzählen würde, wenn ich wirklich Sex mit ihrem Mann gehabt hätte. Grundsätzlich habe ich keine Probleme, mit Freundinnen über Sex zu reden, aber mit Miriam?

«Miriam, sei mir nicht böse, aber irgendwie ... Kannst du verstehen, wenn ich nicht über Einzelheiten reden möchte? Das kommt mir falsch vor. Was natürlich umgekehrt genauso gilt. Lass uns das trennen.»

Sie stutzt, und ich spüre ihr Unbehagen durch den Hörer. «Schade, das hatte ich mir irgendwie anders vorgestellt, aber natürlich akzeptiere ich das. Wenigstens ein klitzekleiner Hinweis?»

Gegen meinen Willen muss ich lachen. Ich glaube, sie

wäre nicht Miriam, wenn sie jetzt einfach lockerlassen würde. «Aber nur, wenn du mir versprichst, es danach gut sein zu lassen.»

«Okay», antwortet sie großmütig.

«Also gut. Ich gewöhne mich gerade an deinen Mann. Ich finde ihn witzig und umwerfend. Reicht das?» Ich habe nicht gelogen, triumphiere ich innerlich. Denn das alles ist wahr. Dass ich nicht über Sex rede, sondern über alles andere, weiß Miriam schließlich nicht. Es ist lediglich ihre Annahme.

«Prima, geht mir mit Steffen genauso. Am liebsten würde ich ja jetzt ins Detail gehen, aber ich darf ja nicht.»

«Du bist wirklich unmöglich. Zudem weiß ich, wie mein Mann im Bett ist, ich glaube, du kannst mir die Details wirklich ersparen.»

«Da hast du auch wieder recht. Darf ich dir denn wenigstens noch eine letzte Frage stellen, ohne dass du es mir übel nimmst?»

Ich seufze. Sie lässt nicht locker.

«Eine!»

«Darf ich Steffen etwas beibringen?»

Frag's nicht, denke ich, frag's nicht. «Ähm, an was denkst du?»

Sie sagt es mir, und mir fällt der Hörer aus der Hand. So weit zum Thema «Wie ich mich selbst am besten quäle». Ich fische das Handy vom Sofa. «Du bist mir irgendwie aus der Hand gerutscht. Also, tu es. Aber sprich nicht mehr darüber, okay? Ich bin wohl doch prüder, als du meinst.»

Miriam kichert. «Ich hab's verstanden, und jetzt lass ich dich in Ruhe. Oder ich setze dich das nächste Mal unter Drogen.»

«Keine schlechte Idee», befinde ich und bin mehr als erleichtert, als ich dieses Gespräch beenden kann. Diese Frau fängt an, mich zu überfordern. Dabei kenne ich sie erst seit wenigen Wochen. Wie hält Tim es seit Jahren mit ihr aus?

Die Wochen vergehen. Der Herbst hat das Wetter fest im Griff und bereitet sich auf den Winter vor. Blätter fallen wie Konfetti von den Bäumen, es ist dunkel und ungemütlich. Der Advent beginnt und mit ihm eine Zeit, in der die Familie wieder mehr in den Vordergrund rückt. Wir mummeln uns ein, trotzen der Kälte bei Spaziergängen durch den Wald, trinken Kakao und spielen viel, wie immer in dieser Jahreszeit. Es sind Tage, an denen unser Arrangement endlich in den Hintergrund rückt. Doch Tim taucht immer wieder in meinen Gedanken auf. Versöhnlich und stets mit einem kleinen Lächeln auf den Lippen. Eine Freundschaft, das ist mir mittlerweile klar, wünsche ich mir sehr. Ich freue mich auf das nächste Treffen, und zum ersten Mal bin ich nicht dem lästigen Kopfkino unterworfen, in dem Steffen und Miriam diese ganzen Dinge tun. Es wird zum Hintergrundrauschen. Es ist da, stört aber nicht. Wie kann es mir egal werden, was Steffen treibt? Eine Frage der Gewöhnung? Ich beschließe, es so zu erklären.

Wir haben wieder Sex. Passablen. Ein bisschen ist es, als würde Miriam uns dabei über die Schulter gucken. Es ist kein schönes Gefühl, aber richtig stören tut es mich auch nicht. Wenn ich mit Steffen schlafe, ist es fast, als wäre ich gar nicht richtig da. Mein Körper hat Sex. Mein Geist ist woanders. Ich denke nicht weiter darüber nach, weil ich Angst vor dem habe, was es bedeuten könnte.

Samstag also, und ich stehe unter der Dusche, ein bescheidener Teil der üblichen Vorbereitungsorgie für Treffen Nummer vier. Sie dient der reinen Tarnung. Steffen und ich haben in den letzten Tagen ausschließlich organisatorische Dinge geklärt. Wann fahren wir? Wohin schicken wir die Kinder? Als hätte diese Partnertauschgeschichte mit unserem normalen Leben nichts zu tun, sie ist immer da und doch kein Thema. Sie ist das Glas Wein, das man am Wochenende trinkt, ohne vorher oder nachher einen großartigen Gedanken daran zu verschwenden. Alltäglich und doch besonders.

Ich klettere aus der Dusche, hülle mich in das angenehm kratzige Handtuch und schlinge mir ein zweites um den Kopf. Anschließend öffne ich das Fenster, damit sich die Nebelschwaden verziehen, ziehe ein Fenstertuch aus der Schublade und wische den Spiegel. Zum Vorschein komme ich. Jeden Tag sehe ich in diesen Spiegel, von einem auf den anderen Tag ändert sich nichts, und doch stehe ich dann und wann davor und bemerke mein Altern. Warum wird der Haaransatz eigentlich immer grauer, war die Falte gestern schon da? Sind die Mundwinkel nicht schon auf dem Weg nach unten? Dürfen die das überhaupt? Alles in allem bin ich zufrieden. In unserem Alter kann man, wenn es schlecht läuft, aussehen wie fünfzig, und ich sehe eben aus wie Anfang vierzig. Nicht wie dreißig oder fünfunddreißig, aber das ist okay. Ehrlich. Also in den guten Momenten. In den schlechten hadere ich wie jede Frau mit ihrem Aussehen.

Ich greife nach den verschiedenen Tiegelchen und Cremetuben, reihe sie säuberlich auf dem Rand des Waschbeckens auf und widme mich hingebungsvoll der Arbeit gegen den Zahn der Zeit. Vielleicht täte es auch Nivea, aber ich will zumindest alles versucht haben. Mit einem Wattepad vernichte ich gerade die letzten Reste meiner Reinigungsmilch, als die Tür aufgeht, Carlotta hereinkommt und sich auf den Badewannenrand setzt.

«Mama?»

«Was ist los, Süße?»

Unruhig baumelt sie mit den Beinen. «Warum schmierst du dir eigentlich immer so viel ins Gesicht?»

Ich erkläre es ihr. «Erst säubere ich das Gesicht, dann entferne ich den Rest der Waschcreme, anschließend benutze ich die Creme gegen unreine Haut, dann folgt die Pflege...» Weil mir Carlotta gar nicht richtig zuhört, halte ich inne und sehe ich sie mir genauer an. Ihr Gesichtsausdruck schwebt irgendwo zwischen traurig und muffelig.

«Was ist denn los, hast du dich mit Milla gestritten?»

«Ne. Warum seid ihr in letzter Zeit immer weg? Ich habe keine Lust mehr, woanders zu übernachten. Ich bleibe heute zu Hause.» Aha, daher weht der Wind. Sie verschränkt effektvoll ihre Arme, um zu unterstreichen, dass sie auf keinen Fall mit sich handeln lässt.

«Aber es ist doch nur alle paar Wochen, das schaffst du. Ganz bestimmt.»

«Nein, ich schaffe das nicht. Ich bin immer traurig, und außerdem will ich nicht bei Luisa schlafen. Luisas Bruder ist immer doof zu mir.»

«Dann überlegen wir uns für das nächste Mal etwas anderes? Angebot?»

«Nein», sagt sie trotzig. «Ich geh da nicht hin.»

Ich seufze und komme mir schäbig vor. Es sollte nicht auf Kosten der Kinder gehen. Vielleicht wäre es etwas anderes, wenn wir uns einmal im Monat zu einer Weinverkostung mit Freunden treffen würden, aber so?

Als hätte sie meine Gedanken erraten, fragt Carlotta: «Was macht ihr da eigentlich?»

Es ist nicht das erste Mal, dass eines der Kinder fragt, doch bisher haben sie unsere Ausreden anstandslos akzeptiert. «Wir verbringen einen netten Abend, essen und trinken Wein», lüge ich routiniert. «Dann können wir eben nicht mehr nach Hause fahren. Das weißt du doch.»

«Ja, aber ich find's richtig blöd.»

Ein Tränchen kullert die Wange hinunter. Ich hocke mich vor meine kleine Tochter auf die Fliesen und nehme sie fest in den Arm. Egal, wie sauer sie auf mich ist, sie lässt sich immer trösten. Ich komme mir gemein und egoistisch vor, auch wenn ich weiß, dass man einer Neunjährigen durchaus zumuten kann, einmal im Monat woanders zu schlafen. Trotzdem. Es ist der Hintergrund, der das schlechte Gewissen größer macht, als es sein sollte.

Ich tröste Carlotta zu Ende, besteche sie mit einer Runde Extrafernsehen und widme mich weiter dem Verschönerungsprogramm für mein Fake Date.

Tim hält den Kartenstapel mischbereit in der Hand, schiebt sich jedoch vorher noch eine Handvoll Salzstangen in den Mund. Während er genüsslich kaut, mischt er in aller Ruhe die Karten. Wir spielen seit gut zwei Stunden, und auch die zweite Flasche Wein ist schon fast leer. Ich weiß nicht, wie es Tim geht, aber ich bin ordentlich angeschickert. Ein Zustand, der mir gefällt, weil alles witziger und intensiver ist, ich zu hundert Prozent hier in diesem Zimmer bin und keinen Gedanken an die anderen verschwende.

Irgendwann landen wir thematisch bei den Kindern, und ich erzähle ihm von meinem Gespräch mit Carlotta.

«Ich habe ein schlechtes Gewissen, die Kinder wegen dieser Sexgeschichte abzuschieben. Da kann ich machen, was ich will.»

«Ich finde nicht, dass du ein schlechtes Gewissen haben solltest», sagt er nach kurzem Nachdenken und teilt den Stapel in zwei Hälften, um erneut zu mischen. «Würdest du dich mit einer Freundin treffen, hättest du doch auch keins, oder?»

«Vermutlich nicht. Zumindest nicht mehr. Bis vor kurzem hatte ich eigentlich immer ein schlechtes Gewissen, wenn ich weg war. Ich bin eine ziemliche Glucke, musst du wissen. Wie ist es bei euch?»

«Bei uns bin ich die Glucke», gibt er zu. «Miriam ist keine schlechte Mutter, aber sie war von Anfang an immer viel unterwegs. Ich bin durch meinen Job mehr zu Hause. Wir leben da wohl in nicht ganz so klassischer Rollenverteilung.»

Ich nicke. «Irgendwie habe ich mir das schon gedacht. Miriam ist nicht unbedingt der mütterliche Typ.»

«Das ist nicht schwer zu erraten, dafür muss man sie nicht lange kennen.» Er lacht.

«Und wie findet Jonas es, wenn er abgeschoben wird?»

«Ihm ist das ziemlich egal. Er ist zwölf. Und seitdem er Mitglied in seinem von ihm gegründeten Chaos-Computer-Club ist, hat er sowieso nicht viel anderes im Kopf als Programmieren. Er ist nur dann genervt, wenn wir ihn nötigen, seine Zeit in der WLAN- und computerfreien Einöde seiner Oma in der Eifel zu verbringen. Auch wenn ihm die Tage immer sehr, sehr guttun.»

«Jaja, die Seuche des 21. Jahrhunderts. Noch haben meine Kinder die Verlockungen nicht entdeckt, aber das kann nicht mehr lange dauern. Aber wenn er programmiert, ist es ja nicht allzu schlimm.»

«Ja, so sehen wir das auch. Es ist wirklich schrecklich vernünftig, was er da so treibt. Ich habe sogar schon darüber nachgedacht, ob ich ihm nicht ein paar Flausen in den Kopf setzen soll.»

«Pornos zum Beispiel?»

Tim lacht herzhaft und verteilt die Karten in Lichtgeschwindigkeit. Dann scheint er einen Gedanken zu haben. «Wie gehen Steffen und du mit der Sache hier eigentlich um? Sprecht ihr darüber?»

Ich überlege kurz. «Wenig. Wir haben am Anfang alles besprochen, und nun gibt es nicht mehr viel zu sagen. Irgendwie.» Ich zucke mit den Achseln.

«Miriam will ständig darüber reden», sagt Tim seufzend. «Das ist ganz schön anstrengend. Und sie stellt Fragen. Zu viele für meinen Geschmack.» Er sortiert akribisch seine Karten und ich die meinen.

«Was erzählst du ihr? Denkst du dir immer was Neues aus?»

«Nö, eigentlich erzähle ich immer dasselbe.»

«Und das wäre?» Ich runzle die Stirn. Wieder habe ich nur Schrott auf der Hand.

«Neugierig?»

«Nur ein winziges bisschen.»

Seine Augen blitzen schelmisch. «Ich sage, dass der Sex okay ist.»

«Nur okay?!» Ich knuffe ihn in den Oberarm.

Tim verdreht die Augen. «Bei großartig käme sie wohl in Verlegenheit, meinst du nicht?»

«Stimmt, da ist was dran.»

«Und wie hast du mich eingeordnet?»

«Du? Du bist ein Sextoy, das Schwung in unser Eheleben bringt.»

Tim verschluckt sich fast an seinen Salzstangen. «Ich bin ein ... Sextoy? So was wie 'ne Puppe?»

«Korrekt. Erweitertes Sexspielzeug sozusagen. Dass es nicht funktioniert, behalte ich für mich.»

Gespielt entrüstet, schnappt er nach Luft. «Also, ich bin sehr wohl funktionstüchtig.»

«Ja, aber die Batterien für den entscheidenden Teil fehlen.»

Wir schauen uns an und prusten los. Es dauert ein Weilchen, ehe wir unser Spiel fortsetzen können, das ich wider Erwarten sogar gewinne.

«Vielleicht sollten wir doch mal miteinander schlafen», sagt Tim Minuten später völlig unvermittelt.

«Hä?» Ich starre ihn an, während die Worte sinnfrei durch meinen angeschickerten Kopf klackern. Gerade habe ich einen Pik-Buben abgelegt – und wieder einen riesigen Fehler gemacht, weil ich ihm eine Karte, die er dringend braucht, auf dem Silbertablett serviere. Mist. Tim schnappt sich die Karte und legt sein Blatt breit grinsend komplett aufs Bett.

«Hand!», grölt er triumphierend.

Mist, mein Vorsprung ist nun futsch. Missmutig betrachte ich die beiden Joker und die anderen hohen Karten, die ich in der Hand halte. «Das war ein ziemlich billiges Ablenkungsmanöver», maule ich.

«Ich habe lediglich den Moment genutzt, und das andere ist nur ein in den Raum geworfener provokanter Vorschlag.»

«Jetzt bin ich aber gespannt.» Ich beäuge ihn argwöhnisch.

«Es stecken lediglich moralische Überlegungen dahinter», doziert er. «Ich meine, wir belügen unsere Ehepartner, und ein Ende ist nicht in Sicht. Du beendest es nicht und ich auch nicht.»

«Und du meinst, wenn wir miteinander schlafen, hätten

wir – moralisch gesehen – eine gute Tat vollbracht?», frage ich zweifelnd.

«So in etwa.» Wird er gerade rot? Ist ja niedlich.

«Hört sich nach einer richtig heißen Nummer an», spotte ich.

«Also willst du lieber weiter verlieren?»

Ich tue, als würde ich ernsthaft über seinen Vorschlag nachdenken, und lege den Zeigefinger an meine geschürzten Lippen. «Was, wenn ich jetzt ja sagen würde?»

«Hätte ich ein Problem, weil ich mir der Brenzligkeit meiner so dahingeworfenen Frage im Vorfeld nicht bewusst war.»

«Depp», sage ich und schlage ihm mit meinen vielen hohen Karten spielerisch auf den Kopf. «Wenn ich wirklich wollte, wäre das eine sehr magere Ausrede.»

Tim wischt sich den fiktiven Schweiß von der Stirn. «Glück gehabt. Und jetzt zähl deine Punkte. Ich freue mich schon aufs Ergebnis.»

Auch wenn ich nicht wirklich verstehe warum, geht mir Tims alberner Vorschlag auf der Rückfahrt nicht mehr aus dem Kopf. Ich wechsele belanglose Sätze mit Steffen und erschaffe parallel Bilder. Ziemlich deutliche Bilder, wenn ich ehrlich bin. Steffen erzählt und erzählt, doch ich höre nicht wirklich zu. Als er es bemerkt, fragt er mich, ob irgendetwas vorgefallen sei, doch ich verneine und schiebe beginnende Kopfschmerzen vor.

Im Bett geht es weiter. Ich ärgere mich und kann doch nicht aufhören. Wie wäre es, mit Tim zu schlafen? Wenn er mich langsam auszöge, ich ihm forsch das T-Shirt über den Kopf zöge, er mich dabei küsste, streichelte und kleine Witze machte? Wenn er mit dem Zeigefinger meinen Bauchnabel umkreiste, die Unterwäsche bewunderte, die bisher nutzlos unter meinen Klamotten schlummert und ...

STOPP! STOPP, STOPP! Ich muss aufhören, bevor das Kribbeln in der Magengegend Dinge heraufbeschwört, die ICH NICHT WILL. Und Tim im Übrigen auch nicht. Er hat es so dahingesagt, es bedeutet gar nichts. Aber er hat unwissentlich mit diesem einen Satz den blöden sockengeknebelten Viechern, die in den letzten Wochen so schön ruhig waren, schon fast tot, neues Leben eingehaucht. Die Gedanken sind wie diese lästigen kleinen Fliegen im Sommer, die um die Zimmermitte kreisen, ohne Ziel und ohne Verstand.

Frustriert, aber mit dem festen Vorsatz, die Gedanken zu erschlagen, stehe ich auf, schleiche die Treppe hinunter ins Wohnzimmer, trinke ein großes Glas Wasser und fahre den Rechner hoch. Ich lese Nachrichten und beantworte eine Mail meiner Mutter, die sich sehr liebevoll über die Vernachlässigung durch ihre Tochter beschwert, fragt, wie es den Kindern geht und ob alles in Ordnung ist. Ich entschuldige mich, verspreche, ganz bald anzurufen, und surfe anschließend noch ein bisschen planlos herum. Ich gehe erst ins Bett, als klar ist, dass ich es innerhalb von Sekunden schaffe einzuschlafen. Niemals sollte frau sich von einem blöden, so dahingesagten und nichts zu bedeutenden Satz in Verlegenheit bringen lassen.

Morgen schmunzle ich sicher nur noch darüber.

14

Veränderungen

Ich schmunzle nicht. Im Gegenteil. Der Vorschlag wabert durch meinen Kopf. Morgens, mittags, abends, nachts. Vor allem nachts, wenn ich nicht schlafen kann. Ich versuche zu lesen, aber jede Liebesszene, jeder romantische Einschub führt meine Gedanken zu Tim. Und das ist nicht gut. Gar nicht gut. Ich rede mir ein, dass es dasselbe ist wie mit den Dachdeckern, eine kleine Gefühlsverwirrung. Er ist einfach jemand, den ich immer mehr kennenlerne und den ich wirklich mag. Ich erwische mich dabei, ihn sehen, mit ihm sprechen zu wollen. Ich male mir das nächste Treffen aus, sammle kleine Episoden, die ich ihm erzählen möchte. Das ist nicht gut, egal, wie sehr ich versuche, mir das kleinzureden. Glücklicherweise bewahrt wenigstens Tim Vernunft. Das tut er doch, oder?

Wir trotten durch den feuchtnebligen Wald. Es ist viel zu warm für Dezember. Ich bin mit Gudrun und der Leberwurst unterwegs. Sehr gemächlich. Kasimir braucht Zeit, um seine Streichholzbeinchen durch das Unterholz zu hieven. Ich bin mir sicher, er kippt in den nächsten Minuten entkräftet zur Seite, und Gudrun muss ihn nach Hause tragen. So richtig scheint ihre Diät nicht anzuschlagen.

Meine Freundin hat um Audienz gebeten, sie giert nach Neuigkeiten. Den Gefallen tue ich ihr gerne, eines werde ich ihr jedoch verschweigen. Nämlich, dass in meinen Träumen seit neuestem ein freundlicher Enddreißiger auftaucht, der einfach nicht mehr gehen möchte, egal, wie oft ich ihn höflich darum bitte.

«So, Süße, genug der profanen Plauderei. Ich brauche harte Fakten. Wie läuft die Eheoptimierung?!»

«Jooo», antworte ich langgedehnt.

«Jooo? Bitte Fakten. Ist der Sex mit Steffen jetzt besser? Was machen die guten Gespräche?»

Ich suche nach einer richtig tollen Antwort – und schweige.

«Wenn die Länge der Pause in direktem Zusammenhang zur Verbesserung der Sexqualität steht, sehe ich schwarz. Je länger die Antwort dauert, umso schlechter ...», unkt Gudrun.

«Ist ja gut», unterbreche ich sie harscher als beabsichtigt. «Es ist nicht besser geworden, okay? Arbeit, Kinder, Alltag, du weißt, das frisst uns alle auf ...»

«Jaja, verstehe. Oder auch nicht, denn was bringt diese ganze Geschichte, wenn ihr als Paar nicht wirklich eine Änderung erlebt?»

Ich seufze. «Ach, Gudrun, wem mache ich eigentlich was vor? Mittlerweile ist völlig nebensächlich, ob der Sex besser ist oder nicht. Ich komme aus der Nummer nicht mehr raus, verstehst du? Und, ehrlich gesagt, es ist mir mittlerweile ziemlich egal, ob der Sex mit Steffen besser wird oder nicht.»

Gudruns Augenbrauen wandern nach oben.

«Ich ... ich bin gern mit Tim zusammen. Ich mag ihn. Und Steffen ist auch happy. Also ist alles gut, oder? Ich kann es schlecht beschreiben, aber irgendwie sind die Dinge voneinander ... abgekoppelt. Das eine ist meine Ehe, das andere die Zeit mit Tim und Steffens Zeit mit Miriam. Zwei Universen, die fast nichts mehr miteinander zu tun haben.»

Gudrun schüttelt verständnislos den Lockenschopf und wirft Kasimir ein Stöckchen vor die Füße. Dann fragt sie leicht abfällig: «Obwohl ihr nach wie vor nicht vögelt, sondern gute Gespräche führt?»

«Stimmt, wir vögeln nach wie vor nicht und haben es auch nicht vor. Außerdem führen wir nicht nur gute Gespräche, sondern spielen auch Rommé, was im Übrigen ziemlich witzig ist. Aber danke der Nachfrage.»

«Ihr spielt Karten?» Ungläubig starrt Gudrun mich an. «Das ist echt nicht zu toppen. Und du bist dir ganz, ganz sicher, dass da keine Gefühle im Spiel sind?»

«Du machst mich echt wahnsinnig. Ich mag Tim, mehr nicht. Basta», sage ich so bestimmt wie möglich.

«Und ich werde das Gefühl nicht los, du müsstest dir das einreden.»

«Warum sollte ich? Es ist, wie's ist.»

Sie bleibt stehen, dreht sich zu mir und zwinkert. «Weil deine Augen viel zu sehr leuchten, Schätzchen, wenn du von Tim sprichst, und das bereitet mir zunehmend Sorgen.»

«Das braucht es nicht, wir haben das komplett im Griff», sage ich, doch mein wummerndes Herz straft die Aussage Lügen.

«Das will ich für dich hoffen.»

Wir wandern weiter und unterhalten uns über andere Dinge. Ich bin froh darüber, jede Ablenkung ist eine gute Ablenkung, doch ganz habe ich es noch nicht überstanden.

«Was sagen eigentlich die Kinder dazu, dass ihr ständig über Nacht weg seid?» Sie bückt sich und gibt Kasimir ein Leckerchen.

«Hm», mache ich. «So häufig ist es ja nicht, vordergründig sagen sie nichts. Carlotta hat sich letztens beschwert, aber es ging dabei eher darum, dass sie nicht bei ihrer Freundin übernachten will.»

«Kein schlechtes Gewissen deswegen?»

«Doch. Natürlich.»

«Siehste. Ich kenn dich doch», sagt sie feixend. «Und sie merken nichts? Dass sich die Stimmung zwischen euch verändert hat?»

«Ich bin erstaunlich gut darin, ihnen Alltag vorzuspielen. Und Steffen auch. Manchmal kommt es mir vor, als würde ich einen Schalter umlegen. On und off. Je nachdem, ob sie im Raum sind oder nicht.»

«Dann hoffe ich für euch, dass ihr recht habt», sagt sie, und diesmal bin ich wirklich entlassen.

In sechs Stunden brechen wir zu unserem nächsten Treffen auf, und ich putze – mal wieder – das Badezimmer. Steffen ist mit den Kindern in der Bücherei. Das neue Jahr ist kaum zwei Wochen alt, das Wetter zeigt sich seit Wochen von der trostlosesten Seite. Der dunkelste Winter seit Jahrzehnten heißt es in den Nachrichten. Es ist, als gäbe es Sonnenschein nur noch in unserer Erinnerung. Weihnachten, Silvester, die Ferien. Wir haben es geruhsam angehen lassen, Freunde und Familie getroffen, gut gegessen, viel gelacht. Die Kinder gehen wieder zur Schule, Milla schreibt eine Arbeit nach der anderen, und Carlotta versucht, das kleine Einmaleins endlich da abzuspeichern, wo es hingehört. Beide maulen schon den ganzen Tag, weil sie heute Abend wieder «abgeschoben» werden. Meinem schlechten Gewissen ist das nicht zuträglich.

Ich befreie die Klobürste von fiesen familiären Klogangresten, ringe dem Abfluss eklige Haarknubbel ab und wische mit einem Tuch die Zahnpastaflecken vom Spiegel. Ich halte inne und sehe mich in einem Leben, so profan und alltäglich, wie es nur sein kann.

Was passiert mit mir? Gibt es tatsächlich leuchtende Augen, die Gudrun an mir entdeckt haben will? Lebe ich immer intensiver in meinen Tagträumen, weil sie mich alles Schnöde vergessen lassen? Oder ist es die Tatsache, dass wir seit einer gefühlten Ewigkeit mit Haut und Haaren in diese abenteuerliche Geschichte verstrickt sind? Ich bin immer noch dieselbe, und doch hat mich das alles verändert. Meine Einstellung, meine Gedanken, meine Wünsche. Das lässt sich nicht mehr so einfach wegwischen, irgendwann muss ich mich dem stellen und herausfinden, was das alles für mich bedeutet.

Nichtsdestotrotz freue ich mich auf heute Abend. Mein ganz persönliches Spiel mit dem Feuer. Jedes Mal ein wenig mehr, scheint mir. Wir spielen, frotzeln, lachen und führen Gespräche jenseits unseres Alltags. Wir haben uns einen gemütlichen Kokon gebaut und füllen ihn an mit lauter Dingen, von denen nur wir beide wissen. Wir sind ein verschworenes Duo durch und durch. Ich mag Tims Humor, gebe alles auf seine Meinung, genieße die Aufmerksamkeit. Würde ich ernsthaft darüber nachdenken, wüsste ich, es ist ein gefährlicher Sumpf, in dem ich mich bewege ...

Nach dem Badezimmer folgt der Rest des Hauses, dem Hausfrauendasein sei Dank! Ich sauge, putze, wirble. Ich packe an, ohne nachzudenken, freue mich, wenn alles blitzt und blinkt. Und lasse mich nach getaner Arbeit erleichtert aufs Sofa plumpsen. Der Kater, den das schlechte Wetter ins Haus getrieben hat, liegt schlummernd neben mir und verbreitet eine behagliche Ruhe, wie nur Katzen es können. Ein wenig Zeit für mich, bevor ich die Tasche für die Nacht packe.

Als ich die Oilily-Reisetasche, die ich seit Schulzeiten hüte wie meinen Augapfel, aufs Bett stelle, fällt mein Blick auf Steffens Tasche. Was packt er eigentlich für diese Treffen ein? Plötzlich will ich es ganz genau wissen.

Natürlich finde ich nichts Überraschendes. Kein Sexspielzeug, keine Handschellen, nichts, was darauf hinweist, dass Sex der alleinige Grund für unsere Ausflüge ist. Lediglich die Kondome, sechs an der Zahl, weisen darauf hin. Er wird kaum alle sechs an einem Abend brauchen, oder doch? Das ist bestimmt nur eine Art Lagerhaltung. Ob ich morgen nachzählen soll? Nein, natürlich nicht, schelte ich mich. Ich sollte das gar nicht wissen wollen. Aber sechs Mal? Das schafft der doch im Leben nicht! Ich meine, zwei Nummern, vielleicht drei oder vier, obwohl das schon grenzwertig wäre ... So oft hatten wir noch nie Sex in einer Nacht, nicht einmal am Anfang unserer Beziehung. Außerdem, wenn ich mir vorstelle, dass Miriam sechs Mal in einer Nacht ranmuss, das hält doch die stärkste Möse nicht aus. Ja, ich denke genau dieses Wort. Möse, Möse, Möse. Mit der Hand schlage ich mir dreimal vor die Stirn, ich fürchte um meinen gesunden Menschenverstand. Beherrscht reiße ich mich vom Anblick des Kondomkonglomerats los und sammle meine eigenen Sachen zusammen.

Das meiste, das ich einpacke, dient der Tarnung. Ich habe mich zu einer eifrigen Schmugglerin entwickelt und mein Vorgehen perfektioniert. Salzstangen, so stellte sich heraus, sind unpraktisch. Die Verpackung knistert viel zu sehr. Steffen würde es vermutlich gar nicht auffallen, aber ich bin bei jedem Knistern zusammengezuckt. Also habe ich Abstand von Chips & Co. genommen und bin auf handlichere Schokoladenformate und Nüsse in Dosen umgestiegen. Wein geht, wenn ich die Flaschen sorgsam in mehrere Wäscheschichten wickle. Allerdings achte ich gewissenhaft darauf, die Tasche selbst zu tragen, um mich nicht durch ihr Gewicht zu verraten. Kondome packt Tim ein, Alibikondome sozusagen.

Ich sollte Tim fragen, ob er sie hinterher entsorgt. Falls Miriam genauso neugierig ist wie ich, könnte sie misstrauisch werden. Damit die Dinger nicht völlig nutzlos sind, könnten wir sie auch aufblasen und das Hotelzimmer damit dekorieren. Dann hätten wir wenigstens Sexdeko, wenn schon keinen Sex. Ich verwerfe die Idee kopfschüttelnd. Obwohl ...

«Sag mal, entsorgst du eigentlich hinterher immer mal ein paar Kondomen?»

Immerhin habe ich Tim schon begrüßt, Jacke und Schuhe haben wir auch ausgezogen. Vor lauter Angst, die Frage zu meiner nachmittäglichen Schnüffelaktion zu vergessen, haue ich sie Tim bei der erstbesten Gelegenheit um die Ohren.

Er mustert mich mit einer dicken Falte zwischen den Augenbrauen und kratzt sich dümmlich am Kopf. «Äh nein, wieso fragst du?»

Ich verdrehe die Augen. Männer sind manchmal wirklich ganz schön ... einfach.

«Also, ich glaube, das solltest du tun. Ich ... ähm ... habe nämlich heute in Steffens Sachen gewühlt und ... ähm ... Kondome gezählt.» Es laut auszusprechen, hört sich richtig schlimm an. Jetzt kratze ich mich dümmlich am Kopf, und Tim verdreht belustigt die Augen. Frauen sind wohl auf eine andere Art und Weise genau so ... einfach.

«Du zählst Kondome?»

«Nein ... ja ... also, es könnte sein, dass ich mich habe hinreißen lassen. Steffen hat sechs Stück eingepackt. Sechs! Stell dir das mal vor. Ich meine, puh, das ist wirklich viel, findest du nicht?»

Meine Wangen glühen, während ich munter vor mich hin stottere. Tim fängt schallend an zu lachen. Ich lasse mich nicht davon beirren und lege richtig los.

«Also, ich hatte noch nie sechs Mal Sex an einem Abend. Ich meine, wie soll das gehen, das ist doch schon rein körperlich ... schwierig. Was machen die also, wenn sie sich treffen? Rammeln wie zwei Karnickel? Ohne Pause? Wir sitzen im Schnitt sechs Stunden hier! Vögeln die tatsächlich sechs Stunden am Stück? Einmal alle sechzig Minuten? Und was machen sie zwischendurch? Schlafen? Oder dauert jede Sexrunde eine Stunde, und dann fangen sie gleich wieder von vorne an?»

Ich habe mich mittlerweile aufs Bett plumpsen lassen und meine Arme auf die Knie gestützt, um meinen Kopf zu halten, der sich einfach nur noch im Kreis dreht. Ich bin kurz davor durchzudrehen.

Tim setzt sich neben mich und betrachtet mich mit gerunzelter Stirn. «Wow, das war ja ein richtiger Ausbruch. Warum beschäftigt dich das auf einmal? Man könnte denken, du bist eifersüchtig. Oder neidisch.»

Ich boxe ihn gegen die Schulter. «Nach sechs Mal Sex könnte ich am nächsten Tag keine zehn Schritte laufen. Ach, ich weiß es doch auch nicht», füge ich, immer jämmerlicher werdend, hinzu. «Bisher habe ich das wohl erfolgreich verdrängt. Aber diese Kondome ... Hast du denn noch nie darüber nachgedacht, was sie da eigentlich die ganze Zeit treiben?»

«Bisher nicht, zumindest nicht so ... bildlich. Und wenn ich dir so zuhöre, bin ich darüber ziemlich froh.»

«Völlig richtig! Es reicht, wenn einer von uns beiden durchdreht.»

«Ja, einer sollte bei Verstand bleiben, da gebe ich dir recht. Willst du trotzdem eine Antwort auf deine vielen Fragen?»

«Wenn du eine hast, her damit.»

«Ich glaube nicht, dass sie wirklich sechs Kondome an einem Abend brauchen. Mach dir nicht so viele Gedanken. Tue ich auch nicht.»

«Aber du findest es auch viel, oder? Es ist viel. Viel zu viel.» Ich lasse mich rücklings in die Kissen fallen und stöhne. «Ich sollte wirklich nicht darüber nachdenken. Aber es war so schrecklich anschaulich. Ich konnte gar nicht anders, als mich mit den Einzelheiten zu beschäftigen. Aber was krame ich auch in Steffens Sachen. Selbst schuld.»

Tim betrachtet mich nachdenklich, wie ich da vor ihm auf den Rücken liege. Mein T-Shirt ist ein bisschen nach oben gerutscht und gibt einen kleinen Streifen Bauch frei. Sein Blick bleibt daran hängen. Verlegen zupfe ich das T-Shirt in die Länge. «Sollen wir es beenden?», fragt er vorsichtig. «Du weißt, ein Wort von dir reicht.»

Ich schlage meine Hände vors Gesicht und linse durch einen Spalt zwischen den Fingern. «Kommt gar nicht in Frage, dann müsste ich ja auf dich verzichten. Ich krieg mich schon wieder ein.»

Tim lässt sich ebenfalls auf den Rücken fallen und dreht sich mir zu. Unsere Köpfe liegen nur zwei Handbreit voneinander entfernt. Er lächelt, aber das Lächeln erreicht seine Augen nicht. «Würde mir auch schwerfallen, auf dich zu verzichten», sagt er leise.

Ich schlucke, versuche, die Antwort irgendwo einzuordnen, und erwidere seinen Blick. Viel zu lange. Richte mich schließlich abrupt auf. Akuter Schmetterlingsalarm. «Lass uns endlich spielen, ich will dich verlieren sehen», fordere ich ihn auf.

«Dein Wunsch sei mir Befehl», entgegnet Tim, rollt sich vom Bett und sucht in seiner Tasche nach den Karten. «Solltest du trotzdem auf die Idee kommen, morgen nachzuzählen, wäre ich an dem Ergebnis durchaus interessiert.»

«Obwohl es sich so gar nicht gehört?»

«Was von dem, was wir vier hier treiben, gehört sich denn schon?»

«Also Kartenspielen ist moralisch völlig unbedenklich, finde ich.»

«Nicht wenn wir eigentlich vögeln sollten. Komm, Holde, lass mich dich abzocken.»

Ich lache schallend los. Was würden wir nur ohne unsere doofen Witze machen? «Dein Selbstbewusstsein möchte ich haben.»

«Statistisch gesehen ist es aber leider genau so.»

«Ist ja gut, reite nur darauf rum», grummle ich, nehme den Stapel und verteile die Karten. Vielleicht gewinne ich ja diesmal.

Eine halbe Stunde später hält Tim mitten im Spiel inne und begutachtet mich. «Es tut mir leid, du gähnst jetzt zum gefühlt hundertsten Mal. Ich befürchte, du kippst vor Müdigkeit gleich vornüber. Was ist los mit dir? So langweilig bin ich doch gar nicht.»

«Meinst du? Immerhin bist du Lehrer ... Nein, im Ernst, ich habe kaum geschlafen.»

«Wie kommt's? Vollmond, krankes Kind, zu viele Sorgen?»

«Nö, ich musste unbedingt den Fünfhundert-Seiten-Thriller

zu Ende lesen, der leider noch vierhundertfünfzig Seiten hatte.»

Tim grinst. «Also kein Fremdverschulden. Sollen wir trotzdem aufhören und was anderes machen?»

«Also, wenn du mich so direkt fragst, ja, das wäre toll.»

«Sollen wir schauen, was im Fernsehen läuft?»

Ich seufze sehnsüchtig. «Das wäre großartig.»

Tim packt das Spiel weg, und wir machen es uns auf dem Bett gemütlich. Ich bin so frei und kuschle mich unter die Decke. Tim schiebt sich das Kissen in den Rücken, hangelt nach der Fernbedienung und geht die Programme durch.

«Rosamunde Pilcher, Krimi, oh schau, *Das fünfte Element*. Wie wäre es damit?»

Ich nicke heftig. «Jo, find ich gut.»

«Den Film oder Bruce Willis.»

«Den Film und, ja, auch Bruce. Der geht immer.»

«Du gehörst also auch zu den Frauen, die auf glatzköpfige und blutverschmierte alte Männer stehen?»

«Auf sehr coole glatzköpfige und blutverschmierte alte Männer, wohlbemerkt.»

Tim nickt wissend und bohrt weiter. «Wie sieht es aus mit ... Brad Pitt.»

«Ja, der auch, aber die coole Variante, *Twelve Monkeys* oder *Fight Club*.»

«George Clooney?»

«George, unbedingt.»

«Lass mich raten: blutverschmiert?»

«Unbedingt.»

«Ryan Gosling.»

«Nö, zu steril.»

«Also, ich fasse zusammen: drahtige alte Herren mit möglichst vielen Wunden im Gesicht. Was ist das nur mit euch Frauen? Ihr steht insgeheim auf harte Männer, aber die daheim müssen den Müll rausbringen und einfühlsam sein, während ihr nachts von den Bad Boys träumt?»

Ich kichere. «Ich habe nie behauptet, dass wir Frauen eine logische Vorgehensweise haben. Bei vielem schon, bei Männern eher weniger. Außerdem schließt doch das eine das andere nicht aus. Auf welche Frauen stehst du? Irgendwelche Vorlieben?»

«Nö, eigentlich nicht, da kommt es mir lediglich auf die inneren Werte an», sagt er ironisch.

«Natürlich. Bei welchem Mann ist das schon anders?» Ich giggle, gähne herzhaft und kuschle mich noch tiefer in die frischen Hotelkissen. Der Film ist zur Hälfte vorbei, die Handlung bekannt, immer weiter versinke ich und werde von Minute zu Minute schläfriger. Das Letzte, was ich bewusst wahrnehme, sind Tims tanzende Füße. Er kann es nicht lassen. Nur – sie stören mich gar nicht mehr. Komisch.

Eine gefühlte Ewigkeit später wache ich auf. Ich blinzle. Wo bin ich? Nicht zu Hause. Ach ja, im Hotel. Mit Tim. Ich war so schrecklich müde, ich muss innerhalb von Minuten eingeschlafen sein. Wo liegt mein Kopf? Oh, der liegt an seiner Schulter, hm ... Es fühlt sich an, als würde er schon eine Weile dort liegen, und es ist ... angenehm. Tims Wärme fließt auf mich über, und es scheint ihn nicht zu stören. Sein Arm liegt locker um meine Schultern, seine Hand streicht über meinen Arm. Warum tut sie das? Es ist schön. Trotzdem oder vielleicht gerade deshalb hebe ich den Kopf von seiner Schulter und setze mich auf. Sein Arm bleibt, wo er ist, von der Seite blickt er mich aufmunternd an.

«Na, gut geschlafen?» Sein Mundwinkel zuckt.

«Ja, doch, hab ich.» Pause. «Was tut deine Hand da?» Ich frage, ohne nachzudenken.

«Meine Hand?» Er sieht verwundert auf seine Hand, so als würde ihm erst jetzt auffallen, dass sie wieder und wieder über meinen Arm streicht. Immer noch. Nein, jetzt nicht mehr.

«Die hat sich wohl selbständig gemacht. Böse Hand, hörst du wohl auf.» Er macht eine kurze Pause, wirkt leicht irritiert. «War bequemer so. Dann konntest du im Schlaf besser auf mein T-Shirt sabbern. Tut mir leid.» Er nimmt seinen Arm weg.

Augenblicklich wünschte ich, er hätte es nicht getan. «Es braucht dir nicht leidzutun. Ich werde es irgendwann verwunden haben. So eine Hand ist wirklich schwer erziehbar. Ich hab aber nicht wirklich gesabbert, oder?» Ich suche sein T-Shirt akribisch nach Spuren ab.

Tim beobachtet mich grinsend.

«Da ist kein Sabberfleck. Siehst du, alles trocken. Ich sabbere schließlich nicht.»

«Natürlich nicht. Frauen sabbern nie, das weiß ich doch.»

Verstohlen begutachte ich sein T-Shirt ein weiteres Mal. Da ist wirklich kein Fleck. Puh! Ich beschließe, diesen merkwürdigen Wortwechsel nicht weiter in die Länge zu ziehen. «Was siehst du dir an?»

«Ich weiß es gar nicht so genau, auf jeden Fall ist es langweilig. Spielst du jetzt wieder mit mir?»

Ich schmunzle. Er hört sich an wie ein achtjähriger Junge, der sich seit Stunden langweilt.

«Aber sicher, haben wir denn noch Zeit?»

«Um dich noch ein paarmal abzuziehen, reicht es.» Er steigt aus dem Bett und holt die Karten. Ich werfe die Bettdecke in die Ecke, strecke und recke mich und warte, bis die Karten verteilt sind. Mit den Gedanken bin ich allerdings für den Rest der Nacht woanders. Wo genau, kann ich nicht genau sagen, aber etwas treibt mich um, ein diffuses Gefühl. Eines, für das ich beim besten Willen nicht die richtigen Worte finde.

15

Bombenstimmung

Wieder ziehen die Tage an mir vorbei. Wir lassen den Januar hinter uns, Karneval steht bereit, bunt und wüst durchs Rheinland zu fegen. Obwohl es erst Anfang Februar ist, klopft an manchen Tagen der Frühling an. Die Vögel werden umtriebiger und zwitschern am Morgen, als veranstalteten sie einen Wettbewerb. Das Wetter in den letzten Tagen ist konstant, eine Wohltat nach diesem dunklen, trüben Winter. Uns sind die Ausreden ausgegangen, und so haben wir die Arbeit im Vorgarten endlich wieder aufgenommen. Der zweite Container, der im Herbst und Winter wie ein rostiges Mahnmal vor unserem Grundstück wachte, ist fast voll. Wir müssen nur noch die Löcher für die neuen Fahrradständer buddeln und können dann endlich mit dem Aufbau starten. Ich kann keinen Lehm mehr sehen, weder auf der Schaufel noch auf dem Weg zur Haustür, der seit einem gefühlten Jahrhundert eine Schlammwüste mit Inseln aus Trittsteinen ist. Auf die Arbeiten für den Aufbau allerdings freue ich mich.

Ich verbringe einen geruhsamen Nachmittag nach einem vollen und hektischen Vormittag im Büro. Beide Kinder sind unverhofft aushäusig verabredet, und ich nutze die freie Zeit, um in die Stadt zu fahren. Ich finde zwei Shirts für den nahenden Frühling und vertrödle Stunden in der Buchhandlung. Mit zwei frischen Büchern im Gepäck gönne ich mir eine Tasse Tee im Tee-Café, lese erste Seiten und mache mich anschließend mit dem Rad auf den Weg, um Carlotta abzuholen.

Wir radeln gemütlich nebeneinanderher, Carlotta textet mich zu, und ich antworte im Dreißig-Sekunden-Abstand mit pflichtbewussten Jajas, während ich über das Abendessen nachsinne. Wenn wir Brot essen wollten, hätte ich in der Stadt ein Brot besorgen sollen, aber für einen Salat müsste ich auch einkaufen gehen. Nichts davon inspiriert mich wirklich, also beschließe ich, an der örtlichen Nudelbar zu halten und die Familie mit ihrer Lieblingspasta zu beglücken.

Der Laden ist wie immer rappelvoll, und es dauert eine Weile, ehe wir mit den duftenden Plastikschüsseln im Gepäck den Heimweg antreten. Als wir um die letzte Kurve radeln, sehe ich die andere Hälfte unserer Familie mit einem Nachbarn im Vorgarten stehen. Außerdem den ziemlich missmutigen Gesichtsausdruck meines Mannes.

Bevor ich fragen kann, was passiert ist, stürmt er auf mich zu. «Da seid ihr ja endlich! Warum hat das so lange gedauert, du weißt doch, dass ich zum Fußball muss. Wir haben ein Spiel, und ohne mich sind wir nicht genug Leute.»

Ich schließe mein Fahrrad an die Straßenlaterne. «Ach ja. Das Spiel. Tut mir leid, hab ich total vergessen. Warum bist du nicht einfach gefahren? Dein Essen kannst du dir ja hinterher aufwärmen.» Ich halte ihm stolz die Papiertüte mit seinen Lieblingsnudeln entgegen, aber er würdigt sie keines Blickes.

«Ich muss jetzt echt weg, und du musst mal schauen. Ich habe noch ein Stündchen gebuddelt, und es könnte sein, dass ich eine Bombe ausgegraben habe, ich bin mir aber nicht sicher. Sorry, aber ich muss jetzt echt los.»

Hä? Zweifelnd blicke ich Steffen ins Gesicht und suche nach dem Beweis für den Scherz, den er offensichtlich gemacht hat. Ich finde aber keinen. «Wie, du hast eine Bombe ausgebuddelt?», frage ich leicht dümmlich.

«Ja, sie liegt da drüben.» Er deutet auf den Rand der Baugrube. «Aber, wie gesagt, es ist wahrscheinlich keine. Schau sie dir einfach mal an.»

Fassungslos wandert mein Blick zu besagter Stelle. Und tatsächlich, da liegt ein längliches, konisch zulaufendes verrostetes und mit Lehm beschmiertes Ding, bestimmt einen halben Meter lang. Was, um Himmels willen, ist das? Wut baut sich in mir auf. «Du buddelst eine Bombe aus und trägst sie durch die Gegend, weil es ja nur *vielleicht* eine ist? Spinnst du? Die hätte doch losgehen können.»

«Jetzt reg dich nicht so auf. Ich hab sie wirklich ganz vorsichtig getragen. Wahrscheinlich ist es keine, sondern nur ein Grenzstein oder so. Wolfgang und Richard sehen das genauso.»

«Ihr wart zu dritt?»

Kopfschüttelnd und äußerst vorsichtig schleiche ich hin und beäuge misstrauisch das fragliche Objekt. Auch aus der Nähe sieht es so aus, wie ich mir eine Bombe vorstelle. Ich zweifle ernsthaft am Verstand der drei Männer, die diese Vielleicht-Diagnose gestellt haben. Ist das der Anfang eines schlechten Witzes? Drei Akademiker finden eine Bombe ...

«Aber es KÖNNTE eine sein», hake ich noch mal nach, um die geistige Umnachtung der drei Herren zu testen. «Und das hat drei gestandene Männer nicht zum Nachdenken angeregt?»

Steffen zuckt mit den Achseln und beschließt, genug von meinem Gezeter zu haben.

«Du kannst ja mal überlegen, was wir damit machen, es ist bestimmt keine Bombe, und ich muss jetzt wirklich los.» Spricht's, trollt sich zum Auto und rauscht davon.

Ich schlucke meine Wut hinunter, weil niemand mehr da ist, an dem ich sie auslassen kann, stelle die Tüten an die Seite und denke nach. Okay, wir haben hier eine potenzielle Bombe aus dem Zweiten Weltkrieg. Was muss frau tun? Zunächst scheuche ich Milla und Carlotta, die sich unsere Unterhaltung stumm und mit großen Augen angehört haben, ins Haus und drücke ihnen ihre Nudeln in die Hand.

«Ihr geht ganz nach hinten in den Garten und bewegt euch nicht vom Fleck. Wenn das eine Bombe ist, ist sie gefährlich.» Sie wollen protestieren oder mehr Details oder irgendwas. Mit hektischem Armwedeln würge ich ihre Belange ab und scheuche sie weg von «dem Ding».

Misstrauisch beäuge ich anschließend die Vielleicht-Bombe, dann schnappe ich mir das Telefon und wähle die 110. Eine freundliche Dame verspricht, einen Einsatzwagen zu schicken. Bis dahin sollen wir Abstand halten. Schön, ich werde ernst genommen. Ich gehe hinaus, diesmal, um meine Nachbarin anzusprechen, die seit einigen Minuten in aller Seelenruhe auf ihrer Bank vor dem Haus sitzt und strickt.

«Beate?»

«Ja.»

«Du weißt, dass Steffen vielleicht eine Bombe ausgebuddelt hat?»

Beate blickt von ihrer Socke auf und fixiert mich. «Jaja, das hab ich mitbekommen.» Sie strickt weiter.

«Also, ich hab gerade bei der Polizei angerufen, und die haben gesagt, wir sollen Abstand halten und auf den Einsatzwagen warten.»

Jetzt hält sie doch inne und mustert mich mit verunsichertem Blick. «Ach so? Ja, jetzt, wo du es sagst. Aber die Männer sind da so locker mit umgegangen, da hab ich mir gar keine Gedanken gemacht.» Plötzlich scheint sie die potenzielle Bombe mit anderen Augen zu sehen. Vorsichtig, als könne schon das Strickzeug das Ding zum Detonieren bringen, packt sie ihren Kram zusammen und verschwindet im Haus.

Und ich kopfschüttelnd in meinem.

Kurz darauf fährt die Polizei vor, klingelt, und ich zeige ihnen das Ding.

«Das sieht allerdings nach einer Bombe aus», stellt der ältere der beiden Polizisten fest, kratzt sich kurz unter der Mütze und zieht anschließend sein Handy aus der Jackentasche.

«Wer hat das denn ausgebuddelt und hier hingelegt? Das war ziemlich leichtsinnig», stellt derweil der andere fest.

Ich verdrehe innerlich die Augen. «Das war mein Mann.»

«Und wo ist der jetzt?»

«Der spielt Fußball.»

«Fußball?» Er sieht mich an, als hätte ich ein Huhn auf dem Kopf sitzen. Ich sage lieber nichts, sondern verdrehe nur wissend meine Augen.

Nach einem kurzen Telefonat informiert mich der erste Polizist, der Kampfmittelräumdienst würde in etwa zwei Stunden anrücken. Bis dahin kämen zwei Kollegen und würden auf die Bombe «aufpassen». Er selbst sei wegen seines Ranges überqualifiziert und würde nun wichtigeren Aufgaben nachgehen. Nun denn, augenscheinlich habe ich gerade mein Abendprogramm gefunden.

Ich überlasse den Staatsbediensteten unseren Vorgarten und sehe nach den Kindern. Zur Sicherheit bringe ich sie zu befreundeten Nachbarn am Ende der Straße, die sich fasziniert meine Erklärung anhören und die Kinder gerne in ihre Obhut nehmen. Milla und Carlotta freuen sich über die Abwechslung, denn nun dürfen sie viiieeel länger aufbleiben als sonst.

Als ich zurückkehre, hat sich vor unserem Haus bereits ein kleiner Pulk neugieriger Nachbarn eingefunden. So weit zum Thema Vorsicht. In der nächsten Stunde bin ich der Informationsguru für alle. Wer hat wann, wie und wo dieses Dingsbums ausgegraben? Ich, mein Häuschen und das Dings sind die Attraktion des Tages, und es geschehen Dinge, die der Ernsthaftigkeit dieser Sache nicht im Ansatz gerecht werden. Meine Nachbarin linkerhand rückt mit der Spiegelreflexkamera an und schießt Fotos von allen Seiten. Von einem nachbarschaftlichen Gruppenfoto kann ich sie gerade noch abhalten. Die beiden Herren, die an der Bergung beteiligt waren, sind auch wieder da und helfen bei der Aufklärung wissbegieriger Passanten. Der eine musste nach dem Fund ins Fitnessstudio, der andere das Abendessen vorbereiten. Da kann man sich um so etwas Profanes wie eine mögliche Bombe schwerlich kümmern.

Ich schüttle zum wiederholten Male den Kopf und notiere in Gedanken, mich in Krisensituationen nie, nie, nie auf einen Mann zu verlassen. Gleichzeitig amüsiere ich mich köstlich über das plötzliche Bedürfnis der Herren, ihre offensichtliche Fehlentscheidung zu rechtfertigen. Ja, man war sich schließlich nicht sicher, um was es sich da handle, aber ich hätte jetzt wohl die richtige Entscheidung getroffen mit dem Kampfmittelräumdienst und so. Immerhin sind sie nun hier, während mein Mann in aller Seelenruhe Bälle über den Platz jagt.

Wolfgang, direkter Nachbar rechterhand und ganz Westfale, kredenzt eine Runde Schnaps. Dass die pflichtbewussten Beamten dieses Angebot ablehnen, irritiert ihn nur kurz, dafür trägt er im Anschluss zwei Klappstühle auf die Straße. Dankbar nehmen die Beamten dieses Angebot an, und so sitzen nun zwei Polizisten auf Klappstühlen auf dem Bürgersteig und unterhalten die Nachbarschaft, als handle es sich um ein spontan ausgerufenes Nachbarschaftsfest.

Ich entziehe mich dieser eigentümlichen Szenerie für eine Weile, wärme meine Nudeln auf und setze mich in den hinteren Garten. Warum nur haben meine Nachbarn alle so tolle Berufe, aber augenscheinlich keinen Funken gesunden Menschenverstand? Und am allerwenigsten mein Ehemann. Nein, ich ärgere mich nicht. Immerhin ist er selbst schuld, wenn er die spannendste Geschichte des Jahres in unserer Nachbarschaft verpasst.

Sternenklare Dunkelheit hat sich über die Straße gelegt. Nach wie vor belagert ein wechselnder Pulk Nachbarn die Polizisten, die mittlerweile Kaffee und ein Stückchen Kuchen kredenzt bekamen und nicht müde werden, die immer selben Fragen zu beantworten, als endlich der orangefarbene Kastenwagen des Kampfmittelräumdienstes die Straße entlangtuckert. Ein fast ehrfürchtiges Raunen ist die Folge. Dem Wagen entsteigt ein Rheinländer, wie er im Buche steht. Müsste man den Prototyp des rheinischen Mittfünfzigers erfinden, in meiner Welt sähe er genau so aus. Schmal, graue Frisur in Vokuhilamanier und liebevoll gezwirbelter Schnurrbart. In Arbeitshose, Arbeitsstiefeln und mit einer monströsen Baulampe bewaffnet, stapft er breitbeinig auf uns zu.

«So, wo is dat jute Ding denn», fragt er, nachdem er mich

und die Polizisten mit festem Händedruck begrüßt hat. Stirnrunzelnd betrachtet er das Ding neben unserer Haustür.

«Wer hat dat Ding denn ausjebuddelt?»

«Mein Mann», wiederhole ich meinen heutigen Lieblingsspruch.

«Und wo is der Kollege jetzt?»

«Beim Fußball.»

Das bringt den völlig in sich ruhenden Kampfmittelspezialisten dann doch latent aus der Ruhe. «Interessant. Rischten Se Ihrem Mann 'nen schönen Jruß aus, wat der hier jemacht hat, war schwer leichtsinnig. Is ja nicht so, als dat die Dinger nicht hochjehen könnten.»

Ich freue mich schon wie Bolle, Steffen die Belehrungen der Offiziellen zu überbringen. Dieses eine Mal kann er nicht behaupten, ich hätte überreagiert. «Es ist also wirklich eine Bombe?», ersuche ich nach einer letzten Bestätigung.

«Sieht janz danach aus. Und wo hat Ihr Mann die jefunden?»

Ich zeige ihm die Stelle. Wortlos geht er zum Einsatzwagen, holt einen Spaten und gräbt stillschweigend und hoch konzentriert. Nach etlichen Spatenstichen wird er fündig und hält triumphierend einen verrosteten Ring, etwa in der Größe meiner Handfläche, in die Höhe.

«So, dat hab ich jesucht. Dat, wat Se da liegen haben, ist 'ne Flakgranate 8,8. Und dat, wat ich hier jefunden habe, dat können Se Ihrem Mann ruhig ausrischten, dat zeischt nämlich, dat Ihr Mann 'ne ordentliche Portion Jlück hatte, dat is 'ne Heberingverschlussschraube. Damit haben se die Dinger transportiert, also war da noch kein Zünder dran. Und jetzt sach ich Ihnen noch wat. Die haben dat Zeug nach Kriegsende einfach liejen lassen, und wo eine is, da sind in der Rejel auch noch andere.»

Ich bin sprachlos, die anwesenden Nachbarn verfallen in aufgeregtes Gemurmel. Bevor ich fragen kann, was das bedeutet, dackelt der Herr vom Kampfmittelräumdienst zum Einsatzwagen und erscheint kurz darauf mit einem Metalldetektor, mit dem er sorgfältig unsere kleine Baugrube absucht. Und tatsächlich, der Alarm geht los, und ein paar Spatenstiche später hat der gute Mann eine zweite Bombe auf seinem Spaten liegen. Genugtuung breitet sich wohlig in meiner Brust aus. Steffens Selbstbewusstsein wird auf die Größe eines Kirschkerns schrumpeln, und ich werde fröhlich dabei zusehen.

«So, dat wär et für heute. Ich sach Ihnen aber janz im Vertrauen, dat dat Jerät nicht besonders tief gucken kann. Man kann davon ausjehen, dat hier in der Jejend noch reichlich vom dem Zeuch rumliecht. Wenn Sie oder Ihre Nachbarn also vorhaben, noch mal in Ihrem Jarten zu buddeln, dann rufen Se uns lieber vorher mal an. Ich an Ihrer Stelle würde mir dat aber jut überlejen. Dat können Se auch Ihrem Mann ausrichten.»

Ich nicke ergeben und beschließe, nie wieder mehr als Tulpenzwiebeln in unserem Garten zu verbuddeln.

Unter den Augen vieler ehrfürchtiger und eingeschüchteter Nachbarn, denen gerade klargeworden ist, dass auch in ihren Gärten derlei Attraktionen schlummern könnten, transportiert unser Rheinländer behutsam gleich zwei Bomben zu seinem Wagen, wo sie in einer Art Tresor verstaut werden. Man werde diese in einer extra zu diesem Zweck errichteten Fabrik kontrolliert sprengen. Die technischen Details verrät er denjenigen, die ihr Interesse daran kundtun, und dann geht es Schlag auf Schlag. Die Polizisten verlassen den Tatort, die Bomben suchen das Weite, die Nachbarn strömen in ihre Häuser, und ich stehe plötzlich alleine auf der Straße. Die Straßenbahn rattert über die Hauptstraße, der Wind weht Blätter über die Straße, und ein Auto biegt um die Ecke. Steffen ist zurück.

Ich empfange ihn mit einem süffisanten Lächeln. Noch spüre ich nichts als Genugtuung. Die Wut über seinen Leichtsinn kommt sicher später.

«Und, hast du jetzt was gemacht?», fragt er, als habe nichts weiter als ein totes Kaninchen im Garten gelegen.

«Och, das Ding meinst du? Das hat der Kampfmittelräumdienst abgeholt. Ich hole jetzt die Kinder.»

Mit diesen Worten und voller Freude über seinen irritierten Gesichtsausdruck lasse ich ihn stehen. Natürlich werde ich ihm die Geschichte erzählen. Aber das werde ich ganz in Ruhe tun und in dem Wissen, dass ihm die Häme – die der Familie, der Freunde und aller anderen, die die Geschichte zu hören bekommen – auf Jahre sicher ist.

Am Samstag darauf sitze ich mit Gudrun und Nadine in einer Kneipe in der Altstadt. Wir haben bereits drei Getränkerunden hinter uns, die Atmosphäre ist gelöst und tendiert in Richtung fröhliches Besäufnis. Ich nutze die Stimmung und gebe voller Genugtuung die Bombengeschichte zum Besten. Ungläubiges Staunen ist die Folge.

«Das glaub ich jetzt nicht», ächzt Nadine, «der ist wirklich zum Sport gefahren?»

«Jepp», sage ich und nehme einen Schluck Gin Tonic. «Aber glaub mir, jedes Mal wenn er mir in Zukunft vorwirft, ich würde übertreiben, reibe ich ihm das unter die Nase. Da kannst du dich drauf verlassen. Außerdem habe ich ihm am nächsten Tag die Hölle heißgemacht.

«Und?», fragt Gudrun. «Was war seine Ausrede?»

«Die anderen Männer natürlich», ätze ich. «Sie haben diese dämliche Entscheidung selbstverständlich gemeinschaftlich getroffen. Aber er war ziemlich zerknirscht, als ihm klarwurde, dass er uns wirklich in Gefahr gebracht hat. Aber glaub mir, allein, dass er sich die Geschichte wieder und wieder anhören muss, ist schon Strafe genug.»

«Das ist wirklich eine feine Waffe, die du da hast», stellt Nadine fest.

«Stimmt», sagt Gudrun, «und es ist außerdem nicht die einzige Bombe, auf der Nina hockt, nicht wahr?»

Ich bedenke Gudrun mit einem ganz, ganz bösen Blick.

«Hab ich was verpasst?», fragt Nadine.

«Nö ...», sagen wir beide gleichzeitig.

«Was machen wir denn jetzt noch mit dem schönen Abend», frage ich, um abzulenken. «Ich hätte Lust, tanzen zu gehen.»

«Keine schlechte Idee», erwidert Gudrun. «Wohin?»

«Im Brückenforum ist 90er Party», schlägt Nadine vor.

«Nix wie hin!» Gudrun zwinkert mir zu, wir trinken unsere Gläser leer, zahlen und machen uns auf den Weg.

Der Altersdurchschnitt ist akzeptabel, und man könnte ihn mit «Rund um die vierzig» beschreiben. Wir sind die Neunziger im nicht mehr ganz so frischen Jahrtausend. Mit Falten und grauen Haaren, Kindern zu Hause und einem Drink in der Hand. Bevor wir die Tanzfläche entern, gönnen wir uns noch einen Cocktail und dann noch einen. Ich bin ziemlich betrunken und beiße mir ständig auf die Zunge, um vor Nadine nicht alles auszuplaudern, was mir auf dem

Herzen liegt. Irgendwie reicht es, wenn ich das vor Gudrun tun muss. Noch eine Freundin, die mir die Leviten liest, halte ich nicht aus. Auch wenn Nadine eigentlich eine gute Freundin dafür wäre. Als Gudrun eben diese Bemerkung mit der Bombe gemacht hat, hatte mein Herz mehr als nur einen kurzen Aussetzer.

Ohne dass es ihr bewusst ist, hat Gudrun einen empfindlichen Nerv getroffen und auf den Punkt gebracht, was mich beschäftigt: Ich sitze auf einer Bombe, und Tim hat den Zünder in der Hand. Ich habe keine Ahnung, ob er das weiß, geschweige denn, ob er Lust hätte, ihn zu benutzen. Und ich habe keine Ahnung, wie ich es fände, wenn er es wirklich täte. Wäre ich endlich ehrlich zu mir selbst, müsste ich zugeben, dass unsere Treffen eines nicht mehr sind: unverbindlich und freundschaftlich. Dafür sind mittlerweile eindeutig viel zu viele Schmetterlinge unterwegs. Egal, wie sehr ich versuche, das zu verdrängen ...

Es ist eine Bombe, wie gesagt.

Jetzt aber will ich nicht grübeln, sondern tanzen. Zum Glück sind Alkohol plus Tanzen plus dieser gut aussehende Mann mit den dunkelblonden Locken, der irgendwie immer in unserer Nähe tanzt, eine hervorragende Ablenkung. Ich fühle mich, als wäre ich siebzehn, und tanze mir die Seele aus dem Leib zu den Liedern unserer schönsten Zeit. Gut, früher hätte ich mich nicht zu Dr. Alban bewegt, aber ich will nicht kleinlich sein, selbst schlechte Erinnerungen können einen sentimental machen. Anfangs dachte ich, der dunkelblonde Fremde wäre an Nadine interessiert. Sie ist mit ihren wilden blonden Locken und der üppigen Figur eine echte Augenweide, aber irgendwann merke ich, dass ich diejenige bin, die sein Interesse geweckt hat. Seine Blicke durchbohren mich,

ich tanze umso wilder und wilder und verliere mich in seiner Bewunderung. Eigentlich ist er gar nicht mein Typ, doch mein hemmungsloses Ich nimmt alles, was es kriegen kann – Hauptsache, es lenkt ab.

Der Alkohol macht mich größenwahnsinnig. Mr. Goldlocke scheint nun endlich genug Mut zu haben und brüllt mir ins Ohr. «Hey, hast du Bock, was mit mir zu trinken?»

«Klar, auf jeden Fall», brülle ich zurück. Oder lalle ich, das weiß ich nicht so genau.

Auf jeden Fall nimmt er meine Hand, und wir verlassen die Tanzfläche. Meine Güte, jetzt fühle ich mich richtig verwegen. Bevor wir an der Theke ankommen, spüre ich jedoch eine Hand auf meiner Schulter. Ich drehe mich um, Gudrun steht mit wütendem Gesicht hinter mir.

«Du kommst jetzt mit», sagt sie entschlossen.

«Gibt es ein Problem?», fragt Goldlöckchen.

«Auf jeden Fall, wenn du dich nicht schleunigst aus dem Staub machst. Meine Freundin ist verheiratet und hat GAR kein Interesse, verstanden.»

«Aber ...», protestiere ich halbherzig.

«Nix da, du bist viel zu betrunken, um vernünftige Entscheidungen zu treffen. Wenigstens diesmal kann ich dich vor dir selbst retten.»

Ich gebe auf und überlasse mich Gudruns hochvernünftiger Entscheidung. Goldlöckchen verzieht das Gesicht. «Kannst ja noch mal wiederkommen, wenn du deinen Wachhund in Ketten gelegt hast», ätzt er.

Gudrun scheucht ihn mit einem abfälligen Armwedeln davon. «Ksch. Mach dich vom Acker, Typ.»

Witzigerweise gehorcht er aufs Wort.

«Du kennst dich echt gut aus mit Hunden», lalle ich begeistert, «das hast du nur der Leberwurst zu verdanken.» Gudrun schüttelt verständnislos den Kopf, platziert mich neben Nadine und bestellt mir ein Wasser.

«Meine Güte, Nina, was ist denn mit dir los? So kenne ich dich gar nicht.»

Ich merke, wie Nadine mich interessiert mustert, mit einem Blick auf Gudrun aber beschließt zu schweigen.

Und ich? Ich nippe ein-, zwei-, dreimal am Glas, bevor ich losjammere. «Ich ... ich weiß doch auch nicht ... irgendwie wächst mir alles über den Kopf ... ich muss, glaube ich, jetzt unbedingt heim.»

«Das ist die beste Idee, die du seit langem hattest», bekräftigt Gudrun. Gemeinsam mit Nadine schiebt sie mich energisch Richtung Ausgang und setzt mich in ein Taxi.

16

Kaninchenmodus

Der Februar spielt weiter Frühling, und so haben wir die Tage nach dem Bombenfund effektiv genutzt. Unser Projekt geht in die Zielgerade.

Das Dröhnen eines nahenden Lasters verrät, dass endlich die Steine für die Trockenmauer geliefert werden. Ich bin mehr als vorbereitet. Die Erdwand, die durch die Mauer abgestützt werden soll, ist abgestochen und mit Vlies bedeckt, das Sickerrohr in der Erde versenkt. Außerdem habe ich eine Lehre in Sachen Trockenmauerbau absolviert: in Form eines einstündigen YouTube-Videos. Jetzt muss ich das nur noch nachbauen. Ist doch schnell gemacht, so eine Mauer. Wenigstens das habe ich völlig im Griff.

Erste Zweifel kommen mir, als die Steine unter Getöse auf die Straße poltern. Die sind nämlich ganz schön groß und irgendwie alles, nur nicht quaderförmig. Wird schon gehen. Bestimmt.

Von Vorfreude und Tatendrang durchdrungen, gehe ich ins Haus, finde die Kinder ins Spiel vertieft und schlüpfe in eine alte Jeans. Zufrieden stelle ich fest, dass die auch schon mal enger saß. Augenscheinlich lohnt sich die harte Arbeit. Höchst motiviert, marschiere ich zu meinen Steinen.

Zunächst suche ich ein paar Anfangssteine. Mit dem Fundament steht und fällt die Mauer, im wahrsten Sinne des

Wortes, das habe ich in meinem Onlinekurs gelernt. Die Vorfreude wird leicht gedämpft, als ich den ersten Stein hochhebe. Auweia, ganz schön schwer. Die kleinsten kann ich gerade noch tragen, alle anderen sind nur durch gaaanz langsames Umwuchten zu bewegen. Ich sollte lieber auf Steffen warten, aber wie so oft, wenn ich etwas unbedingt machen will, siegt die Unvernunft. Außerdem KANN ich sie ja bewegen ... Steffen kann mir später immer noch helfen.

Zwei Stunden und drei Nachbarn mit vielen Tipps später schaue ich höchst zufrieden auf mein Werk. Zwei Reihen habe ich geschafft. Gut, eine Reihe habe ich mit Schotter direkt in den Boden verdammen müssen, aber ich weiß, dass sie da ist. Rücken, Arme und Beine schmerzen, aber, hey, was ist das gegen das Gefühl, eine Trockenmauer bauen zu können!

Am Ende der Woche klopfe ich mir im Stundentakt auf die Schulter. Die Mauer ist fertig und nur bei den allergrößten Brocken musste Steffen helfen. Er hat wirklich geschimpft, dass ich wieder alles alleine mache, aber in solchen Dingen kann ich sehr stur sein. Die Mauer ist krumm und schief, man sieht an jeder Ecke, dass kein Profi am Werk war, dennoch ist sie vorzeigbar – und ich bin stolz wie Bolle. Gut, mein Rücken ist angesäuert, aber nichts konnte mich besser ablenken als diese schweißtreibende Tätigkeit. Die Arbeit hat mich beruhigt, meine Ängste vertrieben, und ich rede mir recht erfolgreich ein, dem morgigen Treffen mit heiterer Gelassenheit entgegenzusehen.

Zweimal hatte Tim bereits Handrommé. Das ist bitter. Zumal wir bei unserem letzten Treffen eine ewige Punkteliste eingeführt haben. Tim pflegt sie akribisch in seinem Smartphone. Ich schenke es mir, darüber nachzudenken, was es bedeutet, eine Rommé-statt-vögeln-Liste zu führen.

Wir sitzen einander im Bett gegenüber, ich am Kopfende, Tim am Fußende, neben uns steht eine Dose Erdnüsse. Auf dem Bett liegen die Karten. Meine Gedanken sind woanders. Natürlich. Aber Tim macht es mir leicht. Er ist wie immer, und es scheint, als hätte er diesen Vorschlag nie gemacht. Aber ich wäre keine Frau, wenn ich nicht alles überinterpretieren würde. Da, war dieser Blick nicht ein Zeichen? Nein, Tim hat mich nur aufgefordert, noch eine Karte abzulegen. Ich nehme mir fest vor, die nächsten Wochen alles daran zu setzen, mir sämtliche verwegenen und unangemessenen Gedanken aus dem Kopf zu schlagen, damit ich Tim wieder als das sehen kann, was er ist.

Ein Freund.

«Pik-Bube? Schlechte Idee! Selbst dir sollte mittlerweile klar sein, dass ich die sammle.» Tim grinst schuftig und nimmt geruhsam den Buben vom Stapel.

Mist, verdammter, immer kommt mir diese schreckliche Grübelei in die Quere, ich muss mich wirklich besser konzentrieren.

«Es sei denn, du möchtest, dass ich zum dritten Mal Hand mache.»

«Jaja, reite nur darauf herum, aber das Lachen wird dir noch vergehen.»

«Sind deine Karten so überragend?»

Ich werfe einen Blick auf mein katastrophales Blatt und nicke selbstbewusst.

«Dafür seufzt du aber ganz schön rum.»

«Ich seufze nicht.»

«Tust du doch.» Tim grinst dieses böse, nette, schiefe Grinsen. Genau das, was mich im Geiste euphorische Pirouetten drehen lässt. Ich versuche trotzdem, ihn sehr, sehr böse anzuschauen. Gelingt mir leider nur bedingt.

«Und wenn du seufzt, weiß ich, dass du schlechte Karten hast.»

Ich verziehe das Gesicht zu einer Grimasse. «Aber mein Gesicht ist doch bestimmt total pokermäßig, oder?»

«Aber so was von. Nutzt aber nix, weil ...»

«... ich seufze.»

«Genau.»

«Okay, ich hab's verstanden, ehrlich.» Ich will irgendetwas nach ihm werfen, sehe aber nur Karten. Die will ich nicht nehmen, weil es sonst das Spiel verderben würde. Deshalb strecke ich ihm lieber die Zunge raus. Das ist viel erwachsener. «Leider ist dein Wissen jetzt nichts mehr wert. Ich werde nun nämlich nicht mehr seufzen, sondern dich mit meinem berühmt-berüchtigten Pokerface so was von abziehen, dass dir die Ohren schlackern und alles andere auch.»

«Oh, jetzt hab ich aber Angst. Ich weiß nur nicht, ob vor deinem Pokerface oder dem Schlackern meiner diversen Körperteile.»

«Ich denke, da schlägt das Schlackern das Pokerface», sage ich bestimmt, und Tim setzt gerade zum nächsten rhetorischen Gegenangriff an, als es an der Tür klopft.

Wir zucken zusammen und starren uns an wie zwei betäubte Kaninchen. Keiner von uns reagiert. Vielleicht geht derjenige, der geklopft hat, ja dann wieder. Ganz bestimmt sogar. Deshalb starren wir uns weiter an. Ewige Sekunden lang.

«Meine Güte, könnt ihr wenigstens kurz antworten», tönt Miriam durch die Zimmertür, «oder seid ihr so beschäftigt, dass ihr mich nicht hört. Haaallooo! Tim?»

Ich gucke Tim an, und Tim guckt mich an, immer noch im Kaninchenmodus. Ich sehe Folgendes: einen komplett bekleideten Tim und ein Bett voller Karten. Was Tim sieht: dasselbe in weiblicher Besetzung. Was wir nicht sehen: irgendwelche Spuren von gehabtem Sex.

«Hallo, Tim? Mann, jetzt sagt doch was!»

Wenn wir nicht endlich reagieren, wird es komisch. Das schnallt zum Glück auch mein Spielpartner.

«Miriam? Was ist denn los? Ist was passiert?», antwortet Tim volltönend. Gleichzeitig wird es hektisch. Mit den Händen bedeutet er mir, die Karten verschwinden zu lassen. Ich schaufle sie schnell unter die Bettdecke. Leider fallen ein paar auf den Boden. Lautlos hechte ich hinterher und schiebe sie unters Bett. Das wird ein Spaß, die nachher wieder rauszufriemeln. Tim nickt zustimmend.

«Ne, passiert ist nix, aber du musst mich trotzdem kurz reinlassen, wir haben keine Kondome. Tut mir echt leid.»

Keine Kondome oder keine Kondome mehr? Und: Will ich das überhaupt wissen?

«Wieso brauchen sie Kondome?», fragt mich Tim leise, und ich zucke nur mit den Achseln. Außerdem versucht er, mir wild gestikulierend klarzumachen, dass dringend etwas passieren muss, damit es hier nicht mehr nach einer Übernachtungsparty von Zehnjährigen aussieht, sondern nach einem lustigen Partnertauschgepoppe.

Shit, Shit, Shit!

«Ähm, Miri, warte ganz kurz, ja?»

Er nickt mir aufmunternd zu, und ich ahne, was als Nächstes kommt. Ausziehen. Scheiße. Die Situation ist völlig absurd. Wir sind kurz davor, bei etwas erwischt zu werden, das wir NICHT tun. Ich zögere, ich kann mich doch jetzt nicht vor ihm, nein, das geht doch nicht! Mein Gesicht scheint meine Zweifel widerzuspiegeln.

«Komm, mach schon!», flüstert Tim mir aufmunternd zu und verdreht belustigt die Augen.

Beherzt zieht er sein T-Shirt über den Kopf. So schnell, wie er mir in Boxershorts gegenübersteht, kann ich gar nicht gucken. Und er sieht gut aus, meine Güte. Ich pfeife auf meine Zweifel, erlöse mich von dem irritierenden Anblick und tue es ihm nach. Natürlich verheddere ich mich in meiner Hose und drohe stumpf umzufallen. Tim fängt mich auf, bevor ich der Länge nach auf den Boden knalle. Nur die Eile hält mich davon ab, es gar, gar nicht unangenehm zu finden, wie seine Hände auf mir liegen. Als ich ihm schließlich in Unterwäsche gegenüberstehe, bin ich völlig außer Atem. Mein Brustkorb hebt und senkt sich so hektisch, dass ich Angst habe, meine Brüste könnten aus dem BH springen. Sekundenlang stehen wir einander gegenüber. Die Kaninchenstarre hat wieder eingesetzt. Im tiefsten Winkel meines Gehirns formt sich ein verwirrender Gedanke, aber ich wische ihn schnell wieder weg. Keine Zeit, keine Lust. Tim fasst sich als Erster, betrachtet wohlwollend die durch den Raum verteilten Klamotten, marschiert zur Tür und öffnet sie. Herein rauscht eine Ballkönigin.

«Mensch, sorry, dass ich euch störe. Ging aber leider nicht anders.» Miriam grinst und inspiziert uns eingehend. «Mann, ihr seht ja wüst aus. Seid ihr schon fertig, oder habt ihr euch wegen mir angezogen?» Sie wirft ihre wallenden Haare effektvoll nach hinten und lacht knackig. «Wegen mir hättet ihr nackt bleiben können. Das eine kenne ich, und das andere finde ich durchaus interessant.» Sie zupft neckisch an meinem BH-Träger und lässt ihn zurückploppen. Selten kam ich mir so entblößt vor. Miriam plaudert derweil munter weiter. «Schöne Kombi übrigens. Tim steht auf Grün.»

Toll, jetzt werde ich auch noch rot. Mann, Mann, Mann. Tim aber auch.

«Ich hol sie dir kurz, ja?» Er räuspert sich, stakst zu seiner Sporttasche und kramt hektisch darin herum. Es dauert elend lang, Miriam mustert mich weiter. Nicht unfreundlich, aber unergründlich.

«Komische Situation», sage ich, um wenigstens etwas zu sagen und weil es keine Lüge ist. Alles andere wäre eine.

«Das kannst du laut sagen! Was meinst du, was ich mir auf dem Weg hierher alles zurechtgelegt habe. Ich dachte, witzig ist vielleicht am coolsten.» Sie grinst mich an, ich grinse zurück. Ein Teil der Schwere löst sich in Luft auf.

Tim drückt ihr nach einer gefühlten Ewigkeit vier (vier???) Kondome in die Hand.

«Reichen die?», fragt er treuherzig, und ich könnte ihn in diesem Augenblick knutschen, wie er dasteht und seiner Frau Kondome in die Hand drückt. Unwillkürlich frage ich mich, was Miriam wohl davon halten würde, wenn ich ihr jetzt sage, dass ihr Mann der treuherzigste Kerl ist, den man sich nur wünschen kann. Welcher Mann würde wohl das Kartenspielen dem Sex vorziehen und seiner Frau vier Kondome in die Hand drücken? Okay, ich könnte hier aufzeigen, aber ich bin kein Mann.

«Wenn nicht, komme ich einfach noch mal, und falls ihr jetzt nicht mehr genug habt, losen wir eben», antwortet Miriam kichernd und lässt sich sanft, aber bestimmt von Tim zur Tür hinausschieben. Ich bin mehr als dankbar, dieses Gespräch nicht weiterführen zu müssen. Miriam entschwebt würdevoll. «Viel Spaß noch ihr zwei», flüstert sie lautstark über den Flur.

«Euch auch», antworten wir im Chor, und die Tür fällt ins Schloss.

Gleich zentnerweise poltern die Steine von meinem Herzen. Ein kurzer Kaninchenblick, und wir atmen fast gleichzeitig erleichtert auf. Und dann lassen wir der Anspannung freien Lauf. Es platzt aus uns heraus, wir prusten, lachen, kichern und geiern, bis uns die Bäuche schmerzen. Kleine Pausen gönnen uns Erholung, sie werden länger und länger, und am Ende reicht es bei Tim sogar für ein paar Worte.

«Das war jetzt richtig absurd. Ich meine, wer rechnet denn bitte damit, Angst davor zu haben, beim Nichtstun erwischt zu werden.» Wieder fängt er an zu lachen.

«Du sprichst mir aus der Seele. Ich hatte so einen Schiss, dass du keine Kondome dabeihast!»

«Und ich, dass du graue Frotteeunterwäsche trägst.» Er grinst schelmisch. «Und außerdem hast du wirklich sehr, sehr lange gebraucht.»

«Aber dann habe ich pflichtbewusst meine Klamotten von mir geworfen, wie du es mir befohlen hast, und wenn ich Omas Schlüpfer getragen hätte, hätte ich den auch noch von mir geworfen.»

«Das hättest du zu unserer Rettung getan? Ich bin beeindruckt, Holde!»

«Immerhin hast du deiner Frau vier Kondome in die Hand gedrückt. Das ist nicht weniger heldenhaft.»

Er winkt lässig ab. «Ich will schließlich in Ruhe weiterspielen. Obwohl, wenn ich dich so anschaue, sollten wir lieber auf Strip-Poker wechseln.»

«Blöder Witz.»

«Ach komm, auch blöde Witze wollen gemacht werden, wenn sie mit dem Zaunpfahl winken.»

«Halbnackte Frauen sind da nicht so entspannt.» Ich wäre auch mit Klamotten nicht entspannt, aber das braucht er nicht zu wissen.

«Keine Angst, sieht doch nett aus.»

«Wenn du das sagst.»

«Tue ich.»

«Deine Shorts sind auch sehr schick. Ich bin wirklich froh, dass es kein Seidenslip ist.»

«Ich danke recht herzlich für das Kompliment.»

«Unser Gespräch wird immer bescheuerter.»

«Stimmt.»

Wir lachen wieder, aber etwas hängt zwischen uns. Nicht greifbar. Aber da.

«Du bist nicht tätowiert», stelle ich fest. Um irgendwas zu sagen, und vielleicht hätte ich vorher darüber nachdenken sollen, aber so bin ich eben. Sage oft genau das, was ich denke, und schicke diese Gedanken durch keine Zensur. Dafür mag ich mich manchmal überhaupt nicht.

Tim zieht eine Augenbraue nach oben. «Ist das jetzt gut oder schlecht?»

«Eher gut, ich find's nicht schlimm, aber ohne find ich's schöner.»

«Wäre es denn ein Ausschlusskriterium gewesen bei der potenziellen Sexpartnersuche?»

«Ne», erwidere ich, «ich habe dich ja gekauft wie gesehen. Wenn, dann hätte ich das vorher überprüfen müssen.»

«Oder zumindest die Gebrauchsanweisung lesen müssen.»

«Es war leider keine dabei.»

«Dann ist vielleicht noch Garantie drauf?»

Wir grinsen uns an, und irgendwie werde ich das Gefühl

nicht los, dass unser Wortgeplänkel haarscharf an etwas vorbeikratzt.

«Wie könnte ich denn herausfinden, ob noch Garantie drauf ist?», frage ich provokanter als beabsichtigt.

Die Pause, die auf meinen Satz folgt, wiegt schwer.

Wir schauen uns an.

Und schauen uns an.

Und schauen uns an.

Von irgendetwas fasziniert, für das ich gerade keine Worte finde. Oder finden möchte.

In meiner Magengegend sammeln sich Dutzende ungeduldige Schmetterlinge, und ich habe Angst, sie könnten losfliegen. Gefühlt stehen sie seit Wochen in den Startlöchern.

Tim schlägt die Bettdecke zurück. Darunter liegen die Karten. Wahllos greift er sich eine. Befänden wir uns in einem Kitschfilm, wäre es die Herzdame. Zum Glück ist es nur die Pik-Drei.

«Sollen wir weiterspielen?», fragt er mit einem merkwürdigen Unterton.

Den ich ignoriere und stattdessen frage: «Machst du dir keine Gedanken über das, was gerade passiert ist?»

Tim zuckt die Achseln. «Bei meiner Frau wundert mich nichts mehr.»

«Dann wundere ich mich für dich mit, okay?»

«Tu das. Fertig?»

Ich lache. Oh Mann, ich mag unsere kleinen Wortgefechte so sehr, dass alleine das einen mittleren Grübelanfall wert wäre. Wahllos greife ich in den Haufen und bombardiere ihn mit einem Schwung Spielkarten. Er zögert keine Sekunde und bewirft mich ebenfalls. Und als wolle alle Anspannung der letzten Minuten in diese Karten fließen, befinden wir uns plötzlich mitten in einer Schlacht. Die Karten fliegen durch das Zimmer, immer mehr landen auf dem Boden, immer weniger befinden sich in greifbarer Nähe, und der Kampf um die letzten Karten entbrennt. Ich grapsche ihm zwei direkt aus der Hand.

«Hast du mir gerade meine Karten geklaut? Na warte.» Er hangelt sich über das Bett und greift nach den Spielkarten, die ich partout nicht loslassen will.

«Das sind meine», quieke ich entrüstet.

«Auslegungssache», stellt er fest und zieht fester daran, während er mich gleichzeitig mit einem Arm nach hinten drückt.

Wir sind nur noch einen Schritt von einer Rauferei entfernt. Wir tragen beide nur Unterwäsche. Wohin so etwas führt, weiß man. Und weil ich genau genommen seit Wochen daran arbeite, genau das zu vermeiden, sollte ich jetzt nicht damit aufhören, nur weil Miriam uns genötigt hat, uns in Unterwäsche anzustarren. Aber ... irgendwie ... der Anblick ... der Gedanke. Ich schlucke schwer. Schicke den Gedanken schnell wieder weg, weil ich einmal in meinem Leben so diszipliniert sein will, das Schokotörtchen nicht zu essen. Was bei Schokolade nicht klappt, klappt vielleicht bei Männern? Ja, so muss es sein. Tim sieht mich an, ganz komisch, ich schlucke ein weiteres Mal, weil nicht sein kann, was ich in seinem Blick lese. Es geht ihm gerade genauso. Kein Verlass auf den Mann.

Scheiße, scheiße, scheiße.

Abrupt, viel zu abrupt lege ich die Spielkarten, die ich eisern verteidigt habe, aus der Hand, klettere vom Bett, hangle nach meinem T-Shirt und streife es mir über den Kopf.

«Okay, lass uns uns anziehen und weiterspielen», sage ich.

«Wenn du meinst», erwidert Tim.

Bedauern flackert in seinem Blick, und mit einem Mal ist es mir egal, welche abstrusen Regeln ich mir auferlegt habe, es ist mir egal, dass Steffen ein paar Zimmer weiter Miriam vögelt, es ist mir egal, dass mein Leben in den letzten Wochen so kompliziert geworden ist, und es ist mir egal, dass ich mir seit einiger Zeit einreden muss, dass gute Gespräche alles sind, was ich von Tim will.

«Scheiß drauf», japse ich, das T-Shirt wandert zurück auf den Fußboden, ich stolpere fast über meine Füße. Dann habe ich es über das Bett geschafft und drücke Tim einen Kuss auf den Mund, nicht vorsichtig, nicht behutsam, sondern forsch und ungehemmt, egal, wie er das findet.

Um Tims Reaktion muss ich nicht fürchten, denn er zögert keine Sekunde, schließt mich augenblicklich in seine Arme und erwidert den Kuss. Es ist unglaublich richtig, und es ist unglaublich falsch. Meine Beine sind weich wie geschmolzene Butter, und mein Herz schlägt in meinen Ohren.

Weil wir diese Hürde genommen haben, wäre es irgendwie blöd, wieder aufzuhören. In seinem Gesicht zumindest lese ich nichts anderes, als wir aufhören, uns zu küssen.

«Es ist schön, dass du angefangen hast, ich hätte mich vermutlich aus Anstandsgründen zusammengerissen.»

Wie ein ganz treuer Dackel blickt er mich an, ich könnte ihn gerade wieder küssen, so süß sieht er aus. «Siehst du, das ist wahre Emanzipation», sage ich stattdessen schmunzelnd.

«In Wirklichkeit willst du doch nur davon ablenken, dass du beim Rommé keine Chance gegen mich hast.»

«Ist es so offensichtlich?»

«Aber so was von.»

«Dann sollte ich vielleicht weitermachen, damit du nicht auf die Idee kommst, weiterspielen zu wollen.»

«Das ist eine verdammt gute Idee.»

Er nimmt mein Gesicht in seine erstaunlich kühlen Hände, und diesmal küsst er mich. Es fehlt nur wenig, damit ich alle Bedenken Bedenken sein lasse. Vielleicht will ich uns eine letzte Chance auf einen Ausweg geben, als ich frage: «Stehst du wirklich auf grüne Unterwäsche?»

«Tue ich tatsächlich. Ja.»

«Warum?»

«Die ist so selten.»

«Du hast wirklich ein großes Herz.»

Er schüttelt den Kopf, und wir fahren an dieser letzten Ausfahrt vorbei. «Männer mit einem großen Herzen reden nicht so gerne. Komm her.»

Und dann machen wir einfach weiter. Und es ist ziemlich, ziemlich schön.

Ich tauche auf. Einen Augenblick, um Atem zu holen, und vielleicht, um – ganz kurz nur – zu verstehen, was gerade passiert. Wir tun das, was wir bisher nicht getan haben, aber was wir tun dürfen, ganz offiziell. Es gibt keinen Grund, es nicht zu tun. Es ist schön, es ist neu, es ist warm, und es ist ... überwältigend. Und doch ist da etwas, das hier nicht hergehört, was fehl am Platz ist und was sich so verdammt gut anfühlt, dass es schmerzt. Und dann dringt es in mein Bewusstsein.

Wie sieht Tim mich eigentlich an? Sein Blick, während er seine Hände über meinen Körper, hierhin und dorthin, wandern lässt, mich vorsichtig und andächtig aus meinem ungehörigen Spitzen-BH schält und mich betrachtet, als sähe er mich das erste Mal. Sein Blick, während mir klarwird, dass ihm gefällt, was er sieht, und dass er nicht damit aufhören möchte. Sein Blick, während seine Hände weitermachen, mich erkunden und er die Augenblicke in die Länge zieht, als würde er jedes Fitzelchen davon genießen.

Es ist kein Blick für ein Abenteuer, für ein unverbindliches Arrangement, für Sex nach Plan. Es ist ein Blick, bei dem mir ganz mulmig wird, und ehe ich erfassen kann, was er bedeuten KÖNNTE, wird mir klar, dass er in einen Spiegel schaut. Denn genau so, wie er mich anschaut, so sehe ich ihn an, und plötzlich wird mir in aller Deutlichkeit bewusst, was diese Blicke bedeuten: Betrug!

Bevor mir schlecht wird, weil ich plötzlich die letzten Wochen, die wir in diesen Hotelzimmern verbracht haben, in einem anderen Licht sehe, Einzelheiten an ihren Platz fallen, die Puzzleteile ein Bild ergeben, tauche ich wieder ab. Stelle das Denken ein und genieße das Hier und Jetzt, wohl wissend, dass sich in diesem Moment alles ändert ...

Am Ende liegen wir verschwitzt und zerwühlt in den Laken, und eine lange Zeit sagt niemand etwas. Wir schauen uns an, atemlos, und versuchen, in dem Blick des jeweils anderen zu lesen. Sehen nur Ratlosigkeit ... Ein guter Witz wäre praktisch, aber die Tatsache, dass etwas passiert ist, was nicht hätte sein dürfen, hängt wie suppiger Nebel in der Luft.

«Wie geht es weiter?», unterbricht Tim die Stille und sucht unterdessen langsam seine Klamotten zusammen. Ich sehe ihm dabei zu, noch bin ich unfähig, auch nur meinen kleinen Zeh zu bewegen. Weil ich nicht sofort reagiere, untersucht er mein Gesicht. Als stünde dort eine Antwort. Die nächsten Worte wählt er mit Bedacht. «Wenn wir beide beschließen, dass es ein Ausrutscher war, dann spielen wir weiter Karten ... und falls nicht, dann ... können wir vielleicht das machen, wofür wir eigentlich hier sind?» Er grinst verhalten, räuspert sich und fügt verlegen hinzu: «Also, ich hätte nichts dagegen.»

Er ist niedlich, wie er vor sich hin stammelt. Am liebsten würde ich ihn drücken und ein verruchtes «ich freu mich schon aufs nächste Mal» oder ein witziges «ich kann nicht immer Grün tragen» oder gar ein frivoles «ich auch» hauchen, aber nichts davon kommt über meine Lippen.

«Ich denke darüber nach», ist die einzige Antwort, die ich ihm geben kann, weil alle anderen Gedanken viel zu groß sind, um zu diesem Zeitpunkt gedacht zu werden.

Wollknäuelgrübeleien, mehr ist in den Tagen danach nicht möglich. Ich habe das Gefühl, so verpeilt durch die Gegend zu laufen, eigentlich müsste in dicken Lettern auf meiner Stirn stehen, dass etwas nicht stimmt. Falls Steffen es merkt, so sagt er nichts. Vielleicht ist er aber auch so verblendet von seinen eigenen Turnübungen, dass er wirklich nichts mitbekommt. (Er hat übrigens regelmäßig am Tag danach Muskelkater, und ich bin erstaunt, wie egal mir das ist. Natürlich gibt er das vor mir nicht zu, aber er stöhnt und ächzt regelmäßig wie ein alter Mann.) Dabei bin ich gar nicht richtig da. Ich schwebe zwischen Wonne und Zweifel, Herzklopfen und schlechtem Gewissen. Was ich nicht habe, ist eine Idee, wie es weitergehen könnte. Obwohl, ich habe sehr viele Ideen, aber das macht es natürlich nicht besser. Hin und her, rauf und runter hoppeln meine Gedanken. Ich gehe alles wieder und wieder durch, während ich eimerweise Schotter in unsere bombenbefreite Baugrube schütte und dabei überschüssige Energie abbaue. Zwischendurch verpresse ich den Schotter mit einem schweren Metallstampfer. Und noch ein Hieb und noch einer. Ich presse meine Kiefer aufeinander und wüte wie eine Wilde. Ich würde nicht so weit gehen, mich als verbissen zu bezeichnen, aber es tut verdammt gut.

Ich sitze auf dem Sofa, wie üblich eingemummelt in meine blaue Wolldecke. Es ist nicht kalt, aber eine Wolldecke gehört dazu, wenn es behaglich sein soll. Der Laptop liegt aufgeklappt auf meinem Schoß, und ich surfe wahllos im Internet. Auf der Suche nach Rezepten, Nachrichten und sinnlosen Ablenkungen. Ich kann mich nicht wirklich konzentrieren, aber nachdenken will ich auch nicht. Steffen sieht mit einem Kumpel ein Pokalspiel in der Kneipe, wir haben gegessen, und die Kinder genießen die letzte halbe Stunde, bevor sie ins Bett müssen, und spielen Playmobil. Bereits heute Nachmittag haben sie im Wohnzimmer eine Hoteloase aufgebaut, mit dem Flieger etliche Männchen angekarrt und spielen Ferien. Der Fußboden ist eine Mischung aus Sportraum, Massagesalon und Tanzsaal. Männchen werden massiert, machen Aerobic oder schwofen paarweise über das Eichenholz. Carlotta spielt gerade zwei Figuren, die sich gegenüberstehen und auf den nächsten Tanz warten.

«Was sind das für Paare?», frage ich neugierig.

«Die sind verliebt», antwortet Carlotta und zieht bedeutungsvoll ihre dunklen Augenbrauen nach oben.

«Verliebt, soso. Sind sie denn verheiratet?»

«Nö, die sind noch ganz am Anfang.»

«Dann wird doch bestimmt geknutscht, oder?»

Milla, die gerade im Massagesalon bedient, gluckst fröhlich. «Nö, haben wir versucht, aber die können nicht knutschen.»

«Wie, die können nicht knutschen?»

«Na, guck doch, die stehen voreinander und kommen gar nicht aneinander ran.»

Sie demonstriert es mir mit den zwei Figuren, die sie in der Hand hält. Und tatsächlich, das tugendhafte Kinderspielzeug hält, egal, wie man die Figuren hinstellt, einen züchtigen Sicherheitsabstand.

«Das ist ja allerhand», sage ich und beuge mich nach vorne. «Lass mal gucken.» Ich nehme ein Paar von der Tanzfläche, halte den Mann hoch und lege die Frau quer, damit sich die Gesichter berühren. «Seht ihr, geht doch.»

«Die hängt aber jetzt in der Luft», beschwert sich Milla, «das geht doch gar nicht, oder hat die Flügel?»

Carlotta kichert albern vor sich hin. Knutschen findet sie peinlich und lustig zugleich.

«Dann müssen wir die Frau auf den Boden legen», starte ich den nächsten Versuch und lege die Frau auf den Rücken, den Mann quer darüber. Ist das jetzt noch pädagogisch wertvoll, oder regiert da mein lästiges Unterbewusstsein? Egal, es macht auf jeden Fall Spaß. Es erinnert mich an meine eigene Zeit zwischen Kindheit und Pubertät, in der ich mit Barbiepuppen akribisch ausgelotet habe, ob da irgendwas zusammen- oder aufeinanderpasst. Und an Tim und unser letztes Treffen, aber den Gedanken erschlage ich sofort mit der flachen Hand.

«Boah, Mama, die können sich doch nicht mitten im Tanzsaal auf den Boden legen», entrüstet sich Milla glucksend und verdreht affektiert die Augen.

«Wo du recht hast, hast du recht, außerdem ist knutschen gar nicht so wichtig», gebe ich nach und stelle die Männchen zurück in ihre sittsame Walzerstellung.

Milla nickt zufrieden, und ich beschließe, die Kinder ins Bett zu schicken, bevor mir noch mehr Unsinn einfällt.

17

Sesamstraßenmassaker

Die Tage ziehen ins Land, in denen ich mich wieder und wieder frage, wie es weitergehen soll. Tage, in denen ich keine Antwort finde. Sex oder Gespräche? Ich will beides und, wenn ich an die Konsequenzen denke, nichts davon. Ich habe Angst vor mir selbst. Vor dem, was in meinem Inneren eigentlich heranwächst, und für das die Frage «Sex oder Gespräche?» nicht mehr als ein Feigenblatt ist.

Zum Glück habe ich reichlich Abwechslung. Milla feiert Anfang März ihren zwölften Geburtstag. Mit ihren Freundinnen veranstaltet sie eine Gruselparty inklusive Nachtwanderung durch den Wald, die sie genau so lange durchhalten, bis es kräftig im Gebüsch raschelt. Einen Tag später reisen Schwiegereltern und Patentanten an. Ich backe, ich koche, ich suche die besten Gruselgeschichten im Internet. Auf der Arbeit mache ich Überstunden. Ein potenzieller Großkunde hat angeklopft.

Steffen ist wie immer. Er hat sich eingerichtet in seinem neuen Leben. Wenn ich nicht genau wüsste, dass er alle paar Wochen mit einer anderen Frau schläft, man könnte es glatt vergessen, so normal ist er. Für Steffen ist die Geschichte genau das, was sie sein soll: ein Arrangement. Ich glaube, ich beneide ihn darum. Nicht dass ich je damit gerechnet hätte, meinen Ehemann um fröhliches Fremdvögeln zu beneiden, aber über den Punkt bin ich schon seit längerem hinaus. Wir sprechen schon lange nicht mehr darüber, ich kann mir fast nicht vorstellen, dass wir es überhaupt je getan haben.

Dass es unter der Oberfläche schwelt, die kleinen Konflikte im Alltag schärfer werden, blendet er aus. Und ich im Grunde auch. Denn die wenigsten Gedanken gelten meinem Ehemann. Ich sollte mir Sorgen machen, aber ich habe schlicht keine Kapazitäten dafür in meinem Kopf.

Mein Heimweg mit dem Rad von der Arbeit ist klassischerweise die Zeit des Tages, in der ich ungelöste Probleme am besten durchdenken kann. Die Strecke ist angenehm. Die meiste Zeit fahre ich über großzügige Fahrradwege, eine große Strecke sogar durchs Grüne. Dabei habe ich Kopfhörer im Ohr, und je nach Lied passt sich meine Stimmung der Musik an. Nach zwei Kreuzungen und drei Ampeln stehe ich an der Schranke. Zwei Züge sind bereits durchgefahren, stoisch warte ich auf den dritten. In Bonn regnet es, oder die Schranken sind unten, lautet ein gern zitierter Spruch über meine Heimatstadt, den ich an Tagen wie diesen uneingeschränkt unterschreibe.

Ich muss mit Tim sprechen, das ist mir heute klargeworden. Dringend. Ich habe mit niemandem über das gesprochen, was passiert ist, weil ich das Gefühl habe, jeder Ratschlag kann nur der falsche sein.

Der dritte Zug rauscht an, und gleichzeitig klingelt es. Ich rupfe meinen Rucksack von den Schultern und krame nach dem Handy. Leider verstehe ich wegen des Güterzugs überhaupt nichts.

«Hallo?», brülle ich in den Hörer. «Ich stehe an der Schranke, einen Moment, bitte!»

Ich warte, bis der Zug durch ist, die Schranke auch für den vierten Zug unten bleibt, und kann nun endlich etwas hören.

«Hallo, Nina, kannst du mich jetzt verstehen, hier ist Tim.»

«Oh.»

«Oh? Ein gutes oder ein schlechtes Oh?»

«Also, ja. Tim! Gut, dass du anrufst. Ich wollte auch mit dir sprechen.»

«Dann bin ich beruhigt. Geht es dir gut?»

«Ich weiß nicht. Wie geht es dir?»

Pause. «Ganz gut. Ich glaube, wir sollten dringend miteinander reden.» Sein Ton ist freundlich, aber er wirkt auch unsicher.

«Nach zwei Wochen ist das vielleicht eine gute Idee.»

«Hätte ich mich früher melden sollen?»

«Ja. Nein. Ach, ich weiß nicht. Ich hätte mich auch melden können. Aber ich wollte es zuerst mit mir selbst ausmachen.»

«Und? Hat es funktioniert?»

«Nicht wirklich.» Wider Willen grinse ich.

«Dann sind wir schon zu zweit», erwidert er trocken.

«Tolle Wurst.»

Tim lacht herzhaft, und ich stimme befreit ein. Der Kloß im Hals ist plötzlich nur noch halb so dick.

Und deshalb sage ich das, was mir geradewegs durch den Kopf geht. «Wir sollten es nicht unnötig dramatisieren, oder? Ich meine, es war schön, aber einfach ein Ausrutscher. Außerdem durften wir es. Hochoffiziell. Also ist quasi gar nichts passiert.» Ich sage das, weil mir zwei Dinge plötzlich glasklar sind: Ich will Tim wiedersehen, und ich will Tim wiedersehen. Jede andere Option hieße, auf ihn zu verzichten. Also ist es am einfachsten, so zu tun, als wäre nichts Wildes passiert. Denke ich jedenfalls.

«Okay», sagt Tim nach einer kurzen Pause. «Ja, das hört sich logisch an. Unkompliziert.»

«Wusstest du nicht? Unkompliziert ist mein zweiter Vorname.» Ich kichere albern, froh um die Leichtigkeit.

«Keine Frau ist unkompliziert, aber rede es dir nur ein», erwidert er glucksend, und wir flachsen, bis der letzte Zug durch ist.

Von da an ist mir etwas leichter ums Herz, wenn ich an unsere nächste Begegnung denke. Auch wenn das an meinen Gefühlen ohne Namen nichts geändert hat.

Das nächste Treffen steht bevor. In vier Tagen stehe ich Tim wieder gegenüber, und alleine bei dem Gedanken daran sind komische Knubbel und Flattermänner in der Magengegend mein kleinstes Problem. Ich freue mich, ihn wiederzusehen, viel mehr, als mir lieb ist, in gleichem Maße verfolgt mich die nackte Angst. Ein schönes Wechselbad der Gefühle habe ich da zu verarbeiten. Und das ist der Grund, warum ich letztendlich doch das dringende Bedürfnis habe, beichten zu gehen.

Ich besuche Gudrun zu Hause, aber immerhin ist sie diesmal nicht beschäftigt. Okay, sie strickt, aber das gilt nicht, denn sie sitzt dabei nahezu statisch auf dem Sofa, und ihre Ohren gehören nur mir.

«Hallo, du meine kleine Lieblingswurst», begrüße ich Kasimir, der freudig und nacktschwänzig anwackelt.

«Du sollst nicht so despektierlich mit meinem Hund reden. Das setzt ihm zu. Das habe ich dir doch mittlerweile oft genug erklärt.»

«Du wirst echt immer humorloser, wenn's um Kasi geht.»

«Ach, weißt du, du bist ja nicht die Einzige, die lästert. Alle lästern. Da kann man seinen Humor schon mal verlieren.»

Sie macht eine kurze Pause, grinst und sagt: «Sonst funktioniert er aber einwandfrei.»

Ich beschließe, von nun an eine gute Freundin zu sein und das Hundchen zukünftig in Ruhe zu lassen. Obwohl, eine Anmerkung hätte ich da noch. «Vielleicht legt ihr euch einfach einen zweiten, total niedlichen Hund zu, dann kriegt der die ganze Aufmerksamkeit, und Kasimir steht nicht mehr so im Fokus.»

Gudrun legt den Kopf schief. Gleich geht sie auf mich los. Ich schnappe mir schon mal ein Kissen zur Verteidigung.

«Würdest du das auch vorschlagen, wenn ich ein hässliches Kind hätte?», fragt sie ganz, ganz ruhig.

«Nein, das wäre ja unmoralisch», antworte ich bierernst.

Jetzt lacht sie doch.

«Siehst du, ich wusste, ein blöder Hundespruch würde dich aus der Reserve locken.»

«Boah, noch ein Mal, und ich schmeiße dich raus. Echt, man kann es mit der Ehrlichkeit übertreiben. Manchmal will man gar nicht alles wissen.» Mit verschränkten Armen sitzt mir meine Freundin gegenüber, und wenn es jetzt nicht passt ... Ich könnte mir keine schönere Steilvorlage vorstellen.

«Gut, ich nehme mir das zu Herzen, aber nur, wenn das mit der Ehrlichkeit auch umgekehrt gilt. Und zwar genau ab jetzt.»

Gudrun kneift die Augen zusammen und ist augenblicklich im Thema. «Okay, jetzt wird es spannend. Sag, wie geht es dem munteren Quartett?» Sie sieht es in meinen Augen. «Aha, ich hab's gewusst», triumphiert sie, «was ist passiert?»

«Ich habe mit Tim geschlafen», sage ich leise. Das erste Mal spreche ich es aus.

«Na und? Das war doch Sinn der Sache, oder nicht? Das

mit diesen bekloppten Gesprächen konnte ja nicht gut gehen. Männlein, Weiblein, eine stille Kammer, viel zu viel Zeit. Da ist bumsen geradezu unausweichlich.» Gudrun freut sich sichtlich über ihr Bild und gackert zufrieden in sich hinein, während sie nebenbei irgendwelche Maschen abzählt.

«Das hört sich jetzt aber sehr simpel an.»

«Ist es doch auch. Alles andere ist nur moralischer Ballast. Und da, meine Liebe, hättest du weitaus früher ansetzen müssen.»

«Danke, das weiß ich auch.»

«So, und jetzt erzähl! Ich bestehe auf Einzelheiten. Lass mich teilhaben an deiner Soap.»

Ich verdrehe die Augen, eher theatralisch, weil ich genau dafür hier bin, und erzähle es ihr. Angefangen bei Miriams Klopfen bis hin zu der Tatsache, dass der Sex mehr als erfreulich war. Nur die Sache mit den Gefühlen. Die serviere ich ihr nicht.

«Und, was hast du jetzt vor? Bei den nächsten Treffen, meine ich. Es gibt sie doch, oder?»

Ich nicke. «Wir haben darüber gesprochen und sind uns einig, dass es ein Ausrutscher war. Ich habe trotzdem keine Ahnung, wie es wirklich weitergehen soll, weil ... weil ...»

«Oje», sagt Gudrun, betrachtet mich mitleidig und legt sogar ihr Strickzeug weg, «du hast dich in diesen Tim verknallt.»

«So würde ich das nicht nennen.» Abwehrend verschränke ich meine Arme vor der Brust.

«WIE würdest du es denn nennen?»

«Irgendwie ... verguckt vielleicht?»

«Aha, verguckt. Ist das die Vorstufe von verknallt?»

«Ich verweigere die Aussage.»

«Welchen Namen du dem Kind gibst, ist egal, aber wenn du so weitermachst, ist es schneller in den Brunnen gefallen, als du piep sagen kannst. Sagte ich das schon? Ja, das sagte ich! Hat es dich interessiert? Nö.»

«Kannst du vielleicht mit deinen selbstgefälligen Monologen aufhören? Natürlich will ich nicht, dass das Kind in den Brunnen fällt.»

«Dann solltest du euer Quartett schnellstmöglich abwickeln, anstatt mit verknallter Birne weiter Karten zu spielen. Aber soll ich raten? Tust du sowieso nicht.»

«Hattest du mir nicht versprochen, weniger ehrlich zu sein?»

«Meine Liebe, das war schon die abgeschwächte Variante. Eigentlich sollte ich dir als gute Freundin den Kopf abreißen.» Sie hält nachdenklich inne. «Aber vielleicht tut dir so eine Romanze ja gut. Ich meine, du gehst ja nicht fremd, oder so.»

«Woher denn jetzt der Sinneswandel?» Ich starre sie verdutzt an.

«Du glühst förmlich vor Wonne, wenn du über diesen Tim redest.»

«Warum treffen wir uns in dieser dämlichen Pizzeria?»

«Keine Ahnung, aber es ist doch nicht schlecht, sich mal zu viert zu treffen.»

«Finde ich nicht», schmolle ich und verschränke die Arme.

Wir sitzen in der Straßenbahn Richtung Innenstadt. Und, ich gebe es gerne zu: Ich bin schlecht gelaunt. Ich habe allen Grund dazu, wie ich finde. Erstens habe ich Angst vor der Begegnung mit Tim, zweitens finde ich es total peinlich, wie Steffen alles freudig bewedelt, was Miriam vorschlägt. Als ich heute Morgen hörte, wie er mit ihr telefoniert, hatte ich den Eindruck, sie hätte meinen Mann dressiert. Er ist nicht mehr er selbst. Allein der Tonfall. Ich war kurz davor, ihn zu fragen, ob er beim Sex eine Leine trägt.

Warum ist mir das bisher nicht aufgefallen? Und warum macht es mir nichts aus? Müsste ich nicht vor Eifersucht platzen? Es ist nicht das erste Mal, dass ich mir diese Frage stelle, denn Toleranz alleine kann es nicht sein. Meine Gefühle für Steffen haben sich geändert. Es wird mir langsam klar, sickert peu à peu in mein Bewusstsein. Nicht erst seit heute, nicht seit dem letzten Abend mit Tim und vielleicht nicht einmal seit dem Beginn unserer Pärchentauschgeschichte. Doch ich wehre mich dagegen und bin nicht bereit, Schlüsse zuzulassen. Außerdem habe ich Angst, meine eigene Gefühlsduselei könnte zu falschen Schlussfolgerungen führen. Dennoch bin ich schlecht gelaunt, denn ich finde Steffens Verhalten einfach nur armselig. Beste Voraussetzung also für ein bumsfideles Vierertreffen.

«Warum willst du dich denn nicht treffen?»

«Weil es seltsam ist.»

«Ja, das ist es», gibt Steffen überraschenderweise zu und nimmt mir den Wind aus den Segeln. «Aber mach dir nicht zu viele Gedanken. Vielleicht wird es trotzdem lustig.»

«Also gut, wenigstens hab ich Lust auf Pizza.»

«Das ist ein Anfang.» Steffen grinst mich aufmunternd an und stößt mir spielerisch in die Rippen. Ich verziehe mein Gesicht widerwillig zu einem Grinsen.

Miriam begrüßt uns gewohnt enthusiastisch, als wir in der übersichtlichen Pizzeria die kleine Nische gefunden haben, in der sie es sich mit Tim gemütlich gemacht hat. War ihr Auftreten schon immer so aufgesetzt, oder liegt es an meiner schlechten Laune, dass mir das jetzt auffällt?

Küsschen links, Küsschen rechts. Ich verteile ebenfalls

überkandidelte Luftküsse und lasse mich auf das Geträller ein. Ist doch alles ganz einfach. Nachdem sie mit mir fertig ist, hakt sie sich bei Steffen unter, wiederholt das Begrüßungsprozedere und platziert ihn an ihrer Seite. Es sollte mich stören, unter normalen Umständen – aber die Umstände sind alles andere als das, und ich bin damit beschäftigt, Tims Blicken auszuweichen. Er nimmt mich erfrischend unbekümmert in den Arm, keinen Tick zu lang. Verdammt, die wilde Horde besoffener Schmetterlinge hält das trotzdem nicht davon ab, durch meinen Magen zu marodieren. Ich setze mich neben ihn, versuche, alles Kribbeln und Krabbeln zu ignorieren, und bin froh, ihn nicht ansehen zu müssen. Der Kellner kommt, reicht die Speisekarte, und ich kann mich für die nächsten Minuten dahinter verstecken.

Gemeinschaftlich entscheiden wir uns für Pizza; ich nehme Spinat und Champignons, dazu eine Karaffe Wein.

«Hach, ich finde es so schön, endlich mal was zu viert machen.» Miriam strahlt atomverseucht und hebt ihr Glas. «Auf uns!»

Absurd, absurd, absurd, tönt mein Gewissen. Bin ich die Einzige, die die Situation völlig beknackt findet? Ich meine, was soll das hier werden? Ein munteres Austauschen von Sexanekdoten frei nach dem Motto: «Wie ich es deinem Mann besorge?»

Ich leere Glas Nummer eins, viel zu schnell, und warte auf das warme wohlige Gefühl, das sich vom Bauchnabel her ausbreitet, wenn ich Rotwein trinke.

«Jetzt essen wir erst mal, und dann habe ich eine ganz besondere Überraschung für uns.» Miriam schaut mit blitzenden Augen beifallheischend in die Runde, und ich setze mein bestes Jetzt-bin-ich-aber-gespannt-Lächeln auf.

«Du willst wirklich nichts verraten?», fragt Tim, und man merkt: Es war bereits vorher ein Thema zwischen den beiden.

«Nein, mein Süßer, dieses Geheimnis will ich auskosten. Es ist sozusagen Ostern und Weihnachten in einem, macht euch auf was gefasst.»

Mädchenhaft klatscht sie in die Hände. Ah! Wo kommt diese Frau plötzlich her? Die ist doch sonst nicht so ... überspannt. Oder?

Tim lehnt sich zurück, brummelt vor sich hin, und ich ziehe fragend eine Augenbraue nach oben. Die Stimmung zwischen den beiden könnte besser sein. Miriam überspielt gekonnt die angespannte Atmosphäre, schäkert, lacht und kichert, als wären wir einfach vier Freunde, die gemeinsam beim Italiener sitzen. Steffen leistet ihr dabei Gesellschaft. Zwischendurch sieht er mich fragend an. Was ist los? Ich schüttle unmerklich meinen Kopf und versuche, mich zusammenzureißen.

Es ist das Wunder des gut fließenden Rotweins, dass sich die Stimmung langsam löst. Wir hopsen durch die Themen, mal belanglos, mal privater. Wir reden über die Kinder, unseren letzten Urlaub, die Pläne für den Sommer. Schließlich bringe ich die Bombengeschichte zum Besten. Miriam soll ruhig erfahren, wie bescheuert sich Steffen angestellt hat. Spätestens jetzt ist die letzte Befangenheit verflogen. Ich will es mir für die Zukunft merken. Ist die Stimmung mau, erzähle von der Bombe, sie wird es richten. Seinen Blick ignoriere ich. Ja. Es sollen ruhig alle wissen, wie nachlässig er sich verhalten hat.

«Und du bist einfach zum Fußball gefahren, du Schelm», haucht Miriam meinem Ehemann entgegen. Im Gegensatz zu Tim, der ungläubig seinen Kopf schüttelt, scheint sie Steffens Verhalten nur halb so schlimm zu finden. Sie sind wohl beide aus demselben Holz geschnitzt.

«Ich bin eben manchmal ein wenig verpeilt, ich musste dringend weg, die anderen Männer hatten dieselbe Meinung, da habe ich schlicht die falsche Entscheidung getroffen», gibt Steffen angemessen zerknirscht zu, «aber glaubt mir, die Häme rächt den Fehler dutzendfach.»

«Dafür wird er sein Leben lang büßen», kommentiere ich böse, «immer, wenn diese Geschichte hervorgekramt wird, und darauf ist Verlass.»

«An Weihnachten, an Ostern, zu jedem Familienfest und immer, wenn meine Frau getrunken hat und mir eins auswischen will», fügt Steffen provokant hinzu.

«Exakt. Und ich finde, das ist das mindeste, was du verdient hast», bestätige ich seine Befürchtung.

Tim ist erstaunlich wortkarg. Er sagt den einen oder anderen Satz, aber seine Frau steht eindeutig im Mittelpunkt, und fast wirkt er wie eine gefällige Staffage. Ist es die Ausnahme oder die Regel? Dabei ist er ein so witziger und angenehmer Mensch, viel zu schade, um als schmückendes Beiwerk dieses Vollweibs unterwegs zu sein.

Mit steigendem Alkoholpegel zieht die Kalauerquote an, unsere Stelldicheins umschiffen wir jedoch tunlichst. Zum Glück, ich würde sonst schreiend den Raum verlassen. Und dann gibt es da noch etwas. Ich spüre Tim. So intensiv, dass es schmerzt. Er berührt mich nicht, aber die Moleküle meines Körpers scheinen der Schwerkraft des seinen zu erliegen. Mir fallen keine Worte ein, die weniger pathetisch sind. Ich habe keine Ahnung, wie ich mich verhalten soll, wenn wir alleine sind. Zumal immer noch nicht klar ist, was sich hinter Miriams ominöser Überraschung verbirgt.

Als hätte sie Zugriff auf meine Gedanken, unterbricht sie einen ihrer Monologe, schaut erschrocken auf die Uhr und schickt einen wissenden Blick in die Runde. «Kinder, es ist nett hier, aber wir haben noch was vor. Trinkt eure Gläser leer, wir zahlen, und dann präsentiere ich euch eine Überraschung, die sich gewaschen hat.»

«Nicht ein klitzekleiner Tipp?», schmollt Steffen mit geschürzten Lippen.

Mein Ehemann ist ein Schoßhund. Gott, ich will das gar nicht sehen! Die Treffen bisher waren mir lieber. Begrüßung, Ehemann in die Betreuung geben, Karten spielen, Gehirn ausschalten. Scheiß auf den geselligen Abend. Ich muss wirklich aufpassen, nicht doch noch den Terrier zu mimen.

Eine halbe Stunde später stehen wir auf dem Bürgersteig. Es nieselt, aber nicht so sehr, dass es stören würde. Miriam hakt sich bei mir unter, und wir schlendern wie beste Freundinnen den Gehweg entlang.

«Ninchen, was ist los, ich habe das Gefühl, du könntest besser drauf sein. Außerdem wirfst du mir seltsame Blicke zu. Denk nicht, das hätte ich nicht bemerkt.»

«Nein, alles gut», lüge ich beschwichtigend.

«Ach komm, wir können uns alles sagen.»

Grmpf. Blödes weibliches Feingefühl! «Also gut. Ich finde die Situation befremdlich. Es ist okay, nur komisch eben.»

«Verständlich, aber es ist doch toll, wie alles läuft.» Sie macht eine Pause, sieht sich nach den Männern um, die ein gutes Stück hinter uns laufen, und fährt fort: «Wir haben bisher nicht viel geredet. Aber du, es macht echt Spaß mit deinem Mann. Und bei dir? Macht es dir immer noch Spaß?» Sie grinst mich unverblümt an.

Es ist faszinierend, wie wenig Bedenken diese Frau zu haben scheint. Ich schlucke meinen Groll hinunter.

«Er ist toll. Du hast nicht zu viel versprochen», entschlüpft es mir. Und es ist nicht gelogen. Nach dem letzten Treffen ist es nicht gelogen. Leider bezieht sich meine Aussage nicht nur auf den Sex, und deshalb werde ich, glaube ich, ein bisschen rot.

«Ach komm, jetzt hab dich nicht so. Sei doch nicht immer so verklemmt.»

«Na ja, es geht immerhin um deinen Mann.»

«Hast ja recht», antwortet sie und plaudert unbeschwert weiter. «Ich glaube, Tim geht es ähnlich, leider redet er nicht gerne darüber. Dabei ist er eigentlich nicht verklemmt ...» Ratlos schüttelt sie ihren Kopf, so als wäre Tims Schweigsamkeit das große Rätsel der Menschheit. «Aber dass er dich gut findet, das steht außer Frage», schiebt sie breit grinsend hinterher.

Eine frizzelige Gänsehaut wandert über mein Rückgrat, gleichzeitig fängt mein Gesicht Feuer. Kalt, weil ich ein furchtbar schlechtes Gewissen habe, und warm, weil ... Tim ... weil ich vielleicht nicht alleine bin mit dem, was diese Nacht bei mir angerichtet hat. Ob es vernünftig ist oder nicht. Jetzt bloß nichts Falsches sagen.

«Steffen und ich reden auch nicht viel darüber», sage ich achselzuckend. «Ist vielleicht normal, oder? So genau will ich es gar nicht wissen und Steffen auch nicht, glaube ich. Im Moment hakt es sowieso ein wenig bei uns.»

«Ah, das beruhigt mich, manche Dinge müssen sich einfach mit der Zeit finden», sagt sie ein wenig nachdenklicher.

Wir müssen das Minenfeld dringend verlassen. Ich habe keine Lust, mit Miriam meine Probleme zu wälzen. Was könnte helfen? Ein Witz vielleicht? Blöde Witze helfen doch immer. «Wir können ja mal einen Bumsvergleich starten und Punkte verteilen.»

Miriam nimmt die Steilvorlage an. «Und was kriegt der Verlierer?»

Wir schauen uns beide an, ziemlich dümmlich.

«Nachhilfe?», frage ich, und dann brechen wir in hysterisches Gekicher aus. Endlich. Mach dich locker, schelte ich mich selbst.

Die Männer schließen auf.

«Was ist so witzig», will mein neugieriger Ehemann wissen.

«Nichts», sagen wir gleichzeitig und lassen die Männer darben.

Eine gefühlte Ewigkeit dackeln wir die Straßen entlang, und obwohl ich Bonn sehr, sehr gut kenne, habe ich keine Ahnung, wohin uns Miriam schleppt. Ich bin schon fast geneigt zu maulen, als sie vor der unscheinbaren Tür eines zweistöckigen Stadthauses stehen bleibt.

«Hier ist es», verkündet sie mit stolzgeschwellter Brust, kramt in ihrer riesigen knatschgrünen Handtasche nach einem Schlüssel und öffnet die Tür. Dahinter liegt ein stockdunkler Flur, der so eng ist, dass kaum zwei Leute nebeneinanderpassen. Im Gänsemarsch ziehen wir ein, und erst dann findet Miriam den Lichtschalter. Ein rötliches Licht taucht den Flur in plüschiges Ambiente. Nein, es ist gar nicht das Licht! Der Flur selbst ist plüschig. Roter, hochfloriger Teppichboden gerahmt von dunkelroter Tapete mit goldenen Ornamenten. Irgendwie sieht es hier ziemlich ... puffig aus. Puffig???

«Sag mal, Miriam», fragt nun auch Tim völlig verdattert, «ist das ein Puff?»

«Kein Puff, ein privater Club.» Sie kichert, stolz wie eine Erstklässlerin, die ihren ersten Buchstaben geschrieben hat, und macht eine bedeutungsschwangere Pause, ehe sie uns triumphierend eröffnet: «Und den haben wir heute ganz für uns alleine.»

«Benny», stöhnt Tim, und Miriam nickt majestätisch.

«Glaubt mir, es war ein hartes Stück Arbeit, Benny den Schlüssel abzuluchsen, aber er war mir noch einen Gefallen schuldig, und, tadaa, ein riesiger Spielplatz nur für uns!»

«Tüten-Benny?», frage ich ungläubig, und Miriam nickt einfältig.

Ansonsten fehlen mir die Worte, Steffen ebenfalls, und Tim hatte ja auch nur eins. Ungläubig stehen wir in diesem engen Flur und bestaunen das Ambiente. Fünf Türen gibt es hier unten, eine ebenfalls mit rotem Teppich ausgelegte Treppe führt ins Obergeschoss.

«Und was machen wir hier?», fragt Steffen einfältig.

«Na, du bist mir aber ein Dummerchen.» Miriam lacht, nimmt meinen verdutzten Ehemann an die Hand und schleift ihn nach oben. «Wir oben, ihr unten, ich wünsche euch viel Spaß»

Tirrilitirrila. Ein Kichern, ein Türenklappern, und wir sind allein. Tim und ich.

«Meine Frau ist eben meine Frau», murmelt er nach Sekunden verlegenen Auf-die-Füße-Starrens.

«Und ich dachte, die Nummern mit dem Klingelmännchen und der Partnertauschgeschichte wären schon verrückt genug.»

«Dann gibt es, was die Kenntnis meiner Frau angeht, eindeutig Luft nach oben.»

«Es ist also eher die Regel als die Ausnahme?»

«Jein. Seitdem wir Jonas haben, ist sie eigentlich ruhiger geworden, aber in letzter Zeit ... na ja, da bricht die alte Miriam aus ihr heraus.»

«Überfordert dich das?»

Tim legt den Kopf schief und schmunzelt. «Sollen wir wirklich über Miriam reden?»

«Nö, aber was machen wir dann?» Ich deute auf die geschlossenen Türen. «Auf Entdeckungsreise gehen und nachsehen, ob wir irgendwo Rommé spielen können? Ich hab nämlich Karten dabei, weil ich nicht wusste, ob Miriam uns nicht doch noch in ein Hotel schickt. Obwohl mir der Flur eigentlich schon reicht.»

«Hm», macht Tim. «Was Besseres fällt mir auch nicht ein. Also. Du zuerst. Welche Tür nehmen wir?»

«Die da.» Ich deute mit dem Daumen wahllos auf eine der Türen und grinse ihn unsicher an.

«Gut», stöhnt Tim theatralisch, «machen wir uns auf was gefasst, dieser Benny ist ein versauter kleiner Nichtsnutz. Ich will gar nicht wissen, was der mit diesem Club» – er setzt das Wort mit den Fingern in Anführungszeichen – «zu tun hat.»

«Finden wir es heraus!», sage ich voller Optimismus, öffne die erste Tür und bekomme meine Antwort. Inmitten von pinkem Plüsch steht ein ebenso plüschiges, herzförmiges Bett. Ich stöhne. Das Ganze überfordert meine Augen – und mein Hygieneempfinden.

«Ooookay», sage ich nur und gucke Tim an. Der blinzelt mir ausdrucklos entgegen, ich blinzele zurück und schließe die Tür umgehend. «Vielleicht ist das nächste Zimmer ... geschmackvoller?»

Tims Mundwinkel zucken. Eindeutig. Hinter der nächsten Tür verbirgt sich eine Toilette. Muss ich erwähnen, denn auch die ist ... anders. Das Thema hier: Gold-Schwarz-Glitzer. Selbst die Kloschüssel hat sich dem eigenwilligen Stil angepasst und glitzert schwarz vor sich hin. Augenscheinlich sind wir in einer reichlich geschmacklosen Sexoase gelandet. So was MUSS es einfach auch in Schön geben. Womöglich wäre ich nur halb so überrascht, wenn ich nicht so ein furchtbar unbedarftes Toastbrot wäre.

«Da traut sich das Pipi gar nicht aus der Harnröhre», murmle ich.

«Danke für diese bildhafte Beschreibung. Ich hätte es nicht besser hingekriegt», raunt mir Tim ins Ohr.

Er steht direkt hinter mir. Viel zu nah. Ich schlängele mich an ihm vorbei, darauf bedacht, ihn nicht zu berühren, damit ich nicht in Versuchung gerate, mich seufzend gegen seine Brust zu schmiegen. Meine Güte, ich bin doch keine sechzehn mehr.

Der nächste Versuch, Tür Nummer drei. Vorsichtig drücke ich die Klinke runter, gespannt, was sich dahinter verbirgt. Dieser Club hier wirkt so, als hätte jemand die Crew der Sesamstraße massakriert. Elmo ist schon tot, vielleicht ist hinter der nächsten Tür das Krümelmonster aufgebahrt? O nein, das Zimmer ist ... grün. Grüner als grün. Palmen, Topfpflanzen, Ranken, wohin ich blicke, echt und künstlich. Die Wände sind mit einer Dschungeltapete ausstaffiert, in der Mitte thront ein grünes satinbezogenes Bett. Die Pflanzen scheinen dem Zimmer den gesamten Sauerstoff abzusaugen, und mich beschleicht das Gefühl, dass ich mir umgehend eine Pollenallergie, womöglich sogar eine Staublunge einfange, wenn ich den Raum nicht schnellstmöglich verlasse.

«Wenigstens musste hierfür niemand aus der Sesamstraße sterben», stelle ich trocken fest.

Tim schnauft amüsiert. «Stimmt, die sind schon nebenan gestorben. Ich finde aber, diesem Raum hätten noch ein paar echte Schlangen gutgetan. Schon alleine wegen der Symbolik.»

«Und Äpfel natürlich.»

«Stimmt.»

«Wenn es so weitergeht, werden wir doch auf Elmos Leiche Karten spielen müssen.»

«Na ja, zwei Versuche haben wir ja noch.»

Ich fange an zu gickeln, Tims Augen leuchten. Irgendwie ist das hier schon extrem witzig – solange man nicht auf die Idee kommt, an diesem Ort wirklich Sex haben zu wollen ... Nein, ich denke jetzt nicht an die im ersten Geschoss. Mantra, Mantra, Mantra. Trotzdem, Steffen würde das hier unter anderen Umständen genauso lachhaft finden wie ich, allein der Miriam-Hypnose kann er sich anscheinend nicht entziehen. Und obwohl ich aus eigener Erfahrung weiß, dass sie sehr überzeugend sein kann, lässt ihn sein devotes Verhalten nicht gerade in meiner Achtung steigen.

Tür Nummer vier. Ich lege meine Hand auf die Klinke.

«Wir müssen aufpassen. Nicht dass hinter dieser Tür der Zonk sitzt», raunt Tim, und jetzt ist es völlig um meine Fassung geschehen. Ich drücke gackernd die Tür auf, und wir stehen in ... einer weißen Küche. Ganz weiß, einfach nur weiß. Kein Plüsch, kein Gold, kein Glitzer. Eine Erholung für unsere geschundenen Augen. Ich würde diesen Raum allen anderen vorziehen, leider ist er so klein, zu zweit kann man kaum darin stehen. Obwohl, dann müsste Tim ganz eng an mich heranrücken, und meine Knie würden wieder ganz weich, und das wäre möglicherweise ganz, ganz toll. Nein!, herrsche ich mich in Gedanken an. Bloß nicht irgendeiner willkommenen Gelegenheit nachgeben, das hatten wir schließlich schon und hat mir viel zu viele schlaflose Nächte beschert. Also bitte: Hinfort, ihr scheußlichen Gedanken, hört auf, die Versuchungen im Chor zu singen, sonst muss ich wieder die Socken rauskramen.

«Der schönste Raum bisher», stellt Tim fest, ohne zu ahnen, dass es ausgerechnet dieser nüchterne Raum ist, der meine Gefühle in Wallung bringt.

«Ich bin geneigt zu behaupten, es ist der schönste Raum, den ich in meinem Leben gesehen habe, weil mir die anderen jeglichen Sinn für Geschmack geraubt haben.»

«Dann lass uns das Bild vervollständigen und das letzte Zimmer entdecken.»

«Okay, du hast es nicht anders gewollt.»

Beherzt drücke ich die allerletzte Tür auf, und wir betreten den größten Raum im Erdgeschoss. Und, wow, wir sind mitten in *Fifty Shades of Grey* gelandet. In der billigen Version, versteht sich.

«Kein Plüsch», sage ich, «das Krümelmonster lebt also noch. Und alles so schön abwaschbar.»

«Ein sehr pragmatischer Ansatz.»

Wenn er nur wüsste, wie nah er damit meiner ganzen Wahrheit kommt.

«Also, gehen wir hier rein?», fragt er.

«Haben wir eine Alternative?», frage ich und betrete skeptisch den in Holz und Leder gestalteten Raum. An den Wänden hängen Dinge, die in so einem Raum eben hängen müssen. Alles kein Geheimnis mehr, seitdem SM-mäßig selbst die letzte Hausfrau aus Hintertupfingen aufgeklärt ist. Tim betätigt den Lichtschalter, unzählige Neonleuchten tauchen den Raum in ein grelles Licht.

«Ih, mach das weg.» Bei dem Licht sieht man jede Kerbe, jede Schliere, jeden Rest von … Dingen, die man weder sehen will noch sich vorstellen möchte. Aber ich wiederhole mich. Tim gehorcht, schaltet das Licht wieder aus und findet in einer Ecke eine Stehlampe, die alles in ein diffuses Licht taucht. Schon besser.

«Besser, so kann ich arbeiten.»

Tim gluckst, und dann geht auch mir die Zweideutigkeit des Satzes auf.

«Lach nur auf meine Kosten. Ich kann dich gerne wegfesseln, wenn du mich weiter ärgerst.» Ich deute auf das Ding in der Mitte. Eine Streckbank. Was sonst.

«Gott, ist das absurd.» Er schüttelt seinen Kopf und lässt sich auf ebendiese Bank plumpsen.

«Zumindest hat es die Stimmung aufgelockert, oder? Wir sollten das nicht so eng sehen. Es ist nicht so, als hätte uns irgendjemand in diese Situation gezwungen. Ich finde außerdem, es lenkt wunderbar davon ab, dass ich ganz schön Bammel hatte, dich wiederzusehen.»

«Ich hatte auch Angst.» Er sieht mir in die Augen, und ich halte seinem Blick stand. So viel Ungesagtes, so viel Ungeklärtes.

Ich ziehe einen Hocker, der fatal an einen Gebärstuhl erinnert, an die Streckbank.

«Und was soll das sein?», fragt er stirnrunzelnd.

«Ist doch sonnenklar, ein Glockenspiel.» Ein letztes Mal nimmt uns der Raum die Ernsthaftigkeit, und wir prusten und keckern wie zwei Teenager. Über uns ein verspiegelter Himmel, an den Wänden Werkzeuge jeglicher Art. Schlimm, dass mir zu einigen dieser handlichen Dinger sogar die Namen einfallen.

«Okay, ich seh's positiv. Diesmal habe ich genügend Druckmittel, wenn du mich abziehst. Ich schnalle dich einfach auf die Streckbank und versohle dir den Hintern.»

«Sollte ich jetzt Angst kriegen?»

«Auf jeden Fall! Ich muss vorher nur noch meine Lackstiefel putzen.»

«Tu das», antwortet er lapidar, «ich verteile in der Zeit schon mal die Karten.»

Wir kommen nicht weit. Denn erstens flutschen die Karten ständig von diesem scheißglatten Leder, zweitens hören wir plötzlich Geräusche.

Laute Geräusche.

Bumsgeräusche.

Och nö!

Wir schauen uns an, blicken zur Decke, schauen uns wieder an.

«Ehrlich?», sagt Tim. «Das will ich nicht hören.»

«Dito», sage ich, und dann packen wir ohne große Worte und einvernehmlich die Klamotten zusammen, überlassen die Plüsch- und Lederoase unseren fröhlich vögelnden Ehepartnern und entschwinden in die feuchte Frühlingsnacht.

«Und nun?», frage ich. «Gehen wir nach Hause?»

«Nö, sehe ich gar nicht ein.» Mit dem Kopf deutet er auf das Sündenhaus.

Ich verstehe. Also setzen wir uns ohne Ziel in Bewegung. Irgendwann endet die Straße, und wir biegen in die nächste ein, dann in die übernächste. Fast automatisch schlagen wir den Weg Richtung Altstadt ein. Wir trotten einmütig nebeneinanderher, reden nicht. Scheinen beide irgendwelchen Gedanken nachzuhängen. Bei mir ist es eher eine wabernde Wolke aus Gedankenfetzen, die miteinander schlechten Tango tanzen und sich nicht entscheiden können, welcher die Führung übernimmt. Plötzlich bleibe ich mit meinem Schuh an einer Bodenschwelle hängen, strauchle kurz, fange mich zum Glück aber wieder.

«Hoppla, Süße.»

«Hoppla, Süße?»

«Ja, hoppla, Süße.»

Schweigen. Wir sind echte Kommunikationskäpseles.

«Was machen wir denn jetzt?», frage ich irgendwann quäkig, als wir in die Dorotheenstraße einbiegen. «Irgendwas müssen wir machen, sonst muss ich nachdenken, und das will ich nicht.»

Tim bleibt stehen, dreht sich zu mir und sieht mich mit zusammengekniffenen Augen und ernstem Blick an. «Kann ich verstehen, ich will auch nicht nachdenken.»

Ich nicke einfältig.

«Komm, wir gehen ins Bla», schlägt er vor.

Ich schaue an mir herunter. In meinem Schicke-Hausfrauen-Look passe ich überallhin, nur nicht ins abgeschrabbelte alternative Bla. Auf der anderen Seite ist es den Leuten dort erfahrungsgemäß völlig egal, wie man aussieht. Vom alternden Rocker bis zum gepiercten Jungalternativen ist da alles versammelt, was sonst kein Zuhause findet.

«Also gut, dann das Bla.»

Wir biegen auf die Bornheimer Straße, und schon von weitem schrabbelt uns der typisch rockig-punkige Bla-Sound entgegen. Vor der Tür stehen die obligatorischen Raucher. Wir drücken die Tür auf, wurschteln uns am voll besetzten Kicker vorbei, finden einen Platz an der Bar und bestellen bei der übertätowierten und gepiercten Frau hinter der Theke unsere Getränke. Tim ein Bier, ich einen Sambuca, mein Allheilmittel gegen alles. Ich reiße mich zusammen und trinke ihn nicht auf ex, sondern nippe vorsichtig daran. Tim trinkt von seinem Bier, und auf seiner Oberlippe bleibt ein kleiner Schaumschnurrbart zurück.

«Du hast da was», sage ich, deute auf seine Oberlippe und verkneife es mir, den Schaum selbst wegzuwischen. Oh, es ist sehr, sehr verführerisch. Dann könnte ich ihn berühren, und das wäre irgendwie sehr, sehr schön. Oder gleich wegküssen, das wäre ... ahhh, ich hasse diese Gedanken.

«Du siehst aus, als wolltest du mir den Schaum von der Lippe lecken», sagt Tim ganz ruhig und beäugt mich dabei sehr intensiv.

«Das ist ...», blaffe ich, «... ja wohl überhaupt nicht wahr! Das wär ja wohl auch total ungezogen.»

Tim grunzt ein amüsiertes Lachen. «Vielleicht fände ich es ja ganz gut, wenn du ungezogen wärst», sagt er nachdenklich, und das ist der Augenblick, in dem mein vernünftiger Teil aufgibt. Wem mache ich eigentlich was vor? Ich will dieses Knistern, ich will mich fühlen, wie ich mich fühle, denn es ist großartig.

«Müssen wir ständig dieses schlechte Gewissen haben? Ich habe keine Lust mehr darauf, und wenn ich an Steffen und Miriam denke, finde ich es einfach nur unfair.»

«Was daran findest du unfair?», fragt Tim.

Abwartend.

Hoffnungsvoll?

«Dass wir so schrecklich vernünftig sind. Die ganze Zeit schon. Dass wir die beiden das alles machen lassen und wir so schrecklich pragmatisch sind. Ich will das nicht mehr. Vernünftig sein, pragmatisch ...»

Tim sagt nichts. Aber er stellt sein Bier auf die Theke, leckt sich den kleinen Schnäuzer von der Lippe, legt seine Hand auf meine Taille, schmunzelt, zieht mich zu sich und küsst mich. Scheiß auf die Vernunft, scheiß auf die Konsequenzen. Nur allzu gerne lasse ich mich in diese Zwischenwelt zerren, in der es das alles nicht gibt. Und es ist ganz alleine meine Schuld.

Irgendwann spuckt uns das Bla wieder auf die Straße. Wir bummeln weiter. Wie gerne würde ich in seinen Armen durch die Stadt schlendern, aber wir berühren uns nicht, denn wir sind in Bonn. Wir könnten Freunde treffen, Kollegen, Schüler. Es wäre keine gute Idee. Wir teilen uns eine Portion Pommes, klauen uns gegenseitig die besten Stücke, erhalten uns die Leichtigkeit, albern und kalauern, werfen uns fragwürdige Blicke zu. Wir ziehen einvernehmlich weiter ins Sofa, eine Disco für jedes Alter, trinken weiter, um es uns leichter zu machen. Suchen uns eine stille Ecke, knutschen und tanzen, bis wir schweißgebadet sind, knutschen wieder ein bisschen. Ich gleite auf irrealen Schwingen durch den Abend. Als wir nicht mehr können, nicht mehr tanzen und nicht mehr trinken, bummeln wir an der Uni vorbei zum Rhein, laufen weiter Richtung Süden. Wir reden, bleiben dann und wann stehen und versinken ein weiteres Mal und noch eines. Wir knutschen, als wären wir zweiundzwanzig.

Wären wir es, wäre das vielleicht der Anfang von etwas, aber so? Mit jedem Meter, den wir zurücklegen, dringt frische Luft in meinen Kopf und erweckt Geister zum Leben, die das alles nicht gutheißen. Irgendwann bleiben wir stehen, suchen uns einen Platz am Geländer, betrachten die Lichter auf der anderen Seite des Ufers und die Silhouette meiner schönen Heimatstadt.

Und dann werde ich schwermütig. Es geht nicht. Egal, wie gerne ich mir etwas anderes einreden würde. Es kann nur ein Moment sein. Die Nähe, die Stimmung der letzten Stunden, es wäre das Schönste aller Gefühle, wenn ich nicht einen Mann hätte, eine Familie. Dadurch mutiert das Gefühl zu einem Monstrum. Und sosehr es mir widerstrebt, ich muss dieses Gefühlsmonstrum bezwingen, bevor es mich mit Haut und Haaren verschlingt.

Tim stellt sich hinter mich, und wir betrachten gemeinsam das Wasser, eher ein schwarzes Nichts als etwas, was man wirklich sehen könnte.

«Ich versuche es die ganze Zeit», sagt er, seinen Mund ganz nah an meinem Ohr.

«Was?», frage ich leise. Ich spüre ihn so deutlich, ich bin keine Frau mehr, nur noch eine Hormontüte.

«Nicht an dich zu denken. Ständig. Wenn ich morgens die Schuhe anziehe oder vor der Klasse stehe und Prozentrechnung erkläre. Wenn ich esse und wenn ich abends nicht einschlafen kann.»

Es dauert eine Weile, ehe ich antworte. «Wenn ich die Frühstücksbrote schmiere, mit dem Fahrrad zur Arbeit fahre und nachts, wenn die Wildschweine hinterm Haus mich geweckt haben.»

«Wenn ich Fußball mit Jonas spiele, wenn meine Kollegin mir Vorträge über die Vorteile zuckerfreier Ernährung hält oder ich mit den Jungs ein Bier trinke.»

«Wenn ich das Klo putze, die Hecke schneide oder Pflastersteine in den Boden wemse.»

«Es ist nicht gut.»

«Genau das.»

Ich lehne mich an seine Brust, er legt wie selbstverständlich seine Arme um mich. Ich muss ihn spüren. Die Wärme. Ihn. Das Gefühl, das seine Brust an meinem Rücken auslöst. Damit ich mich daran erinnern kann. Es einschließen und hervorholen kann, wenn es gar nicht anders geht.

«Aber es muss aufhören», sagt Tim.

«Es macht alles kaputt.» Ein riesiger Kloß wächst in meinem Hals, ich schlucke schwer.

«Und ist für nichts gut.»

«Nicht für das Leben, das wir beide führen.»

Und damit ist plötzlich alles gesagt. In einer anderen Welt hätte mich eine Welle der Euphorie überspült, weil da jemand ist, der all meine Gefühle teilt. In dieser Welt bleibt nichts als Traurigkeit.

«Dann beenden wir es. Hier und jetzt.» Es ist eine Aussage, keine Frage.

«Ich werde morgen mit Miriam reden.»

«Und ich mit Steffen.»

Ein letztes Mal sauge ich seine Nähe in mich auf, versuche, den Augenblick zu konservieren, ehe wir den Weg zurückgehen. Ich steige in ein Taxi, drehe mich nicht mehr um, lasse es nicht an mich heran und suche während der Fahrt nach einer Erklärung, die Steffen versteht.

18

Trompetenmusik

Ich liege schlaflos im Bett, als Steffen eine gute Stunde später nach Hause kommt. Das Haus der Sünde scheint ein voller Erfolg gewesen zu sein. Genügend Zimmer gab es ja. Ob sie überhaupt bemerkt haben, dass wir gar nicht da waren? Ich höre, wie er den Schlüssel an den Haken neben der Haustür hängt, danach ein durchdringendes Stöhnen.

«Nina», stöhnt er weinerlich, «komm!»

Ich krame mich aus dem Bett, ohne zu wissen, was ich von seinem Appell halten soll. Am Treppenabsatz bleibe ich stehen. Am Fuße der Treppe sehe ich einen vor Schmerzen gekrümmten Ehemann. «Was ist passiert?»

«Ich hab mir den Hals verrenkt. Ich weiß überhaupt nicht, wie ich mich bewegen soll. Es tut so weh.»

Sein Gejammer ist grenzwertig. Es fällt mir schwer, es ernst zu nehmen. Klar, es tut weh. Ich weiß das, ich habe mir auch schon den Hals verrenkt. Weil es aber fraglos beim exzessiven Liebesspiel im Haus der Lüste passiert ist, fühle ich mich nicht ansatzweise verantwortlich. Zumal ich in einem völlig anderen Universum schwebe. Ein jaulender Ehemann kommt mir da gerade recht. Entsprechend barsch ist meine Reaktion, auch wenn ich es einigermaßen humorvoll versuche.

«Ist das beim Vögeln passiert? Tja, wo gehobelt wird, da fallen Späne.»

Leidend schaut mich Steffen von unten an. «Was ist denn los? Warum bist du so gemein?», ächzt er.

«Irgendwie fühle ich mich nicht zuständig. Du solltest dich vielleicht an deine nächtliche Bumspartnerin wenden.» Ich drehe mich um und krieche zurück ins Bett.

«Sehr nett», tönt Steffen, «ich schlaf dann wohl auf dem Sofa.»

«Mach das», murmle ich, ohne dass er es hören kann.

Ja, das war gemein. Das weiß ich. Aber ich kann jetzt nicht die brave Ehefrau sein. Es treibt mich in den Wahnsinn, wie unbedarft er sich gibt. Sein Bedürfnis nach Abwechslung war der Auslöser für das Dilemma, in dem ich stecke, der Tatsache, dass ich mich in Tim verliebt habe. Ich stöhne. Habe ich das wirklich gerade gedacht? Verliebt? Vor lauter Frust krieche ich noch tiefer unter die Bettdecke. Scheiße, ich bin verliebt. Und jetzt muss ich alles daransetzen, es mir wieder aus Kopf und Herz zu schlagen. Da kommt mir mein Ehemann mit seinem Gejammer gerade recht.

Ich versuche, die Wut - mir und Steffen gegenüber - zu verdrängen, und träume mich zurück an den Rhein. Ich will nicht gleich mit dem Aus-dem-Kopf-Schlagen anfangen, den Abend wenigstens im Geiste noch einmal durchleben. Daran denken, wie Tim mich angesehen hat, was er gesagt hat, was ich gespürt habe. Ist auch er verliebt? Geht es so weit? Ich ahne die Antwort und will sie doch nicht wissen. Denn wenn es so wäre, was ist das überhaupt für eine Verliebtheit? Eine echte oder eine, die den Umständen geschuldet ist? War es die logische Konsequenz aus unserer Weigerung, unverbindlichen Sex zu haben, oder wäre es genauso gekommen, WENN wir Sex gehabt hätten? Oder umgekehrt gefragt: Wäre es nicht passiert, wenn wir nur miteinander geschlafen hätten? So wie

Steffen und Miriam? In meinem Kopf dreht sich alles, mein Herz ist längst davongeflogen. Am liebsten würde ich aufstehen, durch die Nacht fahren und mit Tim sprechen. Das alles sprengt mein Vorstellungsvermögen in jeder Hinsicht. Doch wir haben eine Entscheidung getroffen. Wir müssen es beenden, bevor es uns entgleitet. Es ist so richtig, und dennoch fühlt es sich so falsch an.

Ich danke meinem Körper von Herzen, dass er mich irgendwann aus dieser Grübelei entlässt und in einen traumlosen Schlaf schickt.

Am nächsten Morgen gibt sich Steffen zerknirscht. Ich versuche, ihn und seinen steifen Hals ernst zu nehmen. Das ist nicht leicht.

«Ich kann ja verstehen, dass du es nicht witzig findest, dich um mich zu kümmern. Aber ich kann ja wohl kaum zu Miriam gehen.»

Ich beschließe, meinen Groll hinunterzuschlucken. «Es tut mir leid, aber du musst mich auch verstehen. Es ist nicht wirklich lustig, wenn der Ehemann mit einer aushäusigen Bumsverletzung nach Hause kommt.»

Wir grinsen einander an, unbeholfen, aber es ist ein Schritt in die richtige Richtung. Für Steffen hat sich nichts geändert, das muss mir klar sein.

Aber wie nur soll ich ihm meinen plötzlichen Sinneswandel erklären? Wie, dass sein Treffen gestern mit Miriam sein letztes war? Ich beschließe, dieses Gespräch auf den Abend zu vertagen, mir die richtigen Sätze in Ruhe zu überlegen. Allerdings traue ich mir nur bedingt über den Weg. Schiebe ich es wie die letzten Male vor mir her, um der Konfrontation aus dem Weg zu gehen, oder schaffe ich es heute, endlich aktiv in den Lauf der Dinge einzugreifen? Ich hoffe sehr auf Letzteres.

Nach dem Frühstück sammeln wir die Kinder ein. Bald kann ich ihnen endlich versprechen, dass wir in Zukunft nicht mehr ständig über Nacht wegbleiben. Ich will mich wieder mehr auf sie konzentrieren und nicht mit dem Kopf ständig woanders sein. Ich will mein altes Leben wieder in den Mittelpunkt stellen. Was, frage ich mich den Tag über, hat die ganze Geschichte nun konkret gebracht? Hat unsere Beziehung gewonnen? Wohl kaum. Vielmehr hat sich ein Graben zwischen uns aufgetan, ich habe mich von Steffen distanziert. Wegen dieser Geschichte, oder war sie nur der Auslöser für etwas, was sowieso schon im Argen lag? Und was geht eigentlich in meinem Mann wirklich vor? Wenn ich versuche, diese Frage ehrlich zu beantworten, habe ich keinen blassen Schimmer.

Er wird mir fremd.

Jeden Tag ein wenig mehr.

Das Fazit zum Experiment Partnertausch sollte also lauten: Blödsinn. Es mag für andere Paare funktionieren, für uns war es die sprichwörtliche Büchse.

Wir verbringen den Tag in einmütiger Sonntagsschwere. Das Wetter ist schlecht, es regnet Bindfäden, und es ist kalt. Der Himmel hängt tief und bleiern über der Stadt. Den ganzen Tag lang verbreiten Duftkerzen eine nahezu weihnachtliche Stimmung. Die Kinder amüsieren sich köstlich über Steffens steifen Hals, ihre Häme ist meine Genugtuung. Wir spielen Karten, essen Kuchen, schauen einen Familienfilm.

Ich rufe meine Mutter an, die heute ihren zweiundsiebzigsten Geburtstag feiert. Wie gewohnt weiche ich den Fragen, die sie instinktiv stellt, aus. Es geht uns gut. Doch ich merke, dass sie mir nicht glaubt.

Ich suche mit Milla gemeinsam ihr Lateinbuch, das sich irgendwo in unserem Haus auf eine unbekannte Reise begeben hat. Ihre Nerven liegen blank, sie schreibt morgen einen Test und muss dringend lernen. Bei alldem lege ich mir Sätze und Worte zurecht, und mit jeder Stunde, die vergeht, verstärkt sich die Gewissheit, dass ich es heute schaffe. Ich werde es beenden. Ein für alle Mal. Tim nicht wiederzusehen, ist ... kaum vorstellbar, aber mich beschwingt der Gedanke, endlich aktiv zu werden. Endlich anzuhalten und nicht mehr einen Schritt nach dem anderen vorwärtszugehen, nur weil es so viel einfacher ist.

Am späten Nachmittag weiß ich so genau, was ich sagen werde, dass die restlichen Stunden ewig zu dauern scheinen. Ich will es hinter mich bringen und unbelastet in eine Zukunft schauen, in der unsere Familie wieder im Mittelpunkt steht. In der Steffen und ich uns einander wieder annähern. Wenn ich diese Hürde erst genommen habe, schaffe ich es auch, meine Gefühle für Tim auszuradieren.

Als ich, nachdem ich die Kinder ins Bett befördert habe, wieder ins Wohnzimmer komme, liegt Steffen mit einer Wärmflasche im Nacken auf dem Sofa und guckt eine Folge seiner aktuellen Lieblingsserie. Eine fiktive britische Königsfamilie durchlebt Sodom und Gomorrha. Nun, der Tod des Königs wird eine Weile warten müssen. Unser privates Sodom und Gomorrha ist dringender.

«Du, Steffen, kann ich was mit dir besprechen?»

«Muss das jetzt sein, ist grad so spannend?», murmelt er.

«Es ist wirklich wichtig. Ich versuche auch, mich zu beeilen.»

Seufzend drückt er die Pausentaste und ächzt unbeholfen auf dem Sofa umher, bis er mir in die Augen schauen kann. Ich setze mich ihm gegenüber auf den Sessel.

«Also, ich habe lange darüber nachgedacht und eine Entscheidung getroffen.» Ein letztes Mal hole ich tief Luft. «Ich will die Sache mit Tim und Miriam nicht mehr. Ich möchte mich nicht mehr mit ihnen treffen.»

Überraschung huscht über Steffens Gesicht, danach Enttäuschung. «Warum auf einmal?»

«Na ja, wir haben es jetzt getan, und es war okay, aber wir können das nicht weiterlaufen lassen. Irgendwann müssen wir wieder ein normales Leben führen.»

«Das ist der einzige Grund?»

«Ich will die Kinder nicht mehr ständig belügen.»

«Aber die merken das doch gar nicht.»

«Das glaubst du! Natürlich wissen sie, dass etwas nicht stimmt. Sie sagen vielleicht nichts, aber sie spüren es. Auch deshalb will ich es einfach nicht mehr. Es war ein Experiment, und das muss irgendwann vorbei sein, oder nicht?»

«Hm, wenn du meinst.»

«Ja, das meine ich, aber ich würde auch gerne wissen, was DU meinst!»

«Ich weiß nicht, ich hatte noch keine Zeit darüber nachzudenken. Aber ich finde es nicht gut, dass du bestimmst, wann es anfängt und wann es wieder vorbei ist.»

«Ist das nicht zumindest konsequent? Du nimmst, du genießt, du schweigst. Alles andere hast du mir überlassen. Es sollte ein Experiment sein. Das war unsere Verabredung. Und jetzt kannst du es so sehen: Gestern war der Höhepunkt, und nicht umsonst gibt es das Sprichwort, man solle aufhören, wenn es am schönsten ist.»

Steffen zuckt mit den Achseln. «Wenn du meinst. Ich habe hier ja sowieso nichts zu melden.»

Er ist so phlegmatisch, das macht mich richtig wütend. Er kann es doch nicht einfach mit einem Achselzucken abtun. Vielleicht provoziere ich ihn deshalb. «Findest du es mit Miriam so toll, dass du nicht mehr auf sie verzichten kannst? Ist es das, was du mir sagen willst, ohne es auszusprechen?»

Steffen starrt mich an.

Kann ich ihn endlich aus der Reserve locken?

Er holt kurz Luft, als wolle er etwas sagen, aber es kommt nichts.

«Steffen? Ich hätte jetzt wirklich gerne eine Antwort!»

«Ja», sagt er nach kurzem Zögern schließlich, aber ohne mir dabei in die Augen zu blicken. «Es ist toll. Ich habe keine Gefühle für sie, freundschaftliche, das ja. Ich fände es eben einfach schade, wenn es vorbei wäre.»

«Aber es tut unserer Beziehung nicht gut. Merkst du das denn gar nicht?»

Er nickt. Mehr nicht. So als käme ihm zum ersten Mal in den Sinn, dass die schwelende Missstimmung der letzten Zeit einen konkreten Grund hat. Ich beschließe, ihn mit diesem Gedanken zunächst alleine zu lassen. «Denk bitte darüber nach, okay? Aber ich möchte es wirklich beenden.»

«Dann brauche ich darüber nicht nachdenken. Wir müssen es beide wollen. Wenn du nicht mehr willst, dann ist es so, und wir beenden die Sache.»

Ich nicke, wütend, weil wieder nichts von ihm kommt, will es mir aber nicht anmerken zu lassen. Wahrscheinlich muss er es wirklich erst verarbeiten. Vielleicht ist er enttäuscht, das wird sich in den nächsten Tagen zeigen. Doch ich befürchte, dass er sich nicht in ausgiebigen Grübeleien verliert. Dafür ist er einfach nicht der Typ. Trotzdem, er wird lernen müssen, ohne erfüllte Sexträume klarzukommen.

Vor uns liegt eine Menge Arbeit.

Beziehungsarbeit.

Wir werden darüber sprechen müssen und können nicht einfach so tun, als wäre das alles nie passiert. Wie wir das bewerkstelligen, weiß ich noch nicht so recht, denn dieselbe Sprache sprechen wir nicht mehr.

Es ist Dienstag, mein freier Tag – und ich putze das Haus. Gründlich. Vor allem die Ecken nehme ich mir vor, die haben es wirklich nötig. Es ist putzen aus Verzweiflung. Seit Sonntagabend schweigen Steffen und ich in stiller Übereinkunft, gleichzeitig denke ich ständig an Tim. Voller Inbrunst schrubbe ich jede Nische, vor allem in Klo und Küche, säubere akribisch den Siphon, wienere den Müllereimer innen wie außen. Was anderes fällt mir sowieso nicht ein. Ursprünglich wollte ich weinen. Aber die blöden Tränen wollen nicht. Wie kann ich sie überreden, das Elend mitzunehmen? Weinen befreit, und gerade deshalb ist dieses Nichtweinenkönnen eine Qual.

Trompetenmusik. Das wär's jetzt. Seit meiner ersten Schwangerschaft ist Trompetenmusik eine Pawlow'sche Garantie für Tränen. Kein Sankt-Martins-Zug, kein Karnevalszug ohne das plötzliche und völlig unpassende Bedürfnis, auf der Stelle in Tränen auszubrechen. Ich überlege, ob wir Trompetiges im Schrank haben, aber mir fällt beim besten Willen nichts ein. Ich beschwöre eine imaginäre Blaskapelle, auch das hilft nicht. Gut, dann müssen diese furchtbaren Gefühle weiter in mir schwelen. Der Abend am Rhein läuft erneut vor meinem inneren Auge ab. Gepaart mit einer Sehnsucht, die alles in den Schatten stellt, was vernünftig ist. Soll ich Tim wirklich nie wiedersehen? Mir wird schlecht bei dem Gedanken.

Als ich kein Fitzelchen Dreck mehr finden kann, räume ich das Putzzeug in den Eimer und suche nach neuen Opfern. Ich könnte die Ritzen der Spülmaschine vom Knies befreien. Am besten mit einer alten Zahnbürste, die schrubbt vielleicht auch den Dreck aus den Ritzen meines Gehirns. Ich gehe wieder nach oben und schaue, welche Zahnbürste am ehesten in Frage kommt. Meine Wahl fällt, es wundert mich nicht, auf Millas Zahnbürste. Ich habe keine Ahnung, was sie damit veranstaltet, aber ihre Zahnbürsten sehen nach zwei Wochen aus, als wären sie seit einem Jahr in Gebrauch. Gleich heute Nachmittag werde ich ihr eine neue besorgen. Für Carlotta ebenfalls, sonst gibt es wieder ein schwesterliches Scharmützel.

Ich bin schockiert, wie viel Dreck sich in der Spülmaschine festgesetzt hat. Ich meine, die spült jeden Tag, die sollte doch sauber sein. Stück für Stück nehme ich sie auseinander und finde immer wieder neue Ritzen, in denen sich Schmierage gesammelt hat. Ohne Zahnbürste wäre ich aufgeschmissen. Ich widme mich gerade dem besonders ekligen Bereich zwischen Tür und Maschine, als eine Nachricht eintrifft. Ich streife meine Gummihandschuhe ab und finde das Handy in meiner Jackentasche.

Wir müssen dringend reden. Melde dich.
Tim.

Ich runzle nachdenklich die Stirn. Was will er? Mein Herz wummert wie der Kolben einer Dampfmaschine. Als ich seine Nummer wähle, geht die Türklingel. Eine willkommene Unterbrechung. Vielleicht hat sich mein Herz bis dahin beruhigt. Ich gehe zur Tür. Schon durch den Glaseinsatz sehe ich Miriam, sie trägt eine bei diesem Wetter völlig unpassende riesige Sonnenbrille. In meinem Denkzentrum wirbelt alles durcheinander, es scheppert und kracht. So als hätte jemand einen riesigen Turm aus Bauklötzen zum Einsturz gebracht. Ich beruhige mich selbst. Sie will sicherlich nur wissen, warum wir nicht weitermachen, und dafür habe ich gute Gründe. Trotzdem ist mir nicht wohl, als ich öffne. Miriam dringt in einen Bereich ein, in dem sie und damit die ganze Geschichte bisher nicht präsent war: in mein Zuhause.

Ich überschütte sie geradezu mit einem Schwall an Worten. «Hallo, Miriam. Das ist ja eine Überraschung. Woher wusstest du, dass ich zu Hause bin, komm doch rein.»

«Hallo, Nina», sagt sie eisig, tritt über die Schwelle und steht in meinem Haus. Sie nimmt die Sonnenbrille ab. Zum Vorschein kommen rot geweinte Augen und ein Blick, bei dem ich augenblicklich auf den nächsten Baum klettern möchte. Nach ganz oben, wie ein Eichhörnchen. Abschätzig mustert sie mich.

«Was habt ihr euch eigentlich dabei gedacht?»

«Äh, wobei?» Scheiße, scheiße, scheiße, warum nur weiß ich nicht, was Tim mir sagen wollte. Er wollte mich wohl warnen.

«Jetzt tu nicht so. Du weißt genau, was ich meine.» Miriams Ton ist eisig, gleichzeitig wirkt sie völlig konfus. Keine Spur mehr von der gelassenen Heiterkeit, in der ich sie bisher erlebt habe.

«Ähm, ehrlich gesagt, nicht.»

Die nächsten Worte spuckt sie mir förmlich vor die Füße. «Ich meine, ich dachte mir schon länger, dass etwas nicht stimmt. Immer wenn ich Einzelheiten von Tim hören wollte, hat er rumgedruckst. Erst dachte ich, er will nicht darüber reden, weil es ihm unangenehm ist, über den Sex mit einer anderen Frau zu sprechen. Trotzdem war es mir nicht geheuer. Wenn ich nur gewusst hätte, wie recht ich hatte.»

«Okay.»

«Okay? Ist das alles, was dir dazu einfällt? Nichts ist *okay*. Ich habe mich an die Abmachung gehalten, Steffen hat sich an die Abmachung gehalten. Und ihr macht was? Rommé spielen? Ich fasse es nicht. Ihr spielt Karten.» Sie schnauft abschätzig.

«Na ja», sage ich vorsichtig und ziemlich kleinlaut, komme aber nicht weiter, weil mich Miriam mit einem weiteren Schwall Worte überschüttet.

«Und dann landet ihr im Bett, weil ihr Gefühle füreinander habt.» Das Wort Gefühle setzt sie mir ihren Händen in Anführungszeichen, das Gesicht zu einer abstrusen Fratze verzogen. «Und seid so doof, euch erwischen zu lassen, wie ihr knutschend in einer Ecke steht. Tim ist Lehrer, Herrgott nochmal, die halbe Stadt kennt ihn.»

Ich atme tief durch. Suche nach einer Erwiderung, die Miriam beruhigen könnte. Wieder erübrigen sich meine Überlegungen.

«Aber weißt du, was? Tim ist der schlechteste Lügner der Welt. War er schon immer. Pech für dich. Aber glaub mir, das lasse ich nicht auf mir sitzen. Vertrauen war das Allerwichtigste. Verstehst du? Vertrauen! Und ihr habt uns betrogen und belogen. Und dann die Nummer mit den Gefühlen. Ich bitte dich, das ist doch lachhaft. Und wenn du glaubst, dass ich Steffen da rauslasse, hast du dich getäuscht. Wir hatten bereits ein sehr aufschlussreiches Telefonat.»

Ehe ich antworten kann, schiebt sie ihre Sonnenbrille auf die Nase. Sie dreht sich auf dem Absatz um und ist so schnell verschwunden, dass ich noch in der Tür stehe, als sie schon längst am Ende der Straße angekommen ist. Nicht dass ich irgendeine Antwort gehabt hätte.

Ich atme flach, zittere am ganzen Körper. Fliegt mir gerade mein gesamtes Leben um die Ohren? Ich stromere ratlos durchs Haus, versuche, die Übelkeit zu verdrängen, und dann weine ich. Endlich. Anschließend rufe ich Tim an. Er nimmt nach dem ersten Klingeln ab.

«Nina», sagt er leise.

«Sie war schon da.»

«Dann weißt du es?»

«Dass du ein hundsmiserabler Lügner bist? Ja, das weiß ich.»

«Es tut mir leid.» Pause. «War es sehr schlimm?»

«Es war ein furioser Auftritt, aber das war wohl zu erwarten.»

«Es ist eben Miriam. Du hast sie bisher nur von der euphorischen Seite kennengelernt.»

«Dann war das ihre dunkle Seite? Dabei hat sie recht. Wir haben sie betrogen, und jetzt bekommen wir die Rechnung.»

Tim räuspert sich. «Wenn du es so siehst. Es tut mir leid. Keiner von uns hat das verdient.»

«Am Ende sind wir alle schuld. Alle vier. Wie konnten wir nur auf die Idee kommen, es hätte keine Konsequenzen.»

«Es war vermutlich die schlechteste Idee aller Zeiten», stellt Tim fest, und ich muss wider Willen lachen.

«Sehr melodramatisch.»

«Ehrlich gesagt, beschreibt melodramatisch meine Stimmung ziemlich treffend. Und wie fühlst du dich?»

«Beschissen. Melodramatisch genug?»

«Nina, ich ...»

«Ja?»

«Ach nichts. Es ist schön, deine Stimme zu hören.»

Das ist der Punkt, an dem unser Gespräch zwei Wendungen nehmen kann. Entweder wir gestehen uns gegenseitig unsere Liebe (okay, auch das ist schwer melodramatisch), oder ich kriege die Kurve. Ich bin vernünftig, schrecklich vernünftig. Deshalb antworte ich: «Zum letzten Mal.»

«Ich weiß.»

«Mach's gut. Ich werde das Kartenspielen vermissen.»

«Ich auch.»

Ich lege auf, und dann kann nicht mehr aufhören zu weinen. Sind ja noch genügend Tränen da. Ich lege das Telefon auf die Ladestation und suche mir eine Packung Taschentücher. Rotz und Tränen für einhundert Jahre entsorge ich anschließend im Restmüll. Wir Deutschen trennen sogar während der Tiefpunkte unseres Lebens akribisch den Müll. Nicht auszudenken, wenn ich die Taschentücher in den gelben Sack geworfen hätte. Oder die Biotonne. Obwohl, das wäre noch okay gewesen, oder? Ich kichere hysterisch. Nur für mich selbst und darüber, dass mein Gehirn zu jeder Zeit die abstrusesten Gedankengänge parat hat. Seelenkummer und Mülltrennung. Ein Stück in drei Akten. Ich finde, das hätte Potenzial.

Ich schrubbe die Spülmaschine weiter. Diesmal muss Carlottas Zahnbürste dran glauben. Erst danach, als die Maschine blitzt und blinkt wie an ihrem ersten Tag, habe ich den Mut, Steffens Nummer zu wählen.

«Hoffmann.»

«Ich bin's. Hast du meine Nummer nicht gesehen?»

«Doch.»

«Und?»

«Was erwartest du von mir.»

«Können wir darüber reden?»

«Nein, ehrlich gesagt, nicht. Ich komme heute nicht nach Hause. Ich gehe mit Michael was trinken. Warte nicht auf mich.»

«Können wir dann reden?»

«Ich weiß es nicht.» Seine Stimme ist völlig emotionslos. Nicht kalt oder wütend, da ist einfach nichts.

«Okay. Aber irgendwann müssen wir miteinander sprechen. Ich will dir nur eins sagen ...»

«Ich weiß. Aber ich muss mich erst mal sortieren. Kannst du das verstehen?»

Ich bejahe, und er legt auf. Ich starte Heulsession Nummer drei und finde, der Backofen benötigt ebenfalls dringend eine Grundreinigung. Vermutlich würde ich noch in drei Tagen putzen, wenn die Kinder nicht wären. Carlotta kommt in einer Stunde nach Hause, Milla in zwei. Ich nehme mir vor, das Zusammensein mit ihnen zu genießen, in vollen Zügen. Weil wir es vielleicht das letzte Mal in dem Leben tun, das wir kennen. Vielleicht ist morgen alles anders.

Eine Stunde später ertönt das erwartete Klingeln. Carlotta ist da und mit ihr endlich ein Grund, mich zusammenzureißen. Ich öffne die Tür und versuche nicht, sie vor lauter Liebe zu erdrücken.

«Hey, Schatz. Wie war's in der Schule.»

«Doof.»

«Warum das denn?» Ich trete einen Schritt zurück und schaue ihr in die Augen. Sie sieht eigentlich normal aus, vielleicht ein bisschen mürrisch, aber das ist sie oft, wenn ihr irgendwas gegen den Strich geht.

«Der Jasper hat mir das Mäppchen geklaut, und dann habe ich seins aus dem Fenster geworfen. Und dann hat Frau Gloswig mit mir geschimpft, und ich musste die Tafel putzen.»

«Also, man wirft ja auch nicht einfach die Mäppchen anderer Kinder aus dem Fenster. Da hatte Frau Gloswig schon irgendwie recht.»

«Toll. Jetzt bist du auch gegen mich. Dabei habe ich mich nur gewehrt. Du hast selbst gesagt, man darf sich nicht alles gefallen lassen, und das habe ich gemacht, und nun schimpfst du mit mir.»

«Also, erstens schimpfe ich nicht, sondern sage nur meine Meinung. Und zweitens hat Jasper dir ja nur das Mäppchen weggenommen, du aber hast seines direkt aus dem Fenster geworfen. Da besteht ein Ungleichgewicht.»

«Das ist aber total aus dem Zusammenhang gerissen.»

Ich muss wider Willen grinsen. Ich finde es zum Schießen, wenn Kinder in Erwachsenenphrasen argumentieren.

«Dann hast du jetzt die einmalige Chance, mir den Zusammenhang zu erklären. Soll ich uns einen Tee kochen?»

«Na gut», brummelt Carlotta.

Sie steht genauso auf Tee wie ich. Er ist Getränk und Seelenstreichler in einem. Ich stelle ihren Schulranzen, der wie immer mitten im Flur steht, beiseite, gehe in die Küche und befülle den Wasserkocher. Carlotta wirft ihre Jacke dahin, wo eben noch der Schulranzen stand, und ihre Schuhe gleich daneben. Ich erspare mir die elterliche Ermahnung und drücke ihr stattdessen die große Holzdose mit den Teebeuteln in die Hand.

«Such dir einen aus, ich trinke denselben.»

«Und wenn ich Lust auf losen Tee habe?»

«Gehst du an die Schublade und suchst dir einen aus.»

Sie gibt mir die Kiste zurück und tapert zur besagten Schublade. «Blaubeertee. Süß. Macht bessere Laune», grummelt sie und drückt mir die Packung in die Hand.

«Eine sehr gute Wahl», befinde ich und bereite zwei Siebchen vor, nachdem ich unsere beiden Lieblingstassen bereitgestellt habe. «So, und jetzt erzähl. Was war der Zusammenhang?»

Carlotta seufzt, fast wie eine Große. «Also, der Jasper, ne? Der ärgert mich schon lange. Immer wieder. Dabei habe ich dem überhaupt nichts getan.»

«Das ist natürlich nicht nett.»

«Einmal hat er mir mein Heft geklaut und lauter Männchen reingemalt. Und mit Papierkügelchen hat er mich auch mal beworfen. Und auf dem Pausenhof beim Fangen festgehalten und nicht wieder losgelassen.»

«Hm», überlege ich, weil mich ein Verdacht beschleicht. «Sag mal, kann es sein, dass der Jasper dich mag?»

«Wieso soll der mich mögen, wenn der mich ärgert?» Ganz zerfurcht ist ihre Stirn vor lauter Ratlosigkeit.

«Na ja», sage ich, ganz vorsichtig, weil ich ahne, dass Carlotta das Folgende bestimmt nicht hören will. «Weißt du, Jungs sind manchmal so. Sie mögen ein Mädchen, und dann ärgern sie es, weil sie sich nicht anders zu helfen wissen.»

«Versteh ich nicht.»

«Vielleicht ist er ja in dich verliebt. Verliebte Jungs machen komische Sachen. Die kleinen und manchmal sogar die großen.»

«Boah, Mama.»

Carlotta hält sich die Ohren zu, und ich schmunzle. War ja klar. Es mag Kinder geben, die das Thema Verliebtheit in der der Grundschule abhandeln. Für meine Kinder ist das eher ein Grund für elementaren Ekel. Selbst Milla kann man mit diesem Thema noch binnen Sekunden aus dem Zimmer jagen.

«Ich wollte es nur gesagt haben. Dass Jasper es vielleicht gar nicht so gemeint hat, wie er tut. Aber ich finde trotzdem, er hat es verdient, dass du sein Mäppchen aus dem Fenster geworfen hast. Und wenn Frau Gloswig wüsste, warum du das getan hast, würde sie sicher genauso denken. Aber sie kann eben nur auf das reagieren, was sie gesehen hat, und das war ein wütendes Mädchen, das fremde Mäppchen aus dem Fenster wirft. Soll ich sie beim Elterngespräch drauf ansprechen?»

«Bloß nicht, das ist ja wohl voll peinlich.»

Ich tätschle meiner Tochter, die schon wieder viel fröhlicher aussieht, den Kopf und serviere ihr den mittlerweile fertigen Blaubeertee. Wenn er ihr hilft, sollte er mir auch helfen.

Als Milla nach Hause kommt, ist die Episode längst vergessen. Nach eifrigen Diskussionen und zäher Hausaufgabenbewältigung gönnen wir uns ein paar Kekse und gehen in die Bücherei. Ich leihe mir ausschließlich Krimis und Thriller aus. Ich will nichts, aber auch gar nichts lesen, was auch nur entfernt nach Liebesgeschichte oder Lebensbewältigung riecht. Leider ist ja selbst in diesen Genres nicht wirklich Verlass darauf. Vorsichtshalber leihe ich mir noch einen Flachwitzroman aus, vielleicht hilft der mir, die nächsten Tage zu überstehen.

Dass Steffen nicht nach Hause kommt, ist für die Kinder nichts Ungewöhnliches, der Abend verläuft also ohne besondere Vorkommnisse. Als sie sich bettfertig machen, wünschte ich, sie nicht ins Bett schicken zu müssen. Denn wenn sie schlafen, muss ich mich wieder mit meinem Elend befassen. Beim Zähneputzen beschließe ich, Gudrun anzurufen. Soll sie ruhig mit mir schimpfen. Ich habe es nicht anders verdient, und es verhindert das Suhlen in Selbstmitleid.

«Plumps»

«Hä?»

«Plumps eben. Kind. Brunnen. Reingefallen. Du erinnerst dich?»

Widerwillig lache ich laut auf. Dafür liebe ich Gudrun. Dafür, dass sie so direkt ist, kein Blatt vor den Mund nimmt und mir die Abreibung verpasst, die ich verdient habe.

«Du hast recht.»

«Wie immer, meine Liebe.»

«Und was soll ich jetzt tun?»

«Hm, lass mich überlegen. Welche Optionen stehen zur Auswahl? Du kannst das zum Anlass nehmen, deine Ehe im Klo runterzuspülen, oder du nutzt den Katastrophenfall, um selbige wieder in Ordnung zu bringen.»

«Meinst du, das geht? Das mit dem In-Ordnung-Bringen?»

«Die erste Option scheidet aus?»

«Natürlich, du doofe Nuss. Wie sollte ich alles aufgeben wollen? Das war nie der Plan.»

«Stimmt. Es war aber ebenso wenig geplant, dich in den anderen Mann zu verlieben, und es ist trotzdem passiert.»

«Ich habe nie davon gesprochen, dass ich mich verliebt habe.»

«Deine Augen schon.»

Ich gebe mich endgültig geschlagen. «Ist es so offensichtlich?»

«Sehr. Es wundert mich, ehrlich gesagt, dass Steffen nichts gemerkt hat. Er muss blind gewesen sein.»

«Er war ja ziemlich zufrieden mit der Situation in den letzten Monaten. Klar, es hakt zwischen uns, er müsste eigentlich sehen, dass wir auf keinem guten Weg sind, aber wahrscheinlich sind ziemlich große Titten im Weg.»

Gudrun gluckst, und ich höre, wie sie im Hintergrund kramt. Es scheppert und klirrt, ihre Stimme ist mal näher, mal weiter weg.

«Sag mal, was machst du da eigentlich?»

«Ich spüle Gläser.»

«Wie, nichts Kreatives?»

«Doch, kreatives Gläser-Spülen. Einarmig. Aber lenk nicht ab. Was hast du nun vor?»

«Ich dachte, *du* kannst mir das sagen», erwidere ich kleinlaut.

«Was würdest du nur ohne mich machen?»

«Weiß nicht, eine andere Freundin fragen?»

«Treuloses Miststück. Also gut, ich will mal nicht so sein. Sprich mit Steffen. Leg die Karten auf den Tisch. Mach ihn darauf aufmerksam, wie sehr er die Augen verschlossen hat. Und du auch. Sei ehrlich. Und erinnere ihn im richtigen Augenblick daran, dass er nicht unschuldig ist. Und sag ihm endlich, dass du es ihm zuliebe getan hast und die Kontrolle darüber verloren hast. Dann arbeitet ihr an euch.»

«Wow.»

«Sei ruhig beeindruckt. Aber ehrlich, so abwegig ist mein Ratschlag nicht. Es ist vielleicht kein einfacher Weg, aber es ist der beste.»

«Du bist wirklich eine gute Freundin, weißt du das? Eine mit einem sehr hässlichen Hund, aber eine gute.»

«Sei froh, dass du nicht hier bist, ich würde dir sonst eins meiner teuren Weingläser über den Schädel ziehen.»

«Und ich hätte es verdient. Tut mir leid, dass ich immer so rumfrotzle.»

«Weiß ich doch, Süße.»

Wir beenden das Gespräch, und es kommt mir vor, als wöge mein schweres Herz nur noch die Hälfte. Es ist nur ein Hauch von Zuversicht, aber er ist da. Nun muss ich mit Steffen reden. Wann auch immer er nach Hause kommt.

«Glaubst du denn, ich hätte das extra gemacht?» Meine Stimme überschlägt sich fast. Ich versuche, nicht zu schreien, was dazu führt, dass sich meine Stimme in einem kieksigen Flüstern fast auffrisst.

Steffen kam überhaupt nicht nach Hause. Erst nachdem ich ihn am nächsten Morgen gefühlte hundertmal angerufen hatte, schickte er mir endlich eine Nachricht. Er habe bei Michael übernachtet und wolle sich nach der Arbeit mit mir treffen. Im Park. Auf neutralem Boden, damit wir alleine sind und uns in Ruhe angiften können. Unsere Wände zu Hause sind schrecklich dünn und die Kinder ständig in der Nähe. Ich gestehe ihm zu, dass es sehr umsichtig von ihm war, so zu denken.

Und jetzt sitzen wir hier. Auf einer Bank in der hintersten Ecke des Rheinauenparks. Ich habe mich bisher tapfer geschlagen und Steffen alles gebeichtet, was in den letzten Wochen in meiner Welt passiert ist. All das, von dem er nicht die geringste Ahnung hatte. Und obwohl ich seine Vorwürfe und seinen Frust verstehe, provoziert es mich, alleine an den Pranger gestellt zu werden. Kein Wort davon, dass sein Wunsch der Auslöser für all das war.

«Nein, ich glaube nicht, dass es Absicht war», sagt Steffen in diesem Moment. «Aber du hast mich belogen. Ihr habt uns beide belogen.»

Ich fühle mich in die Ecke gedrängt. «Es war doch nur dieses eine Mal. Es ist einfach passiert. Glaub mir, wenn Miriam nicht plötzlich im Zimmer gestanden hätte, wäre nichts geschehen.»

«Schön», sagt er sarkastisch, «jetzt ist also Miriam schuld. Interessante Ausrede. Und welche Ausrede hast du für die Knutscherei in der Öffentlichkeit?»

«Dafür habe ich keine Ausrede.»

«Du wirfst alles weg, Nina. Alles, was wir haben, wirfst du einfach weg. Ist dir das eigentlich klar.» Sein Ton ist giftig. Und herablassend.

«Wenn du dich entsinnst, habe *ich* am Sonntag darauf bestanden, alles zu beenden. Und damit meinte ich *alles*. Ich habe die Notbremse gezogen. Und weggeworfen haben wir es, wenn überhaupt, gemeinsam. Außerdem hast du dich nie wirklich gefragt, warum ich das alles gemacht habe.»

«Soll ich jetzt stolz auf dich sein, oder was?», fragt er verbittert, ohne auf meinen Satz einzugehen.

«Nein, nicht stolz, aber du könntest meine Beweggründe akzeptieren.»

«Und wenn ich es nicht tue?»

Ich werde sauer. Nein, ich *bin* sauer. Steffen ist gerade so dermaßen überheblich. «Dann kann ich dir nicht helfen. Dann musst du deine Konsequenzen ziehen, wie auch immer die aussehen. Ich kann mich nur entschuldigen, gleichzeitig kannst du nicht dauernd abstreiten, mit schuld zu sein! Wir beide können weder die Zeit zurückdrehen noch es ungeschehen machen.»

Erstaunen liegt in seinem Blick. So deutlich war ich bisher noch nie mit ihm.

Er lehnt sich zurück und verschränkt die Arme, fixiert einen Punkt in der Ferne. «Ich werde drüber nachdenken, wie ich damit umgehe. Und ja. Ich habe mich nie gefragt, warum du das alles tust. Ich dachte, wenn du nicht willst, lehnst du meinen Vorschlag ab. Das hast du nicht getan, also dachte ich, es wäre für dich in Ordnung.»

«Damit hast du es dir sehr einfach gemacht.»

«Mag sein», er zuckt mit den Achseln, «aber ich bin ein Mann, und wir denken eben anders.»

«Und damit hat es sich? Weil du ein Mann bist, brauchst du nicht nachzudenken und bist demnach auch nicht schuld? Ist dir eigentlich klar, dass du mich verurteilst, ohne einen Teil der Schuld bei dir zu suchen?» Ich versuche es noch einmal, aber Steffen bleibt stur, uneinsichtig.

«Ich soll schuld sein an deinem Betrug? Wir hatten eine Abmachung getroffen, ich habe mich daran gehalten. Du nicht.»

«Das stimmt. Aber es ist nicht so, als wärst du nicht auf deine Kosten gekommen. Monatelang gehst du mit meiner Erlaubnis mit einer anderen Frau ins Bett. Ich habe akzeptiert, dass du diese Bedürfnisse hast, und meine hintangestellt. Die Gefühle sind einfach passiert.»

«Du vergisst, dass *du* das alles angeleiert hast, und jetzt willst *du* mir die Schuld in die Schuhe schieben. Du machst es dir wirklich einfach.»

«Aber warum hab ich das alles akzeptiert und angeleiert?», antworte ich patzig. «Doch nur, weil ich Angst hatte, dass du mir sonst fremdgehst. Ich will dich nicht verlieren, Steffen, nur deshalb hab ich zugestimmt. Ja, ich hätte nein sagen können. Aber was wäre dann gewesen? Wärst du auf der nächsten oder übernächsten Geschäftsreise mit irgendeiner aufgeblasenen Tussi ins Bett gestiegen? Weil's zu Hause im Bett nicht mehr klappt?»

Plötzliche Stille. Wie eine Nebelschwade hängt die Stille zwischen uns. Es scheint, als denke er zum ersten Mal wirklich nach, als versuche er das erste Mal, meine Beweggründe zu verstehen. Und das erste Mal ist sein Ton versöhnlich.

«Du hast das alles getan, weil du denkst, ich gehe dir fremd?»

«Ja.»

«Hast du so wenig Vertrauen zu mir.»

«Du bist ein Mann. Es lief im Bett nicht mehr, und wenn wir ehrlich sind, haben wir uns auch sonst mehr auseinandergelebt, als wir vielleicht wahrhaben wollten.»

«Aha, und wir Männer sind per se alle Schweine und springen deshalb geradezu zwangsläufig mit anderen Frauen ins Bett?»

«So in etwa.»

Er mustert mich. «Und die Geschichte mit Tim ist einfach passiert.»

«Hm.»

«Aber du willst ihn nicht wiedersehen? Warum?»

«Weil ich mir selbst nicht traue und du und die Familie mir wichtig seid.»

Er antwortet nicht. Eine schreckliche Ewigkeit lang. Dann schenkt er mir ein schiefes Grinsen.

«Weißt du, ich fühle mich schrecklich. Ich wollte das nicht. Ich will am liebsten alles vergessen und die Zeit zurückdrehen. Ich will, dass wir uns beide die Schuld eingestehen und da weitermachen, wo wir vorher waren.»

Steffen schaut mich an. Zweifelnd. «Und du meinst, das geht so einfach?»

«Einfach nicht, aber das ist es wert, findest du nicht?»

«Wegen der Kinder?»

«Auch. Aber vor allem wegen uns.» Mein Ton ist fast flehentlich. Vielleicht weil mir erst in diesem Gespräch klargeworden ist, was wir da eigentlich in unserem Leichtsinn aufs Spiel gesetzt haben.

Steffen scheint es ähnlich zu gehen. «Also gut. Du hast recht, trotzdem muss ich über das alles noch einmal nachdenken.»

«Meinst du die Sache mit Miriam und Tim?»

«Die ist vorbei. Da hast du vollkommen recht. Aber ...»

Er steht abrupt auf, verabschiedet sich, schwingt sich auf sein Rad und fährt davon. Aber ... und was? Was wollte er noch sagen? Dass es das jetzt war? Ich schüttle den Kopf, kann im Moment keinen klaren Gedanken fassen. Okay, er kriegt die Zeit zum Nachdenken. Dann sehen wir weiter. Es ist eine Krise. Eine schwere Krise, die nicht in einem Gespräch beendet werden kann. Ich fahre mit der Bahn nach Hause. So oft kann ich gar nicht tief durchatmen, wie mir zumute ist.

19

Elternparty

Die Wochen fließen dahin, Ostern vergeht, der Mai ebenso, und der Juni bricht an. Der Alltag hat seine langen Finger nach mir ausgestreckt, umhüllt mich mit seiner Gewöhnlichkeit und lässt alles, was passiert ist, in einem anderen Licht erscheinen. Es ist, als hätte ich zu Anfang noch im gleißenden Licht einer überregulierten Straßenlaterne gestanden und mit jedem Schritt, den ich mich entferne, wird es dunkler und dunkler, bis ich nur noch die Schemen dessen erkennen kann, was da einmal gewesen ist. Es sind die Konturen einer Geschichte, die mein Leben grundlegend hätten ändern können, wenn nicht das Leben selbst die Notbremse gezogen hätte.

In den stillen Augenblicken gönne ich mir wehmütige Gedanken. Stelle wieder und wieder fest, dass ich Tim vermisse. Die Abende in den Hotelzimmern, so weit weg vom normalen Leben, gespickt mit einer Leichtigkeit, die ich nicht mehr hervorholen kann. Die Witze, seine Gedanken, unser Kartenspiel. Wir haben so viel gelacht. Es war kompliziert und gleichzeitig so unbedarft.

Doch natürlich schafft es das Leben, diese Ausflüge ins Jammertal zu unterbrechen und mir zu zeigen, wo das wahre Zentrum meines Lebens liegt. In meiner Familie und in meiner Ehe, an der wir nun arbeiten müssen. Denn natürlich ist nichts mehr, wie es vorher war.

Die Stimmung zwischen Steffen und mir ist angespannt, dazwischen wechseln Akzeptanz und Waffenstillstand einander ab. Schaffen wir den Neuanfang? In den guten Augenblicken scheint es so, in anderen liegt der Zweifel über uns beiden wie eine dunkle Wolke, die einfach nicht regnen, aber auch nicht weiterziehen will. Wir führen noch einige Gespräche. Ehrlicher als vorher, und doch hängt etwas zwischen uns. Unsere Ehe ist an allen Ecken und Enden angeknackst, das merken wir beide. Und doch wollen wir das, was wir haben und was wir uns aufgebaut haben, nicht einfach wegwerfen. Zumindest darin sind wir uns einig.

Gudrun ist die Beste. Sie ist für mich da, so wie sie es versprochen hat, als sie bereits wusste, dass alles nur in einem Desaster enden kann. Aber ich kann ihren guten Willen auch nicht überstrapazieren. Irgendwann muss es gut sein mit dem Gejammer.

«Süße, wenn du so weitermachst, muss ich ernsthaft mit dir schimpfen. Du hast gewusst, worauf du dich einlässt, die Scherben sind zusammengekehrt, nun geh und hol dir dein Leben wieder.»

Ich habe schon so viele Stunden an ihrem überfüllten Esstisch verbracht, auf dem Stuhl muss schon ein Abdruck von mir zu finden sein.

«Du sagst das so einfach. Aber es haut mich eben immer wieder um, wenn ich an ihn denke. Dabei will ich genau das nicht.»

«Du benimmst dich wie ein abgewiesener Teenager. Hör auf damit!»

«Leider habe ich da nicht das alleinige Sagen.»

«Sondern wer?»

«Ach, es gibt das so ein paar geschwätzige und übergriffige kleine Wesen in mir drin, die einfach nicht ihren Mund halten wollen.»

«Aha.»

«Ja, die wohnen da seit einer gefühlten Ewigkeit. Am Anfang habe ich versucht, ihnen das Maul mit Socken zu stopfen, aber die haben sie immer wieder ausgespuckt.»

«Aha», sagt Gudrun wieder und bedenkt mich mit einem gleichzeitig mitleidigen wie sehr belustigten Blick. «Und was sagen die so?»

«Sie singen eher. Ziemlich schmalzig, so schlagermäßig.»

«Vielleicht solltest du zu drastischeren Maßnahmen greifen.»

«Und die wären?»

Sie denkt kurz nach, dann grinst sie teuflisch. «Ich würde die Viecher mit der flachen Hand erschlagen, und zwar, nachdem ich ihnen klargemacht habe, dass sie mir nichts, aber auch *gar nichts* zu sagen haben.»

«Klingt ganz nach der Gudrun, die ich kenne. Mord wäre eine Idee, habe ich aber auch schon versucht. Die Dinger sind wie Katzen. Oder Kasimire.»

Gudrun boxt mir gegen die Schulter. Sie sitzt nämlich direkt neben mir, hat Kasimir auf dem Schoß und krault sein speckiges Bäuchlein. «Dann denk einfach darüber nach, was ihr habt. Und was ihr behalten wollt. Wie ist es zwischen euch im Moment?»

«Hm. Anfangs haben wir einige Gespräche geführt, mittlerweile nicht mehr. Es ist ein Auf und Ab. Wir streiten mehr. Aber das ist wohl normal nach so einer Geschichte. Steffen hat zwar eingesehen, dass er mitschuldig ist, trotzdem habe ich das Gefühl, dass er das nur gesagt hat, um seine Ruhe zu haben. Ich glaube, er geht insgeheim immer noch davon aus, alles richtig gemacht zu haben.»

«Hm», macht nun auch Gudrun nachdenklich. «Vielleicht solltet ihr euch Hilfe suchen. Eure Streitereien klingen eher nach einer Verlagerung auf Nebenschauplätze.»

«Damit könntest du recht haben.»

«Glaubst du, er vermisst die Sexgeschichte mit Miriam?»

«Keine Ahnung. Echt nicht. Ich schätze, er selbst auch nicht. Du weißt doch, wie erschreckend wenig er über sein Leben nachdenkt. Steffen ist der, der er ist.»

Gudrun nickt. «Er ist ein Kerl mit dem Hang, sich selbst eher selten zu hinterfragen, nicht wahr?»

«Genau.» Ich seufze. «Manchmal denke ich, ein bisschen Schwermut würde ihm guttun.»

«Ach, lass mal, das deckst du locker für euch beide ab.»

Sie grinst böse, und ich erwache aus meiner Schwermut. Ich kann mich ja selbst kaum noch ertragen. «Ich werde wieder ich, was hältst du davon?»

«Das ist eine hervorragende Idee. Und wie willst du das anstellen?»

«Ich glaube, ich sollte mal wieder richtig feiern gehen.»

Gudruns Mund verzieht sich zu einem breiten Grinsen. «Da bin ich auf jeden Fall dabei. Wann?»

«Das Wochenende steht vor der Tür. Die Männer passen auf die Kinder auf, und ich rufe Nadine an?»

«Hört sich nach einem Plan an.»

Es ist Samstagabend, und wir sind zu dritt: Gudrun, Nadine und ich. Für heute Abend sind die beiden das Beste, was ich mir wünschen kann.

Gefühlte hundert Kerzen brennen auf Gudruns heimeligem Balkon. Die Luft ist fast sommerlich lau, gedämpfter Straßenlärm untermalt unsere Gespräche. Prosecco ist bereits munter geflossen, und nachdem die Flasche leer war, sind wir zu Limoncello übergegangen. Von nüchtern kann keine Rede mehr sein, aber das war schließlich beabsichtigt. Gudrun habe ich vorher einen Maulkorb verpasst. Das Gebot der Stunde lautet: keine Kinder, keine Männer, keine schwermütigen Themen. Was bleibt da übrig? Richtig: andere Frauen. Lästerschwestern in Aktion. Gemein, aber effektiv.

«Sag mal, kennst du eigentlich die Mutter mit dieser schrecklichen Stimme?», frage ich Nadine, deren Sohn auf dieselbe Grundschule geht wie Carlotta.

«Ne, welche meinst du? Dich?»

«Boah, ich kipp dir gleich den Schnaps über deine schön frisierten Haare. Sie steht immer mittwochs vor der Schule. Die Stimme hört sich an, als hätten alte Sofafedern sprechen gelernt. Ich kann mir überhaupt nicht vorstellen, mit so einer Stimme zu leben. Der arme Mann muss echt ein dickes Fell haben.»

«Oder er ist schwerhörig», vermutet Gudrun mit vollem Mund und greift beherzt in die Schüssel mit den Chips.

Ich schlage ihr auf die Hand. «Stopp! Lass mir welche übrig. Ich will heute das komplette Programm. Zucker, Alkohol, Glutamat. Gudrun? Wo ist die Schokolade?»

«Hab nur Eis mit Schokosplittern.»

«Her damit!»

«Mit Eierlikör?»

«Aber immer.»

Drei Lästerrunden später haben wir das Eis, die Chips und den halben Limoncello vertilgt. Wir überlegen, wie wir den weiteren Abend gestalten.

«Wo gehen wir hin?», fragt Gudrun. «Oder haben wir darüber schon gesprochen? Scheiß Alkohol.»

«Nö, haben wir nicht. Tanzen, auf jeden Fall. Sonst bin ich beleidigt.»

«Okay, aber wohin?» Gudrun schaut fragend in die Runde, wir gucken uns ratlos an. Nadine holt ihr Handy und durchforstet den Veranstaltungskalender. Aber nirgendwo finden wir was, bei dem wir das Gefühl haben, wir könnten dort unserer Tanzlust frönen.

«Dann bleiben wir hier?», frage ich schließlich frustriert.

«Na ja», sagt Nadine ganz vorsichtig. «Eine Idee hätte ich, aber ich weiß ja, wie du dazu stehst.»

Mir schwant, worauf sie anspricht. «Oh nein, liebe Nadine, das kommt überhaupt nicht in Frage.»

«Kann mich mal jemand aufklären?», drängt Gudrun.

Ich stöhne und sage dann nur: «Elternparty.»

«Korrekt», sagt Nadine.

«Au ja, da wollt ich schon immer mal hin», sagt Gudrun, wird ganz aufmerksam und setzt sich kerzengerade hin.

Elternpartys gibt es nun schon seit einiger Zeit hier in Bonn. Die Elternpflegschaften diverser Gymnasien richten zur Aufbesserung ihrer Kassen in den Aulen oder Turnhallen in regelmäßigen Abständen Partys für Eltern und andere Interessierte aus. Es gibt eine kleine Auswahl billiger Getränke und gute Musik. Das hört sich attraktiv an. Aber, ich habe moralische Bedenken. Die Schulen gehören unseren Kindern. Wenn ich mir überlege, dass MEINE Eltern früher in MEINE Schule gefahren wären, um zu tanzen und zu saufen, ich hätte mich in Grund und Boden geschämt. Und aufgeregt, richtig aufgeregt. Ich meine, was soll das? Reicht es nicht, dass wir unsere Kinder betüddeln wie kranke

Häschen, müssen wir ihnen auch noch ihre Schule wegnehmen?

Aus dem Grund habe ich mich bisher strikt geweigert, eine dieser Partys zu besuchen, egal, wie begeistert die Stimmen klingen, die davon berichten. Zudem kenne ich einfach zu viele Eltern aus Kindergarten und Grundschule, die ich nicht unbedingt schwofend auf der Tanzfläche sehen will.

«Was müssen wir tun, damit du mitkommst?», fragt Nadine zuckersüß.

«Die restliche Flasche Limoncello gehört mir», ergebe ich mich den bettelnden Blicken, die mich gleich von zwei Seiten bombardieren.

«Fein», sagt Nadine, «es ist auf der anderen Rheinseite, da dürften wir nicht allzu viele Eltern kennen.»

Als wenn mich das beruhigen würde.

Eine halbe Stunde später sitzen wir heiter kichernd in der Straßenbahn, eine weitere halbe Stunde später entern wir besagtes Gymnasium. Hier war ich noch nie. Es ist ein alter Schulkomplex mit schönen Gebäuden und einem grünen Schulhof. Die Party steigt in der ehrwürdigen Aula. Die Bestuhlung türmt sich an der Längsseite, davor ist eine provisorische Bar aufgebaut, an der Wein, Sekt, Bier und Wasser ausgeschenkt werden. Auf der gegenüberliegenden Seite sitzt der altersmäßig passende DJ und spielt die Musik unserer Generation – ohne Rücksicht auf genremäßige Eitelkeiten. Buntes Discolicht flirrt im Rhythmus der Musik, alles verschwimmt im Dämmerlicht, das den Falten der alternden und zuckenden Leiber zuträglich ist. Man könnte uns alle für mindestens zehn Jahre jünger halten. Ich versuche, den Hintergrund der Party und meine Bedenken zu verdrängen, und dann habe ich richtig Lust zu tanzen.

Bevor ich loslege, muss ich was trinken. Meine Kehle ist trocken wie die Sahara. Meine Blase nicht. Die wäre dann eher die Oase, also gehe ich zuerst aufs Klo. Aufs Schulklo. Nein, darüber denke ich lieber nicht nach.

Als ich zurückkomme, schnappe ich mir Gudrun, und wir entern die Bar für ein Glas Wasser. Alkohol hatten wir definitiv genug.

«Ist doch cool hier», stellt Gudrun fest, «ich verstehe gar nicht, warum du nie zu so 'ner Party wolltest.»

«Ich find's halt moralisch bedenklich.»

«Ah. Moralisch. Da bist du ja bekanntermaßen Expertin.»

«Bitte nicht. Ich bin gerade darüber hinweg, ständig darüber nachzudenken.»

«Aha, du hast also heute wirklich noch kein einziges Mal an deinen liebsten Nichtsexliebhaber gedacht?»

«Nein.»

«Wann das letzte Mal?»

«Ist schon eeewig her. Gestern Nachmittag», gebe ich zerknirscht zu. «Als ich meinen Mittagsschlaf gemacht habe, machen wollte. Die Gedanken an Tim haben mich mal wieder davon abgehalten.»

«Soso, du denkst also an mich», tönt es plötzlich hinter mir, und ich möchte ganz plötzlich in Ohnmacht fallen. Gudrun zieht ihre Augenbrauen weit nach oben, dann grinst sie schrecklich breit.

Ich bin eine Idiotin. Bonn ist ein Dorf. Tim wohnt auf dieser Seite des Rheins. Sein Sohn geht in die sechste Klasse. Auf diese Schule. Trotzdem bin ich im Traum nicht auf die Idee gekommen, er könnte hier sein.

Als ich mich endlich, in Zeitlupentempo, umdrehe und ihn ansehe, schlägt mein Herz längst in einem Tempo, als wäre ich auf den Mount Everest gejoggt. Ich höre nicht einmal mehr die Musik, so laut hämmert es.

«Hallo, Tim», sage ich verlegen.

«Hallo, Nina», sagt er.

«Du bist also Tim», sagt Gudrun.

«Und du weißt also Bescheid», sagt er.

«Jepp, und ich werde jetzt mit Nadine auf der Tanzfläche verschwinden», sagt Gudrun und zwinkert mir zu.

«Tust du nicht», sage ich.

«Tue ich wohl.» Sie pflückt meine Hand von ihrem T-Shirt und geht.

Dann sagt keiner mehr was. Aber wir schauen. Uns an. Gefühlte Stunden. Alles ist Makulatur.

«War es so schlimm, was du erzählt hast, oder warum flüchtet sie?», fragt Tim nach dieser schrecklich langen Weile.

«Eher das, was ich von mir erzählt habe. Du bist ganz gut weggekommen. Na ja, außer bei der Nummer mit der verklemmten Hausfrau gleich zu Beginn. Die hat sie dir echt übel genommen.»

Wir grinsen einander vorsichtig an. Das Gefühl ist schwer und leicht zugleich. Schwer, weil ich wieder mittendrin bin, leicht, weil ... weil es eben so ist mit Tim.

«Aber ich hatte recht, du warst verklemmt. Auch wenn ich das durchaus sympathisch fand.»

«Dann hattest du aber eine komische Art, das zu vermitteln.»

«Verklemmt vielleicht?»

Ich lache. Wider Willen.

«Bist du allein hier?», frage ich und halte gleichzeitig nach Miriam Ausschau, auf unheimliche Weise alarmiert.

«Mit einem Freund. Und du? Mit deiner Freundin?»

«Mit zwei Freundinnen, aber die eine weiß nichts von uns, also ...»

«Also?»

Ich zucke mit den Achseln. Ich bin wirklich völlig überfordert. Tim grinst schief. Dieses schiefe Grinsen, das mich, wenn ich ehrlich bin, schon beim allerersten Mal in den Wahnsinn getrieben hat. Ich fühle mich verloren, ich bin verloren, und ich habe keine Ahnung, was ich tun oder sagen soll.

«Hör zu, Tim, ich bin betrunken. Wirklich betrunken. Du stehst vor mir, und ich weiß nicht, was ich tun soll. Könntest du mir einen Gefallen tun und eine Entscheidung treffen, was wir mit diesem Wiedersehen anfangen? Am besten eine, die irgendwie ganz schrecklich vernünftig ist?»

«Nein», sagt er ruhig. Viel zu ruhig.

«Bist du etwa auch betrunken?»

«Nein. Warte hier.»

Er dreht sich um und geht. Ich bin wie paralysiert. Die Vernunft schreit mich an. Sagt, ich solle sofort gehen, das Weite suchen, mich retten, aber ich bin wie festgenagelt, unfähig, auch nur einen Fuß von diesem furchtbar klebrigen Boden zu heben. Gudrun kommt, begutachtet mich kritisch.

«Ist er weg?»

«Nein, er kommt wieder.»

«Soll ich dich hier wegschleppen?»

«Das solltest du wohl.»

«Tue ich aber nicht.»

«Warum nicht?»

«Es muss von dir kommen.»

«Gudrun, ich bin betrunken. Hilf mir. Bitte!»

«Du musst das lösen. Ein für alle Mal, sonst habt ihr keine Chance mehr. Es tut mir leid, ich kann dir nicht helfen.

Nadine ablenken, das ist alles, was ich für dich tun kann. Und ich weiß, du bist stark. Du schaffst das.»

«Gudrun», jammere ich, «ich pack das nicht.»

«Doch, tust du. Denk an deine Kinder.»

Mit diesen Worten lässt sie mich stehen, in einer Pfütze aus elenden Gefühlen und mit einem klopfenden Herzen, das den gesamten Brustkorb für sich beansprucht. Ich suche Tim in der Menge. Er unterhält sich mit einem Mann in unserem Alter, diskutiert, dann steckt ihm dieser etwas zu. Als Tim sich umdreht und wieder zu mir kommt, wende ich den Blick nicht ab, sondern sehe ihn an. Und er mich. In diesem Augenblick weiß ich, dass ich verloren habe.

«Komm mit», sagt er, drückt seine Hand in meinen Rücken und schiebt mich vor sich her. Wir verlassen den Raum, das Gebäude, den Schulhof. Wortlos schiebt er mich weiter, sanft, aber eindringlich, und ich lasse es geschehen. Betrunken bin ich nicht mehr, das Adrenalin hat den Alkohol neutralisiert, besoffen bin ich trotzdem, von etwas viel Größerem.

Als wir endlich das Dunkel der Straße erreicht haben, bleibt Tim plötzlich stehen, so plötzlich, dass ich weiterlaufe. Als ich es bemerke, bleibe ich ebenfalls stehen und drehe mich um. Zwei Meter liegen zwischen uns.

Sein Blick wirkt entschlossen. «Nichts von dem, was ich vorhabe, ist vernünftig. Nichts.» Er macht eine Pause, holt tief Luft, fixiert mich. «Also, wenn du etwas Richtiges tun willst, dann geh. Jetzt.»

Es ist sehr vernünftig, was er sagt. Ich sollte diesen letzten Strohhalm nicht einfach wegwerfen. Sollte ich. «Das ist doch völlig verrückt», nuschle ich und gehe ihm einen Schritt entgegen. Er mir ebenfalls. Und dann noch einen und noch einen. Als wir voreinander stehen, schlingen sich unsere Arme wie von selbst umeinander, unsere Lippen stoßen zusammen, und wir küssen uns. Und es kommt mir vor, als wäre ich noch nie geküsst worden. Die Welt verschwindet, wir stehen im Nichts, und es gibt in diesem Augenblick nichts Logischeres als genau das.

Wir lösen uns voneinander, viele Augenblicke später.

«Ich habe dich vermisst», sagt er.

Ich nicke.

«Ständig denke ich an dich. Morgens, mittags, abends, aber vor allem nachts.»

Ich nicke.

«Sag doch was.»

Ich nicke.

Er schmunzelt. Dann nimmt er mich an der Hand, wir gehen weiter. «Das eben war mein Freund Jens. Ich bin mit ihm zur Schule gegangen.»

«Den hast du jetzt alleine stehenlassen?»

«Keine Angst, wir haben eine alte Schulfreundin getroffen, die wird ihn schon beschäftigen. Auf jeden Fall, er wohnt eigentlich in Berlin und ist zurzeit beruflich hier. Schläft in einem Hotel, zwei Straßen weiter. Hat nur seine Sachen dort abgelegt.» Tim macht eine kurze Pause und holt tief Luft. «Ich habe den Schlüssel, und er könnte bei unserer Schulfreundin übernachten.»

Es dauert, bis mir aufgeht, was er da vorschlägt. Was fühle ich in diesem Augenblick? Dem Wendepunkt der Geschichte? Weder singen Engelschöre, noch tanzt das schlechte Gewissen Salsa auf meiner Schulter. Es kribbelt auch nicht, keine Schmetterlinge schwirren herum. Geschweige denn, dass mir heiß im Schritt wird. Obwohl? Vielleicht ein bisschen. Ansonsten bin ich einfach nur klar im Kopf. So erschreckend klar, als hätte jemand mein Gehirn auf HD umgestellt. Ich suche nach einer Antwort, irgendeiner, aber so spontan fällt mir nur eine ein. «Ich bin betrunken.»

«So betrunken, dass du nicht mehr weißt, was du tust?»

«Nein, nur betrunken genug, um ja zu sagen, obwohl ich weiß, dass es falsch ist. Es ist doch falsch, oder?»

«Es könnte nicht falscher sein. Aber es ist mir egal.»

«Mir auch.»

Das kleine schnuckelige Hotel hat keine Rezeption, wir müssen uns keinen fragenden Blicken aussetzen, schleichen in das Zimmer, das uns nicht gehört, und tun ... das gänzlich Falsche. Bedächtig, verzehrend und entlarvend.

Ich liege auf dem Bauch. Die Decke reicht mir bis knapp über den Po. Tim liegt neben mir auf der Seite, und seine Finger fahren über mein Rückgrat. Wieder und wieder. Ich seufze schwer. Es ist so schön, am liebsten würde ich genau mit diesem Gefühl auf meinen Rücken einschlafen. Ohne Reue, ohne Zukunftsgedanken. Einfach nur diesen Moment konservieren und nie wieder daraus erwachen.

«Was ist los? Du seufzt so schwer.»

Ich sage nichts.

«Ich sollte nicht fragen. Was sollst du auch drauf antworten?», sagt Tim nachdenklich, als hätte er meine Gedanken erraten. So schwer war das wohl nicht.

«Bereust du es?», frage ich stattdessen.

«Nein.»

«Ich auch nicht, obwohl ich sollte.»

Ich drehe mich auf den Rücken und kuschle mich in seine Arme. «Vielleicht fangen wir einfach erst ein wenig später mit dem Bereuen an», nuschle ich an seine Brust.

«Das ist eine gute Idee», sagt er und küsst mich. Sanft und sehr innig. «Weißt du, es ging mir nicht gut in den letzten Wochen», sagt er Augenblicke später. «Ich habe dich ganz schrecklich vermisst und es einfach nicht geschafft, dich mir aus dem Kopf zu schlagen. Es ist so unglaublich, dass der Zufall dich heute zu mir gebracht hat. Ich bin dem Universum gerade wirklich sehr, sehr dankbar.»

«Du bist ganz schön pathetisch», necke ich ihn. «Ich habe mir eingeredet, dass es funktioniert, das mit dem Aus-dem-Kopf-Schlagen, aber ich habe mich wohl geirrt.»

«Wie du gerade eindrücklich bewiesen hast», gluckst er, «ich würde das wirklich gerne noch einmal hören.»

«Wovon sprichst du?», frage ich lauernd.

«Von den kleinen süßen Geräuschen, die du gemacht hast, als du ...»

«Boah, du Mistkerl.» Ich wühle mich aus seinen Armen und ziehe ihm das Kissen über den Schädel. «Mach dich ja nie wieder über meine Geräusche lustig, das finde ich nicht lustig.»

«Ist nur eine Rache für meine Füße.»

Jetzt falle ich über ihn her und vermöble ihn richtig. Leider halte ich das nur ungefähr zehn Sekunden durch, ehe wir wieder in eine wilde Knutscherei verfallen. Und wohin das führt, wenn man nackt zusammen im Bett liegt, weiß man ja. Ach scheiße, was soll's. Darauf kommt es jetzt auch nicht mehr an.

«Wir sollten wirklich darüber sprechen», sage ich hinterher, «aber zuerst ziehe ich mich an. Ich kann solche Gespräche nicht führen, wenn ich nackt neben einem ebenso nackten, noch dazu gutaussehenden Mann liege.»

«Das Kompliment gebe ich gerne zurück. Dass du dich anziehen möchtest, finde ich allerdings schade.»

«Das ist nicht sachlich.»

Bevor er antworten kann, piepst sein Handy, er angelt es aus seiner Hosentasche und wirft einen Blick darauf. «Das mit dem Anziehen ist doch keine schlechte Idee, Jens würde gerne seine Sachen abholen, er braucht seine Zahnbürste», sagt er schmunzelnd.

Ich werfe einen kritischen Blick auf das zerwühlte Bett. «Gott, das ist so peinlich und so billig. Zwei Verheiratete treffen sich im Hotel ...»

«Nun ja, wir haben immerhin Übung darin», unkt Tim, aber mit ernstem Blick.

«Aber doch nicht so.»

«Du bereust es?», fragt er vorsichtig.

«Ja. Nein. Ach Mensch, ich weiß es einfach nicht.» Ich schnappe mir meine Sachen, schlüpfe hinein und grüble stoisch vor mich hin. Nicht dass es zu irgendetwas führen würde, es sind eher gedankliche Pirouetten.

Tim zieht sich ebenfalls an. «Ich kriege das alles nicht zusammen. Jetzt wollen wir das, was wir die ganze Zeit hätten tun dürfen, aber nicht wollten. Und jetzt, wo wir nicht mehr dürfen, wollen wir.»

«Das alleine hört sich schon schräg an», gebe ich ihm recht.

«Meinst du, es wäre auch passiert, wenn wir, nun ja, einfach nur Sex gehabt hätten?»

«Das habe ich mich auch schon gefragt. Ich weiß es nicht. Aber was genau ist passiert?»

«Das mit uns.»

«Was ist *das mit uns*», frage ich, weil ich endlich einen Namen brauche.

«Ich bin wirklich in dich verliebt», sagt er daraufhin, schaut mich an und lächelt. «Richtig schlimm sogar. Und obwohl ich weiß, dass es falsch ist, kann ich nichts dagegen tun. Vielleicht will ich das auch gar nicht mehr.»

Ich kann ihn nur anstarren.

«Zu viel?», fragt er unsicher.

Ich zucke mit den Achseln, will ihm helfen, würde ihm gerne dasselbe sagen, aber die Worte kommen nicht aus meinem Mund. Und das Gefühl? Ja, das ist da, schon so viel länger, als mir lieb ist. Doch ich schweige zunächst und lehne mich stattdessen an seine Schulter. Dann verpacke ich das Geständnis ungelenk.

«Ich hätte schon sehr früh darauf kommen können.»

«Dass ich in dich verliebt bin?»

«Nein, dass es mir auch so geht. Und weißt du auch, wieso?»

«Sag es mir.»

«Deine Füße haben mich irgendwann nicht mehr gestört.»

«Meine Füße? Im Ernst?»

«Ja, *kein* Fußekel mehr bedeutet, dass ich denjenigen wirklich mag.»

«Spricht das jetzt für meine Füße?»

«Nein, für dich.»

«Du bist unglaublich, weißt du das?»

Tim rubbelt mir über den Kopf, und ich vergrabe mich an seiner Brust. Sauge seinen Duft ein, will hineinkriechen, irgendetwas tun, damit das alles genau hier aufhört und es kein Danach mit all seinen Problemen und Verpflichtungen mehr gibt.

Aber es hilft nicht. Wir müssen uns anziehen und das Hotel verlassen.

Eine lange Weile spazieren wir wortlos durch die dunklen Straßen. Worüber sollten wir auch reden. Nichts würde zu irgendwas führen. Lieber genieße ich Tims Nähe.

In der Stunde zwischen zwei und drei, in der alles schläft, die sonst so umtriebige Stadt einer gespenstigen Stille erliegt, rufe ich mir ein Taxi.

«Sehen wir uns wieder?», fragt Tim und sagt damit alles.

«Ich weiß es nicht», antworte ich und sage damit nichts.

Ich steige aus, bezahle in aller Ruhe, bin der Inbegriff von Ruhe und Beherrschtheit. Mein Gesicht muss die pure Harmonie ausstrahlen. Das Taxi biegt um die Ecke, und ich bin allein.

«Scheiße, verdammte. Dreckskack, Mist, hirnrissiges Gedingens, Arsch ...»

Ganz dem Beispiel meiner fäkalaffinen Tochter folgend, suche ich sämtliche Schimpfwörter, die ich finden kann, in der Hoffnung, dass sie mich irgendwie befreien. Ich stampfe mit dem Fuß auf, trete gegen die nächste Mülltonne, schimpfe und stampfe, bis endlich, endlich die Tränen kommen. Ich lasse sie fließen, immer weiter, bis sie irgendwann versiegen, einfach weil keine Flüssigkeit mehr da ist.

20

Lügenboykott

Es ist wirklich erstaunlich, wie wenig Worte man braucht, um eine Beziehung zu zerstören.

«Ich will die Scheidung.» Vier Worte.

«Ich liebe dich nicht mehr.» Fünf Worte.

«Ich liebe eine andere.» Vier Worte.

«Verpiss dich und nimm deine Sachen mit.» Immerhin sieben Worte.

«Partnertausch.» Ein Wort.

«Ich habe mit Tim geschlafen.» Fünf Worte.

Meine Worte. Keine Lügen mehr. Morgens, halb zehn in Bonn.

«Das weiß ich doch», sagt Steffen, noch im Bademantel und den Schlaf in den Augen, eindeutig noch nicht in der Lage, diese Worte zu erfassen.

«Gestern.»

«Oh. Okay. Ich ziehe mich an und gehe spazieren.»

Die Tür ist gerade zugefallen, als die Kinder in die Küche stürmen. «Wann gibt es Frühstück?», fragt Milla und mustert nahezu erschüttert den noch leeren Frühstückstisch.

«Ich habe so großen Hunger», jault Carlotta, «holt Papa Brötchen?»

«Ich weiß es nicht, es ging ihm nicht so gut, er brauchte

frische Luft. Ich hole gleich Aufbackbrötchen aus dem Keller und mache dann Frühstück.»

Milla betrachtet mich kritisch aus zusammengekniffenen Augen. «Habt ihr euch wieder gestritten?»

Mich stört das «wieder» in diesem Satz, aber sie hat recht. Wir streiten oft in letzter Zeit. Zu oft? Ich seufze. «Ja, wir haben uns gestritten, aber das kommt eben vor.»

«Es nervt.»

«Ich weiß, mein Schatz, und das tut mir leid.»

«Lasst ihr euch jetzt scheiden?»

Mir plumpst alles nach irgendwo.

«Wie kommst du denn darauf?», frage ich lauernd.

«Nur so. Carlas Eltern haben sich scheiden lassen, und jetzt muss sie am Wochenende immer ganz weit zum Papa fahren. Das findet sie richtig doof.»

«Also, wenn ihr euch scheiden lasst, bleibe ich bei dir», sagt Milla und tätschelt auf eine seltsam erwachsene Weise meinen Arm.

«Das ist sehr nett von dir, Süße, aber ich finde nicht, dass du dir über so etwas Gedanken machen solltest.»

«Also, wenn du bei Mama bleibst, bleib ich bei Papa, sonst ist der ja ganz alleine», entrüstet sich Carlotta.

Meine kleine Carlotta, die stets um das Wohlergehen aller Familienmitglieder besorgt ist. Spätestens jetzt ist der Augenblick gekommen, in dem ich wieder in Tränen ausbrechen möchte. Aber ich setze ein müdes Lächeln auf und verschwinde in den Keller, um Brötchen zu holen. Kinder mit ihrem sechsten Sinn für brenzlige Situationen sind eine echte Bürde. Alleine die Vorstellung, nicht mehr beide Kinder bei mir zu haben ... Es ist so unvorstellbar, dass der gestrige Abend zu einer Horrorvision mutiert. Ich muss das geraderücken, ich muss. Meine eigenen Gefühle sind einfach völlig unangebracht.

Ich bin einigermaßen gefasst, als ich wieder nach oben komme, stelle den Backofen an und packe die Notbrötchen aus der Tüte. Soll ich für vier Personen decken oder für drei? Ich decke für vier, doch wir frühstücken nur zu dritt.

Es ist fast Mittag. In blinder Beschäftigungswut wühle ich mich durch den Keller. Viel lieber würde ich inbrünstig Pflastersteine in den Boden prügeln, aber leider ist der Vorgarten fertig, deshalb muss eine andere grobe Arbeit her. Je schweißtreibender, desto besser. Nebenbei miste ich aus. Ich muss mich zusammenreißen, nicht den halben Keller auf einen Haufen zu werfen und anzuzünden, so als könnte das Wegwerfen von Gegenständen mich von all meinem seelischen Ballast befreien. Die Kinder sitzen gemütlich vor dem Fernseher und schauen mit meiner höchstpersönlichen Erlaubnis ihre geliebte Meerjungfrauenserie. Sie haben den ganzen Vormittag gestritten, und ich hatte keine Kraft, das auszuhalten. Es ist schrecklich, wie Fernsehen jede brenzlige Situation entschärft. Es gibt fast nichts, was besser hilft.

Wie aus dem Nichts steht Steffen hinter mir. «Hast du den Kindern erlaubt zu fernsehen?»

«Ja, hab ich. Sie haben gestritten.»

«Tolle Erziehung.»

«Weiß ich selbst. Können wir jetzt reden?»

«Gibt es denn noch mehr, was ich wissen sollte?»

«Nein. Steffen, ich ...»

«Lass gut sein. Du hast das nicht gewollt, es ist einfach so passiert, blablabla. Sind diese Gespräche nicht schon tausendfach geführt worden?»

«Sicher, aber nicht zwischen uns ...»

Wieder fährt er mir über den Mund. «War es geplant? Warst du gestern gar nicht mit Gudrun und Nadine weg, sondern mit Tim?»

«Nein, es war nicht geplant. Wir haben uns zufällig getroffen ...»

«Stopp, das reicht. Also nicht geplant. Warum hast du es mir überhaupt erzählt?»

«Ich will nicht mehr lügen. Egal, was es bedeutet, aber zum Lügen habe ich keine Kraft mehr.»

Steffen schweigt, sieht mich an. Böse. Mitleidig. Traurig. Es ist ein Blick, den ich so bei ihm noch nie gesehen habe.

«Ich kann jetzt nichts dazu sagen, Nina. Wir reden, wenn ich mich sortiert habe. Kannst du das akzeptieren?»

Ich nicke. «Steffen, die Kinder haben mich heute Morgen gefragt, ob wir uns scheiden lassen.»

«Wie kommen sie denn darauf?»

«Kinder spüren Dinge, die Atmosphäre, dass was in der Luft liegt ... Wundert es dich wirklich, dass sie so etwas fragen?»

«Dann machen wir ihnen klar, dass alles in Ordnung ist, wenn sie noch mal fragen. Sie werden es wieder vergessen.»

21

Mütterlichkeit

Die Stille ist ohrenbetäubend. Jedes Geräusch ist ein bewusstes, eines, das ich mit allen Sinnen wahrnehme. Da ist die Hummel, die emsig durch die Gegend brummt, sich der Tatsache wohl bewusst, dass die schneefreie Zeit und der Sommer schnell wieder vorüber sind. Die Möwe, die lautstark ihre Artgenossin zurückweist, weil der Platz, auf dem sie sitzt, ihrer ist. Ein besonderes Erlebnis ist der Ruf des ansässigen Kranichpaares – er erinnert an die Sirene, die bei Gleisarbeiten eingesetzt wird. Natürlich ist der Kranichruf viel, viel schöner, zumindest wenn er nicht gerade um vier Uhr morgens unter dem geöffneten Schlafzimmerfenster ertönt.

Ich saß heute Morgen senkrecht im Bett und brauchte endlose Augenblicke, ehe ich verstand, dass ich nicht auf Gleisen liege, sondern im Gästezimmer meiner Mutter und dem wortkargen Peter, dessen stumme Gastfreundschaft einen auf fast komatöse Weise zum Verweilen einlädt. In Nordschweden.

Ich sitze im Bootshaus direkt am See. Neben mir auf der aus rohen Brettern gezimmerten Bank liegt ein Buch, aber mir ist nicht nach Lesen. Ein leichter Wind bläst Kringelchen über das Wasser, und ich versuche, den Gedankenmotor in den Leerlauf zu schalten. Wenigstens hier müssen die Sorgen einen Augenblick Ruhe geben. Leider interessiert das die Sorgen nur mäßig, und deshalb seufze ich zum gefühlt hundertsten Mal an diesem Tag so schwermütig, wie ich es mir nur erlaube, wenn ich alleine bin und niemand es hört.

So eine blöde Scheiße. Was habe ich mir eigentlich bei alldem gedacht? Dabei könnte es, würde ich die Sorgen beiseitelassen, ein Abenteuer sein. Zumindest der Teil, der dazu geführt hat, dass ich nun hier sitze.

Die letzten Tage erscheinen im Rückblick wie ein böser Traum. Die Szene im Keller war nur der Auftakt einer Woche, die ich am liebsten aus meinem Leben streichen würde. An der Oberfläche mimten wir eine heile Familie, eine funktionierende Ehe. Darunter brodelte es höllengleich. Fast eine Wohltat waren die zwei Tage, die Steffen auf Geschäftsreise war, doch als er zurückkam, fand er deutliche Worte.

«Nina, du hast mein Vertrauen missbraucht. Das erste Mal konnte ich dir verzeihen, aber jetzt? Ich weiß, ehrlich gesagt, nicht, wie und ob es mit uns weitergehen soll.»

Es interessierte ihn nicht, ob oder was ich dazu zu sagen hatte. Seine Befindlichkeit ist nunmehr der Gradmesser für unsere Beziehung, ich bin aus dem Spiel, habe nichts mehr zu sagen, lediglich seine Konsequenzen zu akzeptieren. Keine Rede mehr davon, dass ihn eine Mitschuld trifft, dass wir uns gemeinsam in diese Situation manövriert haben mit dieser blöden, blöden Partnertauschgeschichte.

Dabei brannte es in mir wie Feuer, tut es immer noch. Und während Steffen und ich in den Trümmern unserer Ehe herumfuhrwerkten, gab es doch keinen Augenblick, in dem ich nicht am liebsten alles hätte stehenlassen, um mich in Tims Arme zu stürzen. Ich vermisse ihn, kann mich aber auch nicht bei ihm melden, weil ich mir dann nie wieder in die Augen sehen könnte. Manchmal habe ich das Gefühl, im nächsten Augenblick in tausend kleine Teilchen zu zerspringen, so explosiv sind die Gefühle, die mich seit einer Woche bis in die letzten Kapillaren durchspülen.

Nichts half. Keine Gudrun, keine Selbstbeschwörung, keine Ablenkung, kein Schönreden. Steffen und ich verharrten in einer Wolke des Ungeklärten. Waren wir alleine, gifteten wir uns an, waren die Kinder da, tauschten wir nichts weiter als alltägliche Sachlichkeit. Am Freitagmittag gab es nur noch ein Gefühl: Ich muss raus aus diesem Irrsinn!

Die Kinder zu überreden, Pfingsten spontan bei meinem Bruder Dirk und ihrer Cousine Lara zu verbringen, war unproblematisch. Binnen einer Stunde waren die Taschen gepackt, und wir saßen im Auto auf dem Weg in den Westerwald. Meine Schwägerin Karin verkniff sich jeden Kommentar, als ich die Kinder ablieferte und ihr mitteilte, Steffen würde sie dienstags wieder abholen. Manchmal braucht man keine Worte. Ich bin keine Mutter, die ihre Kinder irgendwo abliefert, um auf Trallafitti zu gehen. Das weiß meine Schwägerin, und in meinem Gesicht wird sie den Rest gelesen haben. Alles andere wird ihr die Gerüchteküche in den nächsten Tagen zutragen.

Als die Kinder weg waren, war es um meine Fassung endgültig geschehen. Ich fuhr nach Hause, zitternd und ohne richtig bei mir zu sein, stellte das Auto ab, fuhr mit der Straßenbahn zum Bahnhof und stieg ohne Ziel in den nächsten Zug nach Köln. Dort stand ich am Kölner Hauptbahnhof mit einer Wurst von Meister Bock in der Hand, von der ich keinen Bissen aß, blickte auf die große Anzeigentafel im Foyer und grub in meinem leeren Kopf nach einem Plan. Ein einziger klarer Gedanke wäre hilfreich gewesen, eine Idee, irgendwas in der Art, aber da war einfach nur nichts. Und deshalb stieg ich in den nächsten Zug. Er brachte mich nach Hamburg. Trotz fünfstündiger Zugfahrt, in der ich nichts weiter tat, als aus dem Fenster zu schauen, in eine Landschaft, die so nichtssagend war, dass sie an mir vorbeizog, ohne dass was hängen blieb. Hamburg fühlte sich nicht richtig an. Also kaufte ich mir Wechselklamotten, eine Zahnbürste und Zahnpasta und stieg erneut in einen Zug. Drei Stunden dauerte mein Aufenthalt am Kopenhagener Hauptbahnhof. Mitten in der Nacht mit einer Flasche Wasser und einem Berg Traurigkeit als Begleiter.

Und ohne dass ich den Entschluss bewusst gefasst hätte, stand ich fast zwanzig Stunden später mit meinem Bündel bei meiner Mutter vor der Tür. Übermüdet, schmutzig und aufgelöst. Sie nahm mich in den Arm, kochte mir eine Suppe, wie sie es früher getan hat, wenn ich krank war oder traurig, schickte mich unter die Dusche und anschließend ins Bett. Ohne große Worte und mit einer Selbstverständlichkeit, wie es nur Mütter können, die ihre Kinder um ihrer selbst willen lieben.

Doch irgendetwas werde ich ihr erzählen müssen. Ich habe ihre Sorgen und Fragen schon zu lange ignoriert. Wenn ich mich aufraffen kann, diese Bank mit Blick auf den See und genug Platz für alle oder auch gar keine Gedanken zu verlassen.

Meine Mutter nimmt die vorgewärmte Kanne, positioniert bedächtig das seit Jahrzehnten genutzte Siebchen und zählt mit einem Silberlöffel vier Löffel erstklassigen Ostfriesentee ab. Weil es den hier oben nicht gibt, lässt sie einmal im Jahr eine stattliche Lieferung eines kleinen, aber feinen Bremer Teehauses einfliegen. Ohne ihren Tee würde sie Schweden von heute auf morgen den Rücken kehren. Ich habe den vagen Verdacht, Peter hätte gegen den Tee nicht den Hauch einer Chance.

Ich selbst trinke ausschließlich Tee. Schwarzen, grünen, roten – je nach Laune, Jahres- oder Tageszeit, aber der beste von allen wird immer der meiner Mutter bleiben. Weil er gut ist und gegen alles hilft. Vielleicht ja auch gegen Liebes- und Ehekummer.

«Hat dir der See beim Denken geholfen?», fragt meine Mutter, während sie mit vorsichtigem Strahl das heiße Wasser über die Teeblätter gießt.

«Hm», murmele ich, nehme mit der Silberzange einen Kölner Kluntje aus der Zuckerdose und lege ihn vorsichtig in die weiß-blaue Teetasse. Kurz zögere ich und platziere einen zweiten Kluntje direkt daneben. So wird der Tee zur Medizin.

«Liebes, ich weiß nicht, was vorgefallen ist und warum du gestern ohne Kinder und ohne Gepäck vor unserer Tür standest. Aber ich glaube, die Schonzeit ist vorbei, und du bist mir die eine oder andere Antwort schuldig.»

Sie lächelt mich liebevoll und zugleich prüfend an und steckt sich die halblangen weißen Haare, die ihr so gut stehen, dass ich mir gar nicht vorstellen kann, dass sie in einem früheren Leben eine andere Farbe hatten, hinters Ohr. Ich lächle schuldbewusst zurück, denn natürlich hat meine Mutter recht. Haben Mütter ja irgendwie immer, wie ich mittlerweile aus eigener Erfahrung weiß.

«Und außerdem», fügt sie vorsichtig hinzu, «hat hier ein

ziemlich aufgelöster Steffen angerufen, und es wäre nicht schlecht, wenn ich wüsste, was ich ihm sagen darf und was nicht.»

Obwohl ich natürlich erwartet habe, dass Steffen nach mir sucht (ich habe auf dem Weg zwanzig Anrufe ignoriert, fünfzehn Nachrichten ungelesen gelöscht und anschließend das Handy gleich ganz ausgeschaltet) und, nachdem er sicher meine Freundinnen angerufen hat, auch hier anruft, schlucke ich schwer.

«Erzähl es mir.»

Meine Mutter steht mit in die Hüfte gestemmten Händen und schief gelegtem Kopf vor mir und mustert mich sorgenvoll. Ihre Hände haben sich verändert. Ich weiß nicht, wann es passiert ist, oder vielleicht habe ich einfach nie darauf geachtet, aber es sind jetzt die Hände einer alten Frau. Das macht mich noch trauriger, als ich ohnehin schon bin. Und ich frage mich unausweichlich, wie oft ich sie noch sehen darf. Bei dieser Entfernung. Und ob nicht vielleicht der Zeitpunkt kommt, an dem ich bereue, ihr so vieles von mir nicht erzählt zu haben. Nie zu erfahren, was ich alles mit ihr hätte teilen können und wie sie auf Dinge reagiert, die ich sonst für mich behalten würde. Das alles weiß ich nicht. Aber ich kann es herausfinden.

Und dann erzähle ich es ihr. Alles. Ein paar Fragen stellt meine Mutter, aber sie sind sachlicher Natur. Ohne ein Urteil zu fällen, hört sie mir zu, bis die Teekanne leer ist und ich an dem Punkt angelangt bin, an dem ich die Kinder bei Dirk abgeliefert habe. Es ist unglaublich befreiend, die Geschichte in ihrer Gesamtheit zu erzählen. Sie bekommt dadurch Rahmen und Struktur. Ich sehe das, was mir in den letzten Monaten passiert ist, als Ganzes, und zum ersten Mal erkenne ich, welchen Anteil ich daran habe. Und deshalb wundert mich nicht wirklich, was meine Mutter nach einer denkschweren Pause sagt, als ich zu Ende gesprochen habe.

«Jetzt weiß ich gar nicht, ob ich mich für dich freuen, dich trösten oder dir den Hintern versohlen soll.» Immer wieder schüttelt sie ihren Kopf.

«Wie wäre es mit ein bisschen von allem?», schlage ich kleinlaut vor.

«Gleichzeitig oder nacheinander?», neckt sie mich und lacht. «Darf ich dir sagen, was ich darüber denke, wenn ich meine Mütterlichkeit beiseitelasse und es aus der Sicht einer Frau tue? Ich weiß nämlich, ehrlich gesagt, nicht, ob ich das, was du mir erzählt hast, als Mutter verkrafte.»

Ich werde ein bisschen rot ob der Tatsache, dass ich meiner Mutter gegenüber gerade sehr, sehr offen war. Aber es musste einfach raus. Pech für sie, auch wenn mich ihr Gesichtsausdruck hoffen lässt, dass sie es durchaus verkraftet hat. Vielleicht hat sie aber auch einfach etwas sehr viel Schlimmeres vermutet, etwas Kriminelles gar. Ich nicke und mache mich auf alles gefasst.

«Du bist seit fast zwanzig Jahren mit Steffen zusammen, eure Kinder sind aus dem Gröbsten raus, und ihr habt beide gerade die magische Vierzig überschritten. Liege ich so weit richtig?»

Wieder nicke ich.

«Es ist nicht überraschend, dass ihr in eurer Beziehung und jeder für sich in seinem Leben an einem Punkt angelangt seid, wo ihr beginnt nachzudenken. Über das, was war, und über das, was vielleicht noch kommt. Der eine weniger, der andere mehr. Das ist nichts Wildes, sondern der normale Lauf der Dinge sozusagen.»

«Willst du mir damit durch die Blume sagen, diese dämliche Geschichte wäre völlig normal?», frage ich lauernd, weil das nach viel zu viel Verständnis riecht.

«Jein.»

Meine Mutter lächelt mich auf eine Weise an, die mich ganz kirre macht. Vielleicht wäre sie doch lieber in ihrer Mutterrolle geblieben.

«Dass das Grundgefühl normal ist, das will ich damit sagen, aber dass jedes Paar mit so einer Situation anders umgeht. Fremdgehen, streiten, schweigen, Paartherapie, Bungee-Jumping und von mir aus eben auch Pärchen- oder Schwingergeschichten.» (Sie sagt wirklich Schwingergeschichten.) «Aber, Nina, das bist nicht du. Und das weißt du auch. Sich Steffen zuliebe darauf einzulassen, schon eher. Auch wenn ich finde, das war keine gute Entscheidung.» Sie seufzt. «Dass das kein gutes Ende nehmen würde, hätte dir schon länger klar sein sollen.»

Ich protestiere vehement. «So kann ich das nicht stehenlassen, alles wäre gut gewesen, wenn ...»

«... du dich mit deinen zweiundvierzig Jahren nicht unsterblich in diesen Mann verliebt hättest, der sich das Leben anscheinend genauso schönredet wie du», beendet meine Mutter den Satz, stellt die Teetasse, die sie die ganze Zeit in Händen gehalten hat, auf den Unterteller, huscht einmal um den Tisch herum, setzt sich auf den Stuhl neben mich und legt den Arm um mich. «Dieses Gefühl, Ninchen, auch wenn es völlig unverantwortlich ist, dir das zu sagen, wenn ich an die Konsequenzen denke – gönne ich dir von ganzem Herzen. Jeden einzelnen Schmetterling gönne ich dir.»

Meine Augen füllen sich mit Wasser, aber zum hemmungslosen Losschluchzen reicht es noch nicht. Dabei würden

Tränen gerade gut passen zu diesem innigen, schönen und traurigen Anlass.

«Ach, Mama, du hast recht. Es tut mir so gut und belastet mich gleichzeitig so sehr, dass ich lachen könnte vor Wonne und gleichzeitig schreien vor Verzweiflung. Und zudem habe ich nicht den leisesten Schimmer, was ich tun soll.»

«Aber das ist doch sonnenklar», meint meine weise Mutter augenzwinkernd.

Ich warte verblüfft auf die Antwort.

«Du erstellst eine Liste mit den Pros und Contras.»

Eine Liste. Nun gut.

Wieder sitze ich im Bootshaus am See, fest entschlossen, meine Gedanken und Gefühle zu entwirren und in Spalten zu pressen. Neben mir, in der Sauna mit Blick auf den See, bollert der kleine Ofen und bringt die Sauna auf Betriebstemperatur. Das dauert eine gute Stunde, sollte für die überlebenswichtige Bestandsaufnahme reichen und setzt mich gleichzeitig unter Druck. Mich selbst zu disziplinieren, ist eine meiner besten Übungen. Auf meinen Knien liegt ein Block, darauf eine leere Tabelle mit zwei Spalten. Tim steht auf der einen Seite, Steffen auf der anderen. Ich schaue diese zwei Namen an, und in meinem Kopf purzelt eine Graskugel durch die karge Wüste. Ein wenig Wind gehört auch noch dazu.

Ich streiche Steffen durch und ersetze ihn durch das Wort Familie. Und in dem Augenblick, in dem ich das Wort schreibe, kenne ich das Ergebnis dieser Tabelle. Ich ringe mir drei weitere Worte ab, ehe ich den Stift beiseitelege. Mit einem undefinierbaren Gefühl im Bauch starre ich auf den See, bis die Sauna heiß genug ist und ich mich in der Hitze fallen lassen kann. Um alles auszuschwitzen, was gegen diese

Entscheidung sprechen könnte, weil sie doch wie so vieles in meinem Leben so schrecklich, schrecklich vernünftig ist.

Unter Familie steht: alles.

Unter Tim: leider nichts.

Manchmal ist das Leben in seinem ganzen Chaos so furchtbar eindeutig. Und es ist ja nicht so, als würde mir Steffen nichts mehr bedeuten. Doch warum macht mich diese Erkenntnis so traurig?

Drei Saunagänge und erfrischende Bäder in diesem riesigen menschenleeren See später wandere ich mit Handtüchern und Liste zurück zum Haus, wo meine Mutter dazu übergegangen ist, ihr schwedisches Ich auszuleben, und Zimtschnecken backt. Die erste Ladung liegt bereits auf dem Kuchengitter und verströmt einen verführerischen Duft. Ich versuche, eine zu mopsen, ein sachter Klaps auf die Finger hält mich davon ab.

«Zum Kaffee», sagt sie, obwohl bei ihr nie Kaffee auf dem Tisch steht. Aber so ist das wohl mit uns Teutonen – da gibt es eben Kaffee und Kuchen, egal, was wirklich auf den Tisch kommt. Dabei würde es ein englisches *Tea Time* bei weitem besser beschreiben.

«Menno», maule ich. Dann platzt es aus mir heraus: «Mama, wie würdest du dich entscheiden?»

«Ich würde mich für die Zukunft entscheiden», entgegnet meine Mutter altersweise.

«Sehr witzig.»

«Was ist witzig?», fragt Peter, der im Blaumann von draußen hereinkommt, sich eine Zimtschnecke schnappt und schon fast wieder draußen ist, ehe man ihm überhaupt eine Antwort geben kann.

«Das Leben», ruft ihm meine Mutter hinterher, aber das hört er schon gar nicht mehr.

«Er durfte sich eine Zimtschnecke klauen», maule ich noch einmal und versuche es ein zweites Mal, habe aber auch diesmal keinen Erfolg.

«Hart arbeitende Männer muss man bei Laune halten, Töchter müssen erzogen werden.»

Was ist das nur mit den Müttern, dass man sich bei ihnen immer so fühlt, als wäre man wieder zwölf – und sich dann auch genau so benimmt? Zum Glück kommen wir direkt wieder zum Wesentlichen.

«Was sagt dein Herz? Was sagt die Vernunft? Und was ist der kleinste gemeinsame Nenner?»

«Die Familie», entgegne ich, und ein warmes Gefühl breitet sich aus. Denn natürlich ist es nicht der Mann alleine, der zählt. Eigentlich weiß ich das, wusste es von Anfang an, und doch ist das alles passiert. Eine Familie mit Liebe ist das, was zählt, und kein Verliebtsein ohne Familie. Selbst wenn ich wollte, wenn ich weg von Steffen wollte, ich könnte es meinen Mädchen niemals antun. Das wäre es einfach nicht wert. Es könnte mich niemals glücklich machen.

Nur eines gibt mir zu denken. Meine Überlegungen sind dem Umstand geschuldet, dass ich überhaupt darüber nachdenke, dass Tim mehr sein könnte als nur ein amouröses Abenteuer. Alle Sorgen, die bisher durch meinen Kopf kreisten, trugen nie eine Zukunft in sich, in der er eine Rolle spielen könnte. Erst indem ich diese Zukunft verneine, realisiere ich, dass sie tatsächlich eine Option war.

Meine Mutter, die mich ein paar Momente mit meinen Gedanken alleine gelassen hat, hat natürlich auch eine Meinung. «Nicht dass es mich überraschen würde, aber dir muss klar sein, dass deine Entscheidung nur ein erster Schritt ist. Du musst die Sache für dich abschließen, und dann braucht ihr einen gemeinsamen Plan.»

«Ich weiß», seufze ich, «und ich weiß auch, dass ich die Zeit nicht zurückdrehen kann. Unsere Ehe braucht eine Generalüberholung, wenn sie zukunftstauglich sein soll. Außerdem muss Steffen seine Entscheidung treffen. Wenn er nicht mehr will ...»

«Um den mach dir keine Sorgen», erwidert meine Mutter völlig gelassen, «der will dich nur zappeln lassen und in die richtige Richtung schubsen. *Du* musst an eure Liebe glauben. Das weiß er auch.»

«Du hast die Chance nie bekommen, oder? Papa zu beweisen, dass eure Liebe es wert ist, oder?»

«Ja, und das trage ich ihm bis heute nach», erwidert sie nachdenklich, den Kopf auf beide Hände gestützt. Doch dann lächelt sie, immer mehr, bis sich ihre Lippen zu einem breiten Grinsen verzogen haben. «Dafür war das Verlieben in Peter ein umso schöneres Gefühl. Es ist einerlei, ob man fünfzehn oder fünfzig ist. Und es ist wirklich schade, dass dein schlechtes Gewissen dieses Gefühl auffrisst. Doch nur, um Schmetterlinge zu spüren, sollte man keine funktionierende Ehe aufgeben. Trotzdem gönne ich sie dir – die Schmetterlinge.»

«Ja», antworte ich versonnen. «Irgendwie hat es sich gelohnt. Trotz allem. Dabei konnten wir uns erst auf den Tod nicht ausstehen, dann haben wir uns ignoriert, dann akzeptiert, na ja und dann ...»

Meine Mutter grinst vielsagend. «Steffen ist übrigens keineswegs unschuldig. Er hat sein Stück vom Kuchen abbekommen. Bei dem, was er dir vorgeschlagen hat, musste ihm einfach klar sein, dass es auch nach hinten losgehen kann.

Mach ihm deutlich, dass ihr einander auf Augenhöhe begegnen müsst.»

«Du meinst, wir sind quitt?»

«Könnte man sagen. Ich finde jedenfalls, du solltest ihn nun endlich anrufen, und danach bekommst du deine Zimtschnecken.»

«Na, Gott sei Dank muss ich nicht warten, bis es Knäckeschnecken sind.»

«Karnickelfangschlag» nannte mein Vater früher das, was meine Mutter mir daraufhin mitgibt.

Allen Bauchschmerzen zum Trotz verläuft das Telefonat mit Steffen gut. Ob es die Distanz ist oder die Tatsache, ihn zwei Tage im Ungewissen gelassen zu haben, weiß ich nicht, aber zum ersten Mal seit langer Zeit sprechen wir vernünftig miteinander. Ich hatte eine eisige, feindselige Stimmung erwartet und bin mehr als erleichtert. Natürlich wirft er mir vor, einfach weggelaufen zu sein, aber das ist okay. Ich bin ja weggelaufen. Vielleicht hat es ihm aber auch signalisiert, dass ich nicht selbstverständlich da bin. Allerdings gilt das auch umgekehrt. Habe ich darüber überhaupt schon nachgedacht? Nicht wirklich.

Wir beschließen, in Ruhe zu reden, wenn ich wieder zurück bin. Vieles bleibt ungesagt, weil das Thema zu komplex ist. Im Moment genügt es, dass wir einen Anfang gefunden haben.

«Was sage ich den Kindern, wann du wieder nach Hause kommst», fragt Steffen, als wir uns so weit einig sind.

«Sag ihnen, ich bin bei Oma und dass ich ein paar Tage für mich gebraucht habe. Ich werde mich Montagfrüh in den Zug setzen, hab keine Lust zu fliegen.»

«Aber das ist ja die Wahrheit.»

«Ist doch mal eine nette Abwechslung im Vergleich zu den letzten Monaten.»

«Aber wenn ich ihnen sage, du brauchst Zeit für dich, merken sie doch, dass etwas nicht stimmt.»

«Ach, Steffen, für wie doof hältst du unsere Kinder? Ich will nicht mehr lügen.»

«Du hast recht», stimmt er mir zu.

Wir verabschieden uns, und Zuversicht schwingt mit.

«Ich liebe dich», sagt Steffen zum Abschied.

Ich freue mich darüber, ehrlich, aber ich kann es nicht erwidern.

22

Nachtzug

Die lange Strecke wieder mit dem Zug zurückzulegen, nicht in zwei Stunden zu Hause zu sein, sondern erst einen Tag später, ist eine Art Therapie. Mit jedem Kilometer trete ich einen weiteren Schritt zurück, werde objektiver und sortierter. Dabei schaue ich aus dem Fenster und schwelge in einer nostalgisch anmutenden Landschaft mit roten Häusern, Seen, Feldern und Wäldern. Es gibt kaum ein anderes Land, in dem ich mir die moderne Welt so leicht wegdenken kann wie hier, während ich durch das ländliche Schweden tuckere.

In Östersund habe ich einen Vierersitz mit Tisch ergattert. Neben mir liegen mein Rucksack und eine Tüte mit Reiseverpflegung in einer Menge, die für zwei lange Tage im Zug angemessen erscheint. Gut, meine Mutter hätte mir für eine zweistündige Fahrt vermutlich dasselbe eingepackt, aber ich will nicht kleinlich sein.

Der Zug hält zum zweiten Mal, seitdem wir losgefahren sind. Eine Handvoll Leute steigt zu, und unter großem Getöse und Geächze hievt ein junges Mädchen seine gefühlt hundert Taschen ins Abteil und macht mir meinen schönen Vierersitz abspenstig. Ich hätte dieses Refugium gerne noch eine Weile für mich behalten. Auf der anderen Seite habe ich nun etwas zu gucken. Gucken bedeutet Ablenkung, und Ablenkung ist immer gut.

Das Alter des Mädchens lokalisiere ich zwischen achtzehn und zwanzig. Sie ist groß, schlank und trägt die Uniform der Mädchen unserer Zeit: schwarze Leggins, weiter Collegepulli, bunte Turnschuhe an nackten Füßen. Die langen blonden Haare (golden, okay-blondiert) stecken in einem bewusst unordentlichen Dutt hoch oben auf dem Kopf. Drei Ringe zieren ihr rechtes Ohr. Zwei unten und einer oben in der Ohrmuschel. Die Nägel sind dunkelrot lackiert. Sie verstaut ihre Taschenkollektion unter Geächze auf der Ablage. Als alle Stücke untergebracht sind, lässt sie sich mit einem großen «Uff» mir gegenüber auf den Sitz fallen. Dann zieht sie – natürlich – ihr Smartphone aus der Tasche, nickt mir kurz zu, steckt sich Stöpsel ins Ohr und entschwindet in die digitale Welt.

Ich hingegen packe mein Buch aus, da es nun nichts mehr zu beobachten gibt.

Ich döse weg. Der Zug ruckelt und vibriert. Mein Kopf, den ich gegen das Fenster gelehnt habe, wird an die Scheibe gepresst, als der Zug plötzlich eine Vollbremsung hinlegt. Als er vollständig steht, gehen die Lichter aus, und es passiert nichts mehr. Die plötzliche Stille wirkt völlig unpassend. Es ist früher Nachmittag, wir stehen irgendwo im Nichts, links liegt ein See, rechts ein Wald, keine Häuser weit und breit. Schweden eben.

Aufgeregtes Gemurmel durchdringt das Abteil, aber natürlich verstehe ich nichts. Das Mädel verrenkt sich fast den Hals, um eine Information zu erhaschen. Eine Durchsage ertönt, ich sehe sie fragend an. Ob sie mir sagen könnte, was passiert sei, frage ich sie auf Englisch. Das könnte sie mir leider auch nicht sagen, antwortet sie, sie sei aus Deutschland und ihr Schwedisch grauenhaft.

«Dann machen wir es uns doch einfach und verständigen uns auf Deutsch», erwidere ich lachend, und dann grinsen wir uns beide an, weil wir allein durch unsere Muttersprache plötzlich verschwestert sind.

«Das erleichtert zwar unsere Kommunikation, hilft uns aber leider nicht weiter. Ich wüsste voll gerne, was passiert ist und wann es weitergeht. Ich möchte meinen Anschluss nicht verpassen.»

«Musst du einen Flug erwischen?» Ich duze sie einfach und überlege, ob sie das wohl okay findet. Vielleicht ist es herablassend, deshalb schiebe ich gleich hinterher: «Ich bin übrigens Nina.»

«Jana. Und ja, ich fliege von Stockholm aus weiter.»

«Wie viel Zeit zum Umsteigen hast du, bis dein Flieger geht?»

«Drei Stunden. Das sollte reichen, ich plane immer großzügig. Ich baue immer mindestens zwei Hindernisse ein, sonst wäre ich total unentspannt.» Sie verdreht die Augen.

Ich lache, weil mir dieses junge Ding auf Anhieb sympathisch ist. «Du könntest glatt meine Tochter sein, ich bin ein absoluter Fan von Risikobewertungen und Plänen.»

Jana lacht ebenfalls, und wir erkundigen uns bei einem älteren Paar nach den Gründen für die Vollbremsung. Ein Baum sei auf die Schienen gefallen, und der müsse nun abtransportiert werden, was schwierig sei, weil keine Straße in der Nähe sei, und es deshalb eine Weile dauern könnte. Was eine Weile sei, fragen wir, und bekommen zur Antwort: *«Just a few hours.»*

«Das können selbst so durchgeplante Menschen wie wir nicht berücksichtigen», stelle ich trocken fest, als ich in Janas Gesicht lese, dass es für den Flug eng wird.

«Wie lange dauert es wohl, einen neuen Flug zu bekommen? Es ist doch Hauptsaison. Und dann muss ich in Stockholm übernachten. Das kann ich mir gar nicht leisten. Doof, das alles.»

«Stimmt. Doof. Eine Übernachtung ist nicht günstig.» Und dann habe ich eine Idee.

«Weißt du, was? Ich fahre mit dem Zug nach Hause. Es dauert zwar fast zwanzig Stunden, aber man kommt auf jeden Fall an und erlebt einmal, wie weit die Strecke von Schweden nach Deutschland wirklich ist. Fahr doch einfach mit.»

Sie sieht mich verwundert an. «Du fährst das alles mit dem Zug? Stundenlang, nur für das Erlebnis? Krass. Aber irgendwie cool.»

«Ich hasse es zu fliegen und vermeide es, wann immer ich kann. Das Erlebnis ist schmückendes Beiwerk.» Ich zucke entschuldigend mit den Achseln. «Irgendwie muss ich mir die Chose ja schönreden.»

«Da hast du absolut recht», stimmt sie mir kopfnickend zu. «Und du würdest mich mitnehmen?»

«Jepp, und ich spendiere dir sogar den Schlafwagen, wenn ich darf.»

«Aber so was von», entgegnet Jana, und dies ist der Beginn einer langen, langen Unterhaltung.

Drei Stunden dauert es, bis die Strecke vom Baum befreit ist, und drei weitere, bis wir in Stockholm sind. Bis dahin haben wir die Eckdaten geklärt. Ich weiß, dass Jana aus Bielefeld kommt, achtzehn ist, im nächsten Monat neunzehn wird, gerade ihr Abi in der Tasche hat und nun darauf wartet, ihr freiwilliges soziales Jahr in Ghana anzutreten. Danach will sie studieren, weiß aber nicht, ob sie vernünftig sein soll

(BWL) oder unvernünftig (Kunstgeschichte oder was Soziales). Ich rate ihr, etwas zu studieren, woran ihr Herz hängt.

Sie weiß im Gegenzug von Steffen, Milla und Carlotta, unserem Kater und Reihenmittelhaus und dass ich Geschichte studiert habe.

«Hast du Fotos?», fragt sie neugierig.

Diese Jugend – total bilderfixiert. Ich krame mein Smartphone aus der Tasche und zeige ihr ein paar Fotos.

«Wow, der sieht doch astrein aus für sein Alter», sagt sie zu Steffen und: «die sind voll niedlich», zu den Kindern und dem Kater. Unser Haus findet sie «jetzt nicht sooo spießig, weil's ja 'ne coole rote Tür hat».

Dann erzählt sie mir, dass sie ihre mit einem Schweden verheiratete Tante besucht hat. «Die ist supercool. Nicht so wie meine Eltern. BWL und Jura.» Sie lacht und verdreht die Augen.

Jana ist ein richtig patentes Mädel, kein bisschen künstlich, dafür intelligent und lustig. Ihre Eltern können wirklich stolz sein. Wenn meine Töchter so werden, habe ich gewonnen. Ich könnte mir keine bessere Begleitung für diese Rückfahrt wünschen.

In Stockholm essen wir bei einem Vietnamesen zu Abend. Anschließend beziehen wir und eine Flasche Rotwein eine Doppelkabine im Nachtzug nach Kopenhagen. Kurz überlege ich, ob ich wegen Janas Jugendlichkeit ein schlechtes Gewissen haben sollte. Wohlwollend erinnere ich mich an mein achtzehnjähriges Ich. Wohl eher nicht.

Wir machen es uns in den gegenüberliegenden Betten gemütlich und nuckeln selig am Wein, den wir im Halbstundentakt in Wassergläser füllen, die Jana im Bordrestaurant ausgeliehen hat. Es ist, als schwebte ich durch eine Parallelwelt. Der Augenblick ist so weit weg von allem, dass ich gerade an keinem anderen Ort der Welt sein möchte als in diesem Abteil. So etwas kann man sich nicht ausdenken oder wünschen, es muss einfach passieren, und dann gehört es zu diesen kleinen Episoden, die man nie mehr vergisst und die das Leben lebenswerter machen.

«Was hast du eigentlich in Schweden gemacht», fragt Jana in die Stille hinein.

«Ich habe meine Mutter besucht, weil ich ein paar Tage Pause von meinem Leben brauchte.»

«Das hört sich aber nicht gut an. Stress mit deinem Mann?»

«Ja, schon irgendwie. Ist eine komplizierte Geschichte. Aber so ist das wohl in meinem Alter, da geht es oft nur noch kompliziert.»

«Also, ich mag komplizierte Geschichten», sagt das Mädchen neben mir und zuckelt sich in ihrer Koje zurecht, «und Zeit habe ich dank dir mehr als genug.»

Ich seufze. «Wie penetrant bist du, wenn du neugierig bist?»

«Oh, sehr, sehr penetrant.»

«Und wie steht es bei dir mit Männern. Hast du einen Freund, schon einen gehabt, Erfahrungen?»

«Gerade nicht, ja und ja.»

«Prüde?»

«Nicht ein klitzekleines bisschen.»

«Okay, dann vergesse ich jetzt, dass du meine Tochter sein könntest, und du kannst dich auf eine wirklich spannende Geschichte freuen.»

Und dann erzähle ich es ihr. Keine Ahnung warum, aber

so macht man das doch, oder? Jemand Wildfremdem im Zug seine Lebensgeschichte erzählen. In diesem Falle eben einem gerade der Pubertät entwachsenen Teenager. Alles. So wie schon meiner Mutter. Der Altersdurchschnitt meiner Beichtkumpaninnen pendelt sich dadurch irgendwo in der Mitte ein. Wurm für Wurm zieht mir Jana sogar das aus der Nase, was ich gar nicht preisgeben wollte.

«Mann, das ist echt voll spannend», bemerkt sie irgendwo in der Mitte der Geschichte, «total daneben und trotzdem so romantisch. Und du bist verknallt? Mit allem, was dazugehört? Herzflattern, Appetitlosigkeit, Aufs-Handy-Schielen, Tagträumen, Hoffen und Bangen ...»

«Irgendwie schon.»

«Cool, und das in deinem Alter.»

«He, pass auf, was du sagst, vierzig ist schließlich das neue Dreißig», entrüste ich mich lachend und schlage spielerisch mit dem Kopfkissen nach ihr. «Wir alten Frauen sind eben doch nur junge Mädchen im Faltenkostüm. Wir sind vielleicht reifer, aber niemals immun gegen eine schöne Geschichte.»

«Das finde ich jetzt echt beruhigend.»

«Leider hängt so viel mehr daran als nur der romantische Teil. Deshalb gibt es das alles nur mit bitterem Beigeschmack.»

Als ich am Ende angelangt bin, legt sich eine ungewohnte Stille über das Abteil. So, als müsse meine Geschichte nachhallen. Jana liegt auf ihrer Pritsche und starrt gedankenverloren an die Decke. Ich frage mich, was gerade in ihrem Kopf vorgeht oder ob sie gleich einschläft, als sie doch etwas sagt.

«Du willst mir doch jetzt nicht wirklich sagen, dass diese coole, spannende und schrecklich romantische Story kein Happy End hat.»

Ich bin völlig perplex, was mir anscheinend ins Gesicht geschrieben steht.

«Willst du mich verarschen, Nina? Ich glaub es nicht! Du hast es echt nicht kapiert!»

«Äh, was hab ich nicht kapiert?»

«Dass dein Mann ein totaler Egoist ist? Überleg doch mal. Der schlägt dir diese Partnertauschgeschichte vor, weil er mal 'ne andere flachlegen will, obwohl er genau weiß, dass du so nicht bist. Aber er weiß, du gehst gern den Weg des geringsten Widerstands, und spekuliert darauf, dass du ihm das Nümmerchen durchgehen lässt. Pragmatischer Ansatz. Pah. Geschissen drauf. Das ist nicht pragmatisch, sondern schwach. Tut mir leid, wenn ich das so direkt sage. Auf jeden Fall hat er das ausgenutzt. Dein Mann ist voll auf seine Kosten gekommen. Glaub mir. Und die andere Frau auch. Die war in dem anderen Paar diejenige, die mal gerne aushäusig bumsen wollte. Aber du und Tim, das ist ja wohl richtig niedlich. Ich finde, ihr könnt euch nix vorwerfen. Und jetzt habt ihr 'n schlechtes Gewissen und wollt reumütig zu euren Partnern zurück, um die Schuldigen zu spielen? Ihr macht euch voll zum Deppen. Echt.»

Sie holt kurz Luft, und ich nutze die Chance. «Aber sowohl Steffen als auch Miriam haben sich an die Abmachung gehalten. Wir nicht.»

«Ach ja, genau, legitimiertes Fremdbumsen. Danke, dass du mich daran erinnerst. Aber ehrlich. Die wussten beide genau, was sie wollten. Und nun müssen sie damit leben, wenn es Konsequenzen hat, die sie nicht einkalkuliert haben. So sehe ich das.»

Stimmt das? Ohne Steffen wäre ich nie auf die Idee mit dem Partnertausch gekommen. Und dann wäre das mit Tim nie passiert. Jugendlicher Eifer hin oder her, an ihrer pointierten Einschätzung könnte was dran sein, auch wenn ihr die Erfahrung fehlt, um ermessen zu können, dass die Schuldfrage alleine das Problem nicht löst. Was es bedeutet, die Verantwortung für eine Familie zu tragen. Wenn auch nur der Hauch einer Chance besteht, unsere Ehe zu retten, muss ich diese nutzen. So einfach ist das aus meiner Sicht.

«Vielleicht hast du ja sogar recht, und trotz deines Alters kann ich dir eine gewisse Weisheit nicht absprechen. Aber es gibt so viel mehr Gründe, mit Steffen wieder ins Reine zu kommen. Alles andere ist einfach keine Option», sage ich bestimmt.

Jana zieht eine Schnute. «Wenn du meinst ... Aber für mich ist das jetzt echt unbefriedigend. Na ja, vielleicht kommst du ja noch zur Vernunft.»

«Falls das so wäre, hätte es mit so ziemlich allem zu tun, doch am wenigsten mit Vernunft», schmunzle ich und bin froh, dass Jana mich wenig später aus dem Kreuzverhör entlässt und uns das eintönige Rattern des Zuges in den Schlaf wiegt.

23

Kartenhaustrümmer

Um 15.00 Uhr des folgenden Tages erreiche ich den Bonner Hauptbahnhof, völlig übermüdet und mit den Ratschlägen zweier Frauen im Gepäck, die fünf Jahrzehnte trennen. Altersweisheit und jugendlichen Leichtmut, das haben sie mir mitgegeben Ich habe jeden einzelnen Stein meiner Seele umgedreht und bin bereit, diese Geschichte ein für alle Mal zu bereinigen. Eine gewisse Zuversicht erfüllt mich, als die Straßenbahn einfährt.

Ich stehe vor der Tür und bin nervös, wobei nervös leicht untertrieben ist; aufgewühlt, angespannt und fahrig treffen eher zu. Die Tasche mit den Resten meiner Reiseverpflegung wandert von der linken in die rechte Hand und wieder zurück, mit den Füßen tapse ich hin und her. Die Sekunden sind unendlich lang.

Ehe ich darüber nachdenken kann, ob ich nicht von allen guten Geistern verlassen bin, höre ich Schritte im Haus.

Ich gehöre hier nicht her. Ich saß doch schon fast in der Straßenbahn auf dem Weg zu meiner Familie, dahin, wo ich hingehöre. Warum ich dann nicht eingestiegen bin, sondern in den Bus zur anderen Rheinseite, ist mir ein Rätsel. Eines, über das ich noch nicht nachdenken konnte, weil ich nicht gedacht habe, sondern gehandelt. In Gedanken habe ich wieder und wieder dasselbe Liedchen gesummt, als Platzhalter für Bedenken und Zweifel, denen ich keinen Zutritt zu meinem Kopf gewähre. Immer weiter summe ich den dämlichen «Drunken Sailor», bis in meinem Kopf eine Art Karussell einsetzt und mir vor lauter Gesumme fast schlecht wird.

Und dann öffnet Tim die Tür. Die Verblüffung steht ihm ins Gesicht geschrieben.

«Nina.»

«Hallo, Tim.»

Ich lächle vorsichtig, mein Herz schlägt noch. Immerhin. Es ist unbekanntes Terrain, sowohl in der Realität als auch im übertragenen Sinn. Tim überhaupt aufzusuchen, ist ein Betrug an mir selbst, dies in seinem Haus zu tun, darauf hoffend, dass Miriam nicht da ist, ist unverzeihlich. Wir sehen uns an, aber uns fehlen die Worte. Tim streicht sich nervös durch die Haare, natürlich hat er keinen Schimmer, was er von der Situation halten soll. Habe ich auch nicht, ebenso wenig, wie ich weiß, was ich hier eigentlich will. Verstand war gestern. Seine unbeholfene Art, die graue Jogginghose, das verwaschene weiß-graue T-Shirt und dazu seine nackten Füße – das alles lässt ihn wirken wie einen großen Jungen. Ich muss mich ganz, ganz doll zusammenreißen, um nicht auf die Knie zu fallen und ihn anzuflehen, mit mir auf einem weißen Ross Richtung Sonnenuntergang zu reiten. Meine Phantasie geht eindeutig mit mir durch.

«Komm doch rein», sagt er vorsichtig, hält mir die Tür auf, und ich trete in diesen modernen Glas-Beton-Bunker, der so gar nicht zu dem Paar passen will, das ich in den letzten Monaten kennengelernt habe. Miriams Buntheit, die aus jeder Pore ihres Körpers strömt, hätte alles bewohnen können, aber das hier? Als hätte er meine Gedanken erraten, klärt er mich auf.

«Das Haus ist Miriams Ding, ich wohne nur hier.»

Ich ziehe krittelnd eine Augenbraue nach oben. Es verwirrt mich. «Ich hätte nie gedacht, dass ihr so wohnt. So ... groß und so ... erwachsen. Dagegen wohnen wir in unserem Minihaus fast wie Studenten.»

«Für mich täte es auch eine Hütte im Wald, aber Miriam braucht viel Platz und Ordnung. Feng-Shui weist ihr inneres Chaos in seine Grenzen, sagt sie immer.»

«Und das mit dem Putzen hält sich so auch in Grenzen», erwidere ich, «hier steht ja nicht viel rum, was einstauben könnte.»

Das Erdgeschoss kann man mit einem Blick erfassen, und außer einem Sofa, einem Tisch und einer großen Lampe kann ich nichts in diesem riesigen Raum sehen. Kein Bild, kein Kissen, einfach nichts. Kein Raum, in den man sich bei Liebeskummer verkriechen möchte.

«Reden wir jetzt über unser Haus, oder gibt es noch einen anderen Grund, warum du hier bist?» Er versucht, ernst zu klingen, aber seine Augen leuchten. Er freut sich, mich zu sehen, das kann er nicht verbergen. Wie zum Beweis fügt er hinzu. «Ich weiß nämlich gerade nicht, was ich von deinem Besuch halten soll, und das verursacht mir Bauchschmerzen.»

Jetzt wird es ernst, und das merken auch die unzähligen Schmetterlinge, die wie ein Tornado durch meine Eingeweide wüten. Was habe ich blöde Kuh mir dabei gedacht, wo ich doch genau weiß, welche Wirkung dieser Mann auf mich hat? Habe ich wirklich geglaubt, ich könnte hier einfach reinspazieren und ... ja, was eigentlich? Ich schaue auf den Boden, um nicht in diesem Blick zu ertrinken. Es ist ein sehr schöner Fußboden, eine Art weißer Beton. Ich würde ihn gerne anfassen und wissen, ob er angenehm ist unter den nackten Füßen. Nackt. Ne, das Wort will ich nicht einmal im Ansatz denken. Ich reiße mich zusammen.

«Ich will die Dinge persönlich klären. Und ich will ehrlich sein. Weißt du, ich habe diese ganze Lügerei so satt.»

Ich habe keine Ahnung, wo der Text herkommt, aber er hört sich sehr, sehr vernünftig an. Irgendein Teil meines Gehirns ist wohl noch in der Lage, klar zu denken. Das komische Stirnrunzeln, das Tim nun aufsetzt, gefällt mir dennoch nicht. Ich hole tief Luft. «Und deshalb wollte ich dir persönlich sagen, dass diese unsägliche Geschichte zwischen uns hiermit komplett beendet ist. Ich will mein altes Leben zurück, und da gehörst du nicht rein. Kein scheiß lockig-flockiger Partnertausch mehr.»

Jetzt ist es raus. Ich bin ein bisschen stolz auf mich. Dann kann ich jetzt gehen, oder? Das ist auch bestimmt der Grund, warum mein Herz so schnell klopft. Der Fluchtinstinkt und der hohe Adrenalinspiegel. Man macht ja nicht alle Tage mit seinem Liebhaber Schluss, obwohl Schlussmachen hieße, dass da was Verbindliches war. Ach, sei's drum. Es sind alles nur Namen für irgendwas.

Oh Mann. Kann mein Herz nicht mal die Klappe halten?

«Und um das loszuwerden, kommst du zuallererst zu mir, nachdem du kopflos nach Schweden abgehauen bist? Noch bevor du zu deinem Mann gehst?» Tims Stimme trieft vor Sarkasmus. Ist er verletzt?

«Hm, ja, schon irgendwie. Die Dinge müssen geklärt werden.» Etwas kleinlaut geht mir die Antwort über die Lippen.

Tim lächelt. Diese Reaktion irritiert mich, weil ich sie nicht einordnen kann. Er müsste sauer sein oder enttäuscht, aber er lächelt. «Es ehrt dich, es mir selbst sagen zu wollen, aber dein erster Weg hätte dich nach Hause führen müssen, weißt du?»

«Also ...»

«Steffen ist im Dreieck gesprungen, als du einfach abgehauen bist. Wir waren die Ersten, die er angerufen hat. Er hat tatsächlich angenommen, du wärst mit mir durchgebrannt.»

«Oje», sage ich nachdenklich, «also ist es umso wichtiger, dass er weiß, dass das hier keine Option ist.»

«Was ist *das hier* dann?», fragt er provokant, und ich werde den Eindruck nicht los, dass er sich amüsiert.

«Nichts eben.»

«So unwichtig kann dir dieses Nichts aber nicht sein, wenn du deine Zeit damit vertrödelst.»

Nein, darauf gehe ich nicht ein. «Meine Prioritäten setze ich immer noch selbst», antworte ich schnippisch, «und jetzt gehe ich.»

Ich nehme den Rucksack meiner Mutter, den ich neben mir auf den Boden gestellt habe, und presse ihn wie einen Schutzschild vor meine Brust. Das ist es nun, das Ende von ... was auch immer.

Aber aus irgendeinem Grund kann ich nicht gehen, meine Füße sind wie festgetackert. Also sage ich noch etwas. Vielleicht wollen meine Füße ja dann. «Es tut mir leid, dass alles so aus dem Ruder gelaufen ist. Aber ich schätze, so was passiert eben, wenn man mit dem Feuer spielt.»

Tim steht mir schweigend gegenüber. Ausdruckslos.

«Dann haben wir alles geklärt, oder?» Der Satz kommt mir flehend über die Lippen, aber als ich es merke, ist es schon zu spät.

«War es denn überhaupt eine Option?», fragt er gefährlich ruhig.

Verwirrt blinzle ich ihn an. Die Frage haut mich völlig um, und zwar deshalb, weil mir in diesem Augenblick klarwird, dass die Ansicht, es sei eine Option, allein meiner Vorstellung entstammt. Dieser Zukunftsgedanke, der mich schon in Schweden verwirrt hat. Indem ich hier aufgekreuzt bin, habe ich Tim überhaupt erst darauf aufmerksam gemacht, dass es den Gedanken in meiner Vorstellung gibt: etwas anderes zu wollen als Familie.

Oh mein Gott!

Und deshalb bin ich auch nicht in der Lage, ihm zu antworten, sondern starre ihn einfach nur an.

Er lehnt an der Wand, die Arme verschränkt, schaut mich mit einem entwaffnend offenen Blick an. «Denn für mich ist es durchaus eine.»

Bemm, der Schlag in die Magengrube erfolgt mit einem Vorschlaghammer. Mein Fluchtinstinkt setzt ein. «Nein, es gibt und es gab diese Option nicht. Ich wollte es dir nur sagen, und jetzt gehe ich.»

«Aus Gründen der Höflichkeit führen wir also dieses Gespräch?»

«Genau, und nun gehe ich. Jetzt.»

«Ich finde, du wiederholst dich und bist immer noch da.»

«Tschüss, Tim.» Eindrucksvoll stampfe ich mit dem Fuß auf, so als spiele ein kleines Mädchen eine trotzige Erwachsene. Eher witzlos also.

«Du bist immer noch da. Obwohl alles in dir flüchten will, bist du immer noch da.»

«Ich will nicht flüchten, sondern gehen – ruhig und sortiert.»

«Wie geht man denn sortiert?»

Scheiße, der Mann provoziert mich. Aber er hat recht. Ich

bin immer noch da. Ich sollte später dringend mit meinen Füßen reden. Das ist wirklich pubertär, wie die sich benehmen. Fast kampfeslustig blitzen wir uns mittlerweile an, und ich fühle mich an unsere erste Begegnung erinnert. Warum eigentlich nicht? Ja, so ein blöder Streit kommt mir gerade recht, um die angestaute Energie, die Wut und den Frust verpuffen zu lassen.

«Na, sortiert eben, aber davon hast du ja keine Ahnung.» Wieder stampfe ich mit dem Fuß auf. Irgendwie krieg ich das mit der Wut nicht richtig hin.

«Wie alt bist du noch mal?»

«Charmanter Penner.»

«Was daran ist wichtiger: charmant oder Penner?»

«Oh Mann, bitte, hör auf.»

«Womit? Hör doch selber auf.»

Okay, jetzt herrscht Kindergartenniveau. Hatten wir auch schon mal. Mit jedem Satz hat sich Tim ein Stück weiter an mich herangewütet. Hätte ich nicht immer noch den Rucksack vor der Brust, würden wir einander berühren. Wir funkeln uns an, die letzten Worte sind schon eine Weile her, und mir fallen auch keine neuen mehr ein. Dafür legt Tim seine Hände an meine Taille. Ich halte ihn nicht davon ab und lasse meinen Rucksack fallen.

Scheiße, scheiße, scheiße.

Als er mich küsst, weiß ich, warum ich gekommen bin. Und dass Tim es wusste. Ich genieße, zerfließe, vergesse und reite mich richtig rein.

Ich weiß nicht, wie viel Zeit vergangen ist, aber plötzlich rumpelt es vor der Haustür. Ehe wir reagieren können, wird ein Schlüssel ins Schloss gesteckt, gedreht, die Tür geöffnet. Miriam steht vor uns, mit je einem Stoffbeutel links und rechts, in einem bunten Kleid und roten Stiefeln. Wortlos mustert sie uns. Abschätzig.

Wir hingegen stehen einfach nur da. Was sollen wir auch sagen? Ich sehe sie mir genauer an. Hat sie geweint? Ihre verquollenen Augen und die verschmierte Mascara verraten sie. Es kann noch nicht lange her sein.

«Das ist hervorragend, dass ich euch gemeinsam antreffe, dann muss ich den ganzen Scheiß nicht zweimal erzählen.»

«Miriam, es tut mir leid», setze ich an, aber sie winkt ab.

«Geschenkt. War doch klar, dass ihr die Finger nicht voneinander lassen könnt.»

Resigniert zuckt sie mit den Achseln, und mir wird ihr Verhalten langsam unheimlich.

«Miriam ...», setzt Tim an, aber auch ihn würgt sie ab.

«Besser wäre, du gehst», sagt sie zu mir, «aber eines noch, bevor ich meinen Mann in die Hölle schicke ...» Sie macht eine Pause, sieht mich an in einer Mischung aus Hass, Wut, Traurigkeit und ... Mitleid. «Du kannst Steffen einen schönen Gruß ausrichten. Er wird zum dritten Mal Vater, und ich finde, das sollte er wissen.»

Die Bombe zündet zeitverzögert.

Wie in Zeitlupe und völlig paralysiert geht Tim auf Miriam zu, doch die hebt abwehrend die Hände. «Lass stecken. Du kannst eh gerade nichts Richtiges sagen. Bring Nina hier raus. Bitte.»

Ich stehe dabei, bin plötzlich nur noch Zuschauerin. Die Info tröpfelt in mein Gehirn, doch es gibt keine Stelle, an der sie andocken kann. Kein Areal, das bereit ist zu verstehen. Das hier betrifft mich auch, denke ich, aber ich weiß nicht wie. Es kann nicht sein, es kann nicht sein, es kann nicht sein!

Einem Mantra gleich blocke ich ab, was gesagt wurde. Raus hier.

«Ich, ähm, gehe dann mal.»

Wie oft habe ich das in den letzten Minuten gesagt? Die Warnlampe in meinem Gehirn blinkt. Achtung, Achtung, das fragile Kartenhaus ist zusammengebrochen, es ist nahezu ausgeschlossen, Lebende aus den Trümmern zu bergen ... Ich gehe zur Tür, habe die Klinke schon in der Hand. Miriam hat uns einfach stehenlassen, ist die Betontreppe nach oben gestürzt und hat irgendeine Tür geknallt. Nun ist es so still, dass eine Stecknadel einen Heidenlärm veranstalten würde. Ich öffne die Tür und will das alles hinter mir lassen, um dann ... Ja, was dann?

Tim hält mich am Arm fest. «Wir melden uns bei euch. Lass es sacken. Das müssen wir auch tun. Ich denke, jetzt ist alles anders, aber ich ...» Er beendet diesen Satz nicht, und ich starre auf seine Hand an meinem Arm. Am liebsten würde ich mich hemmungslos in seine Arme werfen, schreien, weinen, verstehen.

«Wer sagt überhaupt, dass Steffen ... das ist doch wohl nur eine Vermutung, oder?»

Ich sehe es in seinen Augen, ehe er es sagt. «Nina, Miriam und ich, wir haben schon seit Monaten nicht mehr miteinander geschlafen.»

«Oh.» Mehr fällt mir nicht ein, ich gehe nun endlich durch diese Tür und ziehe sie hinter mir zu, warte, dass das Elend mich überflutet. Ein kleiner Gedanke steht allerdings zwischen mir und dem Elend. Warum hatten die beiden schon so lange keinen Sex mehr?

Zu Hause angekommen, muss ich vor allem erst mal eines: die Klappe halten. Milla und Carlotta stehen sofort an der Tür, als ich den Schlüssel ins Schloss stecke. Carlotta fliegt mir in die Arme und drückt sich an mich wie ein Äffchen. Prompt steigen mir wieder die Tränen in die Augen. Über diese ganze blödsinnige und so unsinnige Geschichte habe ich die vernachlässigt, die wirklich wichtig sind in meinem Leben: die Kinder. Und jetzt kann ich nichts mehr gutmachen.

Dass ich mit dieser Einschätzung nicht völlig danebenliege, zeigt mir Milla. Äußerst missmutig und mit verschränkten Armen steht sie da und bestraft mich mit ihrem Blick.

«Warum fährst du zu Oma, ohne uns Bescheid zu geben?»

Ich zucke hilflos mit den Achseln. Eine Ausrede wäre hilfreich, aber es wäre wieder eine Lüge, und das will ich nicht mehr. Hilfe kommt von unverhoffter Seite. Steffen steht mittlerweile auch im Flur.

«Ich habe es euch doch erklärt. Mama brauchte ein paar Tage für sich. Und dann war entweder mein Handy aus, oder Mama hatte keinen Empfang.»

Keine Lüge. Ich freue mich darüber. Steffens Blick ist nur mäßig verkniffen, und weil ich Furioseres erwartet habe, lächle ich ihn unsicher und dankbar an.

«Später», sagt er nur.

Diese Schlacht will er in Ruhe schlagen, aber noch weiß er nicht, dass sämtliche Argumente hinfällig werden, sobald ich ihm eröffne, dass er Vater wird.

«Jetzt bin ich aber wieder da, und ich freue mich auf heute Abend. Habt ihr schon gegessen? Wollen wir uns eine Pizza bestellen?»

«Nö», sagt Milla, «wir haben schon gegessen.»

«Gut, Essen fällt also aus. Wird sowieso überbewertet.» Ich

klatsche übermütterlich in die Hände, woraufhin Milla theatralisch die Augen verdreht. Willkommen Teenager-Mädchen, fühl dich bei uns wie zu Hause. Aber sie hat ja recht, es ist ganz schön gekünstelt, was ich da veranstalte. «Na los, dann machen wir eben was anderes. Wollt ihr mir erzählen, wie es bei Onkel Dirk war, oder soll ich zuerst erzählen und euch geben, was Oma für euch eingepackt hat?»

«Oma», dröhnt Carlotta.

«Mir egal», brummelt Milla.

«Gebt mir zehn Minuten», bitte ich, «ich muss jetzt erst mal duschen.»

Es sind idyllische Augenblicke, die man genießen könnte, wenn nicht die Blicke wäre, die Steffen und ich uns immer wieder zuwerfen. Ich kann seine einordnen, er aber weiß nicht, was ihn erwartet. Während wir auspacken, erzählen, Kuchen essen und Karten spielen, frage ich mich vor allem eins: Wie hat er es geschafft, Miriam zu schwängern? Wir sind erwachsen, da sollte so etwas doch eigentlich nicht passieren. Meine Güte, war er wirklich sooo dumm? Ich bin gespannt auf die Begründung, aber vor allem auf seine Reaktion. Wie geht es jetzt weiter?

Nun, darauf habe ich beim besten Willen keine Antwort.

Unsere Schonfrist endet um neun. Während ich die Kinder ins Bett dirigiere, räumt Steffen die Küche auf und bereitet alles für den nächsten Tag vor. Die abendliche Routine dauert länger als sonst, besonders mein Nesthäkchen hat enormen Kuschelnachholbedarf und holt sich einen Nachschlag nach dem nächsten. Ich schleiche mich erst aus dem Zimmer, als sie schon tief und fest schläft, lasse die dritte Stufe aus, weil sie immer so furchtbar knarzt, und betrete die Küche.

Steffen räumt gerade die letzten Teile aus der Spülmaschine. Er beäugt mich kritisch, sagt aber nichts. Sowieso tänzelt er schon die ganze Zeit viel zu vorsichtig um mich herum, so als könne jedes Wort eines zu viel sein. Ungewöhnlich für ihn. Denkt er, ich wolle mich von ihm trennen?

Und das ist der Augenblick, in dem mir aufgeht, was wirklich in Gefahr ist. Klar, ich denke seit Tagen und Wochen über nichts anderes nach, aber das erste Mal verstehe ich es! Was ich auf einen Schlag verlieren könnte. Meine Güte, wir waren verrückt, als wir uns auf die Geschichte eingelassen haben. Ich war verrückt. Meine Mutter hatte recht. Ich hätte es beeinflussen können und habe es nicht getan. Immer wieder.

Wir setzen uns an den Esstisch einander gegenüber, und unweigerlich denke ich an den Abend vor über einem Jahr, an dem wir genau an dieser Stelle saßen. Steffen kippt sich in zwei, drei Schlucken ein Glas Wasser hinunter. Ich warte, bis er sich ein zweites Glas eingeschenkt hat, bevor ich dafür sorge, dass seine Welt zusammenbricht.

24

Armbänder

Meine Töchter haben diese Schublade, in die sie all die kleinen Dinge packen, die ihnen das Leben in die Hände spült. Muscheln, Steine, Radiergummis, kleine Blöckchen, Geldstücke aus anderen Ländern, Figuren aus Überraschungseiern. Dinge, die man nicht wirklich braucht und die dennoch auf irgendeine Weise unendlich wichtig sind.

In einer Ecke dieser Schubladen befinden sich die Ketten und Armbänder. Nicht die guten, die präzise und voller Herzblut im Schmuckkästchen verstaut werden, sondern die anderen. Die Holzketten, die selbst gefädelten Perlenketten, die Armbänder aus Silikongummis, die Freundschaftsbändchen, die alten Ketten von Oma. Kaum eine davon werden sie je wieder brauchen, und im Laufe der Zeit haben sie sich miteinander verknotetet, umeinandergewunden und sind nicht viel mehr als ein großer bunter Haufen Schnüre, der kaum mehr auseinanderzudröseln ist.

Genau so etwas hat mir das Leben auf den Tisch gepackt und mich freundlich, aber bestimmt gebeten, das alles, bitte schön, wieder in seine Einzelteile zu zerlegen. Eine schier unmögliche Aufgabe. Es reicht ein Blick, um zu erkennen: Ohne Schere wird es nicht gehen.

In dem Augenblick, als ich Steffen von Miriams Schwangerschaft erzähle, entweicht die Luft aus ihm. Wie aus einem

Fahrradreifen, der über ein Nagelbrett gefahren ist. Mit einem Mal hat er nichts mehr: keine Vorwürfe, keine Forderungen, keine Ahnung. Wenn man es genau nimmt, fehlen ihm gänzlich alle Worte. Fast könnte es ein witziger Moment sein, voller Häme und Genugtuung. Leider ist die Lage so ernst, dass mir nichts ferner liegt als das.

«Ich glaube, das ist der Zeitpunkt, an dem wir aufhören sollten, gegeneinander zu arbeiten.»

Er nickt wie in Zeitlupe, steht definitiv unter Schock. Gerade noch wollte er mir die Hölle heißmachen wegen meines schwedischen Ausflugs, einen Augenblick später steht er auf dem Schafott. Er tut mir leid. Aber ich tue mir auch leid. Eigentlich tun mir alle leid. Aber das hilft ja irgendwie auch nicht weiter.

Für Steffen ist es ein wenig so, als könne er nach Monaten der Blindheit zum ersten Mal wieder richtig sehen. Er erkennt, welchen Anteil er an der Situation hat, in die wir kopfüber geschlittert sind. In gewisser Weise hat er das erste Loch in die Wände unseres Eheschiffs geschlagen, und ich habe weiter munter darin herumgeprokelt, als das Wasser schon eindrang, ein Stopfen aber noch möglich gewesen wäre.

Wir sind an dem Punkt angelangt, an dem kein Wohlwollen mehr hilft. Unsere Ehe hat Schiffbruch erlitten. Das Schiff ist nicht mehr zu retten, aber weit und breit gibt es kein anderes, das uns aufnehmen möchte. Es sind nur wir selbst, die eine Rettung herbeiführen können, doch im Moment sind wir dazu nicht in der Lage. Und, da sind wir uns einig, wir wollen es im Moment auch nicht.

Eine endgültige – räumliche – Trennung kommt nicht in Frage. Dazu verbindet uns zu viel. Nicht nur die Kinder, aber sie vor allem. Deshalb bleibt zu Hause zunächst alles, wie es ist.

Den Kindern die Wahrheit zu sagen – dass wir im Moment einfach kein echtes Paar mehr sein können –, ist das Schwerste, was ich in meinem Leben bisher tun musste. Sie akzeptieren es vordergründig, denn für sie ändert sich zunächst nicht viel. Im Gegenteil, nach Monaten der schwelenden Ungewissheit kehrt endlich wieder Ruhe ein. Der Waffenstillstand führt dazu, dass wir unser Familienleben wieder aufnehmen können. Es hilft uns allen, und es geht uns gut damit, so zusammenzuleben. Wenn auch nicht als Paar, so doch als Eltern und als Familie.

Steffen trifft sich mit Miriam.

Ich treffe mich mit Miriam.

Wir reden, klären Dinge, treffen Vereinbarungen. Warum ist sie überhaupt schwanger geworden? Eine richtige Erklärung haben beide nicht, vielleicht wollte das Universum es einfach so.

Steffen wird sich der Herausforderung stellen und Miriam beistehen. Vater werden. Nie ist die Rede davon, dass die beiden in irgendeiner Form mehr voneinander wollten. Es war eine reine Sexgeschichte. Eine mit einem dicken Ende.

Der Tag, an dem das Leben endete, das wir kannten, ist nun Wochen her. Und ich habe keine Ahnung, wie es Tim geht. Miriam hält ihn aus allem raus. Vielleicht auch von mir fern. Oder er selbst tut es. Ich weiß es nicht, will es nicht wissen. Ich vermisse ihn, sehr, habe aber keine Kraft, mich auch noch dieser Frage zu widmen. Zu groß ist meine Angst, dass ich ausgerechnet hier die Schere zu Hilfe nehmen muss. Und vielleicht spürt er das, vielleicht hat er aber auch erkannt, dass alles nur eine Laune war, der er sich hingegeben hat. Es ist einer der Knoten, den ich nicht lösen will, obwohl er mich jede freie Minute beschäftigt.

Gudrun ist die weltbeste Freundin, die man haben kann. Sie hört zu, päppelt mich auf, macht blöde Witze. Sie bastelt mir ein kleines Kästchen, verziert es mit Mosaiksteinchen und bittet mich, mein Elend und meine verschwurbelten Gedanken dort hineinzupacken und das Kästchen dann irgendwo im Garten zu verbuddeln. Sie geht mit mir ins Kino in einen wirklich lustigen Film, und ich weiß, es ist ihr größtes Opfer. Denn was kann sie im Kino schon tun, außer Türmchen aus Popcorn zu bauen?

Heute ist der Tag, auf den ich mich mental besonders vorbereiten musste. Steffen hat sich freigenommen, denn heute ist Miriams erster Ultraschall.

Und ich gehe schwimmen.

Normalität, summt mein Chakra, Normalität. Ich schwimme in gewohnt gediegener Hausfrauengeschwindigkeit auf die Querseite zu, werde für die letzten drei Züge langsamer und wende. Die nächste Bahn. Fünfzehn habe ich bereits hinter mir, mein Haar ist wie immer trocken. Der Himmel hängt voll schwerer dunkelgrauer Wolken, es sind kaum zwanzig Grad, und ich teile mir das Becken mit einer Handvoll anderer Schwimmer. Bis auf das Plätschern des Wassers ist es fast beängstigend still.

Ruhe.

Nichts weiter strahlt das Schwimmbad aus. Genau das, was ich jetzt brauche. Hier hat alles angefangen. Hier habe ich das erste Mal über Steffens Vorschlag nachgedacht, ihn für unumsetzbar und schwachsinnig gehalten, dann abgewogen, meine Meinung geändert. Und an welchem Punkt stehe ich nun, ein gutes Jahr später? Alles, was hätte schiefgehen können, ist schiefgegangen. Es ist eine frustrierende Bestandsaufnahme, die mir eine Lehre für die Zukunft sein sollte. Wie auch immer die nun aussieht.

Ich denke an Miriam und Steffen. Sind sie schon beim Arzt? Liegt Miriam gerade auf der Liege, und sehen Steffen und Miriam gerade ein Herz schlagen?

Ich denke an die Augenblicke zurück, als wir Millas und Carlottas Herzen das erste Mal schlagen sahen, und mit einem Mal wird mir so schlecht, dass ich sofort aus dem Wasser muss. So ein Augenblick straft alle Vernunft Lügen. In ihm ist kein Platz für Vernunft, in ihm ist das pure Grauen über eine verlorene Vergangenheit. DIESES Leben ist vorbei, nichts kann es ersetzen. Ich glaube, ich werde den Tag, an dem wir mit unseren Zetteln in der Hand an unserem vermaledeiten Küchentisch saßen, noch etliche Male in meinem Leben verfluchen.

Endlich bin ich am Beckenrand angekommen. Ich halte mich am Geländer der Treppe fest, ziehe mich aus dem Wasser. Gehe eine Stufe, zwei, gleich habe ich es geschafft, ich muss nur noch an diesem Mann vorbei und in die Umkleidekabine, dann kann ich endlich heulen oder kotzen oder vielleicht auch beides gleichzeitig. Ich torkle in meine Badelatschen und will nur noch flüchten, als wenn Flucht auch nur im Entferntesten helfen würde.

«Bist du schon fertig? Ich wollt dich gerade besuchen.»

Mir entgleiten alle Gesichtszüge. Was tut man in so einem Augenblick? Umfallen, oder? Und genau das tue ich. Einfach so, ich falle um. Als hätte ich plötzlich keine Beine mehr. Tim fängt mich auf, bevor ich mir auf dem rauen Beton alles aufschürfe.

«Meine Güte, was ist denn los. Ist es so schlimm, mich wiederzusehen?»

Und dann heule ich los. Hemmungslos. Richtig schlimm. Mit Rotz und verzerrtem Gesicht, schlotternden Gliedmaßen, nicht in der Lage, auch nur ein verständliches Wort herauszubringen.

Tim sagt nichts, er handelt. Packt mich an den Schultern und führt mich in die hinterste Ecke des Freibades. Ich nehme es wahr, verstehen kann ich es nicht. Wo kommt er her?

«Ich gebe zu, es ist das erste Mal, dass eine Frau bei meinem Anblick in Tränen ausgebrochen ist», sagt er schließlich, nachdem er wieder und wieder mit den Händen über meinen Rücken gestrichen hat, während ich mich langsam beruhige. Nur dann und wann überkommt mich noch ein kleiner Schüttler, allerdings könnte das auch daran liegen, dass mir kalt wird.

«Ich muss dich leider enttäuschen, ich habe schon geheult, bevor ich in dich reingerannt bin», sage ich.

«Das finde ich jetzt in der Tat ein bisschen enttäuschend», schmunzelt er.

«Depp», sage ich, lächle ihn dabei an. Meine Güte, es tut so gut, ihn bei mir zu haben. «Woher wusstest du, dass ich hier bin?»

«Wie du weißt, haben unsere Ehepartner einen wichtigen Termin. Ich wollte nicht alleine sein, deshalb habe ich Miriam gefragt, und die hat Steffen gefragt.»

«Erinnere mich nur nicht an diesen Termin, sonst fange ich gleich wieder an zu heulen. Warum kommst du zu mir?»

«Weil ich dich vermisst habe, und außerdem bist du die Einzige, die versteht, wie es mir geht.» Er sagt es so lapidar, als sei es das Selbstverständlichste auf der Welt. Dennoch trifft es direkt in mein Herz.

«Immerhin heulst du nicht», entgegne ich trotzdem so nüchtern wie möglich.

«Na ja, ich bin ein Mann. Vielleicht werden uns einfach nicht so viele Tränen mit in die Wiege gelegt. Aber ich hätte gerne. Geheult meine ich.»

«Also geht es dir auch beschissen.»

«Ja, und ich habe dich vermisst», sagt er noch einmal.

Ich grinse. So ein Grinsen, in dem man noch die Heulerei von eben sehen kann. «Aber du hast dich nicht gemeldet. Ich dachte ...»

«Zeit. Wir brauchten alle Zeit. Erst das Baby, dann Miriam. Und dann ...»

«Und dann was?»

Tim lässt sich Zeit mit der Antwort. Er sieht mich an, sieht, wie ich vor Kälte und vor Aufregung zittere.

«Bleib sitzen, bitte, wo sind deine Sachen? Ich kann das gar nicht mit ansehen.»

«Direkt am Beckenrand.» Er springt auf und joggt Richtung Becken. «Danke», nuschle ich ihm hinterher, und die nächsten dreißig Sekunden versuche ich, mir auszumalen, was er sagen wollte. Soll ich mich freuen, Angst haben, im Boden versinken? Er ist schnell wieder da, legt mir meine Strickjacke behutsam um die Schultern und ich mir mein Handtuch über die Beine. «Viel besser. Danke.»

«Gern geschehen.»

«Du wolltest was sagen. Ich hatte das Gefühl, es könnte wichtig sein.»

«Ja. Wollte ich.» Er räuspert sich, sieht mich nicht an, spielt mit ein paar Grashalmen und sagt den nächsten Satz so vorsichtig, als könne er zerbrechen, wenn man ihn zu schnell oder sorglos ausspricht. «Ich ... ich wollte. Also, ich hatte irgendwie gehofft, wir könnten es vielleicht probieren.»

«Oh.» Ich schlucke, suche Worte.

Tim nimmt Fahrt auf, und mit jedem weiteren Wort schwindet seine Unsicherheit. «Ich denke doch sowieso immer an dich. Ich habe es wirklich versucht: verdrängen, vergessen, schlechtreden. Aber es hilft nichts. Nichts. Und es ist nicht vernünftig. Das weiß ich selbst, aber Herrgott, es ist doch eh alles in die Hose gegangen, was in die Hose gehen konnte, und warum sollen wir nicht wenigstens das Beste daraus machen? Wir beide. Du und ich.»

«Du hast versucht, mich schlechtzureden?» Eine nicht besonders geistreiche Erwiderung, aber alles, was mir einfällt. Dafür lehne ich meinen Kopf an seine Schulter, mit einem Seufzen, das hoffentlich mehr sagt als Worte.

«Zum Beispiel mit deiner unterirdischen Art, Karten zu spielen?», neckt mich Tim und legt seinen Arm um mich.

Wir verstehen uns. So war es von Anfang an. Na ja, fast.

«War nicht hilfreich?»

«Nicht im mindesten.»

«Ich habe versucht, an deine Füße zu denken.»

«Hat es geholfen?»

«Nicht im mindesten.» Wir strahlen uns an, wenn auch verhalten. Ich kuschle mich enger an ihn. «Und wie würdest du, also jetzt rein hypothetisch, dir dieses Versuchen vorstellen?»

«Rein hypothetisch, hm? Also, wir könnten es langsam angehen lassen.»

«Wie langsam?»

«Uns treffen, miteinander reden, Karten spielen?»

«Kein Sex?»

«Ich hätte nichts dagegen, wenn der auch vorkäme», sagt er schmunzelnd.

Ich antworte nicht sofort. Es muss sacken, das alles. Aber in mir drin verschwindet ein Teil des Ballasts, der sich in den letzten Wochen aufgestaut hat, das Gefühl, nichts weiter als Verluste erlitten zu haben. Könnte es wirklich sein, dass ich etwas gewinne?

«Ich auch nicht», sage ich schließlich, vergesse, dass ich mich mitten in unserem Freibad befinde, setze mich rittlings auf seinen Schoß und küsse ihn wie ein Teenie. Ein sehr, sehr verknallter Teenie. «Ich würde darauf bestehen, dass wir es langsam angehen lassen, es erst einmal für uns behalten», sage ich zwischen zwei Teenieküssen. «Vor allem wegen der Kinder. Könntest du damit leben?»

«Aber so was von», sagt er und strahlt mich an.

Mit einem Gefühl von Schwerelosigkeit im Bauch fliege ich auf meinem Fahrrad nach Hause. Noch habe ich zwar keine Ahnung, wie ich es Steffen beibringen soll, aber diese Sorge scheint erdrückt zu werden von dem anderen Gefühl, das mich trägt. Ich schließe mein Rad ab und schwebe zur Haustür.

Ich habe den Schlüssel gerade an den Haken gehängt, als Miriam anruft. Ein Anruf, den ich nicht einordnen kann.

«Hallo, Miriam», sage ich so nüchtern wie möglich.

«Hey, Nina. Wie geht es dir?»

«Ganz gut, glaube ich. Und dir? Alles in Ordnung mit dem ... Baby?» Ich sage es vorsichtig, innerlich auf der Hut. Was will sie?

«Gut, es ist alles gut. War Tim bei dir?»

«Ähm ja?»

«Und? Versucht ihr es miteinander?»

Sie erwischt mich auf dem völlig falschen Fuß.

«Ähhh ...» Mein Mund ist wie ausgedörrt, mein Hals auch.

«Dachte mir, dass dich die Frage überfordert.» Sie kichert voller Genugtuung. «Brauchst nichts sagen, aber ich tue es. Pass auf, ich hatte in den letzten Wochen wirklich viel Zeit nachzudenken, und mir ist klargeworden, dass ich wirklich schuld bin an dem, was passiert ist.»

«Das stimmt nicht, wir tragen alle eine Verantwortung», antworte ich heiser.

«Nein, nicht ganz. Also, ich wusste, was ich tat, als ich euch den Partnertausch vorgeschlagen habe. Ich war nicht mehr glücklich. Ich habe schon lange darüber nachgedacht auszubrechen. Ihr kamt mir gerade recht, und ich wusste, dass Tim dich gut finden würde. Man kann in ihm lesen wie in einem offenen Buch. Aber als es uns entglitten ist, habe ich gemerkt, in welches Dilemma wir uns manövriert haben. Keiner konnte ahnen, wie desaströs die Sache endet.»

Sie macht eine bedeutungsschwere Pause, ich würde gerne etwas sagen, aber mir fällt partout nichts ein.

«Er hat mich gefragt, ob es okay ist, wenn er zu dir geht, und ich habe ihm meinen Segen gegeben.»

«Er hat um deine Zustimmung gebeten?» Ich staune. Noch weniger bin ich auf das vorbereitet, was sie dann sagt.

«Ja. Und ich habe ihn freigegeben. Unsere Ehe besteht doch sowieso nur noch auf dem Papier. Außerdem war der Kerl nur noch ein Schatten seiner selbst, und dass er dich vermisst, stand ihm ins Gesicht geschrieben. Ich habe wirklich gebetet, dass es dir genauso geht. Sag, geht es dir genauso?»

«Ähm ... also ... schon irgendwie.»

«Und deshalb entlasse ich meinen Mann in die Freiheit.

Und falls du dir Sorgen machst, ich habe Steffen heute ordentlich ins Gebet genommen. Er weiß also Bescheid.»

«Er weiß Bescheid?» Ich komme mir schon vor wie ein Papagei, aber zu viel mehr bin ich nicht in der Lage.

«Komm, lass es sacken, freu dich und lass uns das alles im Guten beenden, abschließen, einen Neuanfang wagen. Und jetzt lach einfach mal, Nina.»

In der Tat kriecht langsam so etwas wie ein Kichern in mir hoch. Allerdings ein hysterisches Kichern, eines, bei dem ich mir nicht sicher bin, ob ich diese Frau umbringen oder umarmen soll.

«Miriam, ich weiß gerade nicht, was ich sagen soll. Ich kann das alles gar nicht begreifen. Du willst, dass ich mit Tim zusammen bin?»

«Genau. So haben wir das mit dem Partnertausch wenigstens richtig durchgezogen. Und wer weiß, vielleicht verlieben Steffen und ich uns ja auch noch ineinander. Obwohl, eigentlich ist er mir zu stoffelig. Na ja, jetzt habe ich ja erst mal anderes zu tun, nicht wahr? Zwei Kinder. Ich weiß noch gar nicht so richtig, ob ich mich freuen oder vor Verzweiflung in den Tisch beißen soll. Aber am Ende kommt bestimmt etwas Tolles dabei heraus.»

«Miriam, ich bin wirklich überrascht. Und gleichzeitig danke ich dir dafür, dass du so ehrlich bist. Du wirst das schaffen. Wir werden das alle schaffen. Irgendwie.»

«Ja, das werden wir. Und wir werden Freundinnen, irgendwann. Ich weiß, du wirst Zeit brauchen, aber ich würde mir das wirklich wünschen, weißt du?»

«Ich denke darüber nach», sage ich lachend, richtig lachend, weil ich das erste Mal seit Wochen das Gefühl habe, dass da kein Felsbrocken mehr auf meinem Herzen rumliegt.

Einen Satz hat sie aber noch für mich: «Und wenn dir mit Tim langweilig ist, dann können wir ja wieder zurücktauschen».

«Wir wollen es jetzt aber nicht übertreiben.»

«Das haben wir doch schon längst, Nina, das haben wir schon längst.»

25

Betreutes Happy End

Was hat es nur mit diesem Happy End auf sich? Warum brauchen wir es so sehr? Sei es in Büchern, in Filmen, im eigenen Leben oder dem der besten Freundin?

Eigentlich ist es logisch: Wir möchten, dass die Geschichten gut ausgehen, dass am Ende alle glücklich sind, in den realen und den erfundenen Geschichten. Die Krux liegt in dem, was man mit dem Wort Happy End verbindet: nämlich etwas ganz Besonderes, Einzigartiges, Allumfassendes - kurz, die große Liebe, weltumarmende Gefühle. Im Grunde eine rundum gelungene Geschichte, in der sich alle Ecken und Kanten, alle Hürden und Schwierigkeiten am Ende so aufdröseln, dass alle glücklich sind. Die Mühen und die Qualen haben sich gelohnt, denn am Ende ist alles rosa. Oder weiß.

Nach der Begegnung mit Jana im Zug und nach dem Ende «meiner» Geschichte habe ich mich immer wieder gefragt, ob es nicht vermessen ist, in seinem Leben auf mehr als *ein* Happy End zu hoffen. Denn ich habe mein Happy End ja bereits erlebt. Es ist viele Jahre her, es bescherte mir einen Ehemann und zwei tolle Kinder. Sie alleine sind alle Widrigkeiten und Umwege wert, die das Leben für mich vorgesehen hat - wenn auch auf skurrile Art und Weise. Ist es deshalb vielleicht sogar anmaßend, sich ein zweites Happy End zu wünschen, wenn man doch zu einem großen Teil mit daran schuld ist, das erste versemmelt zu haben?

Meine Antwort ist folgende: Ja. Ich habe es mir verdient. Ein glückliches Ende. Keines in Rosa, Weiß und mit Glitzer – das gibt es für mich nicht mehr. Dazu ist mein Leben zu komplex. Ich habe meine Geschichte, meine Kinder und alles, was sich sonst in den letzten Jahrzehnten in meinem Leben aufgetürmt hat. Alles hat seine Berechtigung, vieles davon liebe ich unendlich, und trotzdem macht es alles so viel schwerer.

Mein zweites Happy End ist eines mit Einschränkungen. Das auf sehr leisen Füßen daherkommt, ganz zart behandelt werden will und kein Versprechen auf immer und ewig ist wie im Märchen oder im jugendlichen Überschwang. Es ist eines, das Arbeit bedeutet und eigentlich psychologisch betreut werden müsste.

Tim und ich sind jetzt zusammen. Wobei «zusammen» ein sehr großes Wort ist für das kleine Pflänzchen, das im trocknen Wüstensand beweisen muss, dass es wachsen und gedeihen kann. Aber die Gefühle dazu sind da, das Kribbeln in der Magengegend, das Schweben auf der Wolke, der wahnsinnige Sex und all das. Mit Falten und Dehnungstreifen, grauen Haaren und den nötigen Selbstzweifeln. Wir lassen es langsam angehen, treffen uns ein-, zweimal in der Woche und respektieren die Kinder als den Lebensmittelpunkt des anderen.

Wenn ich darüber nachdenke, auf welch ungewöhnlichem Weg wir uns gefunden haben, stelle ich fest, dass es Dinge gibt, die man weder vorher noch hinterher versteht. Sie erscheinen nur in dem Augenblick, in dem man sie erlebt, logisch. Ich war die treibende Kraft, ich habe die Entscheidungen getroffen in der Annahme, es seien die richtigen. Am Ende waren sie das. Egal, wie holprig und ungewöhnlich der Weg war, den ich gegangen bin, um mich von Steffen zu trennen.

Gudrun meinte hinterher einmal, der Wunsch nach Freiheit müsse in mir geschlummert haben, sonst hätte ich mich auf diese Geschichte nicht eingelassen. Sie war das Symptom, nicht das Problem – mein Weg, mein Leben zu ändern, weil ich mir selbst nicht eingestehen konnte und wollte, dass in unserer Ehe doch einiges im Argen lag. Vielleicht war unsere gemeinsame Zeit aber auch einfach vorbei. Wenn man sich so früh kennenlernt, entwickelt man sich weiter, und irgendwann ist es eben nicht mehr «der» Mann, nach dem man sich sehnt. Sich das einzugestehen, ist schwer, denn eine Ehe ist nach so langer Zeit viel mehr als Liebe. Sie ist ein gemeinsames LEBEN, das man aufgibt, weil man den anderen nicht mehr liebt.

Diese Überlegungen haben mir dabei geholfen, den Teil meines Lebens abzuwickeln, der sich Ehe nannte und jetzt dringend einen neuen Namen braucht. Kindererziehungsgemeinschaft wäre nicht schlecht, oder?

Wir wohnen nicht mehr zusammen, doch wegen der Kinder ist Steffen in eine kleine Wohnung ganz in der Nähe gezogen. Sie haben es leichter verkraftet, als ich befürchtet habe. Sie spüren, dass es die bessere Lösung ist. Außerdem leben sie in einer Welt, in der es nichts Besonderes ist, Trennungskind zu sein. «Willkommen im Club», sagte Millas beste Freundin, als Milla ihr von der Trennung ihrer Eltern erzählte.

Steffen ist nicht wirklich glücklich, aber er gibt sein Bestes. Miriams Schwangerschaft hat ihm, fürchte ich, für die nächsten Jahre den Rest gegeben. ER hat nun also drei Kinder und das dritte mit einer Frau, die er nicht liebt und mit der er nur seinen Spaß haben wollte. An SOLCHE Konsequenzen hat er sicher nicht im Traum gedacht. Trotzdem liebt er seinen Sohn, der bei Miriam und Tim lebt, die sich entschieden haben, eine WG zu gründen. Eine Familien-WG.

Tim und ich lassen das mit dem Baby lieber. Wir sind auch so schon genug gefordert. Wir sind nämlich ganz, ganz fürchterlich ineinander verliebt. In den Stunden, in denen ich den ganzen Ballast beiseiteschieben kann, möchte ich nichts anderes, als in seinen Armen liegen, gute Gespräche führen und natürlich Rommé spielen.

Wir wissen nicht, was die Zukunft bringt, aber es fühlt sich richtig an.

Am Ende bin ich happy.

Mit jeder einzelnen meiner komischen Entscheidungen.

Und mehr zählt doch eigentlich nicht, oder?

MIX
Papier aus verantwortungsvollen Quellen
FSC® C083411
www.fsc.org

Das für dieses Buch verwendete Papier ist FSC®-zertifiziert.